In seiner Gedichtsammlung *West-östlicher Divan* läßt Goethe Figuren aus orientalischen Epen über Liebe, Lebensgenuß und Toleranz sprechen – und schafft so einen Dialog zwischen Orient und Okzident. »Tiefgeistig, albern und humorvoll, abgründig, zynisch, raffiniert und voller Travestien, spiegeln sich Ost und West in diesen Gedichten. Der *Divan* ist ein Weltbuch, das auf der tieferen Einsicht der gemeinsamen universellen menschlichen Wurzeln beruht.«

Thomas Lehr, Frankfurter Allgemeine Zeitung

Johann Wolfgang Goethe, am 28. August 1749 in Frankfurt am Main geboren, starb am 22. März 1832 in Weimar.

Zuletzt erschienen im insel taschenbuch: *Lebenslust mit Goethe* (it 3630), *Die Leiden des jungen Werther* (it 4507), *Die Wahlverwandtschaften* (it 4522).

insel taschenbuch 4534
Johann Wolfgang Goethe
West-östlicher Divan

JOHANN WOLFGANG GOETHE

West-östlicher Divan

HERAUSGEGEBEN UND
ERLÄUTERT VON HANS-J. WEITZ
MIT ESSAYS ZUM ›DIVAN‹ VON
HUGO VON HOFMANNSTHAL,
OSKAR LOERKE
UND KARL KROLOW
INSEL VERLAG

5. Auflage 2025

Erste Auflage 2012
insel taschenbuch 4534
© 1874, 1988, Insel Verlag Anton Kippenberg
GmbH & Co. KG, Berlin
Umschlaggestaltung: bürosüd, München
Umschlagfoto: Masterfile
Umschlag: bürosüd, München
Druck: CPI books GmbH, Leck
Printed in Germany
ISBN 978-3-458-36234-0

Insel Verlag Anton Kippenberg GmbH & Co. KG
Torstraße 44, 10119 Berlin
info@insel-verlag.de
www.insel-verlag.de

WEST-ÖSTLICHER DIVAN

Buchstabe Dal
18te Gasele

Hans Adam war ein Erdenkloos
Den Gott zum Menschen machte,
Doch bracht er aus der Mutter Schoos
Noch vieles Ungeschlachte.

Die Elohim zur Nas' hinein
Den besten Geist ihm bliesen,
Nun schien er schon was mehr zu seyn,
Denn er fing an zu niesen.

Doch mit Gebein und Glied und Kopf
Blieb er ein halber Klumpen,
Bis endlich Noah für den Tropf
Das Wahre fand, den Humpen.

Der Klumpe fühlt sogleich den Schmerz,
Sobald er sich benetzet,
So wie der Teig durch Säuerung
Sich in Bewegung setzet.

So, Hafis, mag dein holder Sang,
Dein heiliges Exempel
Uns führen, bey der Gläser Klang,
Zu unsres Schöpfers Tempel.

Berka an der Ilm
d. 21. Juni 1814.

MOGANNI NAMEH
BUCH DES SÄNGERS

Zwanzig Jahre ließ ich gehn
Und genoß was mir beschieden;
Eine Reihe völlig schön
Wie die Zeit der Barmekiden.

HEGIRE

Nord und West und Süd zersplittern,
Throne bersten, Reiche zittern,
Flüchte du, im reinen Osten
Patriarchenluft zu kosten;
Unter Lieben, Trinken, Singen
Soll dich Chisers Quell verjüngen.

Dort, im Reinen und im Rechten,
Will ich menschlichen Geschlechten
In des Ursprungs Tiefe dringen,
Wo sie noch von Gott empfingen
Himmelslehr in Erdesprachen,
Und sich nicht den Kopf zerbrachen.

Wo sie Väter hoch verehrten,
Jeden fremden Dienst verwehrten;
Will mich freun der Jugendschranke:
Glaube weit, eng der Gedanke,
Wie das Wort so wichtig dort war,
Weil es ein gesprochen Wort war.

Will mich unter Hirten mischen,
An Oasen mich erfrischen,
Wenn mit Karawanen wandle,
Shawl, Kaffee und Moschus handle;
Jeden Pfad will ich betreten
Von der Wüste zu den Städten.

Bösen Felsweg auf und nieder
Trösten, Hafis, deine Lieder,
Wenn der Führer mit Entzücken
Von des Maultiers hohem Rücken
Singt, die Sterne zu erwecken
Und die Räuber zu erschrecken.

Will in Bädern und in Schenken,
Heilger Hafis, dein gedenken;
Wenn den Schleier Liebchen lüftet,
Schüttelnd Ambralocken düftet.
Ja des Dichters Liebeflüstern
Mache selbst die Huris lüstern.

Wolltet ihr ihm dies beneiden,
Oder etwa gar verleiden,
Wisset nur, daß Dichterworte
Um des Paradieses Pforte
Immer leise klopfend schweben,
Sich erbittend ewges Leben.

SEGENSPFÄNDER

Talisman in Carneol
Gläubigen bringt er Glück und Wohl;
Steht er gar auf Onyx Grunde,
Küß ihn mit geweihtem Munde!
Alles Übel treibt er fort,
Schützet dich und schützt den Ort:
Wenn das eingegrabne Wort
Allahs Namen rein verkündet,
Dich zu Lieb' und Tat entzündet.
Und besonders werden Frauen
Sich am Talisman erbauen.

Amulete sind dergleichen
Auf Papier geschriebne Zeichen;
Doch man ist nicht im Gedränge

Wie auf edlen Steines Enge,
Und vergönnt ist frommen Seelen
Längre Verse hier zu wählen.
Männer hängen die Papiere
Gläubig um, als Skapuliere.

Die *Inschrift* aber hat nichts hinter sich,
Sie ist sie selbst, und muß dir alles sagen,
Was hinterdrein, mit redlichem Behagen,
Du gerne sagst: Ich sag' es! Ich!

Doch *Abraxas* bring ich selten!
Hier soll meist das Fratzenhafte,
Das ein düstrer Wahnsinn schaffte,
Für das Allerhöchste gelten.
Sag' ich euch absurde Dinge,
Denkt, daß ich Abraxas bringe.

Ein *Siegelring* ist schwer zu zeichnen,
Den höchsten Sinn im engsten Raum;
Doch weißt du hier ein Echtes anzueignen,
Gegraben steht das Wort, du denkst es kaum.

FREISINN

LASST mich nur auf meinem Sattel gelten!
Bleibt in euren Hütten, euren Zelten!
Und ich reite froh in alle Ferne,
Über meiner Mütze nur die Sterne.

*

Er hat euch die Gestirne gesetzt
Als Leiter zu Land und See;
Damit ihr euch daran ergetzt,
Stets blickend in die Höh.

TALISMANE

GOTTES ist der Orient!
Gottes ist der Okzident!
Nord- und südliches Gelände
Ruht im Frieden seiner Hände.

*

Er, der einzige Gerechte,
Will für jedermann das Rechte.
Sei, von seinen hundert Namen,
Dieser hoch gelobet! Amen.

*

Mich verwirren will das Irren;
Doch du weißt mich zu entwirren.
Wenn ich handle, wenn ich dichte,
Gib du meinem Weg die Richte.

*

Ob ich Irdsches denk und sinne,
Das gereicht zu höherem Gewinne.
Mit dem Staube nicht der Geist zerstoben,
Dringet, in sich selbst gedrängt, nach oben.

*

Im Athemholen sind zweierlei Gnaden:
Die Luft einziehn, sich ihrer entladen.
Jenes bedrängt, dieses erfrischt;
So wunderbar ist das Leben gemischt.
Du danke Gott wenn er dich preßt,
Und dank ihm wenn er dich wieder entläßt.

VIER GNADEN

DASS Araber an ihrem Teil
Die Weite froh durchziehen,
Hat Allah zu gemeinem Heil
Der Gnaden vier verliehen.

Den Turban erst, der besser schmückt
Als alle Kaiserkronen;
Ein Zelt, das man vom Orte rückt
Um überall zu wohnen;

Ein Schwert, das tüchtiger beschützt
Als Fels und hohe Mauern;
Ein Liedchen, das gefällt und nützt,
Worauf die Mädchen lauern.

Und Blumen sing ich ungestört
Von Ihrem Shawl herunter,
Sie weiß recht wohl was Ihr gehört
Und bleibt mir hold und munter.

Und Blum' und Früchte weiß ich euch
Gar zierlich aufzutischen,
Wollt ihr Moralien zugleich,
So geb' ich von den frischen.

GESTÄNDNIS

Was ist schwer zu verbergen? Das Feuer!
Denn bei Tage verräts der Rauch,
Bei Nacht die Flamme, das Ungeheuer.
Ferner ist schwer zu verbergen auch
Die Liebe; noch so stille gehegt,
Sie doch gar leicht aus den Augen schlägt.
Am schwersten zu bergen ist ein Gedicht,
Man stellt es untern Scheffel nicht.
Hat es der Dichter frisch gesungen,
So ist er ganz davon durchdrungen,
Hat er es zierlich nett geschrieben,
Will er die ganze Welt solls lieben.
Er liest es jedem froh und laut,
Ob es uns quält, ob es erbaut.

ELEMENTE

Aus wie vielen Elementen
Soll ein echtes Lied sich nähren,
Daß es Laien gern empfinden,
Meister es mit Freuden hören?

Liebe sei vor allen Dingen
Unser Thema wenn wir singen;
Kann sie gar das Lied durchdringen,
Wirds um desto besser klingen.

Dann muß Klang der Gläser tönen,
Und Rubin des Weins erglänzen:
Denn für Liebende, für Trinker
Winkt man mit den schönsten Kränzen.

Waffenklang wird auch gefodert,
Daß auch die Drommete schmettre;
Daß, wenn Glück zu Flammen lodert,
Sich im Sieg der Held vergöttre.

Dann zuletzt ist unerläßlich,
Daß der Dichter manches hasse;
Was unleidlich ist und häßlich
Nicht wie Schönes leben lasse.

Weiß der Sänger, dieser Viere
Urgewaltgen Stoff zu mischen,
Hafis gleich wird er die Völker
Ewig freuen und erfrischen.

ERSCHAFFEN UND BELEBEN

HANS ADAM war ein Erdenkloß,
Den Gott zum Menschen machte,
Doch bracht er aus der Mutter Schoß
Noch vieles Ungeschlachte.

Die Elohim zur Nas' hinein
Den besten Geist ihm bliesen,
Nun schien er schon was mehr zu sein,
Denn er fing an zu niesen.

Doch mit Gebein und Glied und Kopf
Blieb er ein halber Klumpen,
Bis endlich Noah für den Tropf
Das Wahre fand, den Humpen.

Der Klumpe fühlt sogleich den Schwung,
Sobald er sich benetzet,
So wie der Teig durch Säuerung
Sich in Bewegung setzet.

So, Hafis, mag dein holder Sang,
Dein heiliges Exempel
Uns führen, bei der Gläser Klang,
Zu unsres Schöpfers Tempel.

PHÄNOMEN

WENN zu der Regenwand
Phöbus sich gattet,
Gleich steht ein Bogenrand
Farbig beschattet.

Im Nebel gleichen Kreis
Seh ich gezogen,
Zwar ist der Bogen weiß,
Doch Himmelsbogen.

So sollst du, muntrer Greis,
Dich nicht betrüben,
Sind gleich die Haare weiß,
Doch wirst du lieben.

LIEBLICHES

Was doch Buntes dort verbindet
Mir den Himmel mit der Höhe?
Morgennebelung verblindet
Mir des Blickes scharfe Sehe.

Sind es Zelte des Vesires
Die er lieben Frauen baute?
Sind es Teppiche des Festes
Weil er sich der Liebsten traute?

Rot und weiß, gemischt, gesprenkelt
Wüßt ich Schönres nicht zu schauen;
Doch wie, Hafis, kommt dein Schiras
Auf des Nordens trübe Gauen?

Ja es sind die bunten Mohne,
Die sich nachbarlich erstrecken,
Und, dem Kriegesgott zum Hohne,
Felder streifweis' freundlich decken.

Möge stets so der Gescheute
Nutzend Blumenzierde pflegen,
Und ein Sonnenschein, wie heute,
Klären sie auf meinen Wegen!

ZWIESPALT

Wenn links an Baches Rand
Cupido flötet,
Im Felde rechter Hand
Mavors drommetet,
Da wird dorthin das Ohr
Lieblich gezogen,
Doch um des Liedes Flor
Durch Lärm betrogen.
Nun flötets immer voll

Im Kriegesthunder,
Ich werde rasend, toll —
Ist das ein Wunder?
Fort wächst der Flötenton,
Schall der Posaunen,
Ich irre, rase schon -
Ist das zu staunen?

IM GEGENWÄRTIGEN VERGANGNES

Ros' und Lilie morgenthaulich
Blüht im Garten meiner Nähe,
Hinten an bebuscht und traulich
Steigt der Felsen in die Höhe.
Und mit hohem Wald umzogen,
Und mit Ritterschloß gekrönet,
Lenkt sich hin des Gipfels Bogen,
Bis er sich dem Tal versöhnet.

Und da duftets wie vor alters,
Da wir noch von Liebe litten,
Und die Saiten meines Psalters
Mit dem Morgenstrahl sich stritten.
Wo das Jagdlied aus den Büschen
Fülle runden Tons enthauchte,
Anzufeuern, zu erfrischen
Wie's der Busen wollt und brauchte.

Nun die Wälder ewig sprossen
So ermutigt euch mit diesen,
Was ihr sonst für euch genossen
Läßt in andern sich genießen.
Niemand wird uns dann beschreien
Daß wirs uns alleine gönnen,
Nun in allen Lebensreihen
Müsset ihr genießen können.

Und mit diesem Lied und Wendung
Sind wir wieder bei Hafisen,
Denn es ziemt des Tags Vollendung
Mit Genießern zu genießen.

LIED UND GEBILDE

Mag der Grieche seinen Thon
Zu Gestalten drücken,
An der eignen Hände Sohn
Steigern sein Entzücken;

Aber uns ist wonnereich
In den Euphrat greifen,
Und im flüßgen Element
Hin und wider schweifen.

Löscht ich so der Seele Brand,
Lied es wird erschallen;
Schöpft des Dichters reine Hand,
Wasser wird sich ballen.

DREISTIGKEIT

Worauf kommt es überall an
Daß der Mensch gesundet?
Jeder höret gern den Schall an
Der zum Ton sich rundet.

Alles weg was deinen Lauf stört!
Nur kein düster Streben!
Eh er singt und eh er aufhört
Muß der Dichter leben.

Und so mag des Lebens Erzklang
Durch die Seele dröhnen!
Fühlt der Dichter sich das Herz bang
Wird sich selbst versöhnen.

DERB UND TÜCHTIG

DICHTEN ist ein Übermut,
Niemand schelte mich!
Habt getrost ein warmes Blut
Froh und frei wie ich.

Sollte jeder Stunde Pein
Bitter schmecken mir,
Würd' ich auch bescheiden sein
Und noch mehr als ihr.

Denn Bescheidenheit ist fein
Wenn das Mädchen blüht,
Sie will zart geworben sein
Die den Rohen flieht.

Auch ist gut Bescheidenheit
Spricht ein weiser Mann,
Der von Zeit und Ewigkeit
Mich belehren kann.

Dichten ist ein Übermut!
Treib' es gern allein.
Freund' und Frauen, frisch von Blut,
Kommt nur auch herein!

Mönchlein ohne Kapp und Kutt,
Schwatz nicht auf mich ein!
Zwar du machest mich kaputt,
Nicht bescheiden, nein!

Deiner Phrasen leeres Was
Treibet mich davon,
Abgeschliffen hab' ich das
An den Sohlen schon.

Wenn des Dichters Mühle geht
Halte sie nicht ein:
Denn wer einmal uns versteht
Wird uns auch verzeihn.

ALL-LEBEN

STAUB ist eins der Elemente,
Das du gar geschickt bezwingest,
Hafis, wenn zu Liebchens Ehren
Du ein zierlich Liedchen singest.

Denn der Staub auf ihrer Schwelle
Ist dem Teppich vorzuziehen,
Dessen goldgewirkte Blumen
Mahmuds Günstlinge beknieen.

Treibt der Wind von ihrer Pforte
Wolken Staubs behend vorüber,
Mehr als Moschus sind die Düfte
Und als Rosenöl dir lieber.

Staub den hab' ich längst entbehret
In dem stets umhüllten Norden,
Aber in dem heißen Süden
Ist er mir genugsam worden.

Doch schon längst daß liebe Pforten
Mir auf ihren Angeln schwiegen!
Heile mich, Gewitterregen,
Laß mich daß es grunelt riechen!

Wenn jetzt alle Donner rollen
Und der ganze Himmel leuchtet,
Wird der wilde Staub des Windes
Nach dem Boden hingefeuchtet.

Und sogleich entspringt ein Leben,
Schwillt ein heilig, heimlich Wirken,
Und es grunelt und es grünet
In den irdischen Bezirken.

SELIGE SEHNSUCHT

SAGT es niemand, nur den Weisen,
Weil die Menge gleich verhöhnet,
Das Lebendge will ich preisen
Das nach Flammentod sich sehnet.

In der Liebesnächte Kühlung,
Die dich zeugte, wo du zeugtest,
Überfällt dich fremde Fühlung
Wenn die stille Kerze leuchtet.

Nicht mehr bleibest du umfangen
In der Finsternis Beschattung,
Und dich reißet neu Verlangen
Auf zu höherer Begattung.

Keine Ferne macht dich schwierig,
Kommst geflogen und gebannt,
Und zuletzt, des Lichts begierig,
Bist du Schmetterling verbrannt.

Und solang du das nicht hast,
Dieses: Stirb und werde!
Bist du nur ein trüber Gast
Auf der dunklen Erde.

TUT ein Schilf sich doch hervor
Welten zu versüßen!
Möge meinem Schreibe-Rohr
Liebliches entfließen!

HAFIS NAMEH
BUCH HAFIS

Sei das Wort die Braut genannt,
Bräutigam der Geist;
Diese Hochzeit hat gekannt
Wer Hafisen preist.

BEINAME

Dichter

MOHAMED Schemseddin, sage,
Warum hat dein Volk, das hehre,
Hafis dich genannt?

Hafis

Ich ehre,
Ich erwidre deine Frage.
Weil, in glücklichem Gedächtnis,
Des Korans geweiht Vermächtnis
Unverändert ich verwahre,
Und damit so fromm gebare,
Daß gemeinen Tages Schlechtnis
Weder mich noch die berühret
Die Propheten-Wort und -Samen
Schätzen wie es sich gebühret:
Darum gab man mir den Namen.

Dichter

Hafis, drum, so will mir scheinen,
Möcht ich dir nicht gerne weichen:
Denn wenn wir wie andre meinen,
Werden wir den andern gleichen.
Und so gleich ich dir vollkommen,
Der ich unsrer heilgen Bücher
Herrlich Bild an mich genommen,
Wie auf jenes Tuch der Tücher
Sich des Herren Bildnis drückte,
Mich in stiller Brust erquickte,
Trotz Verneinung, Hindrung, Raubens,
Mit dem heitren Bild des Glaubens.

ANKLAGE

Wißt ihr denn auf wen die Teufel lauern,
In der Wüste, zwischen Fels und Mauern?
Und, wie sie den Augenblick erpassen,
Nach der Hölle sie entführend fassen?
Lügner sind es und der Bösewicht.

Der Poete warum scheut er nicht
Sich mit solchen Leuten einzulassen!

Weiß denn der mit wem er geht und wandelt,
Er, der immer nur im Wahnsinn handelt?
Grenzenlos, von eigensinngem Lieben,
Wird er in die Öde fortgetrieben,
Seiner Klagen Reim', in Sand geschrieben,
Sind vom Winde gleich verjagt;
Er versteht nicht was er sagt,
Was er sagt wird er nicht halten.

Doch sein Lied man läßt es immer walten,
Da es doch dem Koran widerspricht.
Lehret nun, ihr des Gesetzes Kenner,
Weisheit-fromme, hochgelahrte Männer,
Treuer Mosleminen feste Pflicht.

Hafis insbesondre schaffet Ärgernisse,
Mirza sprengt den Geist ins Ungewisse,
Saget was man tun und lassen müsse?

FETWA

Hafis' Dichterzüge sie bezeichnen
Ausgemachte Wahrheit unauslöschlich;
Aber hie und da auch Kleinigkeiten
Außerhalb der Grenze des Gesetzes.
Willst du sicher gehn, so mußt du wissen
Schlangengift und Theriak zu sondern -
Doch der reinen Wollust edler Handlung
Sich mit frohem Mut zu überlassen,

Und vor solcher der nur ewge Pein folgt
Mit besonnenem Sinn sich zu verwahren,
Ist gewiß das Beste um nicht zu fehlen.
Dieses schrieb der arme Ebusuud,
Gott verzeih ihm seine Sünden alle.

DER DEUTSCHE DANKT

HEILIGER Ebusuud, hasts getroffen!
Solche Heilge wünschet sich der Dichter:
Denn gerade jene Kleinigkeiten
Außerhalb der Grenze des Gesetzes
Sind das Erbteil wo er, übermütig,
Selbst im Kummer lustig, sich beweget.
Schlangengift und Theriak muß
Ihm das eine wie das andre scheinen,
Töten wird nicht jenes, dies nicht heilen:
Denn das wahre Leben ist des Handelns
Ewge Unschuld, die sich so erweiset
Daß sie niemand schadet als sich selber.
Und so kann der alte Dichter hoffen
Daß die Huris ihn im Paradiese
Als verklärten Jüngling wohl empfangen.
Heiliger Ebusuud, hasts getroffen!

FETWA

DER Mufti las des *Misri* Gedichte,
Eins nach dem andern, alle zusammen,
Und wohlbedächtig warf sie in die Flammen,
Das schöngeschriebne Buch es ging zunichte.

Verbrannt sei jeder, sprach der hohe Richter,
Wer spricht und glaubt wie *Misri* — er allein
Sei ausgenommen von des Feuers Pein:
Denn Allah gab die Gabe jedem Dichter.
Mißbraucht er sie im Wandel seiner Sünden,
So seh er zu mit Gott sich abzufinden.

UNBEGRENZT

Dass du nicht enden kannst das macht dich groß,
Und daß du nie beginnst das ist dein Los.
Dein Lied ist drehend wie das Sterngewölbe,
Anfang und Ende immerfort dasselbe,
Und was die Mitte bringt ist offenbar
Das was zu Ende bleibt und anfangs war.

Du bist der Freuden echte Dichterquelle,
Und ungezählt entfließt dir Well auf Welle.
Zum Küssen stets bereiter Mund,
Ein Brustgesang der lieblich fließet,
Zum Trinken stets gereizter Schlund,
Ein gutes Herz das sich ergießet.

Und mag die ganze Welt versinken,
Hafis, mit dir, mit dir allein
Will ich wetteifern! Lust und Pein
Sei uns, den Zwillingen, gemein!
Wie du zu lieben und zu trinken
Das soll mein Stolz, mein Leben sein.

Nun töne, Lied, mit eignem Feuer!
Denn du bist älter, du bist neuer.

NACHBILDUNG

In deine Reimart hoff ich mich zu finden,
Das Wiederholen soll mir auch gefallen,
Erst werd' ich Sinn, sodann auch Worte finden;
Zum zweitenmal soll mir kein Klang erschallen,
Er müßte denn besondern Sinn begründen,
Wie du's vermagst, Begünstigter vor allen!

Denn wie ein Funke fähig zu entzünden
Die Kaiserstadt — wenn Flammen grimmig wallen,
Sich winderzeugend, glühn von eignen Winden,

25

Er, schon erloschen, schwand zu Sternenhallen — :
So schlangs von dir sich fort mit ewgen Gluten
Ein deutsches Herz von frischem zu ermuten.

✳

Zugemeßne Rhythmen reizen freilich,
Das Talent erfreut sich wohl darin;
Doch wie schnelle widern sie abscheulich,
Hohle Masken ohne Blut und Sinn;
Selbst der Geist erscheint sich nicht erfreulich,
Wenn er nicht, auf neue Form bedacht,
Jener toten Form ein Ende macht.

OFFENBAR GEHEIMNIS

Sie haben dich, heiliger Hafis,
Die mystische Zunge genannt,
Und haben, die Wortgelehrten,
Den Wert des Worts nichts erkannt.

Mystisch heißest du ihnen,
Weil sie Närrisches bei dir denken,
Und ihren unlautern Wein
In deinem Namen verschenken.

Du aber bist mystisch rein,
Weil sie dich nicht verstehn,
Der du, ohne fromm zu sein, selig bist!
Das wollen sie dir nicht zugestehn.

WINK

Und doch haben sie recht die ich schelte:
Denn daß ein Wort nicht einfach gelte
Das müßte sich wohl von selbst verstehn.
Das Wort ist ein Fächer! Zwischen den Stäben
Blicken ein Paar schöne Augen hervor.
Der Fächer ist nur ein lieblicher Flor,
Er verdeckt mir zwar das Gesicht,

Aber das Mädchen verbirgt er nicht,
Weil das Schönste was sie besitzt,
Das Auge, mir ins Auge blitzt.

WAS alle wollen weißt du schon
Und hast es wohl verstanden:
Denn Sehnsucht hält, von Staub zu Thron,
Uns all in strengen Banden.

Es tut so weh, so wohl hernach,
Wer sträubte sich dagegen?
Und wenn den Hals der eine brach,
Der andre bleibt verwegen.

Verzeihe, Meister — wie du weißt
Daß ich mich oft vermesse —,
Wenn sie das Auge nach sich reißt
Die wandelnde Zypresse.

Wie Wurzelfasern schleicht ihr Fuß
Und buhlet mit dem Boden;
Wie leicht Gewölk verschmilzt ihr Gruß,
Wie Ost-Gekos' ihr Oden.

Das alles drängt uns ahndevoll,
Wo Lock an Locke kräuselt,
In brauner Fülle ringelnd schwoll,
So dann im Winde säuselt.

Nun öffnet sich die Stirne klar
Dein Herz damit zu glätten,
Vernimmst ein Lied so froh und wahr
Den Geist darin zu betten.

Und wenn die Lippen sich dabei
Aufs niedlichste bewegen,

Sie machen dich auf einmal frei
In Fesseln dich zu legen.

Der Athem will nicht mehr zurück,
Die Seel zur Seele fliehend,
Gerüche winden sich durchs Glück
Unsichtbar wolkig ziehend.

Doch wenn es allgewaltig brennt
Dann greifst du nach der Schale:
Der Schenke läuft, der Schenke kömmt
Zum erst- und zweitenmale.

Sein Auge blitzt, sein Herz erbebt,
Er hofft auf deine Lehren,
Dich, wenn der Wein den Geist erhebt,
Im höchsten Sinn zu hören.

Ihm öffnet sich der Welten Raum,
Im Innern Heil und Orden,
Es schwillt die Brust, es bräunt der Flaum,
Er ist ein Jüngling worden.

Und wenn dir kein Geheimnis blieb
Was Herz und Welt enthalte,
Dem Denker winkst du treu und lieb,
Daß sich der Sinn entfalte.

Auch daß vom Throne Fürstenhort
Sich nicht für uns verliere,
Gibst du dem Schah ein gutes Wort
Und gibst es dem Vesire.

Das alles kennst und singst du heut
Und singst es morgen eben:
So trägt uns freundlich dein Geleit
Durchs rauhe, milde Leben.

USCHK NAMEH
BUCH DER LIEBE

Sage mir
Was mein Herz begehrt?

Mein Herz ist bei dir
Halt es wert.

MUSTERBILDER

Hör und bewahre
  Sechs Liebespaare.
Wortbild entzündet, Liebe schürt zu:
  Rustan und Rodawu.
Unbekannte sind sich nah:
  Jussuph und Suleika.
Liebe, nicht Liebesgewinn:
  Ferhad und Schirin.
Nur für einander da:
  Medschnun und Leila.
Liebend im Alter sah
  Dschemil auf Boteinah.
Süße Liebeslaune,
  Salomo und die Braune!
Hast du sie wohl vermerkt,
  Bist im Lieben gestärkt.

NOCH EIN PAAR

Ja! Lieben ist ein groß Verdienst!
Wer findet schöneren Gewinst? —
Du wirst nicht mächtig, wirst nicht reich,
Jedoch den größten Helden gleich.
Man wird, so gut wie vom Propheten,
Von *Wamik* und von *Asra* reden. —
Nicht reden wird man, wird sie nennen:
Die Namen müssen alle kennen.
Was sie getan, was sie geübt
Das weiß kein Mensch! Daß sie geliebt

Das wissen wir. Genug gesagt,
Wenn man nach Wamik und Asra fragt.

LESEBUCH

WUNDERLICHSTES Buch der Bücher
Ist das Buch der Liebe;
Aufmerksam hab' ichs gelesen:
Wenig Blätter Freuden,
Ganze Hefte Leiden;
Einen Abschnitt macht die Trennung.
Wiedersehn! ein klein Kapitel,
Fragmentarisch. Bände Kummers
Mit Erklärungen verlängert,
Endlos, ohne Maß.
O! Nisami! — doch am Ende
Hast den rechten Weg gefunden;
Unauflösliches wer löst es?
Liebende sich wieder findend.

JA! DIE Augen warens, ja! der Mund,
Die mir blickten, die mich küßten.
Hüfte schmal, der Leib so rund
Wie zu Paradieses Lüsten!
War sie da? Wo ist sie hin?
Ja! sie wars, sie hats gegeben,
Hat gegeben sich im Fliehn
Und gefesselt all mein Leben.

GEWARNT

AUCH in Locken hab' ich mich
Gar zu gern verfangen,
Und so, Hafis! wärs wie dir
Deinem Freund ergangen.

Aber Zöpfe flechten sie
Nun aus langen Haaren,

Unterm Helme fechten sie,
Wie wir wohl erfahren.

Wer sich aber wohl besann
Läßt sich so nicht zwingen:
Schwere Ketten fürchtet man,
Rennt in leichte Schlingen.

VERSUNKEN

VOLL Locken kraus ein Haupt so rund! —
Und darf ich dann in solchen reichen Haaren
Mit vollen Händen hin und wider fahren,
Da fühl ich mich von Herzensgrund gesund.
Und küß ich Stirne, Bogen, Auge, Mund,
Dann bin ich frisch und immer wieder wund.
Der fünfgezackte Kamm wo sollt' er stocken?
Er kehrt schon wieder zu den Locken.
Das Ohr versagt sich nicht dem Spiel,
Hier ist nicht Fleisch, hier ist nicht Haut,
So zart zum Scherz so liebeviel!
Doch wie man auf dem Köpfchen kraut,
Man wird in solchen reichen Haaren
Für ewig auf und nieder fahren.
So hast du, Hafis, auch getan,
Wir fangen es von vornen an.

BEDENKLICH

SOLL ich von Smaragden reden,
Die dein Finger niedlich zeigt?
Manchmal ist ein Wort vonnöten,
Oft ists besser daß man schweigt.

Also sag' ich: daß die Farbe
Grün und augerquicklich sei!
Sage nicht daß Schmerz und Narbe
Zu befürchten nah dabei.

Immerhin! du magst es lesen!
Warum übst du solche Macht!
»So gefährlich ist dein Wesen
Als erquicklich der Smaragd.«

LIEBCHEN, ach! im starren Bande
Zwängen sich die freien Lieder,
Die im reinen Himmelslande
Munter flogen hin und wider.
Allem ist die Zeit verderblich,
Sie erhalten sich allein!
Jede Zeile soll unsterblich,
Ewig wie die Liebe sein.

SCHLECHTER TROST

MITTERNACHTS weint und schluchzt ich,
Weil ich dein entbehrte.
Da kamen Nachtgespenster
Und ich schämte mich.
Nachtgespenster, sagt ich,
Schluchzend und weinend
Findet ihr mich, dem ihr sonst
Schlafendem vorüberzogt.
Große Güter vermiß ich.
Denkt nicht schlimmer von mir
Den ihr sonst weise nanntet,
Großes Übel betrifft ihn! —
Und die Nachtgespenster
Mit langen Gesichtern
Zogen vorbei,
Ob ich weise oder törig
Völlig unbekümmert.

GENÜGSAM

»WIE irrig wähnest du
Aus Liebe gehöre das Mädchen dir zu.

Das könnte mich nun gar nicht freuen,
Sie versteht sich auf Schmeicheleien.«

Dichter

Ich bin zufrieden daß ichs habe!
Mir diene zur Entschuldigung:
Liebe ist freiwillige Gabe,
Schmeichelei Huldigung.

GRUSS

O WIE wie selig ward mir!
Im Lande wandl ich
Wo Hudhud über den Weg läuft.
Des alten Meeres Muscheln
Im Stein sucht ich die versteinten;
Hudhud lief einher
Die Krone entfaltend;
Stolzierte, neckischer Art,
Über das Tote scherzend
Der Lebendge.
Hudhud, sagt ich, fürwahr!
Ein schöner Vogel bist du.
Eile doch, Wiedehopf!
Eile, der Geliebten
Zu verkünden daß ich ihr
Ewig angehöre.
Hast du doch auch
Zwischen Salomo
Und Sabas Königin
Ehmals den Kuppler gemacht!

ERGEBUNG

»DU VERGEHST und bist so freundlich,
Verzehrst dich und singst so schön?«

Dichter

Die Liebe behandelt mich feindlich!
Da will ich gern gestehn,
Ich singe mit schwerem Herzen.
Sieh doch einmal die Kerzen,
Sie leuchten indem sie vergehn.

*

Eine Stelle suchte der Liebe Schmerz,
Wo es recht wüst und einsam wäre;
Da fand er denn mein ödes Herz
Und nistete sich in das leere.

UNVERMEIDLICH

Wer kann gebieten den Vögeln
Still zu sein auf der Flur?
Und wer verbieten zu zappeln
Den Schafen unter der Schur?

Stell ich mich wohl ungebärdig
Wenn mir die Wolle kraust?
Nein! Die Ungebärden entzwingt mir
Der Scherer der mich zerzaust.

Wer will mir wehren zu singen
Nach Lust zum Himmel hinan,
Den Wolken zu vertrauen
Wie lieb sie mirs angetan?

GEHEIMES

Über meines Liebchens Äugeln
Stehn verwundert alle Leute;
Ich, der Wissende, dagegen
Weiß recht gut was das bedeute.

Denn es heißt: ich liebe diesen,
Und nicht etwa den und jenen;
Lasset nur ihr guten Leute
Euer Wundern, euer Sehnen!

Ja, mit ungeheuren Mächten
Blicket sie wohl in die Runde;
Doch sie sucht nur zu verkünden
Ihm die nächste süße Stunde.

GEHEIMSTES

»WIR sind emsig nachzuspüren,
Wir, die Anekdotenjäger,
Wer dein Liebchen sei und ob du
Nicht auch habest viele Schwäger.

Denn, daß du verliebt bist, sehn wir,
Mögen dir es gerne gönnen;
Doch, daß Liebchen so dich liebe,
Werden wir nicht glauben können.«

Ungehindert, liebe Herren,
Sucht sie auf, nur hört das eine:
Ihr erschrecket wenn sie dasteht!
Ist sie fort, ihr kos't dem Scheine.

Wißt ihr wie *Schehâb-eddîn*
Sich auf *Arafat* entmantelt,
Niemand haltet ihr für törig
Der in seinem Sinne handelt.

Wenn vor deines Kaisers Throne,
Oder vor der Vielgeliebten,
Je dein Name wird gesprochen,
Sei es dir zu höchstem Lohne.

Darum wars der höchste Jammer
Als einst *Medschnun* sterbend wollte,
Daß vor *Leila* seinen Namen
Man forthin nicht nennen sollte.

TEFKIR NAMEH
BUCH DER BETRACHTUNGEN

Höre den Rat den die Leier tönt;
Doch er nutzet nur wenn du fähig bist.
Das glücklichste Wort es wird verhöhnt
Wenn der Hörer ein Schiefohr ist.

»Was tönt denn die Leier?« Sie tönet laut:
Die schönste das ist nicht die beste Braut;
Doch wenn wir dich unter uns zählen sollen,
So mußt du das Schönste, das Beste wollen.

FÜNF DINGE

Fünf Dinge bringen fünfe nicht hervor,
Du, dieser Lehre öffne du dein Ohr:
Der stolzen Brust wird Freundschaft nicht entsprossen;
Unhöflich sind der Niedrigkeit Genossen;
Ein Bösewicht gelangt zu keiner Größe;
Der Neidische erbarmt sich nicht der Blöße;
Der Lügner hofft vergeblich Treu und Glauben —
Das halte fest und niemand laß dirs rauben.

FÜNF ANDERE

Was verkürzt mir die Zeit?
    Tätigkeit!
Was macht sie unerträglich lang?
    Müßiggang!
Was bringt in Schulden?
    Harren und Dulden!
Was macht Gewinnen?
    Nicht lange besinnen!
Was bringt zu Ehren?
    Sich wehren!

LIEBLICH ist des Mädchens Blick der winket,
Trinkers Blick ist lieblich eh er trinket,
Gruß des Herren, der befehlen konnte,
Sonnenschein im Herbst der dich besonnte.
Lieblicher als alles dieses habe
Stets vor Augen, wie sich kleiner Gabe
Dürftge Hand so hübsch entgegen dränget,
Zierlich dankbar was du reichst empfänget.
Welch ein Blick! ein Gruß! ein sprechend Streben!
Schau es recht und du wirst immer geben.

UND was im *Pend-Nameh* steht
Ist dir aus der Brust geschrieben:
Jeden dem du selber gibst
Wirst du wie dich selber lieben.
Reiche froh den Pfennig hin,
Häufe nicht ein Gold-Vermächtnis,
Eile freudig vorzuziehn
Gegenwart vor dem Gedächtnis.

REITEST du bei einem Schmied vorbei,
Weißt nicht wann er dein Pferd beschlägt;
Siehst du eine Hütte im Felde frei,
Weißt nicht ob sie dir ein Liebchen hegt;
Einem Jüngling begegnest du schön und kühn,
Er überwindet dich künftig oder du ihn.
Am sichersten kannst du vom Rebstock sagen
Er werde für dich was Gutes tragen.
So bist du denn der Welt empfohlen,
Das übrige will ich nicht wiederholen.

DEN Gruß des Unbekannten ehre ja!
Er sei dir wert als alten Freundes Gruß.
Nach wenig Worten sagt ihr Lebewohl!
Zum Osten du, er westwärts, Pfad an Pfad —
Kreuzt euer Weg nach vielen Jahren drauf
Sich unerwartet, ruft ihr freudig aus:

Er ist es! ja! da wars! als hätte nicht
So manche Tagefahrt zu Land und See,
So manche Sonnenkehr sich drein gelegt.
Nun tauschet War um Ware, teilt Gewinn!
Ein alt Vertrauen wirke neuen Bund —
Der erste Gruß ist viele tausend wert,
Drum grüße freundlich jeden der begrüßt.

HABEN sie von deinen Fehlen
Immer viel erzählt,
Und für wahr sie zu erzählen
Vielfach sich gequält.
Hätten sie von deinem Guten
Freundlich dir erzählt,
Mit verständig treuen Winken
Wie man Beßres wählt —
O! gewiß! das Allerbeste
Blieb mir nicht verhehlt,
Das fürwahr nur wenig Gäste
In der Klause zählt,
Nun als Schüler mich, zu kommen,
Endlich auserwählt,
Und mich lehrt der Buße Frommen
Wenn der Mensch gefehlt.

MÄRKTE reizen dich zum Kauf;
Doch das Wissen blähet auf.
Wer im Stillen um sich schaut
Lernet wie die Lieb' erbaut.
Bist du Tag und Nacht beflissen
Viel zu hören, viel zu wissen,
Horch an einer andern Türe
Wie zu wissen sich gebühre.
Soll das Rechte zu dir ein,
Fühl in Gott was Rechts zu sein:
Wer von reiner Lieb' entbrannt
Wird vom lieben Gott erkannt.

Wie ich so ehrlich war
Hab' ich gefehlt,
Und habe jahrelang
Mich durchgequält;
Ich galt und galt auch nicht,
Was sollt es heißen?
Nun wollt ich Schelm sein,
Tät mich befleißen;
Das wollt mir gar nicht ein,
Mußt mich zerreißen.
Da dacht ich: ehrlich sein
Ist doch das Beste,
War es nur kümmerlich
So steht es feste.

Frage nicht durch welche Pforte
Du in Gottes Stadt gekommen,
Sondern bleib' am stillen Orte
Wo du einmal Platz genommen.

Schaue dann umher nach Weisen,
Und nach Mächtigen, die befehlen;
Jene werden unterweisen,
Diese Tat und Kräfte stählen.

Wenn du, nützlich und gelassen,
So dem Staate treu geblieben,
Wisse! niemand wird dich hassen
Und dich werden viele lieben.

Und der Fürst erkennt die Treue,
Sie erhält die Tat lebendig;
Dann bewährt sich auch das Neue
Nächst dem Alten erst beständig.

Woher ich kam? Es ist noch eine Frage,
Mein Weg hierher, der ist mir kaum bewußt;
Heut nun und hier am himmelfrohen Tage
Begegnen sich, wie Freunde, Schmerz und Lust.
O süßes Glück, wenn beide sich vereinen!
Einsam, wer möchte lachen, möchte weinen?

Es geht eins nach dem andern hin,
Und auch wohl vor dem andern;
Drum laßt uns rasch und brav und kühn
Die Lebenswege wandern.
Es hält dich auf, mit Seitenblick,
Der Blumen viel zu lesen;
Doch hält nichts grimmiger zurück
Als wenn du falsch gewesen.

Behandelt die Frauen mit Nachsicht!
Aus krummer Rippe ward sie erschaffen,
Gott konnte sie nicht ganz grade machen.
Willst du sie biegen, sie bricht;
Läßt du sie ruhig, sie wird noch krümmer;
Du guter Adam, was ist denn schlimmer? —
Behandelt die Frauen mit Nachsicht:
Es ist nicht gut daß euch eine Rippe bricht.

Das Leben ist ein schlechter Spaß,
Dem fehlts an Dies, dem fehlts an Das,
Der will nicht wenig, der zuviel,
Und Kann und Glück kommt auch ins Spiel.
Und hat sich's Unglück drein gelegt,
Jeder wie er nicht wollte trägt.
Bis endlich Erben mit Behagen
Herrn Kannicht-Willnicht weiter tragen.

Das Leben ist ein Gänsespiel:
Je mehr man vorwärts gehet,
Je früher kommt man an das Ziel,
Wo niemand gerne stehet.

Man sagt die Gänse wären dumm,
O! glaubt mir nicht den Leuten:
Denn eine sieht einmal sich rum
Mich rückwärts zu bedeuten.

Ganz anders ists in dieser Welt
Wo alles vorwärts drücket,
Wenn einer stolpert oder fällt
Keine Seele rückwärts blicket.

»Die Jahre nahmen dir, du sagst, so vieles:
Die eigentliche Lust des Sinnenspieles,
Erinnerung des allerliebsten Tandes
Von gestern, weit- und breiten Landes
Durchschweifen frommt nicht mehr; selbst nicht
                            von Oben
Der Ehren anerkannte Zier, das Loben
Erfreulich sonst. Aus eignem Tun Behagen
Quillt nicht mehr auf, dir fehlt ein dreistes Wagen!
Nun wüßt ich nicht was dir Besondres bliebe?«

Mir bleibt genug! Es bleibt Idee und Liebe!

Vor den Wissenden sich stellen
Sicher ists in allen Fällen!
Wenn du lange dich gequälet,
Weiß er gleich wo dir es fehlet;
Auch auf Beifall darfst du hoffen,
Denn er weiß wo du's getroffen.

FREIGEBIGER wird betrogen,
Geizhafter ausgesogen,
Verständiger irrgeleitet,
Vernünftiger leer geweitet,
Der Harte wird umgangen,
Der Gimpel wird gefangen.
Beherrsche diese Lüge,
Betrogener betrüge!

WER befehlen kann wird loben
Und er wird auch wieder schelten,
Und das muß dir, treuer Diener,
Eines wie das andre gelten.

Denn er lobt wohl das Geringe,
Schilt auch, wo er sollte loben,
Aber bleibst du guter Dinge
Wird er dich zuletzt erproben.

Und so haltets auch ihr Hohen
Gegen Gott wie der Geringe,
Tut und leidet, wie sichs findet,
Bleibt nur immer guter Dinge.

AN SCHACH SEDSCHAN UND SEINESGLEICHEN

DURCH allen Schall und Klang
Der Transoxanen
Erkühnt sich unser Sang
Auf deine Bahnen!
Uns ist für gar nichts bang,
In dir lebendig,
Dein Leben daure lang,
Dein Reich beständig!

HÖCHSTE GUNST

UNGEZÄHMT so wie ich war
Hab' ich einen Herrn gefunden,
Und gezähmt nach manchem Jahr
Eine Herrin auch gefunden.
Da sie Prüfung nicht gespart
Haben sie mich treu gefunden,
Und mit Sorgfalt mich bewahrt
Als den Schatz den sie gefunden.
Niemand diente zweien Herrn
Der dabei sein Glück gefunden;
Herr und Herrin sehn es gern
Daß sie beide mich gefunden,
Und mir leuchtet Glück und Stern
Da ich beide Sie gefunden.

FERDUSI spricht

»O WELT! wie schamlos und boshaft du bist!
Du nährst und erziehest und tötest zugleich.«

Nur wer von Allah begünstiget ist,
Der nährt sich, erzieht sich, lebendig und reich.

*

Was heißt denn Reichtum? Eine wärmende Sonne,
Genießt sie der Bettler, wie wir sie genießen!
Es möge doch keinen der Reichen verdrießen
Des Bettlers, im Eigensinn, selige Wonne.

DSCHELÂL EDDÎN RUMI spricht

VERWEILST du in der Welt, sie flieht als Traum,
Du reisest, ein Geschick bestimmt den Raum;
Nicht Hitze, Kälte nicht vermagst du fest zu halten,
Und was dir blüht, sogleich wird es veralten.

SULEIKA spricht

DER Spiegel sagt mir ich bin schön!
Ihr sagt: zu altern sei auch mein Geschick.
Vor Gott muß alles ewig stehn,
In mir liebt Ihn, für diesen Augenblick.

RENDSCH NAMEH
BUCH DES UNMUTS

»Wo hast du das genommen?
Wie konnt es zu dir kommen?
Wie aus dem Lebensplunder
Erwarbst du diesen Zunder,
Der Funken letzte Gluten
Von frischem zu ermuten?«

Euch mög es nicht bedünkeln
Es sei gemeines Fünkeln;
Auf ungemeßner Ferne,
Im Ozean der Sterne,
Mich hatt ich nicht verloren,
Ich war wie neu geboren.

Von weißer Schafe Wogen
Die Hügel überzogen,
Umsorgt von ernsten Hirten,
Die gern und schmal bewirten,
So ruhig-, liebe Leute
Daß jeder mich erfreute.

In schauerlichen Nächten,
Bedrohet von Gefechten,
Das Stöhnen der Kamele
Durchdrang das Ohr, die Seele,
Und derer die sie führen
Einbildung und Stolzieren.

Und immer ging es weiter
Und immer ward es breiter
Und unser ganzes Ziehen
Es schien ein ewig Fliehen,
Blau, hinter Wüst und Heere,
Der Streif erlogner Meere.

KEINEN Reimer wird man finden
Der sich nicht den besten hielte,
Keinen Fiedler der nicht lieber
Eigne Melodieen spielte.

Und ich konnte sie nicht tadeln:
Wenn wir andern Ehre geben
Müssen wir uns selbst entadeln.
Lebt man denn wenn andre leben?

Und so fand ichs denn auch juste
In gewissen Antichambern,
Wo man nicht zu sondern wußte
Mäusedreck von Koriandern.

Das Gewesne wollte hassen
Solche rüstige neue Besen,
Diese dann nicht gelten lassen
Was sonst Besen war gewesen.

Und wo sich die Völker trennen
Gegenseitig im Verachten,
Keins von beiden wird bekennen
Daß sie nach demselben trachten.

Und das grobe Selbstempfinden
Haben Leute hart gescholten,
Die am wenigsten verwinden
Wenn die andern was gegolten.

BEFINDET sich einer heiter und gut,
Gleich will ihn der Nachbar peinigen;
So lang der Tüchtige lebt und tut
Möchten sie ihn gerne steinigen.
Ist er hinterher aber tot,
Gleich sammeln sie große Spenden,
Zu Ehren seiner Lebensnot

Ein Denkmal zu vollenden.
Doch ihren Vorteil sollte dann
Die Menge wohl ermessen,
Gescheiter wärs, den guten Mann
Auf immerdar vergessen.

ÜBERMACHT, ihr könnt es spüren,
Ist nicht aus der Welt zu bannen;
Mir gefällt zu konversieren
Mit Gescheiten, mit Tyrannen.

Da die dummen Eingeengten
Immerfort am stärksten pochten,
Und die Halben, die Beschränkten
Gar zu gern uns unterjochten,

Hab' ich mich für frei erkläret,
Von den Narren, von den Weisen,
Diese bleiben ungestöret,
Jene möchten sich zerreißen.

Denken, in Gewalt und Liebe
Müßten wir zuletzt uns gatten,
Machen mir die Sonne trübe
Und erhitzen mir den Schatten.

Hafis auch und Ulrich Hutten
Mußten ganz bestimmt sich rüsten
Gegen braun- und blaue Kutten;
Meine gehn wie andre Christen.

»Aber nenn uns doch die Feinde!«
Niemand soll sie unterscheiden:
Denn ich hab' in der Gemeinde
Schon genug daran zu leiden.

WENN du auf dem Guten ruhst
Nimmer werd' ichs tadeln,
Wenn du gar das Gute tust
Sieh das soll dich adeln;
Hast du aber deinen Zaun
Um dein Gut gezogen,
Leb' ich frei und lebe traun
Keineswegs betrogen.

Denn die Menschen sie sind gut,
Würden besser bleiben,
Sollte nicht wie's einer tut
Auch der andre treiben.
Auf dem Weg da ists ein Wort,
Niemand wirds verdammen:
Wollen wir an Einen Ort,
Nun, wir gehn zusammen.

Vieles wird sich da und hie
Uns entgegen stellen.
In der Liebe mag man nie
Helfer und Gesellen,
Geld und Ehre hätte man
Gern allein zur Spende,
Und der Wein, der treue Mann,
Der entzweit am Ende.

Hat doch über solches Zeug
Hafis auch gesprochen,
Über manchen dummen Streich
Sich den Kopf zerbrochen,
Und ich seh nicht was es frommt
Aus der Welt zu laufen,
Magst du, wenns zum Schlimmsten kommt,
Auch einmal dich raufen.

ALS wenn das auf Namen ruhte,
Was sich schweigend nur entfaltet!
Lieb’ ich doch das schöne Gute
Wie es sich aus Gott gestaltet.

Jemand lieb’ ich, das ist nötig;
Niemand haß ich; soll ich hassen,
Auch dazu bin ich erbötig,
Hasse gleich in ganzen Massen.

Willst sie aber näher kennen,
Sieh aufs Rechte, sieh aufs Schlechte;
Was sie ganz fürtrefflich nennen
Ist wahrscheinlich nicht das Rechte.

Denn das Rechte zu ergreifen
Muß man aus dem Grunde leben,
Und salbadrisch auszuschweifen
Dünket mich ein seicht Bestreben.

Wohl! Herr Knitterer er kann sich
Mit Zersplitterer vereinen,
Und Verwitterer alsdann sich
Allenfalls der Beste scheinen.

Daß nur immer in Erneuung
Jeder täglich Neues höre,
Und zugleich auch die Zerstreuung
Jeden in sich selbst zerstöre.

Dies der Landsmann wünscht und liebet,
Mag er Deutsch, mag Teutsch sich schreiben,
Liedchen aber heimlich piepet:
Also war es und wird bleiben.

MEDSCHNUN heißt — ich will nicht sagen
Daß es grad' ein Toller heiße;
Doch ihr müßt mich nicht verklagen
Daß ich mich als Medschnun preise.

Wenn die Brust, die redlich volle,
Sich entladet euch zu retten,
Ruft ihr nicht: das ist der Tolle!
Holet Stricke, schaffet Ketten!

Und wenn ihr zuletzt in Fesseln
Seht die Klügeren verschmachten,
Sengt es euch wie Feuernesseln
Das vergebens zu betrachten.

HAB' ich euch denn je geraten
Wie ihr Kriege führen solltet?
Schalt ich euch, nach euren Taten,
Wenn ihr Friede schließen wolltet?

Und so hab' ich auch den Fischer
Ruhig sehen Netze werfen,
Brauchte dem gewandten Tischer
Winkelmaß nicht einzuschärfen.

Aber ihr wollt' besser wissen
Was ich weiß, der ich bedachte
Was Natur, für mich beflissen,
Schon zu meinem Eigen machte.

Fühlt ihr auch dergleichen Stärke?
Nun, so fördert eure Sachen!
Seht ihr aber meine Werke,
Lernet erst: so wollt ers machen.

ÜBERS Niederträchtige
Niemand sich beklage;
Denn es ist das Mächtige,
Was man dir auch sage.

In dem Schlechten waltet es
Sich zu Hochgewinne,
Und mit Rechtem schaltet es
Ganz nach seinem Sinne.

Wandrer! — Gegen solche Not
Wolltest du dich sträuben?
Wirbelwind und trocknen Kot
Laß sie drehn und stäuben.

WER wird von der Welt verlangen
Was sie selbst vermißt und träumet,
Rückwärts oder seitwärts blickend
Stets den Tag des Tags versäumet?
Ihr Bemühn, ihr guter Wille
Hinkt nur nach dem raschen Leben,
Und was du vor Jahren brauchtest,
Möchte sie dir heute geben.

SICH selbst zu loben ist ein Fehler,
Doch jeder tuts der etwas Gutes tut;
Und ist er dann in Worten kein Verhehler,
Das Gute bleibt doch immer gut.

Laßt doch, ihr Narren, doch die Freude
Dem Weisen, der sich weise hält,
Daß er, ein Narr wie ihr, vergeude
Den abgeschmackten Dank der Welt.

GLAUBST du denn von Mund zu Ohr
Sei ein redlicher Gewinst?
Überliefrung, o! du Tor!
Ist auch wohl ein Hirngespinst.
Nun geht erst das Urteil an.
Dich vermag aus Glaubensketten
Der Verstand allein zu retten,
Dem du schon Verzicht getan.

UND wer franzet oder britet,
Italienert oder teutschet,
Einer will nur wie der andre
Was die Eigenliebe heischet.

Denn es ist kein Anerkennen,
Weder vieler, noch des einen,
Wenn es nicht am Tage fördert
Wo man selbst was möchte scheinen.

Morgen habe denn das Rechte
Seine Freunde wohlgesinnet,
Wenn nur heute noch das Schlechte
Vollen Platz und Gunst gewinnet.

Wer nicht von dreitausend Jahren
Sich weiß Rechenschaft zu geben,
Bleib' im Dunkeln unerfahren,
Mag von Tag zu Tage leben.

SONST wenn man den heiligen Koran zitierte
Nannte man die Sure, den Vers dazu,
Und jeder Moslem, wie sichs gebührte,
Fühlte sein Gewissen in Respekt und Ruh.
Die neuen Derwische wissens nicht besser,
Sie schwatzen das Alte, das Neue dazu.
Die Verwirrung wird täglich größer,
O! heiliger Koran! O! ewige Ruh!

DER PROPHET spricht

ÄRGERTS jemand daß es Gott gefallen
Mahomet zu gönnen Schutz und Glück,
An den stärksten Balken seiner Hallen
Da befestig' er den derben Strick,
Knüpfe sich daran! das hält und trägt;
Er wird fühlen daß sein Zorn sich legt.

TIMUR spricht

WAS? Ihr mißbilliget den kräftgen Sturm
Des Übermuts? Verlogne Pfaffen!
Hätt Allah mich bestimmt zum Wurm,
So hätt er mich als Wurm geschaffen.

HIKMET NAMEH
BUCH DER SPRÜCHE

TALISMANE werd' ich in dem Buch zerstreuen,
Das bewirkt ein Gleichgewicht.
Wer mit gläubiger Nadel sticht
Überall soll gutes Wort ihn freuen.

VOM heutgen Tag, von heutger Nacht
Verlange nichts
Als was die gestrigen gebracht.

WER geboren in bös'sten Tagen
Dem werden selbst die bösen behagen.

WIE etwas sei leicht
Weiß der es erfunden und der es erreicht.

DAS Meer flutet immer,
Das Land behält es nimmer.

WAS wird mir jede Stunde so bang? —
Das Leben ist kurz, der Tag ist lang.
Und immer sehnt sich fort das Herz,
Ich weiß nicht recht ob himmelwärts;
Fort aber will es hin und hin,
Und möchte vor sich selber fliehn.
Und fliegt es an der Liebsten Brust
Da ruhts im Himmel unbewußt;
Der Lebe-Strudel reißt es fort
Und immer hängts an Einem Ort;
Was es gewollt, was es verlor
Es bleibt zuletzt sein eigner Tor.

PRÜFT das Geschick dich, weiß es wohl warum:
Es wünschte dich enthaltsam! Folge stumm.

Noch ist es Tag, da rühre sich der Mann,
Die Nacht tritt ein, wo niemand wirken kann.

Was machst du an der Welt, sie ist schon gemacht,
Der Herr der Schöpfung hat alles bedacht.
Dein Los ist gefallen, verfolge die Weise,
Der Weg ist begonnen, vollende die Reise:
Denn Sorgen und Kummer verändern es nicht,
Sie schleudern dich ewig aus gleichem Gewicht.

Wenn der schwer Gedrückte klagt:
Hülfe, Hoffnung sei versagt,
Bleibet heilsam fort und fort
Immer noch ein freundlich Wort.

»Wie ungeschickt habt ihr euch benommen
Da euch das Glück ins Haus gekommen!«
Das Mädchen hats nicht übelgenommen,
Und ist noch ein paarmal wiedergekommen.

Mein Erbteil wie herrlich, weit und breit!
Die Zeit ist mein Besitz, mein Acker ist die Zeit.

Gutes tu rein aus des Guten Liebe!
Das überliefre deinem Blut;
Und wenns den Kindern nicht verbliebe
Den Enkeln kommt es doch zugut.

Enweri sagts, ein herrlichster der Männer,
Des tiefsten Herzens, höchsten Hauptes Kenner:
Dir frommt an jedem Ort, zu jeder Zeit
Geradheit, Urteil und Verträglichkeit.

Was klagst du über Feinde?
Sollten solche je werden Freunde,
Denen das Wesen wie du bist
Im Stillen ein ewiger Vorwurf ist?

DÜMMER ist nichts zu ertragen,
Als wenn Dumme sagen den Weisen:
Daß sie sich in großen Tagen
Sollten bescheidentlich erweisen.

WENN Gott so schlechter Nachbar wäre
Als ich bin und als du bist,
Wir hätten beide wenig Ehre;
Der läßt einen jeden wie er ist.

GESTEHTS! die Dichter des Orients
Sind größer als wir des Okzidents.
Worin wir sie aber völlig erreichen,
Das ist im Haß auf unsresgleichen.

ÜBERALL will jeder obenauf sein,
Wie's eben in der Welt so geht.
Jeder sollte freilich grob sein,
Aber nur in dem was er versteht.

VERSCHON uns, Gott, mit deinem Grimme!
Zaunkönige gewinnen Stimme.

WILL der Neid sich doch zerreißen,
Laß ihn seinen Hunger speisen.

SICH im Respekt zu erhalten
Muß man recht borstig sein.
Alles jagt man mit Falken,
Nur nicht das wilde Schwein.

WAS hilfts dem Pfaffen-Orden
Der mir den Weg verrannt?
Was nicht gerade erfaßt worden
Wird auch schief nicht erkannt.

EINEN Helden mit Lust preisen und nennen
Wird jeder der selbst als kühner stritt.

Des Menschen Wert kann niemand erkennen
Der nicht selbst Hitze und Kälte litt.

GUTES tu rein aus des Guten Liebe,
Was du tust verbleibt dir nicht;
Und wenn es auch dir verbliebe
Bleibt es deinen Kindern nicht.

SOLL man dich nicht aufs schmählichste berauben,
Verbirg dein Gold, dein Weggehn, deinen Glauben.

WIE kommts daß man an jedem Orte
So viel Gutes, so viel Dummes hört?
Die Jüngsten wiederholen der Ältesten Worte,
Und glauben daß es ihnen angehört.

LASS dich nur in keiner Zeit
Zum Widerspruch verleiten,
Weise fallen in Unwissenheit
Wenn sie mit Unwissenden streiten.

»WARUM ist Wahrheit fern und weit?
Birgt sich hinab in tiefste Gründe?«

Niemand versteht zur rechten Zeit! –
Wenn man zur rechten Zeit verstünde:
So wäre Wahrheit nah und breit,
Und wäre lieblich und gelinde.

WAS willst du untersuchen
Wohin die Milde fließt!
Ins Wasser wirf deine Kuchen,
Wer weiß wer sie genießt.

ALS ich einmal eine Spinne erschlagen,
Dacht ich ob ich das wohl gesollt?
Hat Gott ihr doch wie mir gewollt
Einen Anteil an diesen Tagen!

»Dunkel ist die Nacht, bei Gott ist Licht.
Warum hat er uns nicht auch so zugericht?«

Welch eine bunte Gemeinde!
An Gottes Tisch sitzen Freund- und Feinde.

Ihr nennt mich einen kargen Mann;
Gebt mir was ich verprassen kann.

Soll ich dir die Gegend zeigen,
Mußt du erst das Dach besteigen.

Wer schweigt hat wenig zu sorgen,
Der Mensch bleibt unter der Zunge verborgen.

Ein Herre mit zwei Gesind
Er wird nicht wohl gepflegt.
Ein Haus worin zwei Weiber sind
Es wird nicht rein gefegt.

Ihr lieben Leute, bleibt dabei
Und sagt nur: Autos epha!
Was sagt ihr lange Mann und Weib,
Adam, so heißts, und Eva.

Wofür ich Allah höchlich danke?
Daß er Leiden und Wissen getrennt.
Verzweifeln müßte jeder Kranke
Das Übel kennend wie der Arzt es kennt.

Närrisch, daß jeder in seinem Falle
Seine besondere Meinung preist!
Wenn *Islam* Gott ergeben heißt,
In Islam leben und sterben wir alle.

Wer auf die Welt kommt baut ein neues Haus,
Er geht und läßt es einem zweiten,
Der wird sichs anders zubereiten,
Und niemand baut es aus.

Wer in mein Haus tritt der kann schelten
Was ich ließ viele Jahre gelten;
Vor der Tür aber müßt er passen
Wenn ich ihn nicht wollte gelten lassen.

Herr! laß dir gefallen
Dieses kleine Haus,
Größre kann man bauen,
Mehr kommt nicht heraus.

Du bist auf immer geborgen,
Das nimmt dir niemand wieder:
Zwei Freunde, ohne Sorgen,
Weinbecher, Büchlein Lieder.

»Was brachte Lokman nicht hervor,
Den man den garstgen hieß!«
Die Süßigkeit liegt nicht im Rohr,
Der Zucker der ist süß.

Herrlich ist der Orient
Übers Mittelmeer gedrungen;
Nur wer Hafis liebt und kennt
Weiß was Calderon gesungen.

»Was schmückst du die eine Hand denn nun
Weit mehr als ihr gebührte?«
Was sollte denn die linke tun,
Wenn sie die rechte nicht zierte?

WENN man auch nach Mekka triebe
Christus' Esel, würd' er nicht
Dadurch besser abgericht,
Sondern stets ein Esel bliebe.

GETRETNER Quark
Wird breit, nicht stark.

Schlägst du ihn aber mit Gewalt
In feste Form, er nimmt Gestalt.
Dergleichen Steine wirst du kennen,
Europäer Pisé sie nennen.

BETRÜBT euch nicht, ihr guten Seelen!
Denn wer nicht fehlt, weiß wohl wenn andre fehlen;
Allein wer fehlt der ist erst recht daran,
Er weiß nun deutlich wie sie wohl getan.

»DU HAST gar vielen nicht gedankt
Die dir so manches Gute gegeben!«
Darüber bin ich nicht erkrankt,
Ihre Gaben mir im Herzen leben.

GUTEN Ruf mußt du dir machen,
Unterscheiden wohl die Sachen;
Wer was weiter will, verdirbt.

»DIE Flut der Leidenschaft sie stürmt vergebens
Ans unbezwungne feste Land.«
Sie wirft poetische Perlen an den Strand,
Und das ist schon Gewinn des Lebens.

Vertrauter

DU HAST so manche Bitte gewährt
Und wenn sie dir auch schädlich war;
Der gute Mann da hat wenig begehrt,
Dabei hat es doch keine Gefahr.

Vesir

Der gute Mann hat wenig begehrt,
Und hätt ichs ihm sogleich gewährt
Er auf der Stelle verloren war.

SCHLIMM ist es, wie doch wohl geschieht,
Wenn Wahrheit sich nach dem Irrtum zieht;
Das ist auch manchmal ihr Behagen,
Wer wird so schöne Frau befragen?
Herr Irrtum wollt' er an Wahrheit sich schließen
Das sollte Frau Wahrheit baß verdrießen.

WISSE daß mir sehr mißfällt
Wenn so viele singen und reden!
Wer treibt die Dichtkunst aus der Welt?
Die Poeten!

TIMUR NAMEH
BUCH DES TIMUR

DER WINTER UND TIMUR

So umgab sie nun der Winter
Mit gewaltgem Grimme. Streuend
Seinen Eishauch zwischen alle,
Hetzt' er die verschiednen Winde
Widerwärtig auf sie ein.
Über sie gab er Gewaltkraft
Seinen frostgespitzten Stürmen,
Stieg in Timurs Rat hernieder,
Schrie ihn drohend an und sprach so:
Leise, langsam, Unglückselger!
Wandle du Tyrann des Unrechts;
Sollen länger noch die Herzen
Sengen, brennen deinen Flammen?
Bist du der verdammten Geister
Einer, wohl! ich bin der andre.
Du bist Greis, ich auch, erstarren
Machen wir so Land als Menschen.
Mars! du bists! ich bin Saturnus,
Übeltätige Gestirne,
Im Verein die schrecklichsten.
Tötest du die Seele, kältest
Du den Luftkreis — meine Lüfte
Sind noch kälter als du sein kannst.
Quälen deine wilden Heere
Gläubige mit tausend Martern —
Wohl, in meinen Tagen soll sich,
Geb es Gott! was Schlimmres finden.
Und bei Gott! dir schenk ich nichts.
Hör es Gott was ich dir biete!
Ja bei Gott! von Todeskälte
Nicht, o Greis, verteidgen soll dich
Breite Kohlenglut vom Herde,
Keine Flamme des Dezembers.

AN SULEIKA

Dir mit Wohlgeruch zu kosen,
Deine Freuden zu erhöhn,
Knospend müssen tausend Rosen
Erst in Gluten untergehn.

Um ein Fläschchen zu besitzen
Das den Ruch auf ewig hält,
Schlank wie deine Fingerspitzen,
Da bedarf es einer Welt;

Einer Welt von Lebenstrieben,
Die, in ihrer Fülle Drang,
Ahndeten schon Bulbuls Lieben,
Seeleregenden Gesang.

Sollte jene Qual uns quälen,
Da sie unsre Lust vermehrt?
Hat nicht Myriaden Seelen
Timurs Herrschaft aufgezehrt!

SULEIKA NAMEH
BUCH SULEIKA

Ich gedachte in der Nacht
Daß ich den Mond sähe im Schlaf;
Als ich aber erwachte
Ging unvermutet die Sonne auf.

EINLADUNG

MUSST nicht vor dem Tage fliehen:
Denn der Tag den du ereilest
Ist nicht besser als der heutge;
Aber wenn du froh verweilest
Wo ich mir die Welt beseitge
Um die Welt an mich zu ziehen,
Bist du gleich mit mir geborgen:
Heut ist heute, morgen morgen,
Und was folgt und was vergangen
Reißt nicht hin und bleibt nicht hangen.
Bleibe du, mein Allerliebstes,
Denn du bringst es und du gibst es.

DASS Suleika von Jussuph entzückt war
Ist keine Kunst;
Er war jung, Jugend hat Gunst,
Er war schön, sie sagen zum Entzücken,
Schön war sie, konnten einander beglücken.
Aber daß du, die so lange mir erharrt war,
Feurige Jugendblicke mir schickst,
Jetzt mich liebst, mich später beglückst,
Das sollen meine Lieder preisen,
Sollst mir ewig Suleika heißen.

DA DU nun Suleika heißest
Sollt' ich auch benamset sein.
Wenn du deinen Geliebten preisest,
Hatem! das soll der Name sein.

Nur daß man mich daran erkennet,
Keine Anmaßung soll es sein:
Wer sich St. Georgenritter nennet
Denkt nicht gleich Sankt Georg zu sein.
Nicht Hatem Thai, nicht der alles Gebende
Kann ich in meiner Armut sein;
Hatem Zograi nicht, der reichlichst Lebende
Von allen Dichtern, möcht ich sein.
Aber beide doch im Auge zu haben
Es wird nicht ganz verwerflich sein:
Zu nehmen, zu geben des Glückes Gaben
Wird immer ein groß Vergnügen sein.
Sich liebend an einander zu laben
Wird Paradieses Wonne sein.

HATEM

NICHT Gelegenheit macht Diebe,
Sie ist selbst der größte Dieb;
Denn sie stahl den Rest der Liebe
Die mir noch im Herzen blieb.

Dir hat sie ihn übergeben
Meines Lebens Vollgewinn,
Daß ich nun, verarmt, mein Leben
Nur von dir gewärtig bin.

Doch ich fühle schon Erbarmen
Im Karfunkel deines Blicks
Und erfreu in deinen Armen
Mich erneuerten Geschicks.

SULEIKA

HOCHBEGLÜCKT in deiner Liebe
Schelt ich nicht Gelegenheit;
Ward sie auch an dir zum Diebe,
Wie mich solch ein Raub erfreut!

Und wozu denn auch berauben?
Gib dich mir aus freier Wahl;
Gar zu gerne möcht ich glauben —
Ja! ich bins die dich bestahl.

Was so willig du gegeben
Bringt dir herrlichen Gewinn,
Meine Ruh, mein reiches Leben
Geb ich freudig, nimm es hin.

Scherze nicht! Nichts von Verarmen!
Macht uns nicht die Liebe reich?
Halt ich dich in meinen Armen,
Jedem Glück ist meines gleich.

DER Liebende wird nicht irre gehn,
Wärs um ihn her auch noch so trübe.
Sollten Leila und Medschnun auferstehn,
Von mir erführen sie den Weg der Liebe.

ISTS möglich daß ich Liebchen dich kose!
Vernehme der göttlichen Stimme Schall!
Unmöglich scheint immer die Rose,
Unbegreiflich die Nachtigall.

SULEIKA

ALS ich auf dem Euphrat schiffte,
Streifte sich der goldne Ring
Fingerab, in Wasserklüfte,
Den ich jüngst von dir empfing.

Also träumt ich. Morgenröte
Blitzt ins Auge durch den Baum,
Sag' Poete, sag' Prophete!
Was bedeutet dieser Traum?

HATEM

Dies zu deuten bin erbötig!
Hab' ich dir nicht oft erzählt,
Wie der Doge von Venedig
Mit dem Meere sich vermählt?

So von deinen Fingergliedern
Fiel der Ring dem Euphrat zu.
Ach zu tausend Himmelsliedern,
Süßer Traum, begeisterst du!

Mich, der von den Indostanen
Streifte bis Damaskus hin,
Um mit neuen Karawanen
Bis ans Rote Meer zu ziehn,

Mich vermählst du deinem Flusse,
Der Terrasse, diesem Hain,
Hier soll bis zum letzten Kusse
Dir mein Geist gewidmet sein.

Kenne wohl der Männer Blicke,
Einer sagt: »Ich liebe, leide!
Ich begehre, ja verzweifle!«
Und was sonst ist kennt ein Mädchen.
Alles das kann mir nicht helfen,
Alles das kann mich nicht rühren;
Aber Hatem! deine Blicke
Geben erst dem Tage Glanz.
Denn sie sagen: »Die gefällt mir
Wie mir sonst nichts mag gefallen.
Seh ich Rosen, seh ich Lilien,
Aller Gärten Zier und Ehre,
So Zypressen, Myrten, Veilchen,
Aufgeregt zum Schmuck der Erde;
Und geschmückt ist sie ein Wunder,
Mit Erstaunen uns umfangend,

Uns erquickend, heilend, segnend,
Daß wir uns gesundet fühlen,
Wieder gern erkranken möchten.«
Da erblicktest du Suleika
Und gesundetest erkrankend,
Und erkranketest gesundend,
Lächeltest und sahst herüber
Wie du nie der Welt gelächelt.
Und Suleika fühlt des Blickes
Ewge Rede: »*Die* gefällt mir
Wie mir sonst nichts mag gefallen.«

GINGO BILOBA

Dieses Baums Blatt der von Osten
Meinem Garten anvertraut
Gibt geheimen Sinn zu kosten
Wie's den Wissenden erbaut.

Ist es Ein lebendig Wesen
Das sich in sich selbst getrennt?
Sind es Zwei die sich erlesen
Daß man sie als Eines kennt?

Solche Frage zu erwidern
Fand ich wohl den rechten Sinn;
Fühlst du nicht an meinen Liedern
Daß ich Eins und doppelt bin.

Suleika

Sag', du hast wohl viel gedichtet,
Hin und her dein Lied gerichtet,
Schöne Schrift, von deiner Hand,
Prachtgebunden, goldgerändet,
Bis auf Punkt und Strich vollendet,
Zierlich lockend manchen Band?
Stets wo du sie hingewendet
Wars gewiß ein Liebespfand!

Hatem

Ja! von mächtig holden Blicken,
Wie von lächelndem Entzücken
Und von Zähnen blendend klar,
Wimpern-Pfeilen, Locken-Schlangen,
Hals und Busen reizumhangen,
Tausendfältige Gefahr!
Denke nun, wie von so langem
Prophezeit Suleika war.

Suleika

DIE Sonne kommt! Ein Prachterscheinen!
Der Sichelmond umklammert sie.
Wer konnte solch ein Paar vereinen?
Dies Rätsel wie erklärt sichs? wie?

Hatem

Der Sultan konnt es, er vermählte
Das allerhöchste Weltenpaar,
Um zu bezeichnen Auserwählte,
Die Tapfersten der treuen Schar.

Auch sei's ein Bild von unsrer Wonne!
Schon seh ich wieder mich und dich,
Du nennst mich, Liebchen, deine Sonne,
Komm, süßer Mond, umklammre mich!

KOMM, Liebchen, komm! umwinde mir die Mütze!
Aus deiner Hand nur ist der Tulbend schön.
Hat Abbas doch, auf Irans höchstem Sitze,
Sein Haupt nicht zierlicher umwinden sehn.

Ein Tulbend war das Band das Alexandern
In Schleifen schön vom Haupte fiel,
Und allen Folgeherrschern, jenen andern,
Als Königszierde wohlgefiel.

Ein Tulbend ists der unsern Kaiser schmücket,
Sie nennens Krone. Name geht wohl hin!
Juwel und Perle! sei das Aug' entzücket!
Der schönste Schmuck ist stets der Musselin.

Und diesen hier, ganz rein und silberstreifig,
Umwinde Liebchen um die Stirn umher.
Was ist denn Hoheit? Mir ist sie geläufig!
Du schaust mich an, ich bin so groß als Er.

NUR wenig ists was ich verlange,
Weil eben alles mir gefällt,
Und dieses wenige, wie lange,
Gibt mir gefällig schon die Welt!

Oft sitz ich heiter in der Schenke
Und heiter im beschränkten Haus;
Allein sobald ich dein gedenke
Dehnt sich mein Geist erobernd aus.

Dir sollten Timurs Reiche dienen,
Gehorchen sein gebietend Heer,
Badakschan zollte dir Rubinen,
Türkise das Hyrkanische Meer.

Getrocknet honigsüße Früchte
Von Bochara, dem Sonnenland,
Und tausend liebliche Gedichte
Auf Seidenblatt von Samarkand.

Da solltest du mit Freude lesen
Was ich von Ormus dir verschrieb,
Und wie das ganze Handelswesen
Sich nur bewegte dir zulieb;

Wie in dem Lande der Brahmanen
Viel tausend Finger sich bemüht,

Daß alle Pracht der Indostanen
Für dich auf Woll und Seide blüht;

Ja, zu Verherrlichung der Lieben,
Gießbäche Soumelpours durchwühlt,
Aus Erde, Grus, Gerill, Geschieben
Dir Diamanten ausgespült;

Wie Taucherschar verwegner Männer
Der Perle Schatz dem Golf entriß,
Darauf ein Divan scharfer Kenner
Sie dir zu reihen sich befliß.

Wenn nun Bassora noch das Letzte,
Gewürz und Weihrauch, beigetan,
Bringt alles was die Welt ergetzte
Die Karawane dir heran.

Doch alle diese Kaisergüter
Verwirrten doch zuletzt den Blick;
Und wahrhaft liebende Gemüter
Eins nur im andern fühlt sein Glück.

Hätt ich irgend wohl Bedenken
Balch, Bochâra, Samarkand,
Süßes Liebchen, dir zu schenken,
Dieser Städte Rausch und Tand?

Aber frag' einmal den Kaiser
Ob er dir die Städte gibt?
Er ist herrlicher und weiser;
Doch er weiß nicht wie man liebt.

Herrscher! zu dergleichen Gaben
Nimmermehr bestimmst du dich!
Solch ein Mädchen muß man haben
Und ein Bettler sein wie ich.

Die schön geschriebenen,
Herrlich umgüldeten,
Belächeltest du,
Die anmaßlichen Blätter,
Verziehst mein Prahlen
Von deiner Lieb' und meinem
Durch dich glücklichen Gelingen,
Verziehst anmutigem Selbstlob.

Selbstlob! Nur dem Neide stinkts,
Wohlgeruch Freunden
Und eignem Schmack!

Freude des Daseins ist groß,
Größer die Freud' am Dasein.
Wenn du, Suleika,
Mich überschwenglich beglückst,
Deine Leidenschaft mir zuwirfst
Als wärs ein Ball,
Daß ich ihn fange,
Dir zurückwerfe
Mein gewidmetes Ich —
Das ist Ein Augenblick!
Und dann reißt mich von dir
Bald der Franke, bald der Armenier.

Aber Tage währts,
Jahre dauerts, daß ich neu erschaffe
Tausendfältig deiner Verschwendungen Fülle,
Auftrösle die bunte Schnur meines Glücks,
Geklöppelt tausendfadig
Von dir, o Suleika.

Hier nun dagegen
Dichtrische Perlen,
Die mir deiner Leidenschaft
Gewaltige Brandung
Warf an des Lebens

Verödeten Strand aus.
Mit spitzen Fingern
Zierlich gelesen,
Durchreiht mit juwelenem
Goldschmuck,
Nimm sie an deinen Hals,
An deinen Busen!
Die Regentropfen Allahs,
Gereift in bescheidener Muschel.

LIEB' um Liebe, Stund' um Stunde,
Wort um Wort und Blick um Blick;
Kuß um Kuß, vom treusten Munde,
Hauch um Hauch und Glück um Glück.
So am Abend, so am Morgen!
Doch du fühlst an meinen Liedern
Immer noch geheime Sorgen;
Jussuphs Reize möcht ich borgen
Deine Schönheit zu erwidern.

Suleika
VOLK und Knecht und Überwinder
Sie gestehn, zu jeder Zeit,
Höchstes Glück der Erdenkinder
Sei nur die Persönlichkeit.

Jedes Leben sei zu führen
Wenn man sich nicht selbst vermißt,
Alles könne man verlieren
Wenn man bliebe was man ist.

Hatem
Kann wohl sein! so wird gemeinet;
Doch ich bin auf andrer Spur:
Alles Erdenglück vereinet
Find' ich in Suleika nur.

Wie sie sich an mich verschwendet
Bin ich mir ein wertes Ich;
Hätte sie sich weggewendet
Augenblicks verlör ich mich.

Nun, mit Hatem wärs zu Ende;
Doch schon hab' ich umgelost,
Ich verkörpre mich behende
In den Holden den sie kost.

Wollte, wo nicht gar ein Rabbi,
Das will mir so recht nicht ein,
Doch Ferdusi, Motanabbi,
Allenfalls der Kaiser sein.

Hatem
WIE des Goldschmieds Bazarlädchen
Vielgefärbt-, -geschliffne Lichter,
So umgeben hübsche Mädchen
Den beinah ergrauten Dichter.

Mädchen
Singst du schon Suleika wieder!
Diese können wir nicht leiden,
Nicht um dich — um deine Lieder
Wollen, müssen wir sie neiden.

Denn, wenn sie auch garstig wäre,
Machst du sie zum schönsten Wesen,
Und so haben wir von Dschemil
Und Boteinah viel gelesen.

Aber eben weil wir hübsch sind
Möchten wir auch gern gemalt sein,
Und, wenn du es billig machest,
Sollst du auch recht hübsch bezahlt sein.

75

Hatem

Bräunchen, komm! es wird schon gehen;
Zöpfe, Kämme groß- und kleine
Zieren Köpfchens nette Reine
Wie die Kuppel ziert Moscheen.

Du Blondinchen bist so zierlich,
Aller Weis' und Weg' so nette,
Man gedenkt nicht ungebührlich
Alsogleich der Minarette.

Du dahinten hast der Augen
Zweierlei, du kannst die beiden
Einzeln nach Belieben brauchen;
Doch ich sollte dich vermeiden.

Leicht gedrückt der Augenlider
Eines, die den Stern bewhelmen,
Deutet auf den Schelm der Schelmen,
Doch das andre schaut so bieder.

Dies, wenn jens verwundend angelt,
Heilend, nährend wird sichs weisen.
Niemand kann ich glücklich preisen
Der des Doppelblicks ermangelt.

Und so könnt ich alle loben,
Und so könnt ich alle lieben:
Denn so wie ich euch erhoben
War die Herrin mit beschrieben.

Mädchen

Dichter will so gerne Knecht sein,
Weil die Herrschaft draus entspringet;
Doch vor allem sollt' ihm recht sein
Wenn das Liebchen selber singet.

76

Ist sie denn des Liedes mächtig
Wie's auf unsern Lippen waltet?
Denn es macht sie gar verdächtig
Daß sie im Verborgnen schaltet.

Hatem

Nun wer weiß was sie erfüllet!
Kennt ihr solcher Tiefe Grund?
Selbstgefühltes Lied entquillet,
Selbstgedichtetes dem Mund.

Von euch Dichterinnen allen
Ist ihr eben keine gleich:
Denn sie singt mir zu gefallen,
Und ihr singt und liebt nur euch.

Mädchen

Merken wohl, du hast uns eine
Jener Huris vorgeheuchelt!
Mag schon sein! wenn es nur keine
Sich auf dieser Erde schmeichelt.

HATEM

LOCKEN! haltet mich gefangen
In dem Kreise des Gesichts!
Euch geliebten braunen Schlangen
Zu erwidern hab' ich nichts.

Nur dies Herz es ist von Dauer,
Schwillt in jugendlichstem Flor;
Unter Schnee und Nebelschauer
Rast ein Ätna dir hervor.

Du beschämst wie Morgenröte
Jener Gipfel ernste Wand,
Und noch einmal fühlet Hatem
Frühlingshauch und Sommerbrand.

Schenke her! Noch eine Flasche!
Diesen Becher bring ich Ihr!
Findet sie ein Häufchen Asche,
Sagt sie: der verbrannte mir.

NIMMER will ich dich verlieren!
Liebe gibt der Liebe Kraft.
Magst du meine Jugend zieren
Mit gewaltiger Leidenschaft.
Ach! wie schmeichelts meinem Triebe
Wenn man meinen Dichter preist:
Denn das Leben ist die Liebe,
Und des Lebens Leben Geist.

LASS deinen süßen Rubinenmund
Zudringlichkeiten nicht verfluchen,
Was hat Liebesschmerz andern Grund
Als seine Heilung zu suchen.

BIST du von deiner Geliebten getrennt
Wie Orient vom Okzident,
Das Herz durch alle Wüste rennt;
Es gibt sich überall selbst das Geleit,
Für Liebende ist Bagdad nicht weit.

MAG sie sich immer ergänzen
Eure brüchige Welt in sich!
Diese klaren Augen sie glänzen,
Dieses Herz es schlägt für mich!

O! DASS der Sinnen doch so viele sind!
Verwirrung bringen sie ins Glück herein.
Wenn ich dich sehe wünsch ich taub zu sein,
Wenn ich dich höre blind.

Auch in der Ferne dir so nah!
Und unerwartet kommt die Qual.
Da hör ich wieder dich einmal,
Auf einmal bist du wieder da!

Wie sollt' ich heiter bleiben
Entfernt von Tag und Licht?
Nun aber will ich schreiben
Und trinken mag ich nicht.

Wenn sie mich an sich lockte
War Rede nicht im Brauch,
Und wie die Zunge stockte
So stockt die Feder auch.

Nur zu! geliebter Schenke,
Den Becher fülle still.
Ich sage nur: Gedenke!
Schon weiß man was ich will.

Wenn ich dein gedenke,
Fragt mich gleich der Schenke:
»Herr! warum so still?
Da von deinen Lehren
Immer weiter hören
Saki gerne will.«

Wenn ich mich vergesse
Unter der Zypresse
Hält er nichts davon,
Und im stillen Kreise
Bin ich doch so weise,
Klug wie Salomon.

Ich möchte dieses Buch wohl gern zusammenschürzen,
Daß es den andern wäre gleich geschnürt.
Allein wie willst du Wort und Blatt verkürzen,
Wenn Liebeswahnsinn dich ins Weite führt?

An vollen Büschelzweigen,
Geliebte, sieh nur hin!
Laß dir die Früchte zeigen
Umschalet stachlig-grün.

Sie hängen längst geballet,
Still, unbekannt mit sich,
Ein Ast der schaukelnd wallet
Wiegt sie geduldiglich.

Doch immer reift von Innen
Und schwillt der braune Kern,
Er möchte Luft gewinnen
Und säh die Sonne gern.

Die Schale platzt und nieder
Macht er sich freudig los;
So fallen meine Lieder
Gehäuft in deinen Schoß.

Suleika
An des lustgen Brunnens Rand,
Der in Wasserfäden spielt,
Wußt ich nicht was fest mich hielt;
Doch da war von deiner Hand
Meine Chiffer leis' gezogen,
Nieder blickt ich, dir gewogen.

Hier, am Ende des Kanals
Der gereihten Hauptallee,

Blick ich wieder in die Höh,
Und da seh ich abermals
Meine Lettern fein gezogen.
Bleibe! bleibe mir gewogen!

Hatem

Möge Wasser, springend, wallend,
Die Zypressen dir gestehn:
Von Suleika zu Suleika
Ist mein Kommen und mein Gehn.

Suleika

KAUM daß ich dich wieder habe,
Dich mit Kuß und Liedern labe,
Bist du still in dich gekehret;
Was beengt? und drückt und störet?

Hatem

Ach Suleika, soll ichs sagen?
Statt zu loben möcht ich klagen!
Sangest sonst nur meine Lieder,
Immer neu und immer wieder.

Sollte wohl auch diese loben,
Doch sie sind nur eingeschoben;
Nicht von Hafis, nicht Nisami,
Nicht Saadi, nicht von Dschami.

Kenn ich doch der Väter Menge,
Silb' um Silbe, Klang um Klänge,
Im Gedächtnis unverloren;
Diese da sind neu geboren.

Gestern wurden sie gedichtet.
Sag'! hast du dich neu verpflichtet?

Hauchest du so froh-verwegen
Fremden Athem mir entgegen,

Der dich eben so belebet,
Eben so in Liebe schwebet,
Lockend, ladend zum Vereine
So harmonisch als der meine?

Suleika
War Hatem lange doch entfernt,
Das Mädchen hatte was gelernt,
Von ihm war sie so schön gelobt,
Da hat die Trennung sich erprobt.
Wohl! — daß sie dir nicht fremde scheinen:
Sie sind Suleikas, sind die deinen.

Behramgur, sagt man, hat den Reim erfunden,
Er sprach entzückt aus reiner Seele Drang;
Dilaram schnell, die Freundin seiner Stunden,
Erwiderte mit gleichem Wort und Klang.

Und so, Geliebte! warst du mir beschieden
Des Reims zu finden holden Lustgebrauch,
Daß auch Behramgur ich, den Sassaniden,
Nicht mehr beneiden darf: mir ward es auch.

Hast mir dies Buch geweckt, du hasts gegeben;
Denn was ich froh, aus vollem Herzen sprach,
Das klang zurück aus deinem holden Leben,
Wie Blick dem Blick, so Reim dem Reime nach.

Nun tön es fort zu dir, auch aus der Ferne;
Das Wort erreicht, und schwände Ton und Schall.
Ists nicht der Mantel noch gesäter Sterne?
Ists nicht der Liebe hochverklärtes All?

DEINEM Blick mich zu bequemen,
Deinem Munde, deiner Brust,
Deine Stimme zu vernehmen
War die letzt- und erste Lust.

Gestern, ach! war sie die letzte,
Dann verlosch mir Leucht und Feuer,
Jeder Scherz der mich ergetzte
Wird nun schuldenschwer und teuer.

Eh es Allah nicht gefällt
Uns aufs neue zu vereinen,
Gibt mir Sonne, Mond und Welt
Nur Gelegenheit zum Weinen.

SULEIKA

WAS bedeutet die Bewegung?
Bringt der Ost mir frohe Kunde?
Seiner Schwingen frische Regung
Kühlt des Herzens tiefe Wunde.

Kosend spielt er mit dem Staube,
Jagt ihn auf in leichten Wölkchen,
Treibt zur sichern Rebenlaube
Der Insekten frohes Völkchen.

Lindert sanft der Sonne Glühen,
Kühlt auch mir die heißen Wangen,
Küßt die Reben noch im Fliehen,
Die auf Feld und Hügel prangen.

Und mir bringt sein leises Flüstern
Von dem Freunde tausend Grüße;
Eh noch diese Hügel düstern
Grüßen mich wohl tausend Küsse.

Und so kannst du weiter ziehen!
Diene Freunden und Betrübten.
Dort wo hohe Mauern glühen
Find' ich bald den Vielgeliebten.

Ach! die wahre Herzenskunde,
Liebeshauch, erfrischtes Leben
Wird mir nur aus seinem Munde,
Kann mir nur sein Athem geben.

HOCHBILD

Die Sonne, Helios der Griechen,
Fährt prächtig auf der Himmelsbahn,
Gewiß, das Weltall zu besiegen
Blickt er umher, hinab, hinan.

Er sieht die schönste Göttin weinen,
Die Wolkentochter, Himmelskind,
Ihr scheint er nur allein zu scheinen;
Für alle heitre Räume blind

Versenkt er sich in Schmerz und Schauer,
Und häufger quillt ihr Thränenguß;·
Er sendet Lust in ihre Trauer
Und jeder Perle Kuß auf Kuß.

Nun fühlt sie tief des Blicks Gewalten
Und unverwandt schaut sie hinauf,
Die Perlen wollen sich gestalten:
Denn jede nahm sein Bildnis auf.

Und so, umkränzt von Farb' und Bogen,
Erheitert leuchtet ihr Gesicht,
Entgegen kommt er ihr gezogen,
Doch er! doch ach! erreicht sie nicht.

So, nach des Schicksals hartem Lose,
Weichst du mir, Lieblichste, davon,
Und wär ich Helios der große
Was nützte mir der Wagenthron?

NACHKLANG

Es KLINGT so prächtig wenn der Dichter
Der Sonne bald, dem Kaiser sich vergleicht;
Doch er verbirgt die traurigen Gesichter
Wenn er in düstren Nächten schleicht.

Von Wolken streifenhaft befangen
Versank zu Nacht des Himmels reinstes Blau,
Vermagert bleich sind meine Wangen
Und meine Herzensthränen grau.

Laß mich nicht so der Nacht, dem Schmerze,
Du allerliebstes, du mein Mondgesicht!
O, du mein Phosphor, meine Kerze,
Du meine Sonne, du mein Licht.

SULEIKA

ACH! um deine feuchten Schwingen,
West, wie sehr ich dich beneide:
Denn du kannst ihm Kunde bringen
Was ich in der Trennung leide.

Die Bewegung deiner Flügel
Weckt im Busen stilles Sehnen;
Blumen, Augen, Wald und Hügel
Stehn bei deinem Hauch in Thränen.

Doch dein mildes sanftes Wehen
Kühlt die wunden Augenlider;
Ach, für Leid müßt ich vergehen
Hofft' ich nicht zu sehn ihn wieder.

Eile denn zu meinem Lieben,
Spreche sanft zu seinem Herzen;
Doch vermeid' ihn zu betrüben
Und verbirg ihm meine Schmerzen.

Sag' ihm, aber sags bescheiden:
Seine Liebe sei mein Leben,
Freudiges Gefühl von beiden
Wird mir seine Nähe geben.

WIEDERFINDEN

Ist es möglich! Stern der Sterne,
Drück ich wieder dich ans Herz!
Ach! was ist die Nacht der Ferne
Für ein Abgrund, für ein Schmerz.
Ja du bist es! meiner Freuden
Süßer, lieber Widerpart;
Eingedenk vergangner Leiden
Schaudr ich vor der Gegenwart.

Als die Welt im tiefsten Grunde
Lag an Gottes ewger Brust,
Ordnet' er die erste Stunde
Mit erhabner Schöpfungslust,
Und er sprach das Wort: Es werde!
Da erklang ein schmerzlich Ach!
Als das All, mit Machtgebärde,
In die Wirklichkeiten brach.

Auf tat sich das Licht! So trennte
Scheu sich Finsternis von ihm,
Und sogleich die Elemente
Scheidend auseinander fliehn.
Rasch, in wilden wüsten Träumen,
Jedes nach der Weite rang,
Starr, in ungemeßnen Räumen,
Ohne Sehnsucht, ohne Klang.

Stumm war alles, still und öde,
Einsam Gott zum erstenmal!
Da erschuf er Morgenröte,
Die erbarmte sich der Qual;
Sie entwickelte dem Trüben
Ein erklingend Farbenspiel,
Und nun konnte wieder lieben
Was erst auseinander fiel.

Und mit eiligem Bestreben
Sucht sich was sich angehört,
Und zu ungemeßnem Leben
Ist Gefühl und Blick gekehrt.
Sei's Ergreifen, sei es Raffen,
Wenn es nur sich faßt und hält!
Allah braucht nicht mehr zu schaffen,
Wir erschaffen seine Welt.

So, mit morgenroten Flügeln,
Riß es mich an deinen Mund,
Und die Nacht mit tausend Siegeln
Kräftigt sternenhell den Bund.
Beide sind wir auf der Erde
Musterhaft in Freud' und Qual,
Und ein zweites Wort: Es werde!
Trennt uns nicht zum zweitenmal.

VOLLMONDNACHT

HERRIN! sag' was heißt das Flüstern?
Was bewegt dir leis' die Lippen?
Lispelst immer vor dich hin,
Lieblicher als Weines Nippen!
Denkst du deinen Mundgeschwistern
Noch ein Pärchen herzuziehn?
    »Ich will küssen! Küssen! sagt ich.«

Schau! Im zweifelhaften Dunkel
Glühen blühend alle Zweige,
Nieder spielet Stern auf Stern,
Und, smaragden, durchs Gesträuche
Tausendfältiger Karfunkel;
Doch dein Geist ist allem fern.
　　»Ich will küssen! Küssen! sagt ich.«

Dein Geliebter, fern, erprobet
Gleicherweis’ im Sauersüßen,
Fühlt ein unglückselges Glück.
Euch im Vollmond zu begrüßen
Habt ihr heilig angelobet,
Dieses ist der Augenblick.
　　»Ich will küssen! Küssen! sag’ ich.«

GEHEIMSCHRIFT

Lasst euch, o Diplomaten!
Recht angelegen sein,
Und eure Potentaten
Beratet rein und fein.
Geheimer Chiffern Sendung
Beschäftige die Welt,
Bis endlich jede Wendung
Sich selbst ins Gleiche stellt.

Mir von der Herrin süße
Die Chiffer ist zur Hand,
Woran ich schon genieße
Weil sie die Kunst erfand.
Es ist die Liebesfülle
Im lieblichsten Revier,
Der holde, treue Wille
Wie zwischen mir und ihr.

Von abertausend Blüten
Ist es ein bunter Strauß,
Von englischen Gemüten

Ein vollbewohntes Haus;
Von buntesten Gefiedern
Der Himmel übersät,
Ein klingend Meer von Liedern
Geruchvoll überweht.

Ist unbedingten Strebens
Geheime Doppelschrift,
Die in das Mark des Lebens
Wie Pfeil um Pfeile trifft.
Was ich euch offenbaret
War längst ein frommer Brauch,
Und wenn ihr es gewahret,
So schweigt und nutzt es auch.

ABGLANZ

EIN Spiegel er ist mir geworden,
Ich sehe so gerne hinein,
Als hinge des Kaisers Orden
An mir mit Doppelschein;
Nicht etwa selbstgefällig
Such ich mich überall;
Ich bin so gerne gesellig
Und das ist hier der Fall.

Wenn ich nun vorm Spiegel stehe,
Im stillen Witwerhaus,
Gleich guckt, eh ich mich versehe,
Das Liebchen mit heraus.
Schnell kehr ich mich um, und wieder
Verschwand sie die ich sah;
Dann blick ich in meine Lieder,
Gleich ist sie wieder da.

Die schreib' ich immer schöner
Und mehr nach meinem Sinn,
Trotz Krittler und Verhöhner,

Zu täglichem Gewinn.
Ihr Bild in reichen Schranken
Verherrlichet sich nur,
In goldnen Rosenranken
Und Rähmchen von Lasur.

WIE mit innigstem Behagen,
Lied, empfind' ich deinen Sinn!
Liebevoll du scheinst zu sagen:
Daß ich ihm zur Seite bin.

Daß er ewig mein gedenket,
Seiner Liebe Seligkeit
Immerdar der Fernen schenket,
Die ein Leben ihm geweiht.

Ja! mein Herz es ist der Spiegel,
Freund! worin du dich erblickt,
Diese Brust, wo deine Siegel
Kuß auf Kuß hereingedrückt.

Süßes Dichten, lautre Wahrheit
Fesselt mich in Sympathie!
Rein verkörpert Liebesklarheit,
Im Gewand der Poesie.

LASS den Weltenspiegel Alexandern;
Denn was zeigt er? — Da und dort
Stille Völker, die er mit den andern
Zwingend rütteln möchte fort und fort.

Du! nicht weiter, nicht zu Fremdem strebe!
Singe mir, die du dir eigen sangst.
Denke daß ich liebe, daß ich lebe,
Denke daß du mich bezwangst.

Die Welt durchaus ist lieblich anzuschauen,
Vorzüglich aber schön die Welt der Dichter;
Auf bunten, hellen oder silbergrauen
Gefilden, Tag und Nacht, erglänzen Lichter.
Heut ist mir alles herrlich; wenns nur bliebe!
Ich sehe heut durchs Augenglas der Liebe.

In tausend Formen magst du dich verstecken,
Doch, Allerliebste, gleich erkenn ich dich;
Du magst mit Zauberschleiern dich bedecken,
Allgegenwärtge, gleich erkenn ich dich.

An der Zypresse reinstem, jungen Streben,
Allschöngewachsne, gleich erkenn ich dich;
In des Kanales reinem Wellenleben,
Allschmeichelhafte, wohl erkenn ich dich.

Wenn steigend sich der Wasserstrahl entfaltet,
Allspielende, wie froh erkenn ich dich;
Wenn Wolke sich gestaltend umgestaltet,
Allmannigfaltge, dort erkenn ich dich.

An des geblümten Schleiers Wiesenteppich,
Allbuntbesternte, schön erkenn ich dich;
Und greift umher ein tausendarmger Eppich,
O! Allumklammernde, da kenn ich dich.

Wenn am Gebirg der Morgen sich entzündet,
Gleich, Allerheiternde, begrüß ich dich,
Dann über mir der Himmel rein sich ründet,
Allherzerweiternde, dann athm ich dich.

Was ich mit äußerm Sinn, mit innerm kenne,
Du Allbelehrende, kenn ich durch dich;
Und wenn ich Allahs Namenhundert nenne,
Mit jedem klingt ein Name nach für dich.

SAKI NAMEH
DAS SCHENKENBUCH

JA, IN in der Schenke hab' ich auch gesessen,
Mir ward wie andern zugemessen,
Sie schwatzten, schrieen, händelten von heut,
So froh und traurig wie's der Tag gebeut;
Ich aber saß, im Innersten erfreut,
An meine Liebste dacht ich — wie sie liebt?
Das weiß ich nicht; was aber mich bedrängt!
Ich liebe sie wie es ein Busen gibt
Der treu sich Einer gab und knechtisch hängt.
Wo war das Pergament, der Griffel wo,
Die alles faßten? — doch so wars! ja so!

SITZ ich allein,
Wo kann ich besser sein?
Meinen Wein
Trink ich allein,
Niemand setzt mir Schranken,
Ich hab' so meine eigne Gedanken.

So WEIT bracht es Muley, der Dieb,
Daß er trunken schöne Lettern schrieb.

OB DER Koran von Ewigkeit sei?
Darnach frag' ich nicht!
Ob der Koran geschaffen sei?
Das weiß ich nicht!
Daß er das Buch der Bücher sei
Glaub' ich aus Mosleminen-Pflicht.
Daß aber der Wein von Ewigkeit sei
Daran zweifl ich nicht;
Oder daß er vor den Engeln geschaffen sei
Ist vielleicht auch kein Gedicht.

Der Trinkende, wie es auch immer sei,
Blickt Gott frischer ins Angesicht.

TRUNKEN müssen wir alle sein!
Jugend ist Trunkenheit ohne Wein;
Trinkt sich das Alter wieder zu Jugend,
So ist es wundervolle Tugend.
Für Sorgen sorgt das liebe Leben
Und Sorgenbrecher sind die Reben.

DA WIRD nicht mehr nachgefragt!
Wein ist ernstlich untersagt.
Soll denn doch getrunken sein,
Trinke nur vom besten Wein:
Doppelt wärest du ein Ketzer
In Verdammnis um den Krätzer.

SOLANG man nüchtern ist
Gefällt das Schlechte,
Wie man getrunken hat
Weiß man das Rechte;
Nur ist das Übermaß
Auch gleich zu Handen;
Hafis! o lehre mich
Wie du's verstanden.

Denn meine Meinung ist
Nicht übertrieben:
Wenn man nicht trinken kann
Soll man nicht lieben;
Doch sollt ihr Trinker euch
Nicht besser dünken,
Wenn man nicht lieben kann
Soll man nicht trinken.

Suleika
WARUM du nur oft so unhold bist?

Hatem
Du weißt daß der Leib ein Kerker ist,
Die Seele hat man hinein betrogen,
Da hat sie nicht freie Ellebogen.
Will sie sich da- und dorthin retten,
Schnürt man den Kerker selbst in Ketten;
Da ist das Liebchen doppelt gefährdet,
Deshalb sie sich oft so seltsam gebärdet.

WENN der Körper ein Kerker ist,
Warum nur der Kerker so durstig ist?
Seele befindet sich wohl darinnen
Und bliebe gern vergnügt bei Sinnen;
Nun aber soll eine Flasche Wein,
Frisch eine nach der andern herein.
Seele wills nicht länger ertragen,
Sie an der Türe in Stücke schlagen.

Dem Kellner
SETZE mir nicht, du Grobian,
Mir den Krug so derb vor die Nase!
Wer mir Wein bringt sehe mich freundlich an,
Sonst trübt sich der Eilfer im Glase.

Dem Schenken
Du zierlicher Knabe, du komm herein,
Was stehst du denn da auf der Schwelle?
Du sollst mir künftig der Schenke sein,
Jeder Wein ist schmackhaft und helle.

SCHENKE spricht

Du, MIT deinen braunen Locken,
Geh mir weg, verschmitzte Dirne!

Schenk ich meinem Herrn zu Danke,
Nun so küßt er mir die Stirne.

Aber du, ich wollte wetten,
Bist mir nicht damit zufrieden,
Deine Wangen, deine Brüste
Werden meinen Freund ermüden.

Glaubst du wohl mich zu betriegen
Daß du jetzt verschämt entweichest?
Auf der Schwelle will ich liegen
Und erwachen wenn du schleichest.

SIE haben wegen der Trunkenheit
Vielfältig uns verklagt,
Und haben von unsrer Trunkenheit
Lange nicht genug gesagt.
Gewöhnlich der Betrunkenheit
Erliegt man bis es tagt;
Doch hat mich meine Betrunkenheit
In der Nacht umher gejagt.
Es ist die Liebestrunkenheit,
Die mich erbärmlich plagt,
Von Tag zu Nacht, von Nacht zu Tag
In meinem Herzen zagt.
Dem Herzen, das in Trunkenheit
Der Lieder schwillt und ragt
Daß keine nüchterne Trunkenheit
Sich gleichzuheben wagt.
Lieb-, Lied- und Weines Trunkenheit,
Obs nachtet oder tagt,
Die göttlichste Betrunkenheit,
Die mich entzückt und plagt.

DU KLEINER Schelm du!
Daß ich mir bewußt sei
Darauf kommt es überall an.

Und so erfreu ich mich
Auch deiner Gegenwart,
Du allerliebster,
Obgleich betrunken.

WAS in der Schenke waren heute
Am frühsten Morgen für Tumulte!
Der Wirt und Mädchen! Fackeln, Leute!
Was gabs für Händel, für Insulte!
Die Flöte klang, die Trommel scholl!
Es war ein wüstes Wesen —
Doch bin ich, Lust und Liebe voll,
Auch selbst dabei gewesen.

Daß ich von Sitte nichts gelernt
Darüber tadelt mich ein jeder;
Doch bleib’ ich weislich weit entfernt
Vom Streit der Schulen und Katheder.

Schenke
WELCH ein Zustand! Herr, so späte
Schleichst du heut aus deiner Kammer;
Perser nennens Bidamag buden,
Deutsche sagen Katzenjammer.

Dichter
Laß mich jetzt, geliebter Knabe,
Mir will nicht die Welt gefallen,
Nicht der Schein, der Duft der Rose,
Nicht der Sang der Nachtigallen.

Schenke
Eben das will ich behandeln,
Und ich denk, es soll mir klecken,
Hier! genieß die frischen Mandeln
Und der Wein wird wieder schmecken.

Dann will ich auf der Terrasse
Dich mit frischen Lüften tränken,
Wie ich dich ins Auge fasse
Gibst du einen Kuß dem Schenken.

Schau! die Welt ist keine Höhle,
Immer reich an Brut und Nestern,
Rosenduft und Rosenöle!
Bulbul auch sie singt wie gestern.

JENE garstige Vettel,
Die buhlerische,
Welt heißt man sie,
Mich hat sie betrogen
Wie die übrigen alle.
Glaube nahm sie mir weg,
Dann die Hoffnung,
Nun wollte sie
An die Liebe,
Da riß ich aus.
Den geretteten Schatz
Für ewig zu sichern
Teilt ich ihn weislich
Zwischen Suleika und Saki.
Jedes der beiden
Beeifert sich um die Wette
Höhere Zinsen zu entrichten.
Und ich bin reicher als je:
Den Glauben hab' ich wieder!
An ihre Liebe den Glauben;
Er, im Becher, gewährt mir
Herrliches Gefühl der Gegenwart;
Was will da die Hoffnung!

SCHENKE

HEUTE hast du gut gegessen,
Doch du hast noch mehr getrunken;

Was du bei dem Mahl vergessen
Ist in diesen Napf gesunken.

Sieh, das nennen wir ein Schwänchen,
Wie's dem satten Gast gelüstet;
Dieses bring ich meinem Schwane
Der sich auf den Wellen brüstet.

Doch vom Singschwan will man wissen
Daß er sich zu Grabe läutet;
Laß mich jedes Lied vermissen,
Wenn es auf dein Ende deutet.

SCHENKE

NENNEN dich den großen Dichter
Wenn dich auf dem Markte zeigest;
Gerne hör ich wenn du singest,
Und ich horche wenn du schweigest.

Doch ich liebe dich noch lieber
Wenn du küssest zum Erinnern,
Denn die Worte gehn vorüber
Und der Kuß der bleibt im Innern.

Reim auf Reim will was bedeuten,
Besser ist es viel zu denken.
Singe du den andern Leuten
Und verstumme mit dem Schenken.

Dichter
SCHENKE, komm! Noch einen Becher!

Schenke
Herr, du hast genug getrunken,
Nennen dich den wilden Zecher!

Dichter
Sahst du je daß ich gesunken?

Schenke
Mahomet verbietets.

Dichter
                    Liebchen!
Hört es niemand, will dirs sagen.

Schenke
Wenn du einmal gerne redest
Brauch ich gar nicht viel zu fragen.

Dichter
Horch! wir andre Musulmanen
Nüchtern sollen wir gebückt sein,
Er, in seinem heilgen Eifer,
Möchte gern allein verrückt sein.

Saki
DENK, o Herr! wenn du getrunken
Sprüht um dich des Feuers Glast!
Prasselnd blitzen tausend Funken,
Und du weißt nicht wo es faßt.

Mönche seh ich in den Ecken
Wenn du auf die Tafel schlägst,
Die sich gleisnerisch verstecken
Wenn dein Herz du offen trägst.

Sag' mir nur warum die Jugend,
Noch von keinem Fehler frei,
So ermangelnd jeder Tugend,
Klüger als das Alter sei.

Alles weißt du, was der Himmel,
Alles was die Erde trägt,
Und verbirgst nicht das Gewimmel
Wie sichs dir im Busen regt.

Hatem
Eben drum, geliebter Knabe,
Bleibe jung und bleibe klug;
Dichten zwar ist Himmelsgabe,
Doch im Erdeleben Trug.

Erst sich im Geheimnis wiegen,
Dann verplaudern früh und spat!
Dichter ist umsonst verschwiegen,
Dichten selbst ist schon Verrat.

SOMMERNACHT

Dichter
NIEDERGANGEN ist die Sonne,
Doch im Westen glänzt es immer;
Wissen möcht ich wohl, wie lange
Dauert noch der goldne Schimmer?

Schenke
Willst du, Herr, so will ich bleiben,
Warten außer diesen Zelten;
Ist die Nacht des Schimmers Herrin,
Komm ich gleich es dir zu melden.

Denn ich weiß du liebst das Droben,
Das Unendliche zu schauen,
Wenn sie sich einander loben
Jene Feuer in dem Blauen.

Und das hellste will nur sagen:
»Jetzo glänz ich meiner Stelle,

Wollte Gott euch mehr betagen
Glänztet ihr wie ich so helle.«

Denn vor Gott ist alles herrlich,
Eben weil er ist der Beste,
Und so schläft nun aller Vogel
In dem groß- und kleinen Neste.

Einer sitzt auch wohl gestängelt
Auf den Ästen der Zypresse,
Wo der laue Wind ihn gängelt
Bis zu Thaues luftger Nässe.

Solches hast du mich gelehret
Oder etwas auch dergleichen,
Was ich je dir abgehöret
Wird dem Herzen nicht entweichen.

Eule will ich, deinetwegen,
Kauzen hier auf der Terrasse,
Bis ich erst des Nordgestirnes
Zwillings-Wendung wohl erpasse.

Und da wird es Mitternacht sein,
Wo du oft zu früh ermunterst,
Und dann wird es eine Pracht sein,
Wenn das All mit mir bewunderst.

Dichter

Zwar in diesem Duft und Garten
Tönet Bulbul ganze Nächte,
Doch du könntest lange warten
Bis die Nacht so viel vermöchte.

Denn in dieser Zeit der Flora,
Wie das Griechen-Volk sie nennet,
Die Strohwitwe, die Aurora,
Ist in Hesperus entbrennet.

Sieh dich um! sie kommt! wie schnelle!
Über Blumenfelds Gelänge! —
Hüben hell und drüben helle,
Ja die Nacht kommt ins Gedränge.

Und auf roten leichten Sohlen
Ihn, der mit der Sonn entlaufen,
Eilt sie irrig einzuholen;
Fühlst du nicht ein Liebe-Schnaufen?

Geh nur, lieblichster der Söhne,
Tief ins Innre, schließ die Türen;
Denn sie möchte deine Schöne
Als den Hesperus entführen.

Der Schenke (schläfrig)
So HAB' ich endlich von dir erharrt:
In allen Elementen Gottes Gegenwart.
Wie du mir das so lieblich gibst!
Am lieblichsten aber daß du liebst.

Hatem
Der schläft recht süß und hat ein Recht zu schlafen.
Du guter Knabe! hast mir eingeschenkt,
Vom Freund und Lehrer, ohne Zwang und Strafen,
So jung vernommen wie der Alte denkt.
Nun aber kommt Gesundheit holder Fülle
Dir in die Glieder daß du dich erneust.
Ich trinke noch, bin aber stille, stille,
Damit du mich erwachend nicht erfreust.

MATHAL NAMEH
BUCH DER PARABELN

Vom Himmel sank in wilder Meere Schauer
Ein Tropfe bangend, gräßlich schlug die Flut,
Doch lohnte Gott bescheidnen Glaubensmut
Und gab dem Tropfen Kraft und Dauer.
Ihn schloß die stille Muschel ein.
Und nun, zu ewgem Ruhm und Lohne,
Die Perle glänzt an unsers Kaisers Krone
Mit holdem Blick und mildem Schein.

Bulbuls Nachtlied, durch die Schauer,
Drang zu Allahs lichtem Throne,
Und dem Wohlgesang zu Lohne
Sperrt' er sie in goldnen Bauer.
Dieser sind des Menschen Glieder.
Zwar sie fühlet sich beschränket;
Doch wenn sie es recht bedenket,
Singt das Seelchen immer wieder.

WUNDERGLAUBE

Zerbrach einmal eine schöne Schal
Und wollte schier verzweifeln,
Unart und Übereil zumal
Wünscht ich zu allen Teufeln.
Erst ras't ich aus, dann weint ich weich
Beim traurigen Scherbelesen,
Das jammerte Gott, er schuf es gleich
So ganz als wie es gewesen.

Die Perle die der Muschel entrann,
Die schönste, hochgeboren,
Zum Juwelier, dem guten Mann,
Sprach sie: Ich bin verloren!

Durchbohrst du mich, mein schönes All
Es ist sogleich zerrüttet,
Mit Schwestern muß ich, Fall für Fall,
Zu schlechten sein geküttet.

»Ich denke jetzt nur an Gewinn,
Du mußt es mir verzeihen:
Denn wenn ich hier nicht grausam bin,
Wie soll die Schnur sich reihen?«

Ich sah, mit Staunen und Vergnügen,
Eine Pfauenfeder im Koran liegen:
Willkommen an dem heilgen Platz,
Der Erdgebilde höchster Schatz!
An dir wie an des Himmels Sternen
Ist Gottes Größe im Kleinen zu lernen;
Daß er, der Welten überblickt,
Sein Auge hier hat aufgedrückt,
Und so den leichten Flaum geschmückt
Daß Könige kaum unternahmen
Die Pracht des Vogels nachzuahmen.
Bescheiden freue dich des Ruhms,
So bist du wert des Heiligtums.

Ein Kaiser hatte zwei Kassiere,
Einen zum Nehmen, einen zum Spenden;
Diesem fiels nur so aus den Händen,
Jener wußte nicht woher zu nehmen.
Der Spendende starb; der Herrscher wußte nicht gleich
Wem das Geber-Amt sei anzuvertrauen,
Und wie man kaum tät um sich schauen,
So war der Nehmer unendlich reich;
Man wußte kaum vor Gold zu leben,
Weil man Einen Tag nichts ausgegeben.
Da ward nun erst dem Kaiser klar
Was schuld an allem Unheil war.
Den Zufall wußt er wohl zu schätzen
Nie wieder die Stelle zu besetzen.

Zum Kessel sprach der neue Topf:
Was hast du einen schwarzen Bauch!
»Das ist bei uns nun Küchgebrauch;
Herbei, herbei du glatter Tropf,
Bald wird dein Stolz sich mindern.
Behält der Henkel ein klar Gesicht,
Darob erhebe du dich nicht,
Besieh nur deinen Hintern.«

Alle Menschen groß und klein
Spinnen sich ein Gewebe fein,
Wo sie mit ihrer Scheren Spitzen
Gar zierlich in der Mitte sitzen.
Wenn nun darein ein Besen fährt,
Sagen sie es sei unerhört,
Man habe den größten Palast zerstört.

Vom Himmel steigend Jesus bracht
Des Evangeliums ewige Schrift,
Den Jüngern las er sie Tag und Nacht;
Ein göttlich Wort es wirkt und trifft.
Er stieg zurück, nahms wieder mit;
Sie aber hattens gut gefühlt,
Und jeder schrieb, so Schritt vor Schritt,
Wie ers in seinem Sinn behielt,
Verschieden. Es hat nichts zu bedeuten:
Sie hatten nicht gleiche Fähigkeiten;
Doch damit können sich die Christen
Bis zu dem Jüngsten Tage fristen.

ES IST GUT

Bei Mondenschein im Paradeis
Fand Jehovah im Schlafe tief
Adam versunken, legte leis
Zur Seit ein Evchen, das auch entschlief.
Da lagen nun, in Erdeschranken,
Gottes zwei lieblichste Gedanken. —

Gut!!! rief er sich zum Meisterlohn,
Er ging sogar nicht gern davon.

Kein Wunder daß es uns berückt,
Wenn Auge frisch in Auge blickt,
Als hätten wirs so weit gebracht
Bei dem zu sein der uns gedacht.
Und ruft er uns, wohlan! es sei!
Nur, das beding ich, alle zwei.
Dich halten dieser Arme Schranken,
Liebster von allen Gottes-Gedanken.

PARSI NAMEH
BUCH DES PARSEN

WELCH Vermächtnis, Brüder, sollt' euch kommen
Von dem Scheidenden, dem armen Frommen,
Den ihr Jüngeren geduldig nährtet,
Seine letzten Tage pflegend ehrtet?

Wenn wir oft gesehn den König reiten,
Gold an ihm und Gold an allen Seiten,
Edelstein' auf ihn und seine Großen
Ausgesät wie dichte Hagelschloßen,

Habt ihr jemals ihn darum beneidet?
Und nicht herrlicher den Blick geweidet,
Wenn die Sonne sich auf Morgenflügeln
Darnawends unzählgen Gipfelhügeln

Bogenhaft hervorhob? Wer enthielte
Sich des Blicks dahin? Ich fühlte, fühlte
Tausendmal, in so viel Lebenstagen,
Mich mit ihr, der kommenden, getragen,

Gott auf seinem Throne zu erkennen,
Ihn den Herrn des Lebensquells zu nennen,
Jenes hohen Anblicks wert zu handeln
Und in seinem Lichte fortzuwandeln.

Aber stieg der Feuerkreis vollendet,
Stand ich als in Finsternis geblendet,
Schlug den Busen, die erfrischten Glieder
Warf ich, Stirn voran, zur Erde nieder.

Und nun sei ein heiliges Vermächtnis
Brüderlichem Wollen und Gedächtnis:

Schwerer Dienste tägliche Bewahrung,
Sonst bedarf es keiner Offenbarung.

Regt ein Neugeborner fromme Hände,
Daß man ihn sogleich zur Sonne wende,
Tauche Leib und Geist im Feuerbade!
Fühlen wird es jeden Morgens Gnade.

Dem Lebendgen übergebt die Toten,
Selbst die Tiere deckt mit Schutt und Boden,
Und so weit sich eure Kraft erstrecket
Was euch unrein dünkt es sei bedecket.

Grabet euer Feld ins zierlich Reine,
Daß die Sonne gern den Fleiß bescheine;
Wenn ihr Bäume pflanzt, so sei's in Reihen,
Denn sie läßt Geordnetes gedeihen.

Auch dem Wasser darf es in Kanälen
Nie am Laufe, nie an Reine fehlen;
Wie euch Senderud aus Bergrevieren
Rein entspringt, soll er sich rein verlieren.

Sanften Fall des Wassers nicht zu schwächen,
Sorgt die Gräben fleißig auszustechen;
Rohr und Binse, Molch und Salamander,
Ungeschöpfe! tilgt sie miteinander.

Habt ihr Erd' und Wasser so im Reinen,
Wird die Sonne gern durch Lüfte scheinen,
Wo sie, ihrer würdig aufgenommen,
Leben wirkt, dem Leben Heil und Frommen.

Ihr, von Müh zu Mühe so gepeinigt,
Seid getrost, nun ist das All gereinigt,
Und nun darf der Mensch, als Priester, wagen
Gottes Gleichnis aus dem Stein zu schlagen.

Wo die Flamme brennt erkennet freudig:
Hell ist Nacht und Glieder sind geschmeidig,
An des Herdes raschen Feuerkräften
Reift das Rohe Tier- und Pflanzensäften.

Schleppt ihr Holz herbei, so tuts mit Wonne,
Denn ihr tragt den Samen irdscher Sonne;
Pflückt ihr Pambeh, mögt ihr traulich sagen:
Diese wird als Docht das Heilge tragen.

Werdet ihr in jeder Lampe Brennen
Fromm den Abglanz höhern Lichts erkennen,
Soll euch nie ein Mißgeschick verwehren
Gottes Thron am Morgen zu verehren.

Da ist unsers Daseins Kaisersiegel,
Uns und Engeln reiner Gottesspiegel,
Und was nur am Lob des Höchsten stammelt
Ist in Kreis' um Kreise dort versammelt.

Will dem Ufer Senderuds entsagen,
Auf zum Darnawend die Flügel schlagen,
Wie sie tagt ihr freudig zu begegnen
Und von dorther ewig euch zu segnen.

Wenn der Mensch die Erde schätzet,
Weil die Sonne sie bescheinet,
An der Rebe sich ergetzet,
Die dem scharfen Messer weinet -
Da sie fühlt daß ihre Säfte,
Wohlgekocht, die Welt erquickend,
Werden regsam vielen Kräften,
Aber mehreren erstickend —:
Weiß er das der Glut zu danken
Die das alles läßt gedeihen;
Wird Betrunkner stammelnd wanken,
Mäßiger wird sich singend freuen.

CHULD NAMEH
BUCH DES PARADIESES

VORSCHMACK

DER echte Moslem spricht vom Paradiese
Als wenn er selbst allda gewesen wäre,
Er glaubt dem Koran, wie es der verhieße,
Hierauf begründet sich die reine Lehre.

Doch der Prophet, Verfasser jenes Buches,
Weiß unsre Mängel droben auszuwittern,
Und sieht daß, trotz dem Donner seines Fluches,
Die Zweifel oft den Glauben uns verbittern.

Deshalb entsendet er den ewigen Räumen
Ein Jugend-Muster, alles zu verjüngen;
Sie schwebt heran und fesselt, ohne Säumen,
Um meinen Hals die allerliebsten Schlingen.

Auf meinem Schoß, an meinem Herzen halt ich
Das Himmels-Wesen, mag nichts weiter wissen;
Und glaube nun ans Paradies gewaltig,
Denn ewig möcht ich sie so treulich küssen.

BERECHTIGTE MÄNNER
Nach der Schlacht von Bedr, unterm Sternenhimmel

Mahomet spricht
SEINE Toten mag der Feind betrauern:
Denn sie liegen ohne Wiederkehren;
Unsre Brüder sollt ihr nicht bedauern:
Denn sie wandeln über jenen Sphären.

Die Planeten haben alle sieben
Die metallnen Tore weit getan,
Und schon klopfen die verklärten Lieben
Paradieses Pforten kühnlich an.

Finden, ungehofft und überglücklich,
Herrlichkeiten, die mein Flug berührt,
Als das Wunderpferd mich augenblicklich
Durch die Himmel alle durchgeführt.

Weisheitsbaum an -baum zypresseragend
Heben Äpfel goldner Zierd' empor,
Lebensbäume breite Schatten schlagend
Decken Blumensitz und Kräuterflor.

Und nun bringt ein süßer Wind von Osten
Hergeführt die Himmels-Mädchen-Schar;
Mit den Augen fängst du an zu kosten,
Schon der Anblick sättigt ganz und gar.

Forschend stehn sie was du unternahmest?
Große Pläne? fährlich blutigen Strauß?
Daß du Held seist sehn sie, weil du kamest;
Welch ein Held du seist? sie forschens aus.

Und sie sehn es bald an deiner Wunden,
Die sich selbst ein Ehrendenkmal schreibt.
Glück und Hoheit alles ist verschwunden,
Nur die Wunde für den Glauben bleibt.

Führen zu Kiosken dich und Lauben,
Säulenreich von buntem Lichtgestein,
Und zum edlen Saft verklärter Trauben
Laden sie mit Nippen freundlich ein.

Jüngling! mehr als Jüngling bist willkommen!
Alle sind wie alle licht und klar;
Hast du Eine dir ans Herz genommen,
Herrin, Freundin ist sie deiner Schar.

Doch die allertrefflichste gefällt sich
Keineswegs in solchen Herrlichkeiten,
Heiter, neidlos, redlich unterhält dich
Von den mannigfaltgen andrer Trefflichkeiten.

Eine führt dich zu der andern Schmause,
Den sich jede äußerst ausersinnt;
Viele Frauen hast und Ruh im Hause,
Wert daß man darob das Paradies gewinnt.

Und so schicke dich in diesen Frieden:
Denn du kannst ihn weiter nicht vertauschen;
Solche Mädchen werden nicht ermüden,
Solche Weine werden nicht berauschen.

*

Und so war das Wenige zu melden
Wie der selge Musulman sich brüstet.
Paradies der Männer Glaubenshelden
Ist hiemit vollkommen ausgerüstet.

AUSERWÄHLTE FRAUEN

FRAUEN sollen nichts verlieren,
Reiner Treue ziemt zu hoffen;
Doch wir wissen nur von vieren
Die alldort schon eingetroffen.

Erst Suleika, Erdensonne,
Gegen Jussuph ganz Begierde,
Nun, des Paradieses Wonne,
Glänzt sie der Entsagung Zierde.

Dann die Allgebenedeite,
Die den Heiden Heil geboren,
Und, getäuscht, in bittrem Leide,
Sah den Sohn am Kreuz verloren.

Mahoms Gattin auch! sie baute
Wohlfahrt ihm und Herrlichkeiten,
Und empfahl bei Lebenszeiten
Einen Gott und *eine* Traute.

Kommt Fatima dann, die Holde,
Tochter, Gattin sonder Fehle,
Englisch allerreinste Seele
In dem Leib von Honiggolde.

Diese finden wir alldorten;
Und wer Frauen-Lob gepriesen
Der verdient an ewigen Orten
Lustzuwandeln wohl mit diesen.

EINLASS

Huri

HEUTE steh ich meine Wache
Vor des Paradieses Tor,
Weiß nicht grade wie ichs mache,
Kommst mir so verdächtig vor!

Ob du unsern Mosleminen
Auch recht eigentlich verwandt?
Ob dein Kämpfen, dein Verdienen
Dich ans Paradies gesandt?

Zählst du dich zu jenen Helden?
Zeige deine Wunden an,
Die mir Rühmliches vermelden,
Und ich führe dich heran.

Dichter

Nicht so vieles Federlesen!
Laß mich immer nur herein:
Denn ich bin ein Mensch gewesen
Und das heißt ein Kämpfer sein.

Schärfe deine kräftgen Blicke!
Hier! — durchschaue diese Brust,
Sieh der Lebens-Wunden Tücke,
Sieh der Liebes-Wunden Lust.

Und doch sang ich gläubiger Weise:
Daß mir die Geliebte treu,
Daß die Welt, wie sie auch kreise,
Liebevoll und dankbar sei.

Mit den Trefflichsten zusammen
Wirkt ich, bis ich mir erlangt
Daß mein Nam in Liebesflammen
Von den schönsten Herzen prangt.

Nein! du wählst nicht den Geringern:
Gib die Hand! daß, Tag für Tag,
Ich an deinen zarten Fingern
Ewigkeiten zählen mag.

ANKLANG

Huri

DRAUSSEN am Orte,
Wo ich dich zuerst sprach,
Wacht ich oft an der Pforte,
Dem Gebote nach.
Da hört ich ein wunderlich Gesäusel,
Ein Ton- und Silbengekräusel,
Das wollte herein;
Niemand aber ließ sich sehen,
Da verklang es, klein zu klein;
Es klang aber fast wie deine Lieder,
Das erinnr ich mich wieder.

Dichter

Ewig Geliebte! wie zart
Erinnerst du dich deines Trauten!
Was auch, in irdischer Luft und Art,
Für Töne lauten,
Die wollen alle herauf;
Viele verklingen da unten zu Hauf;
Andre, mit Geistes Flug und Lauf,

Wie das Flügel-Pferd des Propheten,
Steigen empor und flöten
Draußen an dem Tor.

Kommt deinen Gespielen so etwas vor
So sollen sie's freundlich vermerken,
Das Echo lieblich verstärken,
Daß es wieder hinunter halle.
Und sollen Acht haben
Daß, in jedem Falle,
Wenn er kommt, seine Gaben
Jedem zugute kommen;
Das wird beiden Welten frommen.

Sie mögens ihm freundlich lohnen,
Auf liebliche Weise fügsam;
Sie lassen ihn mit sich wohnen:
Alle Guten sind genügsam.

Du aber bist mir beschieden,
Dich laß ich nicht aus dem ewigen Frieden;
Auf die Wache sollst du nicht ziehn,
Schick eine ledige Schwester dahin.

Dichter
DEINE Liebe, dein Kuß mich entzückt!
Geheimnisse mag ich nicht erfragen;
Doch sag' mir ob du an irdischen Tagen
Jemals Teil genommen?
Mir ist es oft so vorgekommen;
Ich wollt' es beschwören, ich wollt' es beweisen.
Du hast einmal Suleika geheißen.

Huri
Wir sind aus den Elementen geschaffen,
Aus Wasser, Feuer, Erd' und Luft
Unmittelbar; und irdscher Duft

Ist unserm Wesen ganz zuwider.
Wir steigen nie zu euch hernieder;
Doch wenn ihr kommt bei uns zu ruhn
Da haben wir genug zu tun.

Denn, siehst du, wie die Gläubigen kamen,
Von dem Propheten so wohl empfohlen,
Besitz vom Paradiese nahmen,
Da waren wir, wie er befohlen,
So liebenswürdig, so charmant,
Wie uns die Engel selbst nicht gekannt.

Allein der erste, zweite, dritte
Die hatten vorher eine Favorite;
Gegen uns warens garstige Dinger,
Sie aber hielten uns doch geringer;
Wir waren reizend, geistig, munter —
Die Moslems wollten wieder hinunter.

Nun war uns himmlisch Hochgebornen
Ein solch Betragen ganz zuwider,
Wir aufgewiegelten Verschwornen
Besannen uns schon hin und wider;
Als der Prophet durch alle Himmel fuhr
Da paßten wir auf seine Spur;
Rückkehrend hatt er sichs nicht versehn,
Das Flügel-Pferd es mußte stehn.

Da hatten wir ihn in der Mitte! —
Freundlich ernst, nach Propheten-Sitte,
Wurden wir kürzlich von ihm beschieden;
Wir aber waren sehr unzufrieden.
Denn seine Zwecke zu erreichen
Sollten wir eben alles lenken,
So wie ihr dächtet sollten wir denken,
Wir sollten euren Liebchen gleichen.

Unsere Eigenliebe ging verloren,
Die Mädchen krauten hinter den Ohren,
Doch, dachten wir, im ewigen Leben
Muß man sich eben in alles ergeben.

Nun sieht ein jeder was er sah,
Und ihm geschieht was ihm geschah.
Wir sind die Blonden, wir sind die Braunen,
Wir haben Grillen und haben Launen,
Ja, wohl auch manchmal eine Flause;
Ein jeder denkt er sei zu Hause,
Und wir darüber sind frisch und froh
Daß sie meinen es wäre so.

Du aber bist von freiem Humor:
Ich komme dir paradiesisch vor,
Du gibst dem Blick, dem Kuß die Ehre
Und wenn ich auch nicht Suleika wäre.
Doch da sie gar zu lieblich war,
So glich sie mir wohl auf ein Haar.

Dichter
Du blendest mich mit Himmelsklarheit,
Es sei nun Täuschung oder Wahrheit,
Gnug, ich bewundre dich vor allen.
Um ihre Pflicht nicht zu versäumen,
Um einem Deutschen zu gefallen,
Spricht eine Huri in Knittelreimen.

Huri
Ja, reim auch du nur unverdrossen,
Wie es dir aus der Seele steigt!
Wir paradiesische Genossen
Sind Wort- und Taten reinen Sinns geneigt.
Die Tiere, weißt du, sind nicht ausgeschlossen,
Die sich gehorsam, die sich treu erzeigt.
Ein derbes Wort kann Huri nicht verdrießen,
Wir fühlen was vom Herzen spricht,

Und was aus frischer Quelle bricht,
Das darf im Paradiese fließen.

Huri

WIEDER einen Finger schlägst du mir ein!
Weißt du denn wieviel Äonen
Wir vertraut schon zusammen wohnen?

Dichter

Nein! — Wills auch nicht wissen. Nein!
Mannigfaltiger frischer Genuß,
Ewig bräutlich keuscher Kuß! —
Wenn jeder Augenblick mich durchschauert,
Was soll ich fragen wie lang es gedauert!

Huri

Abwesend bist denn doch auch einmal,
Ich merk es wohl, ohne Maß und Zahl.
Hast in dem Weltall nicht verzagt,
An Gottes Tiefen dich gewagt;
Nun sei der Liebsten auch gewärtig!
Hast du nicht schon das Liedchen fertig?
Wie klang es draußen an dem Tor?
Wie klingts? — Ich will nicht stärker in dich dringen,
Sing mir die Lieder an Suleika vor:
Denn weiter wirst du's doch im Paradies nicht
       bringen.

BEGÜNSTIGTE TIERE

VIER Tieren auch verheißen war
Ins Paradies zu kommen,
Dort leben sie das ewge Jahr
Mit Heiligen und Frommen.

Den Vortritt hier ein Esel hat,
Er kommt mit muntern Schritten:

Denn Jesus zur Propheten-Stadt
Auf ihm ist eingeritten.

Halb schüchtern kommt ein Wolf sodann,
Dem Mahomet befohlen:
Laß dieses Schaf dem armen Mann,
Dem Reichen magst du's holen.

Nun, immer wedelnd, munter, brav,
Mit seinem Herrn, dem braven,
Das Hündlein das den Siebenschlaf
So treulich mitgeschlafen.

Abuherriras Katze hier
Knurrt um den Herrn und schmeichelt:
Denn immer ists ein heilig Tier
Das der Prophet gestreichelt.

HÖHERES UND HÖCHSTES

Dass wir solche Dinge lehren
Möge man uns nicht bestrafen:
Wie das alles zu erklären
Dürft ihr euer Tiefstes fragen.

Und so werdet ihr vernehmen
Daß der Mensch, mit sich zufrieden,
Gern sein Ich gerettet sähe,
So da droben wie hienieden.

Und mein liebes Ich bedürfte
Mancherlei Bequemlichkeiten,
Freuden wie ich hier sie schlürfte
Wünscht' ich auch für ewge Zeiten.

So gefallen schöne Gärten,
Blum und Frucht und hübsche Kinder,

Die uns allen hier gefielen,
Auch verjüngtem Geist nicht minder.

Und so möcht ich alle Freunde,
Jung und alt, in Eins versammeln,
Gar zu gern in deutscher Sprache
Paradieses-Worte stammeln.

Doch man horcht nun Dialekten
Wie sich Mensch und Engel kosen,
Der Grammatik, der versteckten,
Deklinierend Mohn und Rosen.

Mag man ferner auch in'Blicken
Sich rhetorisch gern ergehen,
Und zu himmlischem Entzücken
Ohne Klang und Ton erhöhen.

Ton und Klang jedoch entwindet
Sich dem Worte selbstverständlich,
Und entschiedener empfindet
Der Verklärte sich unendlich.

Ist somit dem Fünf der Sinne
Vorgesehn im Paradiese,
Sicher ist es ich gewinne
Einen Sinn für alle diese.

Und nun dring ich aller Orten
Leichter durch die ewigen Kreise,
Die durchdrungen sind vom Worte
Gottes rein-lebendiger Weise.

Ungehemmt mit heißem Triebe
Läßt sich da kein Ende finden,
Bis im Anschaun ewiger Liebe
Wir verschweben, wir verschwinden.

SECHS Begünstigte des Hofes
Fliehen vor des Kaisers Grimme,
Der als Gott sich läßt verehren,
Doch als Gott sich nicht bewähret:
Denn ihn hindert eine Fliege
Guter Bissen sich zu freuen.
Seine Diener scheuchen, wedelnd,
Nicht verjagen sie die Fliege.
Sie umschwärmt ihn, sticht und irret
Und verwirrt die ganze Tafel,
Kehret wieder wie des hämschen
Fliegengottes Abgesandter.

Nun! so sagen sich die Knaben,
Sollt' ein Flieglein Gott verhindern?
Sollt' ein Gott auch trinken, speisen,
Wie wir andern? Nein, der Eine
Der die Sonn erschuf, den Mond auch,
Und der Sterne Glut uns wölbte,
Dieser ists, wir fliehn! — Die zarten
Leicht beschuht-, beputzten Knaben
Nimmt ein Schäfer auf, verbirgt sie
Und sich selbst in Felsenhöhle.
Schäfershund er will nicht weichen,
Weggescheucht, den Fuß zerschmettert,
Drängt er sich an seinen Herren,
Und gesellt sich zum Verborgnen,
Zu den Lieblingen des Schlafes.

Und der Fürst dem sie entflohen,
Liebentrüstet, sinnt auf Strafen,
Weiset ab so Schwert als Feuer,
In die Höhle sie mit Ziegeln
Und mit Kalk sie läßt vermauern.

Aber jene schlafen immer,
Und der Engel, ihr Beschützer,
Sagt vor Gottes Thron berichtend:
So zur Rechten, so zur Linken
Hab' ich immer sie gewendet,
Daß die schönen, jungen Glieder
Nicht des Moders Qualm verletze.
Spalten riß ich in die Felsen
Daß die Sonne, steigend, sinkend,
Junge Wangen frisch erneute.
Und so liegen sie beseligt. —
Auch, auf heilen Vorderpfoten,
Schläft das Hündlein süßen Schlummers.

Jahre fliehen, Jahre kommen,
Wachen endlich auf die Knaben,
Und die Mauer, die vermorschte,
Altershalben ist gefallen.
Und Jamblika sagt, der Schöne,
Ausgebildete vor allen,
Als der Schäfer fürchtend zaudert:
Lauf ich hin! und hol euch Speise,
Leben wag' ich und das Goldstück!

Ephesus, gar manches Jahr schon,
Ehrt die Lehre des Propheten
Jesus. (Friede sei dem Guten!)

Und er lief. Da war der Tore
Wart und Turn und alles anders.
Doch zum nächsten Bäckerladen
Wandt er sich nach Brot in Eile. —
Schelm! so rief der Bäcker, hast du,
Jüngling, einen Schatz gefunden!
Gib mir, dich verrät das Goldstück,
Mir die Hälfte zum Versöhnen!

Und sie hadern. — Vor den König
Kommt der Handel; auch der König
Will nur teilen wie der Bäcker.

Nun betätigt sich das Wunder,
Nach und nach, aus hundert Zeichen.
An dem selbsterbauten Pallast
Weiß er sich sein Recht zu sichern.
Denn ein Pfeiler durchgegraben
Führt zu scharfbenamsten Schätzen.
Gleich versammeln sich Geschlechter
Ihre Sippschaft zu beweisen.
Und als Ururvater prangend
Steht Jamblikas Jugendfülle.
Wie von Ahnherrn hört er sprechen
Hier von seinem Sohn und Enkeln.
Der Urenkel Schar umgibt ihn,
Als ein Volk von tapfern Männern,
Ihn den jüngsten zu verehren.
Und ein Merkmal übers andre
Dringt sich auf, Beweis vollendend;
Sich und den Gefährten hat er
Die Persönlichkeit bestätigt.

Nun, zur Höhle kehrt er wieder,
Volk und König ihn geleiten. —
Nicht zum König, nicht zum Volke
Kehrt der Auserwählte wieder:
Denn die Sieben, die von lang her,
Achte warens mit dem Hunde,
Sich von aller Welt gesondert,
Gabriels geheim Vermögen
Hat, gemäß dem Willen Gottes,
Sie dem Paradies geeignet,
Und die Höhle schien vermauert.

GUTE NACHT!

Nun so legt euch, liebe Lieder,
An den Busen meinem Volke
Und in einer Moschus-Wolke
Hüte Gabriel die Glieder
Des Ermüdeten gefällig;
Daß er frisch und wohlerhalten,
Froh wie immer, gern gesellig,
Möge Felsenklüfte spalten,
Um des Paradieses Weiten,
Mit Heroen aller Zeiten,
Im Genusse zu durchschreiten;
Wo das Schöne, stets das Neue,
Immer wächst nach allen Seiten,
Daß die Unzahl sich erfreue.
Ja, das Hündlein gar, das treue,
Darf die Herren hinbegleiten.

NOTEN UND ABHANDLUNGEN ZU BESSEREM VERSTÄNDNIS DES WEST-ÖSTLICHEN DIVANS

Wer das Dichten will verstehen
Muß ins Land der Dichtung gehen;
Wer den Dichter will verstehen
Muß in Dichters Lande gehen.

EINLEITUNG

Alles hat seine Zeit! — Ein Spruch, dessen Bedeutung man
bei längerem Leben immer mehr anerkennen lernt; diesem
nach gibt es eine Zeit zu schweigen, eine andere zu sprechen, und zum letzten entschließt sich diesmal der Dichter.
Denn wenn dem früheren Alter Tun und Wirken gebührt,
so ziemt dem späteren Betrachtung und Mitteilung.
Ich habe die Schriften meiner ersten Jahre ohne Vorwort in
die Welt gesandt, ohne auch nur im mindesten anzudeuten,
wie es damit gemeint sei; dies geschah im Glauben an die
Nation, daß sie früher oder später das Vorgelegte benutzen
werde. Und so gelang mehreren meiner Arbeiten augenblickliche Wirkung, andere, nicht ebenso faßlich und eindrin-
gend, bedurften um anerkannt zu werden mehrerer Jahre.
Indessen gingen auch diese vorüber, und ein zweites, drittes
nachwachsendes Geschlecht entschädigt mich doppelt und
dreifach für die Unbilden, die ich von meinen früheren Zeitgenossen zu erdulden hatte.
Nun wünsch' ich aber, daß nichts den ersten guten Eindruck des gegenwärtigen Büchleins hindern möge. Ich ent-
schließe mich daher zu erläutern, zu erklären, nachzuweisen, und zwar bloß in der Absicht, daß ein unmittelbares
Verständnis Lesern daraus erwachse, die mit dem Osten
wenig oder nicht bekannt sind. Dagegen bedarf derjenige
dieses Nachtrags nicht, der sich um Geschichte und Literatur
einer so höchst merkwürdigen Weltregion näher umgetan
hat. Er wird vielmehr die Quellen und Bäche leicht bezeichnen, deren erquickliches Naß ich auf meine Blumenbeete
geleitet.
Am liebsten aber wünschte der Verfasser vorstehender Gedichte als ein Reisender angesehen zu werden, dem es zum
Lobe gereicht, wenn er sich der fremden Landesart mit Nei-

gung bequemt, deren Sprachgebrauch sich anzueignen trachtet, Gesinnungen zu teilen, Sitten aufzunehmen versteht. Man entschuldigt ihn, wenn es ihm auch nur bis auf einen gewissen Grad gelingt, wenn er immer noch an einem eignen Akzent, an einer unbezwinglichen Unbiegsamkeit seiner Landsmannschaft als Fremdling kenntlich bleibt. In diesem Sinne möge nun Verzeihung dem Büchlein gewährt sein! Kenner vergeben mit Einsicht, Liebhaber, weniger gestört durch solche Mängel, nehmen das Dargebotne unbefangen auf.

Damit aber alles, was der Reisende zurückbringt, den Seinigen schneller behage, übernimmt er die Rolle eines Handelsmanns, der seine Waren gefällig auslegt und sie auf mancherlei Weise angenehm zu machen sucht; ankündigende, beschreibende, ja lobpreisende Redensarten wird man ihm nicht verargen.

Zuvörderst also darf unser Dichter wohl aussprechen, daß er sich, im Sittlichen und Ästhetischen, Verständlichkeit zur ersten Pflicht gemacht, daher er sich denn auch der schlichtesten Sprache, in dem leichtesten, faßlichsten Silbenmaße seiner Mundart befleißigt und nur von weitem auf dasjenige hindeutet, wo der Orientale durch Künstlichkeit und Künstelei zu gefallen strebt.

Das Verständnis jedoch wird durch manche nicht zu vermeidende fremde Worte gehindert, die deshalb dunkel sind, weil sie sich auf bestimmte Gegenstände beziehen, auf Glauben, Meinungen, Herkommen, Fabeln und Sitten. Diese zu erklären hielt man für die nächste Pflicht und hat dabei das Bedürfnis berücksichtigt, das aus Fragen und Einwendungen deutscher Hörenden und Lesenden hervorging. Ein angefügtes Register bezeichnet die Seite, wo dunkle Stellen vorkommen und auch wo sie erklärt werden. Dieses Erklären aber geschieht in einem gewissen Zusammenhange, damit nicht abgerissene Noten, sondern ein selbstständiger Text erscheine, der, obgleich nur flüchtig behandelt und lose verknüpft, dem Lesenden jedoch Übersicht und Erläuterung gewähre.

Möge das Bestreben unseres diesmaligen Berufes angenehm

sein! Wir dürfen es hoffen: denn in einer Zeit, wo so vieles aus dem Orient unserer Sprache treulich angeeignet wird, mag es verdienstlich erscheinen, wenn auch wir von unserer Seite die Aufmerksamkeit dorthin zu lenken suchen, woher so manches Große, Schöne und Gute seit Jahrtausenden zu uns gelangte, woher täglich mehr zu hoffen ist.

HEBRÄER

Naive Dichtkunst ist bei jeder Nation die erste, sie liegt allen folgenden zum Grunde; je frischer, je naturgemäßer sie hervortritt, desto glücklicher entwickeln sich die nachherigen Epochen.

Da wir von orientalischer Poesie sprechen, so wird notwendig, der Bibel, als der ältesten Sammlung, zu gedenken. Ein großer Teil des Alten Testaments ist mit erhöhter Gesinnung, ist enthusiastisch geschrieben und gehört dem Felde der Dichtkunst an.

Erinnern wir uns nun lebhaft jener Zeit, wo *Herder* und *Eichhorn* uns hierüber persönlich aufklärten, so gedenken wir eines hohen Genusses, dem reinen orientalischen Sonnenaufgang zu vergleichen. Was solche Männer uns verliehen und hinterlassen, darf nur angedeutet werden, und man verzeiht uns die Eilfertigkeit, mit welcher wir an diesen Schätzen vorübergehen.

Beispiels willen jedoch gedenken wir des Buches Ruth, welches bei seinem hohen Zweck, einem Könige von Israel anständige, interessante Voreltern zu verschaffen, zugleich als das lieblichste kleine Ganze betrachtet werden kann, das uns episch und idyllisch überliefert worden ist.

Wir verweilen sodann einen Augenblick bei dem Hohen Lied, als dem Zartesten und Unnachahmlichsten, was uns von Ausdruck leidenschaftlicher, anmutiger Liebe zugekommen. Wir beklagen freilich, daß uns die fragmentarisch durcheinander geworfenen, übereinander geschobenen Gedichte keinen vollen, reinen Genuß gewähren, und doch sind wir entzückt, uns in jene Zustände hinein zu ahnen, in welchen die Dichtenden gelebt. Durch und durch wehet eine milde Luft des lieblichsten Bezirks von Kanaan; ländlich trauliche Verhältnisse, Wein-, Garten- und Gewürzbau, etwas von städtischer Beschränkung, sodann aber ein königlicher Hof, mit seinen Herrlichkeiten im Hintergrunde. Das Hauptthema jedoch bleibt glühende Neigung jugendlicher Herzen, die sich suchen, finden, abstoßen, anziehen, unter mancherlei höchst einfachen Zuständen.

Mehrmals gedachten wir aus dieser lieblichen Verwirrung einiges herauszuheben, aneinander zu reihen; aber gerade das Rätselhaft-Unauflösliche gibt den wenigen Blättern Anmut und Eigentümlichkeit. Wie oft sind nicht wohldenkende, ordnungsliebende Geister angelockt worden, irgend einen verständigen Zusammenhang zu finden oder hineinzulegen, und einem folgenden bleibt immer dieselbige Arbeit.

Ebenso hat das Buch Ruth seinen unbezwinglichen Reiz über manchen wackern Mann schon ausgeübt, daß er dem Wahn sich hingab, das in seinem Lakonismus unschätzbar dargestellte Ereignis könne durch eine ausführliche, paraphrastische Behandlung noch einigermaßen gewinnen.

Und so dürfte Buch für Buch das Buch aller Bücher dartun, daß es uns deshalb gegeben sei, damit wir uns daran, wie an einer zweiten Welt, versuchen, uns daran verirren, aufklären und ausbilden mögen.

ARABER

Bei einem östlichern Volke, den Arabern, finden wir herrliche Schätze an den *Moallakat*. Es sind Preisgesänge, die aus dichterischen Kämpfen siegreich hervorgingen; Gedichte, entsprungen vor Mahomets Zeiten, mit goldenen Buchstaben geschrieben, aufgehängt an den Pforten des Gotteshauses zu Mekka. Sie deuten auf eine wandernde, herdenreiche, kriegerische Nation, durch den Wechselstreit mehrerer Stämme innerlich beunruhigt. Dargestellt sind: festeste Anhänglichkeit an Stammgenossen, Ehrbegierde, Tapferkeit, unversöhnbare Rachelust gemildert durch Liebestrauer, Wohltätigkeit, Aufopferung, sämtlich grenzenlos. Diese

Dichtungen geben uns einen hinlänglichen Begriff von der hohen Bildung des Stammes der Koraischiten, aus welchem Mahomet selbst entsprang, ihnen aber eine düstre Religionshülle überwarf und jede Aussicht auf reinere Fortschritte zu verhüllen wußte.

Der Wert dieser trefflichen Gedichte, an Zahl sieben, wird noch dadurch erhöht, daß die größte Mannigfaltigkeit in ihnen herrscht. Hiervon können wir nicht kürzere und würdigere Rechenschaft geben, als wenn wir einschaltend hinlegen, wie der einsichtige *Jones* ihren Charakter ausspricht. ›*Amralkais'* Gedicht ist weich, froh, glänzend, zierlich, mannigfaltig und anmutig. *Tarafas*: kühn, aufgeregt, aufspringend und doch mit einiger Fröhlichkeit durchwebt. Das Gedicht von *Zoheir* scharf, ernst, keusch, voll moralischer Gebote und ernster Sprüche. *Lebids* Dichtung ist leicht, verliebt, zierlich, zart; sie erinnert an Virgils zweite Ekloge: denn er beschwert sich über der Geliebten Stolz und Hochmut und nimmt daher Anlaß, seine Tugenden herzuzählen, den Ruhm seines Stammes in den Himmel zu erheben. Das Lied *Antaras* zeigt sich stolz, drohend, treffend, prächtig, doch nicht ohne Schönheit der Beschreibungen und Bilder. *Amru* ist heftig, erhaben, ruhmredig; *Harez* darauf voll Weisheit, Scharfsinn und Würde. Auch erscheinen die beiden letzten als poetisch-politische Streitreden, welche vor einer Versammlung Araber gehalten wurden, um den verderblichen Haß zweier Stämme zu beschwichtigen.‹

Wie wir nun durch dieses wenige unsere Leser gewiß aufregen jene Gedichte zu lesen oder wieder zu lesen, so fügen wir ein anderes bei, aus Mahomets Zeit, und völlig im Geiste jener. Man könnte den Charakter desselben als düster, ja finster ansprechen, glühend, rachlustig und von Rache gesättigt.

I

Unter dem Felsen am Wege
Erschlagen liegt er,
In dessen Blut
Kein Thau herabträuft.

2

Große Last legt' er mir auf
Und schied;
Fürwahr diese Last
Will ich tragen.

3

»Erbe meiner Rache
Ist der Schwestersohn,
Der Streitbare,
Der Unversöhnliche.

4

Stumm schwitzt er Gift aus,
Wie die Otter schweigt,
Wie die Schlange Gift haucht,
Gegen die kein Zauber gilt.«

5

Gewaltsame Botschaft kam über uns
Großen mächtigen Unglücks;
Den Stärksten hätte sie
Überwältigt.

6

Mich hat das Schicksal geplündert,
Den Freundlichen verletzend,
Dessen Gastfreund
Nie beschädigt ward.

7

Sonnenhitze war er
Am kalten Tag,
Und brannte der Sirius
War er Schatten und Kühlung.

8

Trocken von Hüften,
Nicht kümmerlich,
Feucht von Händen,
Kühn und gewaltsam.

9

Mit festem Sinn
Verfolgt' er sein Ziel

Bis er ruhte;
Da ruht' auch der feste Sinn.

10

Wolkenregen war er
Geschenke verteilend;
Wenn er anfiel
Ein grimmiger Löwe.

11

Staatlich vor dem Volke,
Schwarzen Haares, langen Kleides,
Auf den Feind rennend
Ein magrer Wolf.

12

Zwei Geschmäcke teilt' er aus,
Honig und Wermut,
Speise solcher Geschmäcke
Kostete jeder.

13

Schreckend ritt er allein,
Niemand begleitet' ihn
Als das Schwert von Jemen
Mit Scharten geschmückt.

14

Mittags begannen wir Jünglinge
Den feindseligen Zug,
Zogen die Nacht hindurch,
Wie schwebende Wolken ohne Ruh.

15

Jeder war ein Schwert
Schwertumgürtet,
Aus der Scheide gerissen
Ein glänzender Blitz.

16

Sie schlürften die Geister des Schlafes,
Aber wie sie mit den Köpfen nickten
Schlugen wir sie
Und sie waren dahin.

17

Rache nahmen wir völlige:
Es entrannen von zwei Stämmen
Gar wenige,
Die wenigsten.

18

Und hat der Hudseilite
Ihn zu verderben die Lanze gebrochen,
Weil er mit seiner Lanze
Die Hudseiliten zerbrach.

19

Auf rauhen Ruhplatz
Legten sie ihn,
An schroffen Fels wo selbst Kamele
Die Klauen zerbrachen.

20

Als der Morgen ihn da begrüßt',
Am düstern Ort, den Gemordeten,
War er beraubt,
Die Beute entwendet.

21

Nun aber sind gemordet von mir
Die Hudseiliten mit tiefen Wunden.
Mürbe macht mich nicht das Unglück,
Es selbst wird mürbe.

22

Des Speeres Durst ward gelöscht
Mit erstem Trinken,
Versagt war ihm nicht
Wiederholtes Trinken.

23

Nun ist der Wein wieder erlaubt,
Der erst versagt war,
Mit vieler Arbeit
Gewann ich mir die Erlaubnis.

24

Auf Schwert und Spieß
Und aufs Pferd erstreckt ich

Die Vergünstigung,
Das ist nun alles Gemeingut.

25

Reiche den Becher denn,
O! Sawad Ben Amre:
Denn mein Körper um des Oheims willen
Ist eine große Wunde.

26

Und den Todes-Kelch
Reichten wir den Hudseiliten,
Dessen Wirkung ist Jammer,
Blindheit und Erniedrigung.

27

Da lachten die Hyänen
Beim Tode der Hudseiliten.
Und du sahest Wölfe
Denen glänzte das Angesicht.

28

Die edelsten Geier flogen daher,
Sie schritten von Leiche zu Leiche,
Und von dem reichlich bereiteten Mahle
Nicht in die Höhe konnten sie steigen.

Wenig bedarf es, um sich über dieses Gedicht zu verständigen. Die Größe des Charakters, der Ernst, die rechtmäßige Grausamkeit des Handelns sind hier eigentlich das Mark der Poesie. Die zwei ersten Strophen geben die klare Exposition, in der dritten und vierten spricht der Tote und legt seinem Verwandten die Last auf, ihn zu rächen. Die fünfte und sechste schließt sich dem Sinne nach an die ersten, sie stehen lyrisch versetzt; die siebente bis dreizehnte erhebt den Erschlagenen, daß man die Größe seines Verlustes empfinde. Die vierzehnte bis siebzehnte Strophe schildert die Expedition gegen die Feinde; die achtzehnte führt wieder rückwärts; die neunzehnte und zwanzigste könnte gleich nach den beiden ersten stehen. Die einundzwanzigste und zweiundzwanzigste könnte nach der siebzehnten Platz finden; sodann folgt Siegeslust und Genuß beim Gastmahl, den Schluß aber macht die furchtbare Freude, die erlegten Feinde, Hyänen und Geiern zum Raube, vor sich liegen zu sehen.

Höchst merkwürdig erscheint uns bei diesem Gedicht, daß die reine Prosa der Handlung durch Transposition der einzelnen Ereignisse poetisch wird. Dadurch, und daß das Gedicht fast alles äußern Schmucks ermangelt, wird der Ernst desselben erhöht, und wer sich recht hineinliest, muß das Geschehene, von Anfang bis zu Ende, nach und nach vor der Einbildungskraft aufgebaut erblicken.

ÜBERGANG

Wenn wir uns nun zu einem friedlichen, gesitteten Volke, den Persern, wenden, so müssen wir, da ihre Dichtungen eigentlich diese Arbeit veranlaßten, in die früheste Zeit zurückgehen, damit uns dadurch die neuere verständlich werde. Merkwürdig bleibt es immer dem Geschichtsforscher, daß, mag auch ein Land noch so oft von Feinden erobert, unterjocht, ja vernichtet sein, sich doch ein gewisser Kern der Nation immer in seinem Charakter erhält, und, ehe man sichs versieht, eine altbekannte Volkserscheinung wieder auftritt.

In diesem Sinne möge es angenehm sein, von den ältesten Persern zu vernehmen und einen desto sicherern und freiern Schritt, bis auf den heutigen Tag, eilig durchzuführen.

ÄLTERE PERSER

Auf das Anschauen der Natur gründete sich der alten Parsen Gottes-Verehrung. Sie wendeten sich, den Schöpfer anbetend, gegen die aufgehende Sonne, als der auffallend herrlichsten Erscheinung. Dort glaubten sie den Thron Gottes, von Engeln umfunkelt, zu erblicken. Die Glorie dieses herzerhebenden Dienstes konnte sich jeder, auch der Geringste, täglich vergegenwärtigen. Aus der Hütte trat der Arme, der Krieger aus dem Zelt hervor, und die religioseste aller Funktionen war vollbracht. Dem neugebornen Kinde erteilte man die Feuertaufe in solchen Strahlen, und den ganzen Tag über, das ganze Leben hindurch sah der Parse sich von dem Urgestirne bei allen seinen Handlungen begleitet. Mond und Sterne erhellten die Nacht, ebenfalls unerreichbar, dem Grenzenlosen angehörig. Dagegen stellt sich das Feuer ihnen zur Seite; erleuchtend, erwärmend, nach seinem Vermögen. In Gegenwart dieses Stellvertreters Gebete zu verrichten, sich vor dem unendlich Empfundenen zu beugen, wird angenehme fromme Pflicht. Reinlicher ist nichts als ein heiterer Sonnen-Aufgang, und so reinlich mußte man auch die Feuer entzünden und bewahren, wenn sie heilig, sonnenähnlich sein und bleiben sollten.

Zoroaster scheint die edle, reine Naturreligion zuerst in einen umständlichen Kultus verwandelt zu haben. Das mentale Gebet, das alle Religionen einschließt und ausschließt, und nur bei wenigen, gottbegünstigten Menschen den ganzen Lebenswandel durchdringt, entwickelt sich bei den meisten nur als flammendes, beseligendes Gefühl des Augenblicks; nach dessen Verschwinden sogleich der sich selbst zurückgegebene, unbefriedigte, unbeschäftigte Mensch in die unendlichste Langeweile zurückfällt.

Diese mit Zeremonien, mit Weihen und Entsühnen, mit Kommen und Gehen, Neigen und Beugen umständlich auszufüllen, ist Pflicht und Vorteil der Priesterschaft, welche denn ihr Gewerbe, durch Jahrhunderte durch, in unendliche Kleinlichkeiten zersplittert. Wer von der ersten kindlichfrohen Verehrung einer aufgehenden Sonne bis zur Verrücktheit der Guebern, wie sie noch diesen Tag in Indien stattfindet, sich einen schnellen Überblick verschaffen kann, der mag dort eine frische, vom Schlaf dem ersten Tageslicht sich entgegenregende Nation erblicken, hier aber ein verdüstertes Volk, welches gemeine Langeweile durch fromme Langeweile zu töten trachtet.

Wichtig ist es jedoch zu bemerken, daß die alten Parsen nicht etwa nur das Feuer verehrt; ihre Religion ist durchaus auf die Würde der sämtlichen Elemente gegründet, insofern sie das Dasein und die Macht Gottes verkündigen.

Daher die heilige Scheu, das Wasser, die Luft, die Erde zu besudeln. Eine solche Ehrfurcht vor allem, was den Menschen Natürliches umgibt, leitet auf alle bürgerliche Tugenden: Aufmerksamkeit, Reinlichkeit, Fleiß wird angeregt und genährt. Hierauf war die Landeskultur gegründet; denn wie sie keinen Fluß verunreinigten, so wurden auch die Kanäle mit sorgfältiger Wasserersparnis angelegt und rein gehalten, aus deren Zirkulation die Fruchtbarkeit des Landes entquoll, so daß das Reich damals über das Zehnfache mehr bebaut war. Alles, wozu die Sonne lächelte, ward mit höchstem Fleiß betrieben, vor anderm aber die Weinrebe, das eigentlichste Kind der Sonne, gepflegt.

Die seltsame Art ihre Toten zu bestatten leitet sich her aus eben dem übertriebenen Vorsatz, die reinen Elemente nicht zu verunreinigen. Auch die Stadtpolizei wirkt aus diesen Grundsätzen: Reinlichkeit der Straßen war eine Religions-Angelegenheit, und noch jetzt, da die Guebern vertrieben, verstoßen, verachtet sind und nur allenfalls in Vorstädten in verrufenen Quartieren ihre Wohnung finden, vermacht ein Sterbender dieses Bekenntnisses irgendeine Summe, damit eine oder die andere Straße der Hauptstadt sogleich möge völlig gereinigt werden. Durch eine so lebendige praktische Gottesverehrung ward jene unglaubliche Bevölkerung möglich von der die Geschichte ein Zeugnis gibt.

Eine so zarte Religion, gegründet auf die Allgegenwart Gottes in seinen Werken der Sinnenwelt, muß einen eignen Einfluß auf die Sitten ausüben. Man betrachte ihre Hauptgebote und -verbote: nicht lügen, keine Schulden machen, nicht undankbar sein! Die Fruchtbarkeit dieser Lehren wird sich jeder Ethiker und Aszete leicht entwickeln. Denn eigentlich enthält das erste Verbot die beiden andern und alle übrigen, die doch eigentlich nur aus Unwahrheit und Untreue entspringen; und daher mag der Teufel im Orient bloß unter Beziehung des ewigen Lügners angedeutet werden.

Da diese Religion jedoch zur Beschaulichkeit führt, so könnte sie leicht zur Weichlichkeit verleiten, so wie denn in den langen und weiten Kleidern auch etwas Weibliches

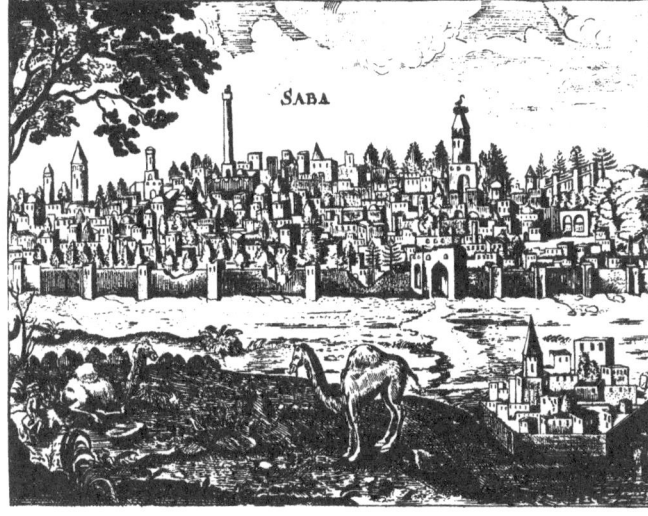

angedeutet scheint. Doch war auch in ihren Sitten und Verfassungen die Gegenwirkung groß. Sie trugen Waffen, auch im Frieden und geselligen Leben, und übten sich im Gebrauch derselben auf alle mögliche Weise. Das geschickteste und heftigste Reiten war bei ihnen herkömmlich, auch ihre Spiele, wie das mit Ballen und Schlägel, auf großen Rennbahnen, erhielt sie rüstig, kräftig, behend; und eine unbarmherzige Konskription machte sie sämtlich zu Helden auf den ersten Wink des Königs.

Schauen wir zurück auf ihren Gottessinn. Anfangs war der öffentliche Kultus auf wenige Feuer eingeschränkt und daher desto ehrwürdiger; dann vermehrte sich ein hochwürdiges Priestertum nach und nach zahlreich, womit sich die Feuer vermehrten. Daß diese innigst verbundene geistliche Macht sich gegen die weltliche gelegentlich auflehnen würde, liegt in der Natur dieses ewig unverträglichen Verhältnisses. Nicht zu gedenken, daß der falsche Smerdis, der sich des Königreichs bemächtigte, ein Magier gewesen, durch seine Genossen erhöht und eine Zeitlang gehalten worden, so treffen wir die Magier mehrmals den Regenten fürchterlich.

Durch Alexanders Invasion zerstreut, unter seinen parthischen Nachfolgern nicht begünstigt, von den Sassaniden wieder hervorgehoben und versammelt, bewiesen sie sich immer fest auf ihren Grundsätzen, und widerstrebten dem Regenten, der diesen zuwiderhandelte. Wie sie denn die Verbindung des Chosru mit der schönen Schirin, einer Christin, auf alle Weise beiden Teilen widersetzlich verleideten.

Endlich von den Arabern auf immer verdrängt und nach Indien vertrieben, und was von ihnen oder ihren Geistesverwandten in Persien zurückblieb bis auf den heutigen Tag verachtet und beschimpft, bald geduldet, bald verfolgt nach Willkür der Herrscher, hält sich noch diese Religion hie und da in der frühesten Reinheit, selbst in kümmerlichen Winkeln, wie der Dichter solches durch das *Vermächtnis des alten Parsen* auszudrücken gesucht hat.

Daß man daher dieser Religion durch lange Zeiten durch

sehr viel schuldig geworden, daß in ihr die Möglichkeit einer höhern Kultur lag, die sich im westlichen Teile der östlichen Welt verbreitet, ist wohl nicht zu bezweifeln. Zwar ist es höchst schwierig, einen Begriff zu geben, wie und woher sich diese Kultur ausbreitete. Viele Städte lagen als Lebenspunkte in vielen Regionen zerstreut; am bewundernswürdigsten aber ist mir, daß die fatale Nähe des indischen Götzendienstes nicht auf sie wirken konnte. Auffallend bleibt es, da die Städte von Balch und Bamian so nah aneinander lagen, hier die verrücktesten Götzen in riesenhafter Größe verfertigt und angebetet zu sehen, indessen sich dort die Tempel des reinen Feuers erhielten, große Klöster dieses Bekenntnisses entstanden und eine Unzahl von Mobeden sich versammelten. Wie herrlich aber die Einrichtung solcher Anstalten müsse gewesen sein, bezeugen die außerordentlichen Männer, die von dort ausgegangen sind. Die Familie der Barmekiden stammte daher, die so lange als einflußreiche Staatsdiener glänzten, bis sie zuletzt, wie ein ungefähr ähnliches Geschlecht dieser Art zu unsern Zeiten, ausgerottet und vertrieben worden.

REGIMENT

Wenn der Philosoph aus Prinzipien sich ein Natur-, Völker- und Staatsrecht auferbaut, so forscht der Geschichtsfreund nach, wie es wohl mit solchen menschlichen Verhältnissen und Verbindungen von jeher gestanden habe. Da finden wir denn im ältesten Oriente: daß alle Herrschaft sich ableiten lasse von dem Rechte Krieg zu erklären. Dieses Recht liegt, wie alle übrigen, anfangs in dem Willen, in der Leidenschaft des Volkes. Ein Stammglied wird verletzt, sogleich regt sich die Masse unaufgefordert, Rache zu nehmen am Beleidiger. Weil aber die Menge zwar handeln und wirken, nicht aber sich führen mag, überträgt sie, durch Wahl, Sitte, Gewohnheit, die Anführung zum Kampfe einem einzigen, es sei für Einen Kriegszug, für mehrere; dem tüchtigen Manne verleiht sie die gefährlichen Posten auf Lebenszeit, auch wohl endlich für seine Nachkommen. Und so verschafft sich der einzelne, durch die Fähigkeit Krieg zu führen, das Recht den Krieg zu erklären.

Hieraus fließt nun ferner die Befugnis, jeden Staatsbürger, der ohnehin als kampflustig und streitfertig angesehen werden darf, in die Schlacht zu rufen, zu fordern, zu zwingen. Diese Konskription mußte von jeher, wenn sie sich gerecht und wirksam erzeigen wollte, unbarmherzig sein. Der erste Darius rüstet sich gegen verdächtige Nachbarn, das unzählige Volk gehorcht dem Wink. Ein Greis liefert drei Söhne, er bittet, den jüngsten vom Feldzuge zu befreien, der König sendet ihm den Knaben in Stücken zerhauen zurück. Hier ist also das Recht über Leben und Tod schon ausgesprochen. In der Schlacht selbst leidets keine Frage: denn wird nicht oft willkürlich, ungeschickt ein ganzer Heeresteil vergebens aufgeopfert, und niemand fordert Rechenschaft vom Anführer?

Nun zieht sich aber bei kriegerischen Nationen derselbe Zustand durch die kurzen Friedenszeiten. Um den König her ists immer Krieg, und niemanden bei Hofe das Leben gesichert. Ebenso werden die Steuern fort erhoben, die der Krieg nötig machte. Deshalb setzte denn auch Darius Codomannus, vorsichtig, regelmäßige Abgaben fest, statt freiwilliger Geschenke. Nach diesem Grundsatz, mit dieser Verfassung stieg die persische Monarchie zu höchster Macht und Glückseligkeit, die denn doch zuletzt an dem Hochsinn einer benachbarten, kleinen, zerstückelten Nation endlich scheiterte.

GESCHICHTE

Die Perser, nachdem außerordentliche Fürsten ihre Streitkräfte in eins versammelt und die Elastizität der Masse aufs höchste gesteigert, zeigten sich selbst entferntern Völkern gefährlich, um so mehr den benachbarten.

Alle waren überwunden, nur die Griechen, uneins unter sich, vereinigten sich gegen den zahlreichen, mehrmals herandringenden Feind und entwickelten musterhafte Aufopferung, die erste und letzte Tugend, worin alle übrigen enthalten sind. Dadurch ward Frist gewonnen, daß, in dem

Maße wie die persische Macht innerlich zerfiel, Philipp von Mazedonien eine Einheit gründen konnte, die übrigen Griechen um sich zu versammeln und ihnen für den Verlust ihrer innern Freiheit den Sieg über äußere Dränger vorzubereiten. Sein Sohn überzog die Perser und gewann das Reich.

Nicht nur furchtbar, sondern äußerst verhaßt hatten sich diese der griechischen Nation gemacht, indem sie Staat und Gottesdienst zugleich bekriegten. Sie, einer Religion ergeben, wo die himmlischen Gestirne, das Feuer, die Elemente als gottähnliche Wesen in freier Welt verehrt wurden, fanden höchst scheltenswert, daß man die Götter in Wohnungen einsperrte, sie unter Dach anbetete. Nun verbrannte und zerstörte man die Tempel, und schuf dadurch sich selbst ewig Haß erregende Denkmäler, indem die Weisheit der Griechen beschloß, diese Ruinen niemals wieder aus ihrem Schutte zu erheben, sondern, zu Anreizung künftiger Rache, ahndungsvoll liegen zu lassen. Diese Gesinnungen, ihren beleidigten Gottesdienst zu rächen, brachten die Griechen mit auf persischen Grund und Boden; manche Grausamkeit erklärt sich daher, auch will man den Brand von Persepolis damit entschuldigen.

Die gottesdienstlichen Übungen der Magier, die freilich, von ihrer ersten Einfalt entfernt, auch schon Tempel und Klostergebäude bedurften, wurden gleichfalls zerstört, die Magier verjagt und zerstreut, von welchen jedoch immer eine große Menge versteckt sich sammelten und, auf bessere Zeiten, Gesinnung und Gottesdienst aufbewahrten. Ihre Geduld wurde freilich sehr geprüft: denn als mit Alexanders Tode die kurze Alleinherrschaft zerfiel und das Reich zersplitterte, bemächtigten sich die Parther des Teils, der uns gegenwärtig besonders beschäftigt. Sprache, Sitten, Religion der Griechen ward bei ihnen einheimisch. Und so vergingen fünfhundert Jahre über der Asche der alten Tempel und Altäre, unter welchen das heilige Feuer immerfort glimmend sich erhielt, so daß die Sassaniden, zu Anfang des dritten Jahrhunderts unserer Zeitrechnung, als sie, die alte Religion wieder bekennend, den frühern Dienst herstellten, sogleich eine Anzahl Magier und Mobeden vorfanden, welche an und über der Grenze Indiens sich und ihre Gesinnungen im Stillen erhalten hatten. Die altpersische Sprache wurde hervorgezogen, die griechische verdrängt und zu einer eignen Nationalität wieder Grund gelegt. Hier finden wir nun in einem Zeitraum von vierhundert Jahren die mythologische Vorgeschichte persischer Ereignisse, durch poetisch-prosaische Nachklänge, einigermaßen erhalten. Die glanzreiche Dämmerung derselben erfreut uns immerfort, und eine Mannigfaltigkeit von Charakteren und Ereignissen erweckt großen Anteil.

Was wir aber auch von Bild- und Baukunst dieser Epoche vernehmen, so ging es damit doch bloß auf Pracht und Herrlichkeit, Größe und Weitläuftigkeit und unförmliche Gestalten hinaus; und wie konnt es auch anders werden? da sie ihre Kunst vom Abendlande hernehmen mußten, die schon dort so tief entwürdigt war. Der Dichter besitzt selbst einen Siegelring Sapor des Ersten, einen Onyx, offenbar von einem westlichen Künstler damaliger Zeit, vielleicht einem Kriegsgefangenen, geschnitten. Und sollte der Siegelschneider des überwindenden Sassaniden geschickter gewesen sein als der Stempelschneider des überwundenen Valerian? Wie es aber mit den Münzen damaliger Zeit aussehe, ist uns leider nur zu wohl bekannt. Auch hat sich das Dichterisch-Märchenhafte jener überbliebenen Monumente nach und nach, durch Bemühung der Kenner, zur historischen Prosa herabgestimmt. Da wir denn nun deutlich auch in diesem Beispiel begreifen, daß ein Volk auf einer hohen sittlich-religiosen Stufe stehen, sich mit Pracht und Prunk umgeben und in Bezug auf Künste noch immer unter die barbarischen gezählt werden kann.

Ebenso müssen wir auch, wenn wir orientalische und besonders persische Dichtkunst der Folgezeit redlich schätzen und nicht, zu künftigem eignen Verdruß und Beschämung, solche überschätzen wollen, gar wohl bedenken, wo denn eigentlich die werte, wahre Dichtkunst in jenen Tagen zu finden gewesen.

Aus dem Westlande scheint sich nicht viel selbst nach dem nächsten Osten verloren zu haben, Indien hielt man vor-

züglich im Auge; und da denn doch den Verehrern des
Feuers und der Elemente jene verrückt-monstrose Religion,
dem Lebemenschen aber eine abstruse Philosophie keineswegs annehmlich sein konnte, so nahm man von dorther,
was allen Menschen immer gleich willkommen ist, Schriften,
die sich auf Weltklugheit beziehen; da man denn auf die
Fabeln des Bidpai den höchsten Wert legte und dadurch
schon eine künftige Poesie in ihrem tiefsten Grund zerstörte. Zugleich hatte man aus derselben Quelle das Schachspiel erhalten, welches, in Bezug mit jener Weltklugheit,
allem Dichtersinn den Garaus zu machen völlig geeignet ist.
Setzen wir dieses voraus, so werden wir das Naturell der
späteren persischen Dichter, sobald sie durch günstige Anlässe hervorgerufen wurden, höchlich rühmen und bewundern: wie sie so manche Ungunst bekämpfen, ihr ausweichen, oder vielleicht gar überwinden können.

Die Nähe von Byzanz, die Kriege mit den westlichen Kaisern und daraus entspringenden wechselseitigen Verhältnisse bringen endlich ein Gemisch hervor, wobei die christliche Religion zwischen die der alten Parsen sich einschlingt,
nicht ohne Widerstreben der Mobeden und dortigen Re-
ligionsbewahrer. Wie denn doch die mancherlei Verdrießlichkeiten, ja großes Unglück selbst, das den trefflichen Fürsten Chosru Parvis überfiel, bloß daher seinen Ursprung
nahm, weil Schirin, liebenswürdig und reizend, am christlichen Glauben festhielt.

Dieses alles, auch nur obenhin betrachtet, nötigt uns zu gestehen, daß die Vorsätze, die Verfahrungsweise der Sassaniden alles Lob verdienen; nur waren sie nicht mächtig genug, in einer von Feinden rings umgebenen Lage, zur bewegtesten Zeit sich zu erhalten. Sie wurden, nach tüchtigem
Widerstand, von den Arabern unterjocht, welche Mahomet
durch Einheit zur furchtbarsten Macht erhoben hatte.

MAHOMET

Da wir bei unseren Betrachtungen vom Standpunkte der
Poesie entweder ausgehen oder doch auf denselben zurück-

kehren, so wird es unsern Zwecken angemessen sein, von genanntem außerordentlichen Manne vorerst zu erzählen, wie er heftig behauptet und beteuert: er sei Prophet und nicht Poet, und daher auch sein Koran als göttliches Gesetz und nicht etwa als menschliches Buch, zum Unterricht oder zum Vergnügen, anzusehen. Wollen wir nun den Unterschied zwischen Poeten und Propheten näher andeuten, so sagen wir: beide sind von einem Gott ergriffen und befeuert, der Poet aber vergeudet die ihm verliehene Gabe im Genuß, um Genuß hervorzubringen, Ehre durch das Hervorgebrachte zu erlangen, allenfalls ein bequemes Leben. Alle übrigen Zwecke versäumt er, sucht mannigfaltig zu sein, sich in Gesinnung und Darstellung grenzenlos zu zeigen. Der Prophet hingegen sieht nur auf einen einzigen bestimmten Zweck; solchen zu erlangen bedient er sich der einfachsten Mittel. Irgendeine Lehre will er verkünden und, wie um eine Standarte, durch sie und um sie die Völker versammeln. Hiezu bedarf es nur, daß die Welt glaube; er muß also eintönig werden und bleiben, denn das Mannigfaltige glaubt man nicht, man erkennt es.

Der ganze Inhalt des Korans, um mit wenigem viel zu sagen, findet sich zu Anfang der zweiten Sura und lautet folgendermaßen: ›Es ist kein Zweifel in diesem Buch. Es ist eine Unterrichtung der Frommen, welche die Geheimnisse des *Glaubens* für wahr halten, die bestimmten Zeiten des *Gebets* beobachten und von demjenigen, was wir ihnen verliehen haben, *Almosen* austeilen; und welche der Offenbarung glauben, die den *Propheten* vor dir herabgesandt worden, und gewisse Versicherung des zukünftigen Lebens haben: diese werden von ihrem Herrn geleitet und sollen glücklich und selig sein. Die Ungläubigen betreffend, wird es ihnen gleichviel sein, ob du sie vermahnest oder nicht vermahnest; sie werden doch nicht glauben. Gott hat ihre Herzen und Ohren versiegelt. Eine Dunkelheit bedecket ihr Gesicht, und sie werden eine schwere Strafe leiden.‹

Und so wiederholt sich der Koran Sure für Sure. Glauben und Unglauben teilen sich in Oberes und Unteres; Himmel und Hölle sind den Bekennern und Leugnern zugedacht.

Nähere Bestimmung des Gebotenen und Verbotenen, fabelhafte Geschichten jüdischer und christlicher Religion, Amplifikationen aller Art, grenzenlose Tautologien und Wiederholungen bilden den Körper dieses heiligen Buches, das uns, so oft wir auch daran gehen, immer von neuem anwidert, dann aber anzieht, in Erstaunen setzt und am Ende Verehrung abnötigt.

Worin es daher jedem Geschichtsforscher von der größten Wichtigkeit bleiben muß, sprechen wir aus mit den Worten eines vorzüglichen Mannes: ›Die Hauptabsicht des Korans scheint diese gewesen zu sein, die Bekenner der drei verschiedenen, in dem volkreichen Arabien damals herrschenden Religionen, die meistenteils vermischt untereinander in den Tag hinein lebten und ohne Hirten und Wegweiser herumirrten, indem der größte Teil Götzendiener und die übrigen entweder Juden oder Christen eines höchst irrigen und ketzerischen Glaubens waren, in der Erkenntnis und Verehrung des einigen, ewigen und unsichtbaren Gottes, durch dessen Allmacht alle Dinge geschaffen sind, und die, so es nicht sind, geschaffen werden können, des allerhöchsten Herrschers, Richters und Herrn aller Herren, unter der Bestätigung gewisser Gesetze und den äußerlichen Zeichen gewisser Zeremonien, teils von alter und teils von neuer Einsetzung, und die durch Vorstellung sowohl zeitlicher als ewiger Belohnungen und Strafen eingeschärft wurden, zu vereinigen und sie alle zu dem Gehorsam des Mahomet, als des Propheten und Gesandten Gottes, zu bringen, der nach den wiederholten Erinnerungen, Verheißungen und Drohungen der vorigen Zeiten endlich Gottes wahre Religion auf Erden durch Gewalt der Waffen fortpflanzen und bestätigen sollte, um sowohl für den Hohenpriester, Bischof oder Papst in geistlichen, als auch höchsten Prinzen in weltlichen Dingen erkannt zu werden.‹

Behält man diese Ansicht fest im Auge, so kann man es dem Muselmann nicht verargen, wenn er die Zeit vor Mahomet die Zeit der Unwissenheit benennt, und völlig überzeugt ist, daß mit dem Islam Erleuchtung und Weisheit erst beginne. Der Stil des Korans ist, seinem Inhalt und Zweck gemäß, streng, furchtbar, stellenweis wahrhaft erhaben; so treibt ein Keil den andern und darf sich über die große Wirksamkeit des Buches niemand verwundern. Weshalb es denn auch von den echten Verehrern für unerschaffen und mit Gott gleich ewig erklärt wurde. Dem ungeachtet aber fanden sich gute Köpfe, die eine bessere Dicht- und Schreibart der Vorzeit anerkannten, und behaupteten: daß, wenn es Gott nicht gefallen hätte, durch Mahomet auf einmal seinen Willen und eine entschieden gesetzliche Bildung zu offenbaren, die Araber nach und nach von selbst eine solche Stufe, und eine noch höhere, würden erstiegen und reinere Begriffe in einer reinen Sprache entwickelt haben. Andere, verwegener, behaupteten, Mahomet habe ihre Sprache und Literatur verdorben, so daß sie sich niemals wieder erholen werde. Der Verwegenste jedoch, ein geistvoller Dichter, war kühn genug zu versichern: alles, was Mahomet gesagt habe, wollte er auch gesagt haben, und besser; ja er sammelte sogar eine Anzahl Sektierer um sich her. Man bezeichnete ihn deshalb mit dem Spottnamen *Motanabbi,* unter welchem wir ihn kennen, welches soviel heißt als: einer der gern den Propheten spielen möchte.

Ob nun gleich die muselmännische Kritik selbst an dem Koran manches Bedenken findet, indem Stellen, die man früher aus demselben angeführt, gegenwärtig nicht mehr darin zu finden sind, andere, sich widersprechend, einander aufheben, und was dergleichen bei allen schriftlichen Überlieferungen nicht zu vermeidende Mängel sind: so wird doch dieses Buch für ewige Zeiten höchst wirksam verbleiben, indem es durchaus praktisch und den Bedürfnissen einer Nation gemäß verfaßt worden, welche ihren Ruhm auf alte Überlieferungen gründet und an herkömmlichen Sitten festhält.

In seiner Abneigung gegen Poesie erscheint Mahomet auch höchst konsequent, indem er alle Märchen verbietet. Diese Spiele einer leichtfertigen Einbildungskraft, die vom Wirklichen bis zum Unmöglichen hin- und widerschwebt, und das Unwahrscheinliche als ein Wahrhaftes und Zweifelloses vorträgt, waren der orientalischen Sinnlichkeit, einer weichen Ruhe und bequemem Müßiggang höchst angemessen. Diese Luftgebilde, über einem wunderlichen Boden schwankend, hatten sich zur Zeit der Sassaniden ins Unendliche vermehrt, wie sie uns Tausendundeine Nacht, an einen losen Faden gereiht, als Beispiele darlegt. Ihr eigentlicher Charakter ist, daß sie keinen sittlichen Zweck haben und daher den Menschen nicht auf sich selbst zurück, sondern außer sich hinaus ins unbedingte Freie führen und tragen. Gerade das Entgegengesetzte wollte Mahomet bewirken. Man sehe, wie er die Überlieferungen des Alten Testaments und die Ereignisse patriarchalischer Familien, die freilich auch auf einem unbedingten Glauben an Gott, einem unwandelbaren Gehorsam und also gleichfalls auf einem Islam beruhen, in Legenden zu verwandeln weiß, mit kluger Ausführlichkeit den Glauben an Gott, Vertrauen und Gehorsam immer mehr auszusprechen und einzuschärfen versteht; wobei er sich denn manches Märchenhafte, obgleich immer zu seinen Zwecken dienlich, zu erlauben pflegt. Bewundernswürdig ist er, wenn man in diesem Sinne die Begebenheiten Noahs, Abrahams, Josephs betrachtet und beurteilt.

KALIFEN

Um aber in unsern eigensten Kreis zurückzukehren, wiederholen wir, daß die Sassaniden bei vierhundert Jahre regierten, vielleicht zuletzt nicht mit früherer Kraft und Glanz; doch hätten sie sich wohl noch eine Weile erhalten, wäre die Macht der Araber nicht dergestalt gewachsen, daß ihr zu widerstehen kein älteres Reich imstande war. Schon unter Omar, bald nach Mahomet, ging jene Dynastie zugrunde, welche die altpersische Religion gehegt und einen seltenen Grad der Kultur verbreitet hatte.

Die Araber stürmten sogleich auf alle Bücher los, nach ihrer Ansicht nur überflüssige oder schädliche Schreibereien; sie zerstörten alle Denkmale der Literatur, so daß kaum die geringsten Bruchstücke zu uns gelangen konnten. Die sogleich eingeführte arabische Sprache verhinderte jede Wiederherstellung dessen, was national heißen konnte. Doch auch hier überwog die Bildung des Überwundenen nach und nach die Roheit des Überwinders, und die mahometanischen Sieger gefielen sich in der Prachtliebe, den angenehmen Sitten und den dichterischen Resten der Besiegten. Daher bleibt noch immer, als die glänzendste Epoche, berühmt die Zeit, wo die Barmekiden Einfluß hatten zu Bagdad. Diese, von Balch abstammend, nicht sowohl selbst Mönche als Patrone und Beschützer großer Klöster und Bildungsanstalten, bewahrten unter sich das heilige Feuer der Dicht- und Redekunst und behaupteten durch ihre Welt-Klugheit und Charakter-Größe einen hohen Rang auch in der politischen Sphäre. Die Zeit der Barmekiden heißt daher sprichwörtlich: eine Zeit lokalen, lebendigen Wesens und Wirkens, von der man, wenn sie vorüber ist, nur hoffen kann, daß sie erst nach geraumen Jahren an fremden Orten unter ähnlichen Umständen vielleicht wieder aufquellen werde.

Aber auch das Kalifat war von kurzer Dauer; das ungeheure Reich erhielt sich kaum vierhundert Jahre; die entfernteren Statthalter machten sich nach und nach mehr und mehr unabhängig, indem sie den Kalifen, als eine geistliche, Titel und Pfründen spendende Macht, allenfalls gelten ließen.

FORTLEITENDE BEMERKUNG

Physisch-klimatische Einwirkung auf Bildung menschlicher Gestalt und körperlicher Eigenschaften leugnet niemand, aber man denkt nicht immer daran, daß Regierungsform eben auch einen moralisch-klimatischen Zustand hervorbringe, worin die Charaktere auf verschiedene Weise sich ausbilden. Von der Menge reden wir nicht, sondern von bedeutenden, ausgezeichneten Gestalten.

In der Republik bilden sich große, glückliche, ruhig-rein tätige Charaktere; steigert sie sich zur Aristokratie, so entstehen würdige, konsequente, tüchtige, im Befehlen und Gehorchen bewunderungswürdige Männer. Gerät ein Staat in Anarchie, sogleich tun sich verwegene, kühne, sittenverachtende Menschen hervor, augenblicklich gewaltsam wirkend, bis zum Entsetzen, alle Mäßigung verbannend. Die

Despotie dagegen schafft große Charaktere; kluge, ruhige Übersicht, strenge Tätigkeit, Festigkeit, Entschlossenheit, alles Eigenschaften, die man braucht, um den Despoten zu dienen, entwickeln sich in fähigen Geistern und verschaffen ihnen die ersten Stellen des Staats, wo sie sich zu Herrschern ausbilden. Solche erwuchsen unter Alexander dem Großen, nach dessen frühzeitigem Tode seine Generale sogleich als Könige dastanden. Auf die Kalifen häufte sich ein ungeheures Reich, das sie durch Statthalter mußten regieren lassen, deren Macht und Selbstständigkeit gedieh, indem die Kraft der obersten Herrscher abnahm. Ein solcher trefflicher Mann, der ein eigenes Reich sich zu gründen und zu verdienen wußte, ist derjenige, von dem wir nun zu reden haben, um den Grund der neueren persischen Dichtkunst und ihre bedeutenden Lebens-Anfänge kennen zu lernen.

MAHMUD VON GASNA

Mahmud, dessen Vater im Gebirge gegen Indien ein starkes Reich gegründet hatte, indessen die Kalifen in der Fläche des Euphrats zur Nichtigkeit versanken, setzte die Tätigkeit seines Vorgängers fort und machte sich berühmt wie Alexander und Friedrich. Er läßt den Kalifen als eine Art geistlicher Macht gelten, die man wohl, zu eigenem Vorteil, einigermaßen anerkennen mag; doch erweitert er erst sein Reich um sich her, dringt sodann auf Indien los, mit großer Kraft und besonderm Glück. Als eifrigster Mahometaner beweist er sich unermüdlich und streng in Ausbreitung seines Glaubens und Zerstörung des Götzendienstes. Der Glaube an den einigen Gott wirkt immer geisterhebend, indem er den Menschen auf die Einheit seines eignen Innern zurückweist. Näher steht der Nationalprophete, der nur Anhänglichkeit und Förmlichkeiten fordert und eine Religion auszubreiten befiehlt, die, wie eine jede, zu unendlichen Auslegungen und Mißdeutungen dem Sekten- und Parteigeist Raum läßt und demungeachtet immer dieselbige bleibt.
Eine solche einfache Gottesverehrung mußte mit dem in-

dischen Götzendienste im herbsten Widerspruch stehen, Gegenwirkung und Kampf, ja blutige Vernichtungskriege hervorrufen, wobei sich der Eifer des Zerstörens und Bekehrens noch durch Gewinn unendlicher Schätze erhöht fühlte. Ungeheure, fratzenhafte Bilder, deren hohler Körper mit Gold und Juwelen ausgefüllt erfunden ward, schlug man in Stücke und sendete sie, geviertelt, verschiedene Schwellen mahometanischer Heilorte zu pflastern. Noch jetzt sind die indischen Ungeheuer jedem reinen Gefühle verhaßt, wie gräßlich mögen sie den bildlosen Mahometaner angeschaut haben!

Nicht ganz am unrechten Orte wird hier die Bemerkung stehen, daß der ursprüngliche Wert einer jeden Religion erst nach Verlauf von Jahrhunderten aus ihren Folgen beurteilt werden kann. Die jüdische Religion wird immer einen gewissen starren Eigensinn, dabei aber auch freien Klugsinn und lebendige Tätigkeit verbreiten; die mahometanische läßt ihren Bekenner nicht aus einer dumpfen Beschränktheit heraus, indem sie, keine schweren Pflichten fordernd, ihm innerhalb derselben alles Wünschenswerte verleiht und zugleich, durch Aussicht auf die Zukunft, Tapferkeit und Religionspatriotismus einflößt und erhält.

Die indische Lehre taugte von Haus aus nichts, so wie denn gegenwärtig ihre vielen tausend Götter, und zwar nicht etwa untergeordnete, sondern alle gleich unbedingt mächtige Götter, die Zufälligkeiten des Lebens nur noch mehr verwirren, den Unsinn jeder Leidenschaft fördern und die Verrücktheit des Lasters, als die höchste Stufe der Heiligkeit und Seligkeit, begünstigen.

Auch selbst eine reinere Vielgötterei, wie die der Griechen und Römer, mußte doch zuletzt auf falschem Wege ihre Bekenner und sich selbst verlieren. Dagegen gebührt der christlichen das höchste Lob, deren reiner, edler Ursprung sich immerfort dadurch betätigt, daß nach den größten Verirrungen, in welche sie der dunkle Mensch hineinzog, eh man sichs versieht, sie sich in ihrer ersten lieblichen Eigentümlichkeit, als Mission, als Hausgenossen- und Brüderschaft, zu Erquickung des sittlichen Menschenbedürfnisses immer wieder hervortut.

Billigen wir nun den Eifer des Götzenstürmers Mahmud, so gönnen wir ihm die zu gleicher Zeit gewonnenen unendlichen Schätze, und verehren besonders in ihm den Stifter persischer Dichtkunst und höherer Kultur. Er, selbst aus persischem Stamme, ließ sich nicht etwa in die Beschränktheit der Araber hineinziehen, er fühlte gar wohl, daß der schönste Grund und Boden für Religion in der Nationalität zu finden sei; diese ruhet auf der Poesie, die uns älteste Geschichte in fabelhaften Bildern überliefert, nach und nach sodann ins Klare hervortritt und ohne Sprung die Vergangenheit an die Gegenwart heranführt.

Unter diesen Betrachtungen gelangen wir also in das zehnte Jahrhundert unserer Zeitrechnung. Man werfe einen Blick auf die höhere Bildung, die sich dem Orient, ungeachtet der ausschließenden Religion, immerfort aufdrang. Hier sammelten sich, fast wider Willen der wilden und schwachen Beherrscher, die Reste griechischer und römischer Verdienste und so vieler geistreichen Christen, deren Eigenheiten aus der Kirche ausgestoßen worden, weil auch diese, wie der Islam, auf Eingläubigkeit losarbeiten mußte.

Doch zwei große Verzweigungen des menschlichen Wissens und Wirkens gelangten zu einer freiern Tätigkeit!

Die Medizin sollte die Gebrechen des Mikrokosmus heilen, und die Sternkunde dasjenige dolmetschen, womit uns für die Zukunft der Himmel schmeicheln oder bedrohen möchte; jene mußte der Natur, diese der Mathematik huldigen, und so waren beide wohl empfohlen und versorgt.

Die Geschäftsführung sodann unter despotischen Regenten blieb, auch bei größter Aufmerksamkeit und Genauigkeit, immer gefahrvoll, und ein Kanzleiverwandter bedurfte so viel Mut sich in den Divan zu bewegen, als ein Held zur Schlacht; einer war nicht sicherer seinen Herd wiederzusehn als der andere.

Reisende Handelsleute brachten immer neuen Zuwachs an Schätzen und Kenntnissen herbei, das Innere des Landes, vom Euphrat bis zum Indus, bot eine eigne Welt von Gegenständen dar. Eine Masse wider einander streitender Völkerschaften, vertriebene, vertreibende Herrscher stellten überraschenden Wechsel von Sieg zur Knechtschaft, von Obergewalt zur Dienstbarkeit nur gar zu oft vor Augen, und ließen geistreiche Männer über die traumartige Vergänglichkeit irdischer Dinge die traurigsten Betrachtungen anstellen.

Dieses alles und noch weit mehr, im weitesten Umfange unendlicher Zersplitterung und augenblicklicher Wiederherstellung, sollte man vor Augen haben, um billig gegen die folgenden Dichter, besonders gegen die persischen, zu sein; denn jedermann wird eingestehen, daß die geschilderten Zustände keineswegs für ein Element gelten können, worin der Dichter sich nähren, erwachsen und gedeihen dürfte. Deswegen sei uns erlaubt, schon das edle Verdienst der persischen Dichter des ersten Zeitalters als problematisch anzusprechen. Auch diese darf man nicht nach dem Höchsten messen, man muß ihnen manches zugeben indem man sie liest, manches verzeihen wenn man sie gelesen hat.

DICHTERKÖNIGE

Viele Dichter versammelten sich an Mahmuds Hofe, man spricht von vierhunderten, die daselbst ihr Wesen getrieben. Und wie nun alles im Orient sich unterordnen, sich höheren Geboten fügen muß, so bestellte ihnen auch der Fürst einen Dichterfürsten, der sie prüfen, beurteilen, sie zu Arbeiten, jedem Talent gemäß, aufmuntern sollte. Diese Stelle hat man als eine der vorzüglichsten am Hofe zu betrachten: er war Minister aller wissenschaftlichen, historisch-poetischen Geschäfte; durch ihn wurden die Gunstbezeigungen seinen Untergebenen zuteil, und wenn er den Hof begleitete, geschah es in so großem Gefolge, in so stattlichem Aufzuge, daß man ihn wohl für einen Vesir halten konnte.

ÜBERLIEFERUNGEN

Wenn der Mensch daran denken soll, von Ereignissen, die ihn zunächst betreffen, künftigen Geschlechtern Nachricht zu hinterlassen, so gehört dazu ein gewisses Behagen an der

Gegenwart, ein Gefühl von dem hohen Werte derselben. Zuerst also befestigt er im Gedächtnis, was er von Vätern vernommen, und überliefert solches in fabelhaften Umhüllungen; denn mündliche Überlieferung wird immer märchenhaft wachsen. Ist aber die Schrift erfunden, ergreift die Schreibseligkeit ein Volk vor dem andern, so entstehen alsdann Chroniken, welche den poetischen Rhythmus behalten, wenn die Poesie der Einbildungskraft und des Gefühls längst verschwunden ist. Die späteste Zeit versorgt uns mit ausführlichen Denkschriften, Selbstbiographien unter mancherlei Gestalten.

Auch im Orient finden wir gar frühe Dokumente einer bedeutenden Weltausbildung. Sollten auch unsere heiligen Bücher später in Schriften verfaßt sein, so sind doch die Anlässe dazu als Überlieferungen uralt, und können nicht dankbar genug beachtet werden. Wie vieles mußte nicht auch in dem mittlern Orient, wie wir Persien und seine Umgebungen nennen dürfen, jeden Augenblick entstehen, und sich trotz aller Verwüstung und Zersplitterung erhalten! Denn wenn es zu höherer Ausbildung großer Landstrecken dienlich ist, daß solche nicht Einem Herrn unterworfen, sondern unter mehrere geteilt seien, so ist derselbe Zustand gleichfalls der Erhaltung nütze, weil das, was an dem einen Ort zugrunde geht, an dem andern fortbestehen, was aus dieser Ecke vertrieben wird, sich in jene flüchten kann.

Auf solche Weise müssen, ungeachtet aller Zerstörung und Verwüstung, sich manche Abschriften aus frühern Zeiten erhalten haben, die man von Epoche zu Epoche teils abgeschrieben, teils erneuert. So finden wir, daß unter Jesdedschird, dem letzten Sassaniden, eine Reichsgeschichte verfaßt worden, wahrscheinlich aus alten Chroniken zusammengestellt, dergleichen sich schon Ahasverus in dem Buch Esther bei schlaflosen Nächten vorlesen läßt. Kopien jenes Werkes, welches *Bastan Nameh* betitelt war, erhielten sich: denn vierhundert Jahre später wird unter Mansur I., aus dem Hause der Samaniden, eine Bearbeitung desselben vorgenommen, bleibt aber unvollendet, und die Dynastie wird von den Gasnewiden verschlungen. Mahmud jedoch, genannten Stammes zweiter Beherrscher, ist von gleichem Triebe belebt, und verteilt sieben Abteilungen des Bastan Nameh unter sieben Hofdichter. Es gelingt Ansari, seinen Herrn am meisten zu befriedigen, er wird zum Dichterkönig ernannt und beauftragt, das Ganze zu bearbeiten. Er aber, bequem und klug genug, weiß das Geschäft zu verspäten und mochte sich im Stillen umtun, ob er nicht jemand fände, dem es zu übertragen wäre.

FERDUSI
Stirbt 1030

Die wichtige Epoche persischer Dichtkunst, die wir nun erreichen, gibt uns zur Betrachtung Anlaß, wie große Weltereignisse nur alsdann sich entwickeln, wenn gewisse Neigungen, Begriffe, Vorsätze hie und da, ohne Zusammenhang, einzeln ausgesäet, sich bewegen und im Stillen fortwachsen, bis endlich früher oder später ein allgemeines Zusammenwirken hervortritt. In diesem Sinne ist es merkwürdig genug, daß zu gleicher Zeit, als ein mächtiger Fürst auf die Wiederherstellung einer Volks- und Stammes-Literatur bedacht war, ein Gärtnersohn zu Tus gleichfalls ein Exemplar des Bastan Nameh sich zueignete und das eingeborene schöne Talent solchen Studien eifrig widmete.

In Absicht, über den dortigen Statthalter, wegen irgendeiner Bedrängnis, zu klagen, begibt er sich nach Hofe, ist lange vergebens bemüht, zu Ansari durchzudringen und durch dessen Fürsprache seinen Zweck zu erreichen. Endlich macht eine glückliche, gehaltvolle Reimzeile, aus dem Stegreife gesprochen, ihn dem Dichterkönige bekannt, welcher, Vertrauen zu seinem Talente fassend, ihn empfiehlt und ihm den Auftrag des großen Werkes verschafft. Ferdusi beginnt das Schah Nameh unter günstigen Umständen; er wird im Anfange teilweis hinlänglich belohnt, nach dreißigjähriger Arbeit hingegen entspricht das königliche Geschenk seiner Erwartung keineswegs. Erbittert verläßt er den Hof und stirbt, eben da der König seiner mit Gunst abermals gedenkt. Mahmud überlebt ihn kaum ein Jahr, innerhalb welches der alte Essedi, Ferdusis Meister, das Schah Nameh völlig zu Ende schreibt.

Dieses Werk ist ein wichtiges, ernstes, mythisch-historisches National-Fundament, worin das Herkommen, das Dasein, die Wirkung alter Helden aufbewahrt wird. Es bezieht sich auf frühere und spätere Vergangenheit, deshalb das eigentlich Geschichtliche zuletzt mehr hervortritt, die früheren Fabeln jedoch manche uralte Traditions-Wahrheit verhüllt überliefern.

Ferdusi scheint überhaupt zu einem solchen Werke sich vortrefflich dadurch zu qualifizieren, daß er leidenschaftlich am Alten, echt Nationellen festgehalten und auch, in Absicht auf Sprache, frühe Reinigkeit und Tüchtigkeit zu erreichen gesucht, wie er denn arabische Worte verbannt und das alte Pehlewi zu beachten bemüht war.

ENWERI
Stirbt 1152

Er studiert zu Tus, einer wegen bedeutender Lehranstalten berühmten, ja sogar wegen Überbildung verdächtigen Stadt; und als er, an der Türe des Kollegiums sitzend, einen mit Gefolge und Prunk vorbeireitenden Großen erblickt, zu seiner großen Verwunderung aber hört, daß es ein Hofdichter sei, entschließt er sich zu gleicher Höhe des Glücks zu gelangen. Ein über Nacht geschriebenes Gedicht, wodurch er sich die Gunst des Fürsten erwirbt, ist uns übrig geblieben.

Aus diesem und aus mehreren Poesien, die uns mitgeteilt worden, blickt ein heiterer Geist hervor, begabt mit unendlicher Umsicht und scharfem, glücklichen Durchschauen. Er beherrscht einen unübersehbaren Stoff. Er lebt in der Gegenwart, und wie er vom Schüler sogleich zum Hofmann übergeht, wird er ein freier Enkomiast und findet, daß kein besser Handwerk sei, als mitlebende Menschen durch Lob zu ergetzen. Fürsten, Vesire, edle und schöne Frauen, Dichter und Musiker schmückt er mit seinem Preis und weiß auf einen jeden etwas Zierliches aus dem breiten Weltvorrate anzuwenden.

Wir können daher nicht billig finden, daß man ihm die Verhältnisse, in denen er gelebt und sein Talent genutzt, nach so viel hundert Jahren, zum Verbrechen macht. Was sollt' aus dem Dichter werden, wenn es nicht hohe, mächtige, kluge, tätige, schöne und geschickte Menschen gäbe, an deren Vorzügen er sich auferbauen kann? An ihnen, wie die Rebe am Ulmenbaum, wie Efeu an der Mauer, rankt er sich hinauf, Auge und Sinn zu erquicken. Sollte man einen Juwelier schelten, der die Edelgesteine beider Indien zum herrlichen Schmuck trefflicher Menschen zu verwenden sein Leben zubringt? Sollte man von ihm verlangen, daß er das, freilich sehr nützliche, Geschäft eines Straßenpflasterers übernähme?

So gut aber unser Dichter mit der Erde stand, ward ihm der Himmel verderblich. Eine bedeutende, das Volk aufregende Weissagung: als werde an einem gewissen Tage ein ungeheurer Sturm das Land verwüsten, traf nicht ein, und der Schah selbst konnte gegen den allgemeinen Unwillen des Hofes und der Stadt seinen Liebling nicht retten. Dieser floh. Auch in entfernter Provinz schützte ihn nur der entschiedene Charakter eines freundlichen Statthalters.

Die Ehre der Astrologie kann jedoch gerettet werden, wenn man annimmt, daß die Zusammenkunft so vieler Planeten in Einem Zeichen auf die Zukunft von Dschengis Khan hindeute, welcher in Persien mehr Verwüstung anrichtete als irgend ein Sturmwind hätte bewirken können.

NISAMI
Stirbt 1180

Ein zarter, hochbegabter Geist, der, wenn Ferdusi die sämtlichen Heldenüberlieferungen erschöpfte, nunmehr die lieblichsten Wechselwirkungen innigster Liebe zum Stoffe seiner Gedichte wählt. Medschnun und Leila, Chosru und Schirin, Liebespaare, führt er vor; durch Ahnung, Geschick, Natur, Gewohnheit, Neigung, Leidenschaft für einander bestimmt, sich entschieden gewogen; dann aber durch Grille, Eigensinn, Zufall, Nötigung und Zwang getrennt, ebenso wunderlich wieder zusammengeführt und am Ende doch wieder auf eine oder die andere Weise weggerissen und geschieden.

Aus diesen Stoffen und ihrer Behandlung erwächst die Erregung einer ideellen Sehnsucht. Befriedigung finden wir nirgends. Die Anmut ist groß, die Mannigfaltigkeit unendlich.

Auch in seinen andern, unmittelbar moralischem Zweck gewidmeten Gedichten athmet gleiche liebenswürdige Klarheit. Was auch dem Menschen Zweideutiges begegnen mag, führt er jederzeit wieder ans Praktische heran und findet in einem sittlichen Tun allen Rätseln die beste Auflösung.

Übrigens führt er, seinem ruhigen Geschäft gemäß, ein ruhiges Leben unter den Seldschugiden und wird in seiner Vaterstadt Gendsche begraben.

DSCHELÂL-EDDÎN RUMI
Stirbt 1262

Er begleitet seinen Vater, der, wegen Verdrießlichkeiten mit dem Sultan, sich von Balch hinweg begibt, auf dem langen Reisezug. Unterwegs nach Mekka treffen sie *Attar*, der ein Buch göttlicher Geheimnisse dem Jünglinge verehrt und ihn zu heiligen Studien entzündet.

Hiebei ist soviel zu bemerken: daß der eigentliche Dichter die Herrlichkeit der Welt in sich aufzunehmen berufen ist und deshalb immer eher zu loben als zu tadeln geneigt sein wird. Daraus folgt, daß er den würdigsten Gegenstand aufzufinden sucht, und, wenn er alles durchgegangen, endlich sein Talent am liebsten zu Preis und Verherrlichung Gottes anwendet. Besonders aber liegt dieses Bedürfnis dem Orientalen am nächsten, weil er immer dem Überschwenglichen zustrebt und solches bei Betrachtung der Gottheit in größter Fülle gewahr zu werden glaubt, so wie ihm denn bei jeder Ausführung niemand Übertriebenheit schuld geben darf.

Schon der sogenannte mahometanische Rosenkranz, wodurch der Name Allah mit neunundneunzig Eigenschaften verherrlicht wird, ist eine solche Lob- und Preis-Litanei.

Bejahende, verneinende Eigenschaften bezeichnen das unbegreiflichste Wesen; der Anbeter staunt, ergibt und beruhigt sich. Und wenn der weltliche Dichter die ihm vorschwebenden Vollkommenheiten an vorzügliche Personen verwendet, so flüchtet sich der gottergebene in das unpersönliche Wesen, das von Ewigkeit her alles durchdringt.

So flüchtete sich Attar vom Hofe zur Beschaulichkeit, und Dschelâl-eddîn, ein reiner Jüngling, der sich soeben auch vom Fürsten und der Hauptstadt entfernte, war um desto eher zu tieferen Studien zu entzünden.

Nun zieht er mit seinem Vater, nach vollbrachten Wallfahrten, durch Klein-Asien; sie bleiben zu Ikonium. Dort lehren sie, werden verfolgt, vertrieben, wieder eingesetzt, und liegen daselbst, mit einem ihrer treusten Lehrgenossen, begraben. Indessen hatte Dschengis Khan Persien erobert, ohne den ruhigen Ort ihres Aufenthaltes zu berühren.

Nach obiger Darstellung wird man diesem großen Geiste nicht verargen, wenn er sich ins Abstruse gewendet. Seine Werke sehen etwas bunt aus; Geschichtchen, Märchen, Parabeln, Legenden, Anekdoten, Beispiele, Probleme behandelt er, um eine geheimnisvolle Lehre eingängig zu machen, von der er selbst keine deutliche Rechenschaft zu geben weiß. Unterricht und Erhebung ist sein Zweck, im ganzen aber sucht er durch die Einheitslehre alle Sehnsucht wo nicht zu erfüllen doch aufzulösen, und anzudeuten, daß im göttlichen Wesen zuletzt alles untertauche und sich verkläre.

SAADI
Stirbt 1291, alt 102 Jahre

Gebürtig von Schiras, studiert er zu Bagdad, wird als Jüngling durch Liebesunglück zum unsteten Leben eines Derwisch bestimmt. Wallfahrtet funfzehnmal nach Mekka, gelangt auf seinen Wanderungen nach Indien und Klein-Asien, ja als Gefangener der Kreuzfahrer ins Westland. Er übersteht wundersame Abenteuer, erwirbt aber schöne Länder- und Menschenkenntnis. Nach dreißig Jahren zieht er sich zurück, bearbeitet seine Werke, und macht sie bekannt.

Er lebt und webt in einer großen Erfahrungsbreite und ist reich an Anekdoten die er mit Sprüchen und Versen ausschmückt. Leser und Hörer zu unterrichten ist sein entschiedener Zweck.

Sehr eingezogen in Schiras erlebt er das hundertundzweite Jahr und wird daselbst begraben. Dschengis' Nachkommen hatten Iran zum eignen Reiche gebildet, in welchem sich ruhig wohnen ließ.

HAFIS

Stirbt 1389

Wer sich noch, aus der Hälfte des vorigen Jahrhunderts, erinnert, wie unter den Protestanten Deutschlands nicht allein Geistliche, sondern auch wohl Laien gefunden wurden, welche mit den heiligen Schriften sich dergestalt bekannt gemacht, daß sie, als lebendige Konkordanz, von allen Sprüchen, wo und in welchem Zusammenhange sie zu finden, Rechenschaft zu geben sich geübt haben, die Hauptstellen aber auswendig wußten und solche zu irgendeiner Anwendung immerfort bereit hielten: der wird zugleich gestehen, daß für solche Männer eine große Bildung daraus erwachsen mußte, weil das Gedächtnis, immer mit würdigen Gegenständen beschäftigt, dem Gefühl, dem Urteil reinen Stoff zu Genuß und Behandlung aufbewahrte. Man nannte sie *bibelfest*, und ein solcher Beiname gab eine vorzügliche Würde und unzweideutige Empfehlung.

Das, was nun bei uns Christen aus natürlicher Anlage und gutem Willen entsprang, war bei den Mahometanern Pflicht: denn indem es einem solchen Glaubensgenossen zum größten Verdienst gereichte, Abschriften des Korans selbst zu vervielfältigen oder vervielfältigen zu lassen, so war es kein geringeres, denselben auswendig zu lernen, um bei jedem Anlaß die gehörigen Stellen anführen, Erbauung befördern, Streitigkeit schlichten zu können. Man benannte solche Personen mit dem Ehrentitel *Hafis,* und dieser ist unserm Dichter als bezeichnender Hauptname geblieben.

Nun ward, gar bald nach seinem Ursprunge, der Koran ein Gegenstand der unendlichsten Auslegungen, gab Gelegenheit zu den spitzfindigsten Subtilitäten, und, indem er die Sinnesweise eines jeden aufregte, entstanden grenzenlos abweichende Meinungen, verrückte Kombinationen, ja die unvernünftigsten Beziehungen aller Art wurden versucht, so daß der eigentlich geistreiche verständige Mann eifrig bemüht sein mußte, um nur wieder auf den Grund des reinen guten Textes zurück zu gelangen. Daher finden wir denn auch in der Geschichte des Islam Auslegung, Anwendung und Gebrauch oft bewundernswürdig.

Zu einer solchen Gewandtheit war das schönste dichterische Talent erzogen und herangebildet; ihm gehörte der ganze Koran, und was für Religionsgebäude man darauf gegründet, war ihm kein Rätsel. Er sagt selbst:

Durch den Koran hab' ich alles
Was mir je gelang gemacht.

Als Derwisch, Sofi, Scheich lehrte er in seinem Geburtsorte Schiras, auf welchen er sich beschränkte, wohlgelitten und geschätzt von der Familie Mosaffer und ihren Beziehungen. Er beschäftigte sich mit theologischen und grammatikalischen Arbeiten und versammelte eine große Anzahl Schüler um sich her.

Mit solchen ernsten Studien, mit einem wirklichen Lehramte stehen seine Gedichte völlig im Widerspruch, der sich wohl dadurch heben läßt, wenn man sagt: daß der Dichter nicht geradezu alles denken und leben müsse, was er ausspricht, am wenigsten derjenige, der in späterer Zeit in verwickelte Zustände gerät, wo er sich immer der rhetorischen Verstellung nähern und dasjenige vortragen wird, was seine Zeitgenossen gerne hören. Dies scheint uns bei Hafis durchaus der Fall. Denn wie ein Märchenerzähler auch nicht an die Zaubereien glaubt, die er vorspiegelt, sondern sie nur aufs beste zu beleben und auszustatten gedenkt, damit seine Zuhörer sich daran ergetzen, ebensowenig braucht gerade der lyrische Dichter dasjenige alles selbst auszuüben, womit er hohe und geringe Leser und Sänger ergetzt und beschmeichelt. Auch scheint unser Dichter keinen großen Wert auf seine so leicht hinfließenden Lieder gelegt zu haben, denn seine Schüler sammelten sie erst nach seinem Tode.

Nur wenig sagen wir von diesen Dichtungen, weil man sie genießen, sich damit in Einklang setzen sollte. Aus ihnen strömt eine fortquellende, mäßige Lebendigkeit. Im Engen genügsam froh und klug, von der Fülle der Welt seinen Teil dahinnehmend, in die Geheimnisse der Gottheit von fern hineinblickend, dagegen aber auch einmal Religionsübung und Sinnenlust ablehnend, eins wie das andere; wie denn überhaupt diese Dichtart, was sie auch zu befördern und zu lehren scheint, durchaus eine skeptische Beweglichkeit behalten muß.

DSCHAMI
Stirbt 1492, alt 82 Jahre

Dschami faßt die ganze Ernte der bisherigen Bemühungen zusammen und zieht die Summe der religiosen, philosophischen, wissenschaftlichen, prosaisch-poetischen Kultur. Er hat einen großen Vorteil, einundzwanzig Jahre nach Hafis' Tode geboren zu werden und als Jüngling abermals ein ganz freies Feld vor sich zu finden. Die größte Klarheit und Besonnenheit ist sein Eigentum. Nun versucht und leistet er alles, erscheint sinnlich und übersinnlich zugleich; die Herrlichkeit der wirklichen und Dichterwelt liegt vor ihm, er bewegt sich zwischen beiden. Die Mystik konnte ihn nicht anmuten; weil er aber ohne dieselbe den Kreis des National-Interesses nicht ausgefüllt hätte, so gibt er historisch Rechenschaft von allen den Torheiten, durch welche, stufenweis, der in seinem irdischen Wesen befangene Mensch sich der Gottheit unmittelbar anzunähern und sich zuletzt mit ihr zu vereinigen gedenkt; da denn doch zuletzt nur widernatürliche und widergeistige, grasse Gestalten zum Vorscheine kommen. Denn was tut der Mystiker anders, als daß er sich an Problemen vorbeischleicht, oder sie weiterschiebt, wenn es sich tun läßt?

ÜBERSICHT

Man hat aus der sehr schicklich-geregelten Folge der sieben ersten römischen Könige schließen wollen, daß diese Geschichte klüglich und absichtlich erfunden sei, welches wir dahingestellt sein lassen; dagegen aber bemerken, daß die sieben Dichter, welche von dem Perser für die ersten gehalten werden, und innerhalb eines Zeitraums von fünfhundert Jahren nach und nach erschienen, wirklich ein ethisch-poetisches Verhältnis gegen einander haben, welches uns erdichtet scheinen könnte, wenn nicht ihre hinterlassenen Werke von ihrem wirklichen Dasein das Zeugnis gäben.

Betrachten wir aber dieses Siebengestirn genauer, wie es uns aus der Ferne vergönnt sein mag, so finden wir, daß sie alle ein fruchtbares, immer sich erneuendes Talent besaßen, wodurch sie sich über die Mehrzahl sehr vorzüglicher Männer, über die Unzahl mittlerer, täglicher Talente erhoben sahen; dabei aber auch in eine besondere Zeit, in eine Lage gelangten, wo sie eine große Ernte glücklich wegnehmen und gleich talentvollen Nachkommen sogar die Wirkung auf eine Zeitlang verkümmern durften, bis wieder ein Zeitraum verging, in welchem die Natur dem Dichter neue Schätze abermals aufschließen konnte.

In diesem Sinne nehmen wir die Dargestellten einzeln nochmals durch und bemerken: daß

Ferdusi die ganzen vergangenen Staats- und Reichsereignisse, fabelhaft oder historisch aufbehalten, vorwegnahm, so daß einem Nachfolger nur Bezug und Anmerkung, nicht aber neue Behandlung und Darstellung übrig blieb.

Enweri hielt sich fest an der Gegenwart. Glänzend und prächtig, wie die Natur ihm erschien, freud- und gabenvoll erblickt' er auch den Hof seines Schahs; beide Welten und ihre Vorzüge mit den lieblichsten Worten zu verknüpfen, war Pflicht und Behagen. Niemand hat es ihm hierin gleichgetan.

Nisami griff mit freundlicher Gewalt alles auf, was von Liebes- und Halbwunderlegende in seinem Bezirk vorhanden sein mochte. Schon im Koran war die Andeutung gegeben, wie man uralte lakonische Überlieferungen zu eigenen Zwecken behandeln, ausführen und in gewisser Weitläuftigkeit könne ergetzlich machen.

Dschelâl-eddîn Rumi findet sich unbehaglich auf dem problematischen Boden der Wirklichkeit, und sucht die Rätsel der innern und äußern Erscheinungen auf geistige, geistreiche Weise zu lösen; daher sind seine Werke neue Rätsel, neuer Auflösungen und Kommentare bedürftig. Endlich fühlt er sich gedrungen in die Alleinigkeits-Lehre zu flüchten, wodurch so viel gewonnen als verloren wird, und zuletzt das, so tröstliche als untröstliche, Zero übrig bleibt. Wie sollte nun also irgend eine Rede-Mitteilung poetisch oder prosaisch weiter gelingen? Glücklicherweise wird

Saadi, der Treffliche, in die weite Welt getrieben, mit grenzenlosen Einzelnheiten der Empirie überhäuft, denen er allen etwas abzugewinnen weiß. Er fühlt die Notwendigkeit sich zu sammeln, überzeugt sich von der Pflicht zu belehren, und so ist er uns Westländern zuerst fruchtbar und segenreich geworden.

Hafis, ein großes heiteres Talent, das sich begnügt, alles abzuweisen wonach die Menschen begehren, alles beiseite zu schieben was sie nicht entbehren mögen, und dabei immer als lustiger Bruder ihresgleichen erscheint. Er läßt sich nur in seinem National- und Zeitkreise richtig anerkennen. Sobald man ihn aber gefaßt hat, bleibt er ein lieblicher Lebensgeleiter. Wie ihn denn auch noch jetzt, unbewußt mehr als bewußt, Kamel- und Maultiertreiber fortsingen, keineswegs um des Sinnes halben, den er selbst mutwillig zerstückelt, sondern der Stimmung wegen, die er ewig rein und erfreulich verbreitet. Wer konnte denn nun auf diesen folgen, da alles andere von den Vorgängern weggenommen war? als

Dschami, allem gewachsen, was vor ihm geschehen und neben ihm geschah; wie er nun dies alles zusammen in Garben band, nachbildete, erneuerte, erweiterte, mit der größten Klarheit die Tugenden und Fehler seiner Vorgänger in sich vereinigte, so blieb der Folgezeit nichts übrig als zu sein wie er, insofern sie sich nicht verschlimmerte; und so ist es denn auch drei Jahrhunderte durch geblieben. Wobei wir nur noch bemerken, daß, wenn früher oder später das Drama hätte durchbrechen und ein Dichter dieser Art sich hervortun können, der ganze Gang der Literatur eine andere Wendung genommen hätte.

Wagten wir nun mit diesem wenigen fünfhundert Jahre persischer Dicht- und Redekunst zu schildern, so sei es, um mit Quintilian, unserm alten Meister, zu reden, von Freunden aufgenommen in der Art wie man runde Zahlen erlaubt, nicht um genauer Bestimmung willen, sondern um etwas Allgemeines, bequemlichkeitshalber, annähernd auszusprechen.

ALLGEMEINES

Die Fruchtbarkeit und Mannigfaltigkeit der persischen Dichter entspringt aus einer unübersehbaren Breite der Außenwelt und ihrem unendlichen Reichtum. Ein immer bewegtes öffentliches Leben, in welchem alle Gegenstände gleichen Wert haben, wogt vor unserer Einbildungskraft, deswegen uns ihre Vergleichungen oft so sehr auffallend und mißbeliebig sind. Ohne Bedenken verknüpfen sie die edelsten und niedrigsten Bilder, an welches Verfahren wir uns nicht so leicht gewöhnen.

Sprechen wir es aber aufrichtig aus: ein eigentlicher Lebemann, der frei und praktisch athmet, hat kein ästhetisches Gefühl und keinen Geschmack, ihm genügt Realität im Handeln, Genießen, Betrachten ebenso wie im Dichten; und wenn der Orientale, seltsame Wirkung hervorzubringen, das Ungereimte zusammenreimt, so soll der Deutsche, dem dergleichen wohl auch begegnet, dazu nicht scheel sehen.

Die Verwirrung, die durch solche Produktionen in der Einbildungskraft entsteht, ist derjenigen zu vergleichen, wenn wir durch einen orientalischen Bazar, durch eine europäische Messe gehen. Nicht immer sind die kostbarsten und niedrigsten Waren im Raume weit gesondert, sie vermischen sich in unsern Augen, und oft gewahren wir auch die Fässer, Kisten, Säcke, worin sie transportiert worden. Wie auf einem Obst- und Gemüsmarkt sehen wir nicht allein Kräuter, Wurzeln und Früchte, sondern auch hier und dort allerlei Arten Abwürflinge, Schalen und Strunke.

Ferner kostets dem orientalischen Dichter nichts, uns von der Erde in den Himmel zu erheben und von da wieder herunter zu stürzen, oder umgekehrt. Dem Aas eines faulenden Hundes versteht Nisami eine sittliche Betrachtung abzulocken, die uns in Erstaunen setzt und erbaut.

Herr Jesus, der die Welt durchwandert,
Ging einst an einem Markt vorbei;
Ein toter Hund lag auf dem Wege,
Geschleppet vor des Hauses Tor;
Ein Haufe stand ums Aas umher,
Wie Geier sich um Äser sammeln.
Der eine sprach: Mir wird das Hirn
Von dem Gestank ganz ausgelöscht.
Der andre sprach: Was braucht es viel,
Der Gräber Auswurf bringt nur Unglück.
So sang ein jeder seine Weise,
Des toten Hundes Leib zu schmähen.
Als nun an Jesus kam die Reih,
Sprach, ohne Schmähn, er guten Sinns,
Er sprach aus gütiger Natur:
Die Zähne sind wie Perlen weiß.
Dies Wort macht den Umstehenden,
Durchglühten Muscheln ähnlich, heiß.

Jedermann fühlt sich betroffen, wenn der, so liebevolle als geistreiche, Prophet, nach seiner eigensten Weise, Schonung und Nachsicht fordert. Wie kräftig weiß er die unruhige Menge auf sich selbst zurückzuführen: sich des Verwerfens, des Verwünschens zu schämen, unbeachteten Vorzug mit Anerkennung, ja vielleicht mit Neid zu betrachten! Jeder Umstehende denkt nun an sein eigen Gebiß. Schöne Zähne sind überall, besonders auch im Morgenland, als eine Gabe Gottes hoch angenehm. Ein faulendes Geschöpf wird, durch das Vollkommene was von ihm übrig bleibt, ein Gegenstand der Bewunderung und des frömmsten Nachdenkens.

Nicht ebenso klar und eindringlich wird uns das vortreffliche Gleichnis, womit die Parabel schließt; wir tragen daher Sorge, dasselbe anschaulich zu machen.

In Gegenden, wo es an Kalklagern gebricht, werden Muschelschalen zu Bereitung eines höchst nötigen Baumaterials angewendet und, zwischen dürres Reisig geschichtet, von der erregten Flamme durchgeglüht. Der Zuschauende kann sich das Gefühl nicht nehmen, daß diese Wesen, lebendig im Meere sich nährend und wachsend, noch kurz vorher der allgemeinen Lust des Daseins nach ihrer Weise genossen und jetzt, nicht etwa verbrennen, sondern, durchgeglüht, ihre völlige Gestalt behalten, wenn gleich alles Lebendige aus ihnen weggetrieben ist. Nehme man nunmehr an, daß die Nacht hereinbricht und diese organischen Reste dem Auge des Beschauers wirklich glühend erscheinen, so läßt sich kein herrlicheres Bild einer tiefen, heimlichen Seelenqual vor Augen stellen. Will sich jemand hievon ein vollkommenes Anschauen erwerben, so ersuche er einen Chemiker, ihm Austerschalen in den Zustand der Phosphoreszenz zu versetzen, wo er mit uns gestehen wird, daß ein siedend heißes Gefühl, welches den Menschen durchdringt, wenn ein gerechter Vorwurf ihn, mitten in dem Dünkel eines zutraulichen Selbstgefühls, unerwartet betrifft, nicht furchtbarer auszusprechen sei.

Solcher Gleichnisse würden sich zu Hunderten auffinden lassen, die das unmittelbarste Anschauen des Natürlichen, Wirklichen voraussetzen und zugleich wiederum einen hohen sittlichen Begriff erwecken, der aus dem Grunde eines reinen ausgebildeten Gefühls hervorsteigt.

Höchst schätzenswert ist, bei dieser grenzenlosen Breite, ihre Aufmerksamkeit aufs einzelne, der scharfe liebevolle Blick, der einem bedeutenden Gegenstand sein Eigentümlichstes abzugewinnen sucht. Sie haben poetische Stillleben, die sich den besten niederländischer Künstler an die Seite setzen, ja im Sittlichen sich darüber erheben dürfen. Aus eben dieser Neigung und Fähigkeit werden sie gewisse Lieblingsgegenstände nicht los; kein persischer Dichter ermüdet, die Lampe blendend, die Kerze leuchtend vorzustellen. Eben daher kommt auch die Eintönigkeit, die man ihnen vorwirft; aber genau betrachtet, werden die Naturgegenstände bei ihnen zum Surrogat der Mythologie, Rose und Nachtigall nehmen den Platz ein von Apoll und Daphne. Wenn man bedenkt, was ihnen abging, daß sie kein Theater, keine bildende Kunst hatten, ihr dichterisches Talent aber nicht geringer war als irgend eins von jeher, so wird man, ihrer eigensten Welt befreundet, sie immer mehr bewundern müssen.

ALLGEMEINSTES

Der höchste Charakter orientalischer Dichtkunst ist, was wir Deutschen *Geist* nennen, das Vorwaltende des oberen Leitenden; hier sind alle übrigen Eigenschaften vereinigt, ohne daß irgend eine, das eigentümliche Recht behauptend, hervorträte. Der Geist gehört vorzüglich dem Alter, oder einer alternden Weltepoche. Übersicht des Weltwesens, Ironie, freien Gebrauch der Talente finden wir in allen Dichtern des Orients. Resultat und Prämisse wird uns zugleich geboten; deshalb sehen wir auch, wie großer Wert auf ein Wort aus dem Stegreife gelegt wird. Jene Dichter haben alle Gegenstände gegenwärtig und beziehen die entferntesten Dinge leicht auf einander, daher nähern sie sich auch dem, was wir Witz nennen; doch steht der Witz nicht so hoch, denn dieser ist selbstsüchtig, selbstgefällig, wovon der Geist ganz frei bleibt, deshalb er auch überall genialisch genannt werden kann und muß.

Aber nicht der Dichter allein erfreut sich solcher Verdienste; die ganze Nation ist geistreich, wie aus unzähligen Anekdoten hervortritt. Durch ein geistreiches Wort wird der Zorn eines Fürsten erregt, durch ein anderes wieder besänftigt. Neigung und Leidenschaft leben und weben in gleichem Elemente; so erfinden Behramgur und Dilaram den Reim, Dschemil und Boteinah bleiben bis ins höchste Alter leidenschaftlich verbunden. Die ganze Geschichte der persischen Dichtkunst wimmelt von solchen Fällen.

Wenn man bedenkt, daß Nuschirwan, einer der letzten Sassaniden, um die Zeit Mahomets mit ungeheuern Kosten die Fabeln des Bidpai und das Schachspiel aus Indien kommen läßt, so ist der Zustand einer solchen Zeit vollkommen ausgesprochen. Jene, nach dem zu urteilen, was uns überliefert ist, überbieten einander an Lebensklugheit und freieren Ansichten irdischer Dinge. Deshalb konnte vier Jahrhunderte später, selbst in der ersten, besten Epoche persischer Dicht-kunst, keine vollkommen-reine Naivetät stattfinden. Die große Breite der Umsicht, die vom Dichter gefordert ward, das gesteigerte Wissen, die Hof- und Kriegsverhältnisse, alles verlangte große Besonnenheit.

NEUERE, NEUESTE

Nach Weise von Dschami und seiner Zeit vermischten folgende Dichter Poesie und Prosa immer mehr, so daß für alle Schreibarten nur Ein Stil angewendet wurde. Geschichte, Poesie, Philosophie, Kanzlei- und Briefstil, alles wird auf gleiche Weise vorgetragen, und so geht es nun schon drei Jahrhunderte fort. Ein Muster des allerneusten sind wir glücklicherweise imstande vorzulegen.

Als der persische Botschafter, *Mirza Abul Hassan Khan*, sich in Petersburg befand, ersuchte man ihn um einige Zeilen seiner Handschrift. Er war freundlich genug, ein Blatt zu schreiben, wovon wir die Übersetzung hier einschalten.

›Ich bin durch die ganze Welt gereist, bin lange mit vielen Personen umgegangen, jeder Winkel gewährte mir einigen Nutzen, jeder Halm eine Ähre, und doch habe ich keinen Ort gesehen dieser Stadt vergleichbar, noch ihren schönen Huris. Der Segen Gottes ruhe immer auf ihr! —

Wie wohl hat jener Kaufmann gesprochen, der unter die Räuber fiel, die ihre Pfeile auf ihn richteten! Ein König, der den Handel unterdrückt, verschließt die Türe des Heils vor dem Gesichte seines Heeres. Welcher Verständige möchte bei solchem Ruf der Ungerechtigkeit sein Land besuchen? Willst du einen guten Namen erwerben, so behandle mit Achtung Kaufleute und Gesandte. Die Großen behandeln Reisende wohl, um sich einen guten Ruf zu machen. Das Land, das die Fremden nicht beschützt, geht bald unter. Sei ein Freund der Fremden und Reisenden, denn sie sind als Mittel eines guten Rufs zu betrachten; sei gastfrei, schätze die Vorüberziehenden, hüte dich, ungerecht gegen sie zu sein. Wer diesen Rat des Gesandten befolgt, wird gewiß Vorteil davon ziehen.

Man erzählt, daß *Omar ebn abd el asis* ein mächtiger König war und nachts in seinem Kämmerlein voll Demut und Unterwerfung, das Angesicht zum Throne des Schöpfers wendend, sprach: O Herr! Großes hast du anvertraut der Hand des schwachen Knechtes; um der Herrlichkeit der Reinen und Heiligen deines Reiches willen, verleihe mir Gerechtigkeit und Billigkeit, bewahre mich vor der Bosheit der Menschen; ich fürchte, daß das Herz eines Unschuldigen durch mich könne betrübt worden sein, und Fluch des Unterdrückten meinem Nacken folge. Ein König soll immer an die Herrschaft und das Dasein des höchsten Wesens gedenken, an die fortwährende Veränderlichkeit der irdischen Dinge, er soll bedenken, daß die Krone von einem würdigen Haupt auf ein unwürdiges übergeht, und sich nicht zum Stolze verleiten lassen. Denn ein König, der hochmütig wird, Freund und Nachbarn verachtet, kann nicht lange auf seinem Throne gedeihen; man soll sich niemals durch den Ruhm einiger Tage aufblähen lassen. Die Welt gleicht einem Feuer, das am Wege angezündet ist; wer soviel davon nimmt als nötig, um sich auf dem Wege zu leuchten, erduldet kein Übel, aber wer mehr nimmt, verbrennt sich.
Als man den Plato fragte, wie er in dieser Welt gelebt habe, antwortete er: Mit Schmerzen bin ich hereingekommen, mein Leben war ein anhaltendes Erstaunen, und ungern geh ich hinaus, und ich habe nichts gelernt, als daß ich nichts weiß. Bleibe fern von dem, der etwas unternimmt und unwissend ist, von einem Frommen, der nicht unterrichtet ist; man könnte sie beide einem Esel vergleichen, der die Mühle dreht, ohne zu wissen warum. Der Säbel ist gut anzusehen, aber seine Wirkungen sind unangenehm. Ein wohldenkender Mann verbindet sich Fremden, aber der Bösartige entfremdet sich seinem Nächsten. Ein König sagte zu einem, der Behlul hieß: Gib mir einen Rat. Dieser versetzte: Beneide keinen Geizigen, keinen ungerechten Richter, keinen Reichen, der sich nicht aufs Haushalten versteht, keinen

Freigebigen, der sein Geld unnütz verschwendet, keinen Gelehrten, dem das Urteil fehlt. Man erwirbt in der Welt entweder einen guten oder einen bösen Namen; da kann man nun zwischen beiden wählen, und da nun ein jeder sterben muß, gut oder bös: glücklich der, welcher den Ruhm eines Tugendhaften vorzog.

Diese Zeilen schrieb, dem Verlangen eines Freundes gemäß, im Jahre 1231 der Hegire, den Tag des Demazsul Sani, nach christlicher Zeitrechnung am .. Mai 1816, *Mirza Abul Hassan Khan, von Schiras,* während seines Aufenthalts in der Hauptstadt St. Petersburg, als außerordentlicher Abgesandter Sr. Majestät von Persien Fetch Ali Schah Catschar. Er hofft, daß man mit Güte einem Unwissenden verzeihen wird, der es unternahm einige Worte zu schreiben.‹

Wie nun aus Vorstehendem klar, ist daß, seit drei Jahrhunderten, sich immer eine gewisse Prosa-Poesie erhalten hat, und Geschäfts- und Briefstil öffentlich und in Privatverhandlungen immer derselbige bleibt, so erfahren wir, daß in der neusten Zeit am persischen Hofe sich noch immer Dichter befinden, welche die Chronik des Tages, und also alles, was der Kaiser vornimmt und was sich ereignet, in Reime verfaßt und zierlich geschrieben, einem hiezu besonders bestellten Archivarius überliefern. Woraus denn erhellt, daß in dem unwandelbaren Orient, seit Ahasverus' Zeiten, der sich solche Chroniken bei schlaflosen Nächten vorlesen ließ, sich keine weitere Veränderung zugetragen hat.

Wir bemerken hiebei, daß ein solches Vorlesen mit einer gewissen Deklamation geschehe, welche mit Emphase, einem Steigen und Fallen des Tons vorgetragen wird, und mit der Art, wie die französischen Trauerspiele deklamiert werden, sehr viel Ähnlichkeit haben soll. Es läßt sich dies um so eher denken, als die persischen Doppelverse einen ähnlichen Kontrast bilden wie die beiden Hälften des Alexandriners.

Und so mag denn auch diese Beharrlichkeit die Veranlassung sein, daß die Perser ihre Gedichte seit achthundert Jahren noch immer lieben, schätzen und verehren; wie wir denn selbst Zeuge gewesen, daß ein Orientale ein vorzüglich eingebundenes und erhaltenes Manuskript des Mesnewi mit ebensoviel Ehrfurcht, als wenn es der Koran wäre, betrachtete und behandelte.

ZWEIFEL

Die persische Dichtkunst aber, und was ihr ähnlich ist, wird von dem Westländer niemals ganz rein, mit vollem Behagen aufgenommen werden; worüber wir aufgeklärt sein müssen, wenn uns der Genuß daran nicht unversehens gestört werden soll.

Es ist aber nicht die Religion, die uns von jener Dichtkunst entfernt. Die Einheit Gottes, Ergebung in seinen Willen, Vermittlung durch einen Propheten, alles stimmt mehr oder weniger mit unserm Glauben, mit unserer Vorstellungsweise überein. Unsere heiligen Bücher liegen auch dort, ob nur gleich legendenweis, zum Grund.

In die Märchen jener Gegend, Fabeln, Parabeln, Anekdoten, Witz- und Scherzreden sind wir längst eingeweiht. Auch ihre Mystik sollte uns ansprechen, sie verdiente wenigstens, eines tiefen und gründlichen Ernstes wegen, mit der unsrigen verglichen zu werden, die in der neusten Zeit, genau betrachtet, doch eigentlich nur eine charakter- und talentlose Sehnsucht ausdrückt; wie sie sich denn schon selbst parodiert, zeuge der Vers:

Mir will ewiger Durst nur frommen
Nach dem Durste.

DESPOTIE

Was aber dem Sinne der Westländer niemals eingehen kann, ist die geistige und körperliche Unterwürfigkeit unter seinen Herren und Oberen, die sich von uralten Zeiten herschreibt, indem Könige zuerst an die Stelle Gottes traten. Im Alten Testament lesen wir ohne sonderliches Befremden, wenn Mann und Weib vor Priester und Helden sich aufs Angesicht niederwirft und anbetet, denn dasselbe sind sie vor den Elohim zu tun gewohnt. Was zuerst aus natürlichem frommen Gefühl geschah, verwandelte sich später

172

in umständliche Hofsitte. Der *Ku-tu*, das dreimalige Niederwerfen dreimal wiederholt, schreibt sich dort her. Wie viele westliche Gesandtschaften an östlichen Höfen sind an dieser Zeremonie gescheitert, und die persische Poesie kann im ganzen bei uns nicht gut aufgenommen werden, wenn wir uns hierüber nicht vollkommen deutlich machen.

Welcher Westländer kann erträglich finden, daß der Orientale nicht allein seinen Kopf neunmal auf die Erde stößt, sondern denselben sogar wegwirft irgendwohin zu Ziel und Zweck?

Das Maillespiel zu Pferde, wo Ballen und Schlägel die große Rolle zugeteilt ist, erneuert sich oft vor dem Auge des Herrschers und des Volkes, ja mit beiderseitiger persönlicher Teilnahme. Wenn aber der Dichter seinen Kopf als Ballen auf die Maillebahn des Schahs legt, damit der Fürst ihn gewahr werde und mit dem Schlägel der Gunst zum Glück weiter fort spediere, so können und mögen wir freilich weder mit der Einbildungskraft noch mit der Empfindung folgen; denn so heißt es:

> Wie lang wirst ohne Hand und Fuß
> Du noch des Schicksals Ballen sein!
> Und überspringst du hundert Bahnen,
> Dem Schlägel kannst du nicht entfliehn.
> Leg' auf des Schahes Bahn den Kopf,
> Vielleicht daß er dich doch erblickt.

Ferner:

> Nur dasjenige Gesicht
> Ist des Glückes Spiegelwand,
> Das gerieben ward am Staub
> Von dem Hufe dieses Pferdes.

Nicht aber allein vor dem Sultan, sondern auch vor Geliebten erniedrigt man sich ebenso tief und noch häufiger:

> Mein Gesicht lag auf dem Weg,
> Keinen Schritt hat er vorbeigetan.

> Beim Staube deines Wegs,
> Mein Hoffnungzelt!
> Bei deiner Füße Staub,
> Dem Wasser vorzuziehn.

Denjenigen, der meine Scheitel
Wie Staub zertritt mit Füßen,
Will ich zum Kaiser machen,
Wenn er zu mir zurückkommt.

Man sieht deutlich hieraus, daß eins so wenig als das andere
heißen will, erst bei würdiger Gelegenheit angewendet, zuletzt immer häufiger gebraucht und gemißbraucht. So sagt
Hafis wirklich possenhaft:

Mein Kopf im Staub des Weges
Des Wirtes sein wird.

Ein tieferes Studium würde vielleicht die Vermutung bestätigen, daß frühere Dichter mit solchen Ausdrücken viel
bescheidener verfahren und nur spätere, auf demselben
Schauplatz in derselben Sprache sich ergehend, endlich
auch solche Mißbräuche, nicht einmal recht im Ernst, sondern parodistisch beliebt, bis sich endlich die Tropen dergestalt vom Gegenstand weg verlieren, daß kein Verhältnis
mehr weder gedacht noch empfunden werden kann.

Und so schließen wir denn mit den lieblichen Zeilen
Enweris, welcher, so anmutig als schicklich, einen werten
Dichter seiner Zeit verehrt:

Dem Vernünftgen sind Lockspeise Schedschaais Gedichte,
Hundert Vögel wie ich fliegen begierig darauf.
Geh, mein Gedicht, und küß vor dem Herrn die Erde
und sag' ihm:
Du, die Tugend der Zeit, Tugendepoche bist du.

EINREDE

Um uns nun über das Verhältnis der Despoten zu den
Ihrigen, und wiefern es noch menschlich sei, einigermaßen
aufzuklären, auch uns über das knechtische Verfahren der
Dichter vielleicht zu beruhigen, möge eine und die andere
Stelle hier eingeschaltet sein, welche Zeugnis gibt, wie Ge-
schichts- und Weltkenner hierüber geurteilt. Ein bedächtiger Engländer drückt sich folgendermaßen aus:

›Unumschränkte Gewalt, welche in Europa, durch Gewohnheiten und Umsicht einer gebildeten Zeit, zu gemäßigten Regierungen gesänftiget wird, behält bei asiatischen Nationen immer einerlei Charakter und bewegt sich beinahe in demselben Verlauf. Denn die geringen Unterschiede, welche des Menschen Staatswert und Würde bezeichnen, sind bloß von des Despoten persönlicher Gemütsart abhängig und von dessen Macht, ja öfters mehr von dieser als jener. Kann doch kein Land zum Glück gedeihen, das fortwährend dem Krieg ausgesetzt ist, wie es von der frühsten Zeit an das Schicksal aller östlichen schwächeren Königreiche gewesen. Daraus folgt, daß die größte Glückseligkeit, deren die Masse unter unumschränkter Herrschaft genießen kann, sich aus der Gewalt und dem Ruf ihres Monarchen herschreibe, so wie das Wohlbehagen, worin sich dessen Untertanen einigermaßen erfreuen, wesentlich auf den Stolz begründet ist zu dem ein solcher Fürst sie erhebt.

Wir dürfen daher nicht bloß an niedrige und verkäufliche Gesinnungen denken, wenn die Schmeichelei uns auffällt, welche sie dem Fürsten erzeigen. Fühllos gegen den Wert der Freiheit, unbekannt mit allen übrigen Regierungsformen, rühmen sie ihren eigenen Zustand, worin es ihnen weder an Sicherheit ermangelt noch an Behagen, und sind nicht allein willig, sondern stolz, sich vor einem erhöhten Manne zu demütigen, wenn sie in der Größe seiner Macht Zuflucht finden und Schutz gegen größeres unterdrückendes Übel.‹

Gleichfalls läßt sich ein deutscher Rezensent geist- und kenntnisreich also vernehmen:

›Der Verfasser, allerdings Bewunderer des hohen Schwungs der Panegyriker dieses Zeitraums, tadelt zugleich mit Recht die sich im Überschwung der Lobpreisungen vergeudende Kraft edler Gemüter, und die Erniedrigung der Charakterwürde, welche dies gewöhnlich zur Folge hat. Allein es muß gleichwohl bemerkt werden, daß in dem, in vielfachem Schmucke reicher Vollendung aufgeführten, Kunstgebäude eines echt poetischen Volkes panegyrische Dichtung ebenso wesentlich ist als die satirische, mit welcher sie nur den Gegensatz bildet, dessen Auflösung sich sodann entweder in der moralischen Dichtung, der ruhigen Richterin menschlicher Vorzüge und Gebrechen, der Führerin zum Ziele innerer Beruhigung, oder im Epos findet, welches mit unparteiischer Kühnheit das Edelste menschlicher Trefflichkeit neben die nicht mehr getadelte, sondern als zum Ganzen wirkende Gewöhnlichkeit des Lebens hinstellt, und beide Gegensätze auflöst und zu einem reinen Bilde des Daseins vereinigt. Wenn es nämlich der menschlichen Natur gemäß, und ein Zeichen ihrer höheren Abkunft ist, daß sie das Edle menschlicher Handlungen und jede höhere Vollkommenheit mit Begeisterung erfaßt, und sich an deren Erwägung gleichsam das innere Leben erneuert, so ist die Lobpreisung auch der Macht und Gewalt, wie sie in Fürsten sich offenbart, eine herrliche Erscheinung im Gebiete der Poesie, und bei uns, mit vollestem Rechte zwar, nur darum in Verachtung gesunken, weil diejenigen, die sich derselben hingaben, meistens nicht Dichter, sondern nur feile Schmeichler gewesen. Wer aber, der Calderon seinen König preisen hört, mag hier, wo der kühnste Aufschwung der Phantasie ihn mit fortreißt, an Käuflichkeit des Lobes denken? oder wer hat sein Herz noch gegen Pindars Siegeshymnen verwahren wollen? Die despotische Natur der Herrscherwürde Persiens, wenn sie gleich in jener Zeit ihr Gegenbild in gemeiner Anbetung der Gewalt bei den meisten, welche Fürstenlob sangen, gefunden, hat dennoch durch die Idee verklärter Macht, die sie in edlen Gemütern erzeugte, auch manche der Bewunderung der Nachwelt werte Dichtungen hervorgerufen. Und wie die Dichter dieser Bewunderung noch heute wert sind, sind es auch diese Fürsten, bei welchen wir echte Anerkennung der Würde des Menschen, und Begeisterung für die Kunst, welche ihr Andenken feiert, vorfinden. *Enweri, Chakani, Sahir Farjabi* und *Achestegi* sind die Dichter dieses Zeitraums im Fache der Panegyrik, deren Werke der Orient noch heute mit Entzücken liest, und so auch ihren edlen Namen vor jeder Verunglimpfung sicher stellt. Ein Beweis, wie nahe das Streben des panegyrischen Dichters an die höchste Forderung, die an den Menschen gestellt werden kann, grenze, ist der plötzliche Übertritt eines dieser panegyrischen Dichter, *Sanajis*, zur religiösen Dichtung: aus dem Lobpreiser seines Fürsten ward er ein nur für Gott und die ewige Vollkommenheit begeisterter Sänger, nachdem er die Idee des Erhabenen, die er vorher im Leben aufzusuchen sich begnügte, nun jenseits dieses Daseins zu finden gelernt hatte.‹

NACHTRAG

Diese Betrachtungen zweier ernsten, bedächtigen Männer werden das Urteil über persische Dichter und Enkomiasten zur Milde bewegen, indem zugleich unsere früheren Äußerungen hiedurch bestätigt sind: in gefährlicher Zeit nämlich komme beim Regiment alles darauf an, daß der Fürst nicht allein seine Untertanen beschützen, sondern sie auch persönlich gegen den Feind anführen könne. Zu dieser bis auf die neusten Tage sich bestätigenden Wahrheit lassen sich uralte Beispiele finden; wie wir denn das Reichsgrundgesetz anführen, welches Gott dem israelitischen Volke, mit dessen allgemeiner Zustimmung, in dem Augenblick erteilt, da es ein- für allemal einen König wünscht. Wir setzen diese Konstitution, die uns freilich heutzutag etwas wunderlich scheinen möchte, wörtlich hieher.

›Und Samuel verkündigte dem Volk das Recht des Königes, den sie von dem Herrn forderten: das wird des Königes Recht sein, der über euch herrschen wird: Eure Söhne wird er nehmen zu seinen Wagen und Reitern, die vor seinem Wagen hertraben, und zu Hauptleuten über tausend und über funfzig, und zu Ackerleuten, die ihm seinen Acker bauen, und zu Schnittern in seiner Ernte, und daß sie seinen Harnisch und was zu seinem Wagen gehört machen. Eure Töchter aber wird er nehmen, daß sie Apothekerinnen, Köchinnen und Bäckerinnen sein. Eure besten Äcker und Weinberge und Obstgärten wird er nehmen und seinen Knechten geben. Dazu von eurer Saat und Weinbergen wird er den Zehnten nehmen und seinen Kämmerern und Knechten geben. Und eure Knechte und Mägde und eure feinesten Jünglinge, und eure Esel wird er nehmen und seine

Geschäfte damit ausrichten. Von euren Herden wird er den Zehenten nehmen: und ihr müsset seine Knechte sein.‹ Als nun Samuel dem Volk das Bedenkliche einer solchen Übereinkunft zu Gemüte führen und ihnen abraten will, ruft es einstimmig: »Mitnichten, sondern es soll ein König über uns sein; daß wir auch sein wie alle andere Heiden, daß uns unser König richte, und vor uns her ausziehe, wenn wir unsere Kriege führen.«

In diesem Sinne spricht der Perser:

Mit Rat und Schwert umfaßt und schützet er das Land;
Umfassende und Schirmer stehn in Gottes Hand.

Überhaupt pflegt man bei Beurteilung der verschiedenen Regierungsformen nicht genug zu beachten, daß in allen, wie sie auch heißen, Freiheit und Knechtschaft zugleich polarisch existiere. Steht die Gewalt bei Einem, so ist die Menge unterwürfig, ist die Gewalt bei der Menge, so steht der einzelne im Nachteil; dieses geht denn durch alle Stufen durch, bis sich vielleicht irgendwo ein Gleichgewicht, jedoch nur auf kurze Zeit, finden kann. Dem Geschichtsforscher ist es kein Geheimnis; in bewegten Augenblicken des Lebens jedoch kann man darüber nicht ins Klare kommen. Wie man denn niemals mehr von Freiheit reden hört, als wenn eine Partei die andere unterjochen will und es auf weiter nichts angesehen ist, als daß Gewalt, Einfluß und Vermögen aus einer Hand in die andere gehen sollen. Freiheit ist die leise Parole heimlich Verschworner, das laute Feldgeschrei der öffentlich Umwälzenden, ja das Losungswort der Despotie selbst, wenn sie ihre unterjochte Masse gegen den Feind anführt, und ihr von auswärtigem Druck Erlösung auf alle Zeiten verspricht.

GEGENWIRKUNG

Doch so verfänglich-allgemeiner Betrachtung wollen wir uns nicht hingeben, vielmehr in den Orient zurückwandern und schauen, wie die menschliche Natur, die immer unbezwinglich bleibt, sich dem äußersten Druck entgegensetzt; und da finden wir denn überall, daß der Frei- und Eigensinn der einzelnen sich gegen die Allgewalt des Einen ins Gleichgewicht stellt; sie sind Sklaven, aber nicht unterworfen, sie erlauben sich Kühnheiten ohnegleichen. Bringen wir ein Beispiel aus den ältern Zeiten, begeben wir uns zu einem Abendgelag in das Zelt Alexanders, dort treffen wir ihn mit den Seinigen in lebhaften, heftigen, ja wilden Wechselreden.

Clitus, Alexanders Milchbruder, Spiel- und Kriegsgefährte, verliert zwei Brüder im Felde, rettet dem König das Leben, zeigt sich als bedeutender General, treuer Statthalter wichtiger Provinzen. Die angemaßte Gottheit des Monarchen kann er nicht billigen; er hat ihn herankommen sehen, dienst- und hülfsbedürftig gekannt; einen innern hypochondrischen Widerwillen mag er nähren, seine Verdienste vielleicht zu hoch anschlagen.

Die Tischgespräche an Alexanders Tafel mögen immer von großer Bedeutung gewesen sein, alle Gäste waren tüchtige, gebildete Männer, alle zur Zeit des höchsten Rednerglanzes in Griechenland geboren. Gewöhnlich mochte man sich nüchterner Weise bedeutende Probleme aufgeben, wählen oder zufällig ergreifen und solche sophistisch-rednerisch mit ziemlichem Bewußtsein gegeneinander behaupten. Wenn denn aber doch ein jeder die Partei verteidigte, der er zugetan war, Trunk und Leidenschaft sich wechselsweise steigerten, so mußte es zuletzt zu gewaltsamen Szenen hinauslaufen. Auf diesem Wege begegnen wir der Vermutung, daß der Brand von Persepolis nicht bloß aus einer rohen, absurden Völlerei entglommen sei, vielmehr aus einem solchen Tischgespräch aufgeflammt, wo die eine Partei behauptete, man müsse die Perser, da man sie einmal überwunden, auch nunmehr schonen, die andere aber, das schonungslose Verfahren der Asiaten in Zerstörung griechischer Tempel wieder vor die Seele der Gesellschaft führend, durch Steigerung des Wahnsinnes zu trunkener Wut, die alten königlichen Denkmale in Asche verwandelte. Daß Frauen mitgewirkt, welche immer die heftigsten, unversöhnlichsten Feinde der Feinde sind, macht unsere Vermutung noch wahrscheinlicher.

Sollte man jedoch hierüber noch einigermaßen zweifelhaft bleiben, so sind wir desto gewisser, was bei jenem Gelag, dessen wir zuerst erwähnten, tödlichen Zwiespalt veranlaßt habe; die Geschichte bewahrt es uns auf. Es war nämlich der immer sich wiederholende Streit zwischen dem Alter und der Jugend. Die Alten, auf deren Seite Clitus argumentierte, konnten sich auf eine folgerechte Reihe von Taten berufen, die sie, dem König, dem Vaterland, dem einmal vorgesteckten Ziele getreu, unablässig mit Kraft und Weisheit ausgeführt. Die Jugend hingegen nahm zwar als bekannt an, daß das alles geschehen, daß viel getan worden, und daß man wirklich an der Grenze von Indien sei; aber sie gab zu bedenken, wie viel zu tun noch übrig bliebe, erbot sich das gleiche zu leisten, und, eine glänzende Zukunft versprechend, wußte sie den Glanz geleisteter Taten zu verdunkeln. Daß der König sich auf diese Seite geschlagen, ist natürlich, denn bei ihm konnte vom Geschehenen nicht mehr die Rede sein. Clitus kehrte dagegen seinen heimlichen Unwillen heraus und wiederholte, in des Königs Gegenwart, Mißreden, die dem Fürsten, als hinter seinem Rücken gesprochen, schon früher zu Ohren gekommen. Alexander hielt sich bewundernswürdig zusammen, doch leider zu lange. Clitus verging sich grenzenlos in widerwärtigen Reden, bis der König aufsprang, den seine Nächsten zuerst festhielten und Clitus beiseite brachten. Dieser aber kehrt rasend mit neuen Schmähungen zurück, und Alexander stößt ihn, den Spieß von der Wache ergreifend, nieder.

Was darauf erfolgt, gehört nicht hierher; nur bemerken wir, daß die bitterste Klage des verzweifelnden Königs die Betrachtung enthält, er werde künftig, wie ein Tier im Walde, einsam leben, weil niemand in seiner Gegenwart ein freies Wort hervorzubringen wagen könne. Diese Rede, sie gehöre dem König oder dem Geschichtsschreiber, bestätigt dasjenige, was wir oben vermutet.

Noch im vorigen Jahrhunderte durfte man dem Kaiser von Persien bei Gastmahlen unverschämt widersprechen, zuletzt wurde denn freilich der überkühne Tischgenosse bei den

Füßen weg und am Fürsten nah vorbei geschleppt, ob dieser ihn vielleicht begnadige? Geschah es nicht, hinaus mit ihm und zusammengehauen.

Wie grenzenlos hartnäckig und widersetzlich Günstlinge sich gegen den Kaiser betrugen, wird von glaubwürdigen Geschichtsschreibern anekdotenweis überliefert. Der Monarch ist wie das Schicksal, unerbittlich, aber man trotzt ihm. Heftige Naturen verfallen darüber in eine Art Wahnsinn, wovon die wunderlichsten Beispiele vorgelegt werden könnten.

Der obersten Gewalt jedoch, von der alles herfließt, Wohltat und Pein, unterwerfen sich mäßige, feste, folgerechte Naturen, um nach ihrer Weise zu leben und zu wirken. Der Dichter aber hat am ersten Ursache, sich dem Höchsten, der sein Talent schätzt, zu widmen. Am Hof, im Umgange mit Großen, eröffnet sich ihm eine Weltübersicht, deren er bedarf, um zum Reichtum aller Stoffe zu gelangen. Hierin liegt nicht nur Entschuldigung, sondern Berechtigung zu schmeicheln, wie es dem Panegyristen zukommt, der sein Handwerk am besten ausübt, wenn er sich mit der Fülle des Stoffes bereichert, um Fürsten und Vesire, Mädchen und Knaben, Propheten und Heilige, ja zuletzt die Gottheit selbst, menschlicher Weise überfüllt auszuschmücken.

Auch unsern westlichen Dichter loben wir, daß er eine Welt von Putz und Pracht zusammengehäuft, um das Bild seiner Geliebten zu verherrlichen.

EINGESCHALTETES

Die Besonnenheit des Dichters bezieht sich eigentlich auf die Form, den Stoff gibt ihm die Welt nur allzu freigebig, der Gehalt entspringt freiwillig aus der Fülle seines Innern; bewußtlos begegnen beide einander, und zuletzt weiß man nicht, wem eigentlich der Reichtum angehöre.

Aber die Form, ob sie schon vorzüglich im Genie liegt, will erkannt, will bedacht sein, und hier wird Besonnenheit gefordert, daß Form, Stoff und Gehalt sich zu einander schikken, sich in einander fügen, sich einander durchdringen.

Der Dichter steht viel zu hoch, als daß er Partei machen sollte. Heiterkeit und Bewußtsein sind die schönen Gaben, für die er dem Schöpfer dankt: Bewußtsein, daß er vor dem Furchtbaren nicht erschrecke, Heiterkeit, daß er alles erfreulich darzustellen wisse.

ORIENTALISCHER POESIE UR-ELEMENTE

In der arabischen Sprache wird man wenig Stamm- und Wurzelworte finden, die, wo nicht unmittelbar, doch mittelst geringer An- und Umbildung sich nicht auf Kamel, Pferd und Schaf bezögen. Diesen allerersten Natur- und Lebensausdruck dürfen wir nicht einmal tropisch nennen. Alles, was der Mensch natürlich frei ausspricht, sind Lebensbezüge; nun ist der Araber mit Kamel und Pferd so innig verwandt als Leib mit Seele; ihm kann nichts begegnen, was nicht auch diese Geschöpfe zugleich ergriffe und ihr Wesen und Wirken mit dem seinigen lebendig verbände. Denkt man zu den obengenannten noch andere Haus- und wilde Tiere hinzu, die dem frei umherziehenden Beduinen oft genug vors Auge kommen, so wird man auch diese in allen Lebensbeziehungen antreffen. Schreitet man nun so fort und beachtet alles übrige Sichtbare: Berg und Wüste, Felsen und Ebene, Bäume, Kräuter, Blumen, Fluß und Meer und das vielgestirnte Firmament, so findet man, daß dem Orientalen bei allem alles einfällt, so daß er, übers Kreuz das Fernste zu verknüpfen gewohnt, durch die geringste Buchstaben- und Silbenbiegung Widersprechendes aus einander herzuleiten kein Bedenken trägt. Hier sieht man, daß die Sprache schon an und für sich produktiv ist, und zwar, insofern sie dem Gedanken entgegenkommt, rednerisch, insofern sie der Einbildungskraft zusagt, poetisch.

Wer nun also, von den ersten notwendigen Ur-Tropen ausgehend, die freieren und kühneren bezeichnete, bis er endlich zu den gewagtesten, willkürlichsten, ja zuletzt ungeschickten, konventionellen und abgeschmackten gelangte, der hätte sich von den Hauptmomenten der orientalischen Dichtkunst eine freie Übersicht verschafft. Er würde aber dabei sich leicht überzeugen, daß von dem, was wir Geschmack nennen, von der Sonderung nämlich des Schicklichen vom Unschicklichen, in jener Literatur gar nicht die Rede sein könne. Ihre Tugenden lassen sich nicht von ihren Fehlern trennen, beide beziehen sich auf einander, entspringen aus einander, und man muß sie gelten lassen ohne Mäkeln und Markten. Nichts ist unerträglicher, als wenn *Reiske* und *Michaelis* jene Dichter bald in den Himmel heben, bald wieder wie einfältige Schulknaben behandeln.

Dabei läßt sich jedoch auffallend bemerken, daß die ältesten Dichter, die zunächst am Naturquell der Eindrücke lebten und ihre Sprache dichtend bildeten, sehr große Vorzüge haben müssen; diejenigen, die in eine schon durchgearbeitete Zeit, in verwickelte Verhältnisse kommen, zeigen zwar immer dasselbe Bestreben, verlieren aber allmählich die Spur des Rechten und Lobenswürdigen. Denn wenn sie nach entfernten und immer entfernteren Tropen haschen, so wird es barer Unsinn; höchstens bleibt zuletzt nichts weiter als der allgemeinste Begriff, unter welchem die Gegenstände allenfalls möchten zusammenzufassen sein, der Begriff, der alles Anschauen, und somit die Poesie selbst, aufhebt.

ÜBERGANG VON TROPEN ZU GLEICHNISSEN

Weil nun alles Vorgesagte auch von den nahe verwandten Gleichnissen gilt, so wäre durch einige Beispiele unsere Behauptung zu bestätigen.

Man sieht den im freien Felde aufwachenden Jäger, der die aufgehende Sonne einem *Falken* vergleicht:

> Tat und Leben mir die Brust durchdringen,
> Wieder auf den Füßen steh ich fest:
> Denn der goldne Falke, breiter Schwingen,
> Überschwebet sein azurnes Nest.

Oder noch prächtiger einem *Löwen:*

> Morgendämmrung wandte sich ins Helle,
> Herz und Geist auf einmal wurden froh,
> Als die Nacht, die schüchterne Gazelle,
> Vor dem Dräun des Morgenlöwens floh.

Wie muß nicht *Marco Polo,* der alles dieses und mehr geschaut, solche Gleichnisse bewundert haben!

Unaufhörlich finden wir den Dichter, wie er mit *Locken* spielt.

> Es stecken mehr als funfzig Angeln
> In jeder Locke deiner Haare —

ist höchst lieblich an ein schönes lockenreiches Haupt gerichtet, die Einbildungskraft hat nichts dawider, sich die Haarspitzen hakenartig zu denken. Wenn aber der Dichter sagt, daß er an Haaren aufgehängt sei, so will es uns nicht recht gefallen. Wenn es nun aber gar vom Sultan heißt:

> In deiner Locken Banden liegt
> Des Feindes Hals verstrickt —

so gibt es der Einbildungskraft entweder ein widerlich Bild oder gar keins.

Daß wir von *Wimpern* gemordet werden, möchte wohl angehn, aber an Wimpern gespießt sein, kann uns nicht behagen; wenn ferner Wimpern, gar mit Besen verglichen, die Sterne vom Himmel herabkehren, so wird es uns doch zu bunt. Die *Stirn* der Schönen als Glättstein der Herzen; das *Herz* des Liebenden als Geschiebe von Thränenbächen fortgerollt und abgerundet: dergleichen mehr witzige als gefühlvolle Wagnisse nötigen uns ein freundliches Lächeln ab.

Höchst geistreich aber kann genannt werden, wenn der Dichter die Feinde des Schahs wie *Zeltenbehör* behandelt wissen will.

> Seien sie stets wie Späne gespalten, wie Lappen zerrissen!
> Wie die Nägel geklopft! und wie die Pfähle gesteckt!

Hier sieht man den Dichter im Hauptquartier; das immer wiederholte Ab- und Aufschlagen des Lagers schwebt ihm vor der Seele.

Aus diesen wenigen Beispielen, die man ins Unendliche vermehren könnte, erhellet, daß keine Grenze zwischen dem, was in unserm Sinne lobenswürdig und tadelhaft heißen möchte, gezogen werden könne, weil ihre Tugenden ganz eigentlich die Blüten ihrer Fehler sind. Wollen wir an diesen Produktionen der herrlichsten Geister teilnehmen, so müssen wir uns orientalisieren, der Orient wird nicht zu uns herüberkommen. Und obgleich Übersetzungen höchst löblich sind, um uns anzulocken, einzuleiten, so ist doch aus allem Vorigen ersichtlich, daß in dieser Literatur die Sprache als Sprache die erste Rolle spielt. Wer möchte sich nicht mit diesen Schätzen an der Quelle bekannt machen!

Bedenken wir nun, daß poetische Technik den größten Einfluß auf jede Dichtungsweise notwendig ausübe, so finden wir auch hier, daß die zweizeilig gereimten Verse der Orientalen einen Parallelismus fordern, welcher aber, statt den Geist zu sammeln, selben zerstreut, indem der Reim auf ganz fremdartige Gegenstände hinweist. Dadurch erhalten ihre Gedichte einen Anstrich von Quodlibet, oder vorgeschriebenen Endreimen, in welcher Art etwas Vorzügliches zu leisten freilich die ersten Talente gefordert werden. Wie nun hierüber die Nation streng geurteilt hat, sieht man daran, daß sie in fünfhundert Jahren nur sieben Dichter als ihre obersten anerkennt.

WARNUNG

Auf alles, was wir bisher geäußert, können wir uns wohl berufen, als Zeugnis besten Willens gegen orientalische Dichtkunst. Wir dürfen es daher wohl wagen, Männern, denen eigentlich nähere, ja unmittelbare Kenntnis dieser Regionen gegönnt ist, mit einer Warnung entgegenzugehen, welche den Zweck, allen möglichen Schaden von einer so guten Sache abzuwenden, nicht verleugnen wird.

Jedermann erleichtert sich durch Vergleichung das Urteil, aber man erschwert sichs auch: denn wenn ein Gleichnis, zu weit durchgeführt, hinkt, so wird ein vergleichendes Urteil immer unpassender, je genauer man es betrachtet. Wir wollen uns nicht zu weit verlieren, sondern im gegenwärtigen Falle nur soviel sagen: wenn der vortreffliche *Jones* die orientalischen Dichter mit Lateinern und Griechen vergleicht, so hat er seine Ursachen, das Verhältnis zu England und den dortigen Altkritikern nötigt ihn dazu. Er selbst, in der strengen klassischen Schule gebildet, begriff wohl das ausschließende Vorurteil, das nichts wollte gelten lassen, als was von Rom und Athen her auf uns vererbt worden. Er kannte, schätzte, liebte seinen Orient und wünschte dessen Produktionen in Alt-England einzuführen, einzuschwärzen, welches nicht anders als unter dem Stempel des Altertums zu bewirken war. Dieses alles ist gegenwärtig ganz unnötig, ja schädlich. Wir wissen die Dichtart der Orientalen zu schätzen, wir gestehen ihnen die größten Vorzüge zu, aber man vergleiche sie mit sich selbst, man ehre sie in ihrem eignen Kreise, und vergesse doch dabei, daß es Griechen und Römer gegeben.

Niemanden verarge man, welchem Horaz bei Hafis einfällt. Hierüber hat ein Kenner sich bewundrungswürdig erklärt, so daß dieses Verhältnis nunmehr ausgesprochen und für immer abgetan ist. Er sagt nämlich:

›Die Ähnlichkeit Hafisens mit Horaz in den Ansichten des Lebens ist auffallend, und möchte einzig nur durch die Ähnlichkeit der Zeitalter, in welchen beide Dichter gelebt, wo, bei Zerstörung aller Sicherheit des bürgerlichen Daseins, der Mensch sich auf flüchtigen, gleichsam im Vorübergehen gehaschten Genuß des Lebens beschränkt, zu erklären sein.‹

Was wir aber inständig bitten, ist, daß man Ferdusi nicht mit Homer vergleiche, weil er in jedem Sinne, dem Stoff, der Form, der Behandlung nach, verlieren muß. Wer sich hiervon überzeugen will, vergleiche die furchtbare Monotonie der sieben Abenteuer des Isfendiar mit dem dreiundzwanzigsten Gesang der Ilias, wo, zur Totenfeier Patroklos', die mannigfaltigsten Preise, von den verschiedenartigsten Helden, auf die verschiedenste Art gewonnen werden. Haben wir Deutsche nicht unsern herrlichen Nibelungen durch solche Vergleichung den größten Schaden getan? So höchst erfreulich sie sind, wenn man sich in ihren Kreis recht einbürgert und alles vertraulich und dankbar aufnimmt, so wunderlich erscheinen sie, wenn man sie nach einem Maßstabe mißt, den man niemals bei ihnen anschlagen sollte.

Es gilt ja schon dasselbe von dem Werke eines einzigen Autors, der viel, mannigfaltig und lange geschrieben. Überlasse man doch der gemeinen unbehülflichen Menge, vergleichend zu loben, zu wählen und zu verwerfen. Aber die Lehrer des Volks müssen auf einen Standpunkt treten, wo eine allgemeine deutliche Übersicht reinem, unbewundenem Urteil zustatten kommt.

VERGLEICHUNG

Da wir nun soeben bei dem Urteil über Schriftsteller alle Vergleichung abgelehnt, so möchte man sich wundern, wenn wir unmittelbar darauf von einem Falle sprechen, in welchem wir sie zulässig finden. Wir hoffen jedoch, daß man uns diese Ausnahme darum erlauben werde, weil der Gedanke nicht uns, vielmehr einem Dritten angehört.

Ein Mann, der des Orients Breite, Höhen und Tiefen durchdrungen, findet, daß kein deutscher Schriftsteller sich den östlichen Poeten und sonstigen Verfassern mehr als *Jean Paul Richter* genähert habe; dieser Ausspruch schien zu bedeutend, als daß wir ihm nicht gehörige Aufmerksamkeit hätten widmen sollen; auch können wir unsere Bemerkungen darüber um so leichter mitteilen, als wir uns nur auf das oben weitläufig Durchgeführte beziehen dürfen.

Allerdings zeugen, um von der Persönlichkeit anzufangen, die Werke des genannten Freundes von einem verständigen, umschauenden, einsichtigen, unterrichteten, ausgebildeten und dabei wohlwollenden, frommen Sinne. Ein so begabter Geist blickt, nach eigentlichst orientalischer Weise, munter und kühn in seiner Welt umher, erschafft die seltsamsten Bezüge, verknüpft das Unverträgliche, jedoch dergestalt, daß ein geheimer ethischer Faden sich mitschlinge, wodurch das Ganze zu einer gewissen Einheit geleitet wird.

Wenn wir nun vor kurzem die Natur-Elemente, woraus die älteren und vorzüglichsten Dichter des Orients ihre Werke bildeten, angedeutet und bezeichnet, so werden wir uns deutlich erklären, indem wir sagen: daß, wenn jene in einer frischen, einfachen Region gewirkt, dieser Freund hingegen in einer ausgebildeten, überbildeten, verbildeten, vertrackten Welt leben und wirken, und eben

187

daher sich anschicken muß, die seltsamsten Elemente zu beherrschen. Um nun den Gegensatz zwischen der Umgebung eines Beduinen und unseres Autors mit wenigem anschaulich zu machen, ziehen wir aus einigen Blättern die bedeutendsten Ausdrücke:

Barrieren-Traktat, Extrablätter, Kardinäle, Nebenrezeß, Billard, Bierkrüge, Reichsbänke, Sessionsstühle, Prinzipalkommissarius, Enthusiasmus, Szepter-Queue, Bruststücke, Eichhornbauer, Agioteur, Schmutzfink, Incognito, Colloquia, kanonischer Billardsack, Gipsabdruck, Avancement, Hüttenjunge, Naturalisations-Akte, Pfingstprogramm, maurerisch, Manual-Pantomime, amputiert, Supranumerar, Bijouteriebude, Sabbaterweg usf.

Wenn nun diese sämtlichen Ausdrücke einem gebildeten deutschen Leser bekannt sind, oder durch das Konversations-Lexikon bekannt werden können, gerade wie dem Orientalen die Außenwelt durch Handels- und Wallfahrts-Karawanen: so dürfen wir kühnlich einen ähnlichen Geist für berechtigt halten, dieselbe Verfahrungs-Art auf einer völlig verschiednen Unterlage walten zu lassen.

Gestehen wir also unserm so geschätzten als fruchtbaren Schriftsteller zu, daß er, in späteren Tagen lebend, um in seiner Epoche geistreich zu sein, auf einen durch Kunst, Wissenschaft, Technik, Politik, Kriegs- und Friedensverkehr und -verderb so unendlich verklausulierten, zersplitterten Zustand mannigfaltigst anspielen müsse: so glauben wir ihm die zugesprochene Orientalität genugsam bestätigt zu haben.

Einen Unterschied jedoch, den eines poetischen und prosaischen Verfahrens, heben wir hervor. Dem Poeten, welchem Takt, Parallelstellung, Silbenfall, Reim die größten Hindernisse in den Weg zu legen scheinen, gereicht alles zum entschiedensten Vorteil, wenn er die Rätselknoten glücklich löst, die ihm aufgegeben sind, oder die er sich selbst aufgibt; die kühnste Metapher verzeihen wir wegen eines unerwarteten Reims und freuen uns der Besonnenheit des Dichters, die er, in einer so notgedrungenen Stellung, behauptet.

Der Prosaist hingegen hat die Ellebogen gänzlich frei und

ist für jede Verwegenheit verantwortlich, die er sich erlaubt; alles, was den Geschmack verletzen könnte, kommt auf seine Rechnung. Da nun aber, wie wir umständlich nachgewiesen, in einer solchen Dicht- und Schreibart das Schickliche vom Unschicklichen abzusondern unmöglich ist, so kommt hier alles auf das Individuum an, das ein solches Wagstück unternimmt. Ist es ein Mann wie Jean Paul, als Talent von Wert, als Mensch von Würde, so befreundet sich der angezogene Leser sogleich; alles ist erlaubt und willkommen. Man fühlt sich in der Nähe des wohldenkenden Mannes behaglich, sein Gefühl teilt sich uns mit. Unsere Einbildungskraft erregt er, schmeichelt unseren Schwächen und festiget unsere Stärken.

Man übt seinen eigenen Witz, indem man die wunderlich aufgegebenen Rätsel zu lösen sucht, und freut sich, in und hinter einer buntverschränkten Welt, wie hinter einer andern Charade, Unterhaltung, Erregung, Rührung, ja Erbauung zu finden.

Dies ist ungefähr, was wir vorzubringen wußten, um jene Vergleichung zu rechtfertigen; Übereinstimmung und Differenz trachteten wir so kurz als möglich auszudrücken; ein solcher Text könnte zu einer grenzenlosen Auslegung verführen.

VERWAHRUNG

Wenn jemand Wort und Ausdruck als heilige Zeugnisse betrachtet und sie nicht etwa, wie Scheidemünze oder Papiergeld, nur zu schnellem, augenblicklichem Verkehr bringen, sondern im geistigen Handel und Wandel als wahres Äquivalent ausgetauscht wissen will: so kann man ihm nicht verübeln, daß er aufmerksam macht, wie herkömmliche Ausdrücke, woran niemand mehr Arges hat, doch einen schädlichen Einfluß verüben, Ansichten verdüstern, den Begriff entstellen und ganzen Fächern eine falsche Richtung geben.

Von der Art möchte wohl der eingeführte Gebrauch sein, daß man den Titel *schöne Redekünste* als allgemeine Rubrik behandelt, unter welcher man Poesie und Prosa begreifen und eine neben der andern, ihren verschiedenen Teilen nach, aufstellen will.

Poesie ist, rein und echt betrachtet, weder Rede noch Kunst; keine *Rede*, weil sie zu ihrer Vollendung Takt, Gesang, Körperbewegung und Mimik bedarf; sie ist keine *Kunst*, weil alles auf dem Naturell beruht, welches zwar geregelt, aber nicht künstlerisch geängstiget werden darf; auch bleibt sie immer wahrhafter Ausdruck eines aufgeregten, erhöhten Geistes, ohne Ziel und Zweck.

Die Redekunst aber, im eigentlichen Sinne, ist eine Rede und eine Kunst; sie beruht auf einer deutlichen, mäßig leidenschaftlichen *Rede*, und ist *Kunst* in jedem Sinne. Sie verfolgt ihre Zwecke und ist Verstellung vom Anfang bis zu Ende. Durch jene von uns gerügte Rubrik ist nun die Poesie entwürdigt, indem sie der Redekunst bei-, wo nicht untergeordnet wird, Namen und Ehre von ihr ableitet.

Diese Benennung und Einteilung hat freilich Beifall und Platz gewonnen, weil höchst schätzenswerte Bücher sie an der Stirne tragen, und schwer möchte man sich derselben so bald entwöhnen. Ein solches Verfahren kommt aber daher, weil man, bei Klassifikation der Künste, den Künstler nicht zu Rate zieht. Dem Literator kommen die poetischen Werke zuerst als Buchstaben in die Hand, sie liegen als Bücher vor ihm, die er aufzustellen und zu ordnen berufen ist.

DICHTARTEN

Allegorie, Ballade, Cantate, Drama, Elegie, Epigramm, Epistel, Epopöe, Erzählung, Fabel, Heroide, Idylle, Lehrgedicht, Ode, Parodie, Roman, Romanze, Satire.

Wenn man vorgemeldete Dichtarten, die wir alphabetisch zusammengestellt, und noch mehrere dergleichen, methodisch zu ordnen versuchen wollte, so würde man auf große, nicht leicht zu beseitigende Schwierigkeiten stoßen. Betrachtet man obige Rubriken genauer, so findet man, daß sie bald nach äußeren Kennzeichen, bald nach dem Inhalt, wenige aber einer wesentlichen Form nach benamst sind. Man bemerkt schnell, daß einige sich neben einander stellen, andere sich andern unterordnen lassen. Zu Vergnügen und Genuß möchte jede wohl für sich bestehen und wirken; wenn man aber, zu didaktischen oder historischen Zwecken, einer rationelleren Anordnung bedürfte so ist es wohl der Mühe wert, sich nach einer solchen umzusehen. Wir bringen daher folgendes der Prüfung dar.

NATURFORMEN DER DICHTUNG

Es gibt nur drei echte Naturformen der Poesie: die klar erzählende, die enthusiastisch aufgeregte und die persönlich handelnde: *Epos, Lyrik* und *Drama*. Diese drei Dichtweisen können zusammen oder abgesondert wirken. In dem kleinsten Gedicht findet man sie oft beisammen, und sie bringen eben durch diese Vereinigung im engsten Raume das herrlichste Gebild hervor, wie wir an den schätzenswertesten Balladen aller Völker deutlich gewahr werden. Im älteren griechischen Trauerspiel sehen wir sie gleichfalls alle drei verbunden, und erst in einer gewissen Zeitfolge sondern sie sich. Solange der Chor die Hauptperson spielt, zeigt sich Lyrik obenan; wie der Chor mehr Zuschauer wird, treten die andern hervor, und zuletzt, wo die Handlung sich persönlich und häuslich zusammenzieht, findet man den Chor unbequem und lästig. Im französischen Trauerspiel ist die Exposition episch, die Mitte dramatisch, und den fünften Akt, der leidenschaftlich und enthusiastisch ausläuft, kann man lyrisch nennen.

Das Homerische Heldengedicht ist rein episch; der Rhapsode waltet immer vor, was sich ereignet, erzählt er; niemand darf den Mund auftun, dem er nicht vorher das Wort verliehen, dessen Rede und Antwort er nicht angekündigt. Abgebrochene Wechselreden, die schönste Zierde des Dramas, sind nicht zulässig.

Höre man aber nun den modernen Improvisator auf öffentlichem Markte, der einen geschichtlichen Gegenstand behandelt; er wird, um deutlich zu sein, erst erzählen, dann, um Interesse zu erregen, als handelnde Person sprechen, zuletzt enthusiastisch auflodern und die Gemüter hinreißen. So

wunderlich sind, diese Elemente zu verschlingen, die Dichtarten bis ins Unendliche mannigfaltig; und deshalb auch
so schwer eine Ordnung zu finden, wornach man sie neben
oder nach einander aufstellen könnte. Man wird sich aber
einigermaßen dadurch helfen, daß man die drei Hauptele-
mente in einem Kreis gegen einander über stellt und sich
Musterstücke sucht, wo jedes Element einzeln obwaltet. Alsdann sammle man Beispiele, die sich nach der einen oder
nach der andern Seite hinneigen, bis endlich die Vereinigung
von allen dreien erscheint und somit der ganze Kreis in sich
geschlossen ist.
Auf diesem Wege gelangt man zu schönen Ansichten, sowohl der Dichtarten, als des Charakters der Nationen und
ihres Geschmacks in einer Zeitfolge. Und obgleich diese
Verfahrungsart mehr zu eigener Belehrung, Unterhaltung
und Maßregel als zum Unterricht anderer geeignet sein
mag, so wäre doch vielleicht ein Schema aufzustellen, welches zugleich die äußeren zufälligen Formen und diese inneren notwendigen Uranfänge in faßlicher Ordnung dar-
brächte. Der Versuch jedoch wird immer so schwierig sein
als in der Naturkunde das Bestreben, den Bezug auszufin-
den der äußeren Kennzeichen von Mineralien und Pflanzen
zu ihren inneren Bestandteilen, um eine naturgemäße Ordnung dem Geiste darzustellen.

NACHTRAG

Höchst merkwürdig ist, daß die persische Poesie kein
Drama hat. Hätte ein dramatischer Dichter aufstehen können, ihre ganze Literatur müßte ein anderes Ansehn gewonnen haben. Die Nation ist zur Ruhe geneigt, sie läßt
sich gern etwas vorerzählen, daher die Unzahl Märchen und
die grenzenlosen Gedichte. So ist auch sonst das orientalische Leben an sich selbst nicht gesprächig; der Despotismus
befördert keine Wechselreden, und wir finden, daß eine
jede Einwendung gegen Willen und Befehl des Herrschers
allenfalls nur in Zitaten des Korans und bekannter Dichter-
stellen hervortritt, welches aber zugleich einen geistreichen

Zustand, Breite, Tiefe und Konsequenz der Bildung voraus-
setzt. Daß jedoch der Orientale die Gesprächsform so wenig
als ein anderes Volk entbehren mag, sieht man an der
Hochschätzung der Fabeln des Bidpai, der Wiederholung,
Nachahmung und Fortsetzung derselben. Die Vögelgesprä-
che des Ferideddin Attar geben hievon gleichfalls das
schönste Beispiel.

BUCH-ORAKEL

Der in jedem Tag düster befangene, nach einer aufgehellten
Zukunft sich umschauende Mensch greift begierig nach Zufälligkeiten, um irgend eine weissagende Andeutung aufzu-
haschen. Der Unentschlossene findet nur sein Heil im Entschluß, dem Ausspruch des Loses sich zu unterwerfen. Solcher Art ist die überall herkömmliche Orakelfrage an irgendein bedeutendes Buch, zwischen dessen Blätter man
eine Nadel versenkt und die dadurch bezeichnete Stelle
beim Aufschlagen gläubig beachtet. Wir waren früher mit
Personen genau verbunden, welche sich auf diese Weise bei
der Bibel, dem Schatzkästlein und ähnlichen Erbauungs-
werken zutraulich Rats erholten und mehrmals in den
größten Nöten Trost, ja Bestärkung fürs ganze Leben ge-
wannen.
Im Orient finden wir diese Sitte gleichfalls in Übung; sie
wird *Fal* genannt, und die Ehre derselben begegnete Hafisen gleich nach seinem Tode. Denn als die Strenggläubigen
ihn nicht feierlich beerdigen wollten, befragte man seine Gedichte, und als die bezeichnete Stelle seines Grabes erwähnt,
das die Wanderer dereinst verehren würden, so folgerte
man daraus, daß er auch müsse ehrenvoll begraben werden.
Der westliche Dichter spielt ebenfalls auf diese Gewohnheit
an und wünscht, daß seinem Büchlein gleiche Ehre wider-
fahren möge.

BLUMEN- UND ZEICHENWECHSEL

Um nicht zu viel Gutes von der sogenannten Blumensprache
zu denken, oder etwas Zartgefühltes davon zu erwarten,
müssen wir uns durch Kenner belehren lassen. Man hat

nicht etwa einzelnen Blumen Bedeutung gegeben, um sie im Strauß als Geheimschrift zu überreichen, und es sind nicht Blumen allein, die bei einer solchen stummen Unterhaltung Wort und Buchstaben bilden, sondern alles Sichtbare, Transportable wird mit gleichem Rechte angewendet.

Doch wie das geschehe, um eine Mitteilung, einen Gefühl- und Gedankenwechsel hervorzubringen, dieses können wir uns nur vorstellen, wenn wir die Haupteigenschaften orientalischer Poesie vor Augen haben: den weit umgreifenden Blick über alle Welt-Gegenstände, die Leichtigkeit zu reimen, sodann aber eine gewisse Lust und Richtung der Nation, Rätsel aufzugeben, wodurch sich zugleich die Fähigkeit ausbildet, Rätsel aufzulösen, welches denjenigen deutlich sein wird, deren Talent sich dahin neigt, Charaden, Logogryphen und dergleichen zu behandeln.

Hiebei ist nun zu bemerken: wenn ein Liebendes dem Geliebten irgendeinen Gegenstand zusendet, so muß der Empfangende sich das Wort aussprechen, und suchen was sich darauf reimt, sodann aber ausspähen, welcher unter den vielen möglichen Reimen für den gegenwärtigen Zustand passen möchte? Daß hiebei eine leidenschaftliche Divination obwalten müsse, fällt sogleich in die Augen. Ein Beispiel kann die Sache deutlich machen, und so sei folgender kleine Roman in einer solchen Korrespondenz durchgeführt.

> Die Wächter sind gebändiget
> Durch süße Liebestaten;
> Doch wie wir uns verständiget,
> Das wollen wir verraten;
> Denn, Liebchen, was uns Glück gebracht
> Das muß auch andern nutzen,
> So wollen wir der Liebesnacht
> Die düstern Lampen putzen.
> Und wer sodann mit uns erreicht
> Das Ohr recht abzufeimen,
> Und liebt wie wir, dem wird es leicht
> Den rechten Sinn zu reimen.

Ich schickte dir, du schicktest mir,
Es war sogleich verstanden:

Amarante	Ich sah und brannte.
Raute	Wer schaute?
Haar vom Tiger	Ein kühner Krieger.
Haar der Gazelle	An welcher Stelle?
Büschel von Haaren	Du sollt's erfahren.
Kreide	Meide.
Stroh	Ich brenne lichterloh.
Trauben	Wills erlauben.
Korallen	Kannst mir gefallen.
Mandelkern	Sehr gern.
Rüben	Willst mich betrüben.
Karotten	Willst meiner spotten.
Zwiebeln	Was willst du grübeln?
Trauben, die weißen	Was soll das heißen?
Trauben, die blauen	Soll ich vertrauen?
Quecken	Du willst mich necken.
Nelken	Soll ich verwelken?
Narzissen	Du mußt es wissen.
Veilchen	Wart ein Weilchen.
Kirschen	Willst mich zerknirschen.
Feder vom Raben	Ich muß dich haben.
Vom Papageien	Mußt mich befreien.
Maronen	Wo wollen wir wohnen?
Blei	Ich bin dabei.
Rosenfarb	Die Freude starb.
Seide	Ich leide.
Bohnen	Will dich schonen.
Majoran	Geht mich nichts an.
Blau	Nimms nicht genau.
Traube	Ich glaube.
Beeren	Wills verwehren.
Feigen	Kannst du schweigen?
Gold	Ich bin dir hold.
Leder	Gebrauch die Feder.
Papier	So bin ich dir.
Maßlieben	Schreib nach Belieben.

Nacht-Violen	Ich laß es holen.
Ein Faden	Bist eingeladen.
Ein Zweig	Mach keinen Streich.
Strauß	Ich bin zu Haus.
Winden	Wirst mich finden.
Myrten	Will dich bewirten.
Jasmin	Nimm mich hin.
Melissen	*** auf einem Kissen.
Zypressen	Wills vergessen.
Bohnenblüte	Du falsch Gemüte.
Kalk	Bist ein Schalk.
Kohlen	Mag der *** dich holen.

Und hätte mit Boteinah so
Nicht Dschemil sich verstanden,
Wie wäre denn so frisch und froh
Ihr Name noch vorhanden?

Vorstehende seltsame Mitteilungsart wird sehr bald unter
lebhaften, einander gewogenen Personen auszuüben sein.
Sobald der Geist eine solche Richtung nimmt, tut er Wunder. Zum Beleg aus manchen Geschichten nur eine.
Zwei liebende Paare machen eine Lustfahrt von einigen
Meilen, bringen einen frohen Tag miteinander zu; auf der
Rückkehr unterhalten sie sich Charaden aufzugeben. Gar
bald wird nicht nur eine jede, wie sie vom Munde kommt,
sogleich erraten, sondern zuletzt sogar das Wort, das der
andere denkt und eben zum Worträtsel umbilden will, durch
die unmittelbarste Divination erkannt und ausgesprochen.
Indem man dergleichen zu unsern Zeiten erzählt und beteuert, darf man nicht fürchten lächerlich zu werden, da
solche psychische Erscheinungen noch lange nicht an dasjenige reichen, was der organische Magnetismus zu Tage gebracht hat.

Eine andere Art aber sich zu verständigen ist geistreich und herzlich! Wenn bei der vorigen Ohr und Witz im Spiele war, so ist es hier ein zartliebender, ästhetischer Sinn, der sich der höchsten Dichtung gleichstellt.

Im Orient lernte man den Koran auswendig, und so gaben die Suren und Verse, durch die mindeste Anspielung, ein leichtes Verständnis unter den Geübten. Das gleiche haben wir in Deutschland erlebt, wo vor funfzig Jahren die Erziehung dahin gerichtet war, die sämtlichen Heranwachsenden bibelfest zu machen; man lernte nicht allein bedeutende Sprüche auswendig, sondern erlangte zugleich von dem übrigen genugsame Kenntnis. Nun gab es mehrere Menschen, die eine große Fertigkeit hatten, auf alles was vorkam biblische Sprüche anzuwenden und die Heilige Schrift in der Konversation zu verbrauchen. Nicht zu leugnen ist, daß hieraus die witzigsten, anmutigsten Erwiderungen entstanden, wie denn noch heutiges Tags gewisse ewig anwendbare Hauptstellen hie und da im Gespräch vorkommen.

Gleicherweise bedient man sich klassischer Worte, wodurch wir Gefühl und Ereignis als ewig wiederkehrend bezeichnen und aussprechen.

Auch wir vor funfzig Jahren, als Jünglinge, die einheimischen Dichter verehrend, belebten das Gedächtnis durch ihre Schriften und erzeigten ihnen den schönsten Beifall, indem wir unsere Gedanken durch ihre gewählten und gebildeten Worte ausdrückten und dadurch eingestanden, daß sie besser als wir unser Innerstes zu entfalten gewußt.

Um aber zu unserm eigentlichen Zweck zu gelangen, erinnern wir an eine, zwar wohlbekannte, aber doch immer geheimnisvolle Weise, sich in Chiffern mitzuteilen: wenn nämlich zwei Personen, die ein Buch verabreden und indem sie Seiten- und Zeilenzahl zu einem Briefe verbinden, gewiß sind, daß der Empfänger mit geringem Bemühen den Sinn zusammenfinden werde.

Das Lied, welches wir mit der Rubrik *Chiffer* bezeichnet, will auf eine solche Verabredung hindeuten. Liebende wer-

den einig, Hafisens Gedichte zum Werkzeug ihres Gefühl-
wechsels zu legen; sie bezeichnen Seite und Zeile, die ihren
gegenwärtigen Zustand ausdrückt, und so entstehen zusam-
mengeschriebene Lieder vom schönsten Ausdruck; herrliche
zerstreute Stellen des unschätzbaren Dichters werden durch
Leidenschaft verbunden, Neigung und Wahl verleihen dem
Ganzen ein inneres Leben, und die Entfernten finden ein
tröstliches Ergeben, indem sie ihre Trauer mit Perlen seiner
Worte schmücken.

Dir zu eröffnen
Mein Herz verlangt mich;
Hört' ich von deinem,
Darnach verlangt mich;
Wie blickt so traurig
Die Welt mich an.

In meinem Sinne
Wohnet mein Freund nur,
Und sonsten keiner
Und keine Feindspur.
Wie Sonnenaufgang
Ward mir ein Vorsatz!

Mein Leben will ich
Nur zum Geschäfte
Von seiner Liebe
Von heut an machen.
Ich denke seiner,
Mir blutet's Herz.

Kraft hab' ich keine
Als ihn zu lieben,
So recht im Stillen.
Was soll das werden!
Will ihn umarmen
Und kann es nicht.

Man hat in Deutschland zu einer gewissen Zeit manche Druckschriften verteilt, als *Manuskript für Freunde*. Wem dieses befremdlich sein könnte, der bedenke, daß doch am Ende jedes Buch nur für Teilnehmer, für Freunde, für Liebhaber des Verfassers geschrieben sei. Meinen Divan besonders möcht ich also bezeichnen, dessen gegenwärtige Ausgabe nur als unvollkommen betrachtet werden kann. In jüngeren Jahren würd' ich ihn länger zurückgehalten haben, nun aber find' ich es vorteilhafter ihn selbst zusammenzustellen, als ein solches Geschäft, wie Hafis, den Nachkommen zu hinterlassen. Denn eben daß dieses Büchlein so dasteht, wie ich es jetzt mitteilen konnte, erregt meinen Wunsch, ihm die gebührende Vollständigkeit nach und nach zu verleihen. Was davon allenfalls zu hoffen sein möchte, will ich Buch für Buch der Reihe nach andeuten.

Buch des Dichters. Hierin, wie es vorliegt, werden lebhafte Eindrücke mancher Gegenstände und Erscheinungen auf Sinnlichkeit und Gemüt enthusiastisch ausgedrückt und die näheren Bezüge des Dichters zum Orient angedeutet. Fährt er auf diese Weise fort, so kann der heitere Garten aufs anmutigste verziert werden; aber höchst erfreulich wird sich die Anlage erweitern, wenn der Dichter nicht von sich und aus sich allein handeln wollte, vielmehr auch seinen Dank, Gönnern und Freunden zu Ehren, ausspräche, um die Lebenden mit freundlichem Wort festzuhalten, die Abgeschiedenen ehrenvoll wieder zurückzurufen.

Hiebei ist jedoch zu bedenken, daß der orientalische Flug und Schwung, jene reich und übermäßig lobende Dichtart, dem Gefühl des Westländers vielleicht nicht zusagen möchte. Wir ergehen uns hoch und frei, ohne zu Hyperbeln unsre Zuflucht zu nehmen: denn wirklich nur eine reine, wohlgefühlte Poesie vermag allenfalls die eigentlichsten Vorzüge trefflicher Männer auszusprechen, deren Vollkommenheiten man erst recht empfindet, wenn sie dahingegangen sind, wenn ihre Eigenheiten uns nicht mehr stören und das Eingreifende ihrer Wirkungen uns noch täglich und stündlich vor Augen tritt. Einen Teil dieser Schuld hatte der Dichter vor kurzem, bei einem herrlichen Feste in Allerhöchster Gegenwart, das Glück, nach seiner Weise gemütlich abzutragen.

Das Buch Hafis. Wenn alle diejenigen, welche sich der arabischen und verwandter Sprachen bedienen, schon als Poeten geboren und erzogen werden, so kann man sich denken, daß unter einer solchen Nation vorzügliche Geister ohne Zahl hervorgehen. Wenn nun aber ein solches Volk in fünfhundert Jahren nur sieben Dichtern den ersten Rang zugesteht, so müssen wir einen solchen Ausspruch zwar mit Ehrfurcht annehmen, allein es wird uns zugleich vergönnt sein nachzuforschen, worin ein solcher Vorzug eigentlich begründet sein könne.

Diese Aufgabe, insofern es möglich ist, zu lösen, möchte wohl auch dem künftigen Divan vorbehalten sein. Denn, um nur von Hafis zu reden, wächst Bewunderung und Neigung gegen ihn, je mehr man ihn kennen lernt. Das glücklichste Naturell, große Bildung, freie Fazilität und die reine Überzeugung, daß man den Menschen nur alsdann behagt, wenn man ihnen vorsingt was sie gern, leicht und bequem hören, wobei man ihnen denn auch etwas Schweres, Schwieriges, Unwillkommenes gelegentlich mit unterschieben darf.

Buch der Liebe würde sehr ,anschwellen, wenn sechs Liebespaare in ihren Freuden und Leiden entschiedener aufträten und noch andere neben ihnen aus der düstern Vergangenheit mehr oder weniger klar hervorgingen.

Nicht weniger ist dieses Buch geeignet zu symbolischer Abschweifung, deren man sich in den Feldern des Orients kaum enthalten kann. Der geistreiche Mensch, nicht zufrieden mit dem, was man ihm darstellt, betrachtet alles, was sich den Sinnen darbietet, als eine Vermummung, wohinter ein höheres geistiges Leben sich schalkhaft-eigensinnig versteckt, um uns anzuziehen und in edlere Regionen aufzulocken. Verfährt hier der Dichter mit Bewußtsein und

Maß, so kann man es gelten lassen, sich daran freuen und zu entschiedenerem Auffluge die Fittiche versuchen.

Buch der Betrachtungen erweitert sich jeden Tag demjenigen der im Orient hauset; denn alles ist dort Betrachtung, die zwischen dem Sinnlichen und Übersinnlichen hin- und herwogt, ohne sich für eins oder das andere zu entscheiden. Dieses Nachdenken, wozu man aufgefordert wird, ist von ganz eigner Art; es widmet sich nicht allein der Klugheit, obgleich diese die stärksten Forderungen macht, sondern es wird zugleich auf jene Punkte geführt, wo die seltsamsten Probleme des Erde-Lebens strack und unerbittlich vor uns stehen und uns nötigen, dem Zufall, einer Vorsehung und ihren unerforschlichen Ratschlüssen die Kniee zu beugen und unbedingte Ergebung als höchstes politisch-sittlich-religioses Gesetz auszusprechen.

Buch des Unmuts. Wenn die übrigen Bücher anwachsen, so erlaubt man auch wohl diesem das gleiche Recht. Erst müssen sich anmutige, liebevolle, verständige Zutaten versammeln, eh die Ausbrüche des Unmuts erträglich sein können. Allgemein menschliches Wohlwollen, nachsichtiges hülfreiches Gefühl verbindet den Himmel mit der Erde und bereitet ein den Menschen gegönntes Paradies. Dagegen ist der Unmut stets egoistisch, er besteht auf Forderungen, deren Gewährung ihm außen blieb; er ist anmaßlich, abstoßend und erfreut niemand, selbst diejenigen kaum, die von gleichem Gefühl ergriffen sind. Demungeachtet aber kann der Mensch solche Explosionen nicht immer zurückhalten, ja er tut wohl, wenn er seinem Verdruß, besonders über verhinderte, gestörte Tätigkeit, auf diese Weise Luft zu machen trachtet. Schon jetzt hätte dies Buch viel stärker und reicher sein sollen; doch haben wir manches, um alle Mißstimmung zu verhüten, beiseite gelegt. Wie wir denn hierbei bemerken, daß dergleichen Äußerungen, welche für den Augenblick bedenklich scheinen, in der Folge aber, als unverfänglich, mit Heiterkeit und Wohlwollen aufgenommen werden, unter der Rubrik *Paralipomena* künftigen Jahren aufgespart worden.

Dagegen ergreifen wir diese Gelegenheit, von der Anmaßung zu reden, und zwar vorerst, wie sie im Orient zur Erscheinung kommt. Der Herrscher selbst ist der erste Anmaß-
liche, der die übrigen alle auszuschließen scheint. Ihm stehen
alle zu Dienst, er ist Gebieter sein selbst, niemand gebietet
ihm, und sein eigner Wille erschafft die übrige Welt, so daß
er sich mit der Sonne, ja mit dem Weltall vergleichen kann.
Auffallend ist es jedoch, daß er eben dadurch genötigt ist,
sich einen Mitregenten zu erwählen, der ihm in diesem un-
begrenzten Felde beistehe, ja ihn ganz eigentlich auf dem
Weltenthrone erhalte. Es ist der Dichter, der mit und neben
ihm wirkt und ihn über alle Sterbliche erhöht. Sammeln
sich nun an seinem Hofe viele dergleichen Talente, so gibt
er ihnen einen Dichterkönig, und zeigt dadurch, daß er das
höchste Talent für seinesgleichen anerkenne. Hierdurch
wird der Dichter aber aufgefordert, ja verleitet, ebenso
hoch von sich zu denken als von dem Fürsten, und sich im
Mitbesitz der größten Vorzüge und Glückseligkeiten zu
fühlen. Hierin wird er bestärkt durch die grenzenlosen Geschenke, die er erhält, durch den Reichtum, den er sammelt,
durch die Einwirkung, die er ausübt. Auch setzt er sich in
dieser Denkart so fest, daß ihn irgendein Mißlingen seiner
Hoffnungen bis zum Wahnsinn treibt. Ferdusi erwartet für
sein Schah Nameh, nach einer früheren Äußerung des Kaisers, sechzigtausend Goldstücke; da er aber dagegen nur
sechzigtausend Silberstücke erhält, eben da er sich im Bade
befindet, teilt er die Summe in drei Teile, schenkt einen dem
Boten, einen dem Bademeister und den dritten dem Sor-
betschenken, und vernichtet sogleich, mit wenigen ehrenrüh-
rigen Schmähzeilen, alles Lob was er seit so vielen Jahren
dem Schah gespendet. Er entflieht, verbirgt sich, widerruft
nicht, sondern trägt seinen Haß auf die Seinigen über, so
daß seine Schwester ein ansehnliches Geschenk, vom begütig-
ten Sultan abgesendet, aber leider erst nach des Bruders
Tode ankommend, gleichfalls verschmäht und abweist.
Wollten wir nun das alles weiter entwickeln, so würden wir
sagen, daß vom Thron, durch alle Stufen hinab, bis zum
Derwisch an der Straßenecke, alles voller Anmaßung zu

finden sei, voll weltlichen und geistlichen Hochmuts, der auf die geringste Veranlassung sogleich gewaltsam hervorspringt.

Mit diesem sittlichen Gebrechen, wenn mans dafür halten will, sieht es im Westlande gar wunderlich aus. Bescheidenheit ist eigentlich eine gesellige Tugend, sie deutet auf große Ausbildung; sie ist eine Selbstverleugnung nach außen, welche, auf einem großen innern Werte ruhend, als die höchste Eigenschaft des Menschen angesehen wird. Und so hören wir, daß die Menge immer zuerst an den vorzüglichsten Menschen die Bescheidenheit preist, ohne sich auf ihre übrigen Qualitäten sonderlich einzulassen. Bescheidenheit aber ist immer mit Verstellung verknüpft und eine Art Schmeichelei, die um desto wirksamer ist, als sie ohne Zudringlichkeit dem andern wohltut, indem sie ihn in seinem behaglichen Selbstgefühle nicht irremacht. Alles aber, was man gute Gesellschaft nennt, besteht in einer immer wachsenden Verneinung sein selbst, so daß die Sozietät zuletzt ganz Null wird; es müßte denn das Talent sich ausbilden, daß wir, indem wir unsere Eitelkeit befriedigen, der Eitelkeit des andern zu schmeicheln wissen.

Mit den Anmaßungen unsers westlichen Dichters aber möchten wir die Landsleute gern versöhnen. Eine gewisse Aufschneiderei durfte dem Divan nicht fehlen, wenn der orientalische Charakter einigermaßen ausgedrückt werden sollte.

In die unerfreuliche Anmaßung gegen die höheren Stände konnte der Dichter nicht verfallen. Seine glückliche Lage überhob ihn jedes Kampfes mit Despotismus. In das Lob, das er seinen fürstlichen Gebietern zollen könnte, stimmt ja die Welt mit ein. Die hohen Personen, mit denen er sonst in Verhältnis gestanden, pries und preist man noch immer. Ja man kann dem Dichter vorwerfen, daß der enkomiastische Teil seines Divans nicht reich genug sei.

Was aber das Buch des Unmuts betrifft, so möchte man wohl einiges daran zu tadeln finden. Jeder Unmutige drückt zu deutlich aus, daß seine persönliche Erwartung nicht erfüllt, sein Verdienst nicht anerkannt sei. So auch er!

Von oben herein ist er nicht beengt, aber von unten und von der Seite leidet er. Eine zudringliche, oft platte, oft tückische Menge, mit ihren Chorführern, lähmt seine Tätigkeit; erst waffnet er sich mit Stolz und Verdruß, dann aber, zu scharf gereizt und gepreßt, fühlt er Stärke genug sich durch sie durchzuschlagen.

Sodann aber werden wir ihm zugestehen, daß er mancherlei Anmaßungen dadurch zu mildern weiß, daß er sie, gefühlvoll und kunstreich, zuletzt auf die Geliebte bezieht, sich vor ihr demütigt, ja vernichtet. Herz und Geist des Lesers wird ihm dieses zugute schreiben.

Buch der Sprüche sollte vor andern anschwellen; es ist mit den Büchern der Betrachtung und des Unmuts ganz nahe verwandt. Orientalische Sprüche jedoch behalten den eigentümlichen Charakter der ganzen Dichtkunst, daß sie sich sehr oft auf sinnliche, sichtbare Gegenstände beziehen; und es finden sich viele darunter, die man mit Recht lakonische Parabeln nennen könnte. Diese Art bleibt dem Westländer die schwerste, weil unsere Umgebung zu trocken, geregelt und prosaisch erscheint. Alte deutsche Sprichwörter jedoch, wo sich der Sinn zum Gleichnis umbildet, können hier gleichfalls unser Muster sein.

Buch des Timur. Sollte eigentlich erst gegründet werden, und vielleicht müßten ein paar Jahre hingehen, damit uns die allzu nah liegende Deutung ein erhöhtes Anschaun ungeheurer Weltereignisse nicht mehr verkümmerte. Erheitert könnte diese Tragödie werden, wenn man des fürchterlichen Weltverwüsters launigen Zug- und Zeltgefährten Nussreddin Chodscha von Zeit zu Zeit auftreten zu lassen sich entschlösse. Gute Stunden, freier Sinn werden hiezu die beste Fördernis verleihen. Ein Musterstück der Geschichtchen, die zu uns herübergekommen, fügen wir bei.

Timur war ein häßlicher Mann; er hatte ein blindes Auge und einen lahmen Fuß. Indem nun eines Tags Chodscha um ihn war, kratzte sich Timur den Kopf, denn die Zeit des

Barbierens war gekommen, und befahl, der Barbier solle gerufen werden. Nachdem der Kopf geschoren war, gab der Barbier, wie gewöhnlich, Timur den Spiegel in die Hand. Timur sah sich im Spiegel und fand sein Ansehn gar zu häßlich. Darüber fing er an zu weinen, auch der Chodscha hub an zu weinen, und so weinten sie ein paar Stunden. Hierauf trösteten einige Gesellschafter den Timur und unterhielten ihn mit sonderbaren Erzählungen, um ihn alles vergessen zu machen. Timur hörte auf zu weinen, der Chodscha aber hörte nicht auf, sondern fing erst recht an stärker zu weinen. Endlich sprach Timur zum Chodscha: Höre! ich habe in den Spiegel geschaut und habe mich sehr häßlich gesehen, darüber betrübte ich mich, weil ich nicht allein Kaiser bin, sondern auch viel Vermögen und Sklavinnen habe, daneben aber so häßlich bin, darum habe ich geweint. Und warum weinst du noch ohne Aufhören? Der Chodscha antwortete: Wenn du nur einmal in den Spiegel gesehen und bei Beschauung deines Gesichts es gar nicht hast aushalten können dich anzusehen, sondern darüber geweint hast, was sollen wir denn tun, die wir Nacht und Tag dein Gesicht anzusehen haben? Wenn wir nicht weinen, wer soll denn weinen! deshalb habe ich geweint. — Timur kam vor Lachen außer sich.

Buch Suleika. Dieses, ohnehin das stärkste der ganzen Sammlung, möchte wohl für abgeschlossen anzusehen sein. Der Hauch und Geist einer Leidenschaft, der durch das Ganze weht, kehrt nicht leicht wieder zurück, wenigstens ist dessen Rückkehr, wie die eines guten Weinjahres, in Hoffnung und Demut zu erwarten.
Über das Betragen des westlichen Dichters aber, in diesem Buche, dürfen wir einige Betrachtungen anstellen. Nach dem Beispiele mancher östlichen Vorgänger hält er sich entfernt vom Sultan. Als genügsamer Derwisch darf er sich sogar dem Fürsten vergleichen; denn der gründliche Bettler soll eine Art von König sein. Armut gibt Verwegenheit. Irdische Güter und ihren Wert nicht anzuerkennen, nichts oder wenig davon zu verlangen ist sein Entschluß, der das

sorgloseste Behagen erzeugt. Statt einen angstvollen Besitz
zu suchen, verschenkt er in Gedanken Länder und Schätze,
und spottet über den, der sie wirklich besaß und verlor.
Eigentlich aber hat sich unser Dichter zu einer freiwilligen
Armut bekannt, um desto stolzer aufzutreten, daß es ein
Mädchen gebe, die ihm deswegen doch hold und gewärtig
ist.

Aber noch eines größern Mangels rühmt er sich: ihm ent-
wich die Jugend; sein Alter, seine grauen Haare schmückt
er mit der Liebe Suleikas, nicht geckenhaft zudringlich,
nein! ihrer Gegenliebe gewiß. Sie, die Geistreiche, weiß
den Geist zu schätzen, der die Jugend früh zeitigt und das
Alter verjüngt.

Das Schenken-Buch. Weder die unmäßige Neigung zu dem
halbverbotenen Weine, noch das Zartgefühl für die Schönheit eines heranwachsenden Knaben durfte im Divan vermißt werden; letzteres wollte jedoch unseren Sitten gemäß
in aller Reinheit behandelt sein.

Die Wechselneigung des früheren und späteren Alters deutet eigentlich auf ein echt pädagogisches Verhältnis. Eine
leidenschaftliche Neigung des Kindes zum Greise ist keineswegs eine seltene, aber selten benutzte Erscheinung. Hier
gewahre man den Bezug des Enkels zum Großvater, des
spätgebornen Erben zum überraschten zärtlichen Vater. In
diesem Verhältnis entwickelt sich eigentlich der Klugsinn
der Kinder; sie sind aufmerksam auf Würde, Erfahrung,
Gewalt des Älteren; rein geborne Seelen empfinden dabei
das Bedürfnis einer ehrfurchtsvollen Neigung; das Alter
wird hievon ergriffen und festgehalten. Empfindet und benutzt die Jugend ihr Übergewicht, um kindliche Zwecke zu
erreichen, kindische Bedürfnisse zu befriedigen, so versöhnt
uns die Anmut mit frühzeitiger Schalkheit. Höchst rührend
aber bleibt das heranstrebende Gefühl des Knaben, der, von
dem hohen Geiste des Alters erregt, in sich selbst ein Staunen fühlt, das ihm weissagt, auch dergleichen könne sich in
ihm entwickeln. Wir versuchten, so schöne Verhältnisse im
Schenkenbuche anzudeuten und gegenwärtig weiter auszu-

legen. Saadi hat jedoch uns einige Beispiele erhalten, deren Zartheit, gewiß allgemein anerkannt, das vollkommenste Verständnis eröffnet.

Folgendes nämlich erzählt er in seinem Rosengarten: ›Als Mahmud, der König zu Chuaresm, mit dem König von Chattaj Friede machte, bin ich zu Kaschker (einer Stadt der Usbeken oder Tartern) in die Kirche gekommen, woselbst, wie ihr wißt, auch Schule gehalten wird, und habe allda einen Knaben gesehen, wunderschön von Gestalt und Angesicht. Dieser hatte eine Grammatik in der Hand, um die Sprache rein und gründlich zu lernen; er las laut, und zwar ein Exempel von einer Regel: *Saraba Seidon Amran.* Seidon hat Amran geschlagen oder bekriegt. Amran ist der Accusativus. (Diese beiden Namen stehen aber hier zu allgemeiner Andeutung von Gegnern, wie die Deutschen sagen: Hinz oder Kunz.) Als er nun diese Worte einigemal wiederholt hatte, um sie dem Gedächtnis einzuprägen, sagte ich: Es haben ja Chuaresm und Chattaj endlich Friede gemacht, sollen denn Seidon und Amran stets Krieg gegeneinander führen? Der Knabe lachte allerliebst und fragte, was ich für ein Landsmann sei? und als ich antwortete: von Schiras, fragte er: ob ich nicht etwas von Saadis Schriften auswendig könnte, da ihm die persische Sprache sehr wohl gefalle?

Ich antwortete: Gleichwie dein Gemüt aus Liebe gegen die reine Sprache sich der Grammatik ergeben hat, also ist auch mein Herz der Liebe zu dir völlig ergeben, so daß deiner Natur Bildnis das Bildnis meines Verstandes entraubet. Er betrachtete mich mit Aufmerksamkeit, als wollt' er forschen, ob das, was ich sagte, Worte des Dichters oder meine eignen Gefühle seien; ich aber fuhr fort: Du hast das Herz eines Liebhabers in dein Netz gefangen, wie Seidon. Wir gingen gerne mit dir um, aber du bist gegen uns, wie Seidon gegen Amran, abgeneigt und feindlich. Er aber antwortete mir mit einiger bescheidenen Verlegenheit in Versen aus meinen eignen Gedichten, und ich hatte den Vorteil, ihm auf eben die Weise das Allerschönste sagen zu können, und so lebten wir einige Tage in anmutigen Unterhaltungen. Als aber der

Hof sich wieder zur Reise beschickt und wir willens waren, den Morgen früh aufzubrechen, sagte einer von unsern Gefährten zu ihm: Das ist Saadi selbst, nach dem du gefragt hast.

Der Knabe kam eilend gelaufen, stellte sich mit aller Ehrerbietung gar freundlich gegen mir an und wünschte, daß er mich doch eher gekannt hätte, und sprach: Warum hast du diese Tage her mir nicht offenbaren und sagen wollen: ich bin Saadi, damit ich dir gebührende Ehre nach meinem Vermögen antun und meine Dienste vor deinen Füßen demütigen können? Aber ich antwortete: Indem ich dich ansah, konnte ich das Wort *ich bins* nicht aus mir bringen, mein Herz brach auf gegen dir als eine Rose, die zu blühen beginnt. Er sprach ferner, ob es denn nicht möglich wäre, daß ich noch etliche Tage daselbst verharrte, damit er etwas von mir in Kunst und Wissenschaft lernen könnte; aber ich antwortete: Es kann nicht sein; denn ich sehe hier vortreffliche Leute zwischen großen Bergen sitzen, mir aber gefällt, mich vergnügt nur eine Höhle in der Welt zu haben und daselbst zu verweilen. Und als er mir darauf etwas betrübt vorkam, sprach ich: warum er sich nicht in die Stadt begebe, woselbst er sein Herz vom Bande der Traurigkeit befreien und fröhlicher leben könnte. Er antwortete: Da sind zwar viel schöne und anmutige Bilder, es ist aber auch kotig und schlüpfrig in der Stadt, daß auch wohl Elefanten gleiten und fallen könnten; und so würd' auch ich, bei Anschauung böser Exempel, nicht auf festem Fuße bleiben. Als wir so gesprochen, küßten wir uns darauf Kopf und Angesicht und nahmen unsern Abschied. Da wurde denn wahr, was der Dichter sagt: Liebende sind im Scheiden dem schönen Apfel gleich; Wange, die sich an Wange drückt, wird vor Lust und Leben rot; die andere hingegen ist bleich wie Kummer und Krankheit.‹

An einem andern Orte erzählt derselbige Dichter:

›In meinen jungen Jahren pflog ich mit einem Jüngling meinesgleichen aufrichtige, beständige Freundschaft. Sein Antlitz war meinen Augen die Himmelsregion, wohin wir uns, im Beten, als zu einem Magnet wenden. Seine Gesellschaft war von meines ganzen Lebens Wandel und Handel der beste Gewinn. Ich halte dafür, daß keiner unter den Menschen (unter den Engeln möchte es andernfalls sein) auf der Welt gewesen, der sich ihm hätte vergleichen können an Gestalt, Aufrichtigkeit und Ehre. Nachdem ich solcher Freundschaft genossen, hab' ich es verredet, und es deucht mir unbillig zu sein, nach seinem Tode meine Liebe einem andern zuzuwenden. Ohngefähr geriet sein Fuß in die Schlinge seines Verhängnisses, daß er schleunigst ins Grab mußte. Ich habe eine gute Zeit auf seinem Grabe als ein Wächter gesessen und gelegen und gar viele Trauerlieder über seinen Tod und unser Scheiden ausgesprochen, welche mir und andern noch immer rührend bleiben.‹

Buch der Parabeln. Obgleich die westlichen Nationen vom Reichtum des Orients sich vieles zugeeignet, so wird sich doch hier noch manches einzuernten finden, welches näher zu bezeichnen wir folgendes eröffnen.
Die Parabeln sowohl als andere Dichtarten des Orients, die sich auf Sittlichkeit beziehen, kann man in drei verschiedene Rubriken nicht ungeschickt einteilen: in ethische, moralische und aszetische. Die ersten enthalten Ereignisse und Andeutungen, die sich auf den Menschen überhaupt und seine Zustände beziehen, ohne daß dabei ausgesprochen werde, was gut oder bös sei. Dieses aber wird durch die zweiten vorzüglich herausgesetzt und dem Hörer eine vernünftige Wahl vorbereitet. Die dritte hingegen fügt noch eine entschiedene Nötigung hinzu: die sittliche Anregung wird Gebot und Gesetz. Diesen läßt sich eine vierte anfügen: sie stellen die wunderbaren Führungen und Fügungen dar, die aus unerforschlichen, unbegreiflichen Ratschlüssen Gottes hervorgehen; lehren und bestätigen den eigentlichen Islam, die unbedingte Ergebung in den Willen Gottes, die Überzeugung, daß niemand seinem einmal bestimmten Lose ausweichen könne. Will man noch eine fünfte hinzutun, welche man die mystische nennen müßte: sie treibt den Menschen aus dem vorhergehenden Zustand, der noch immer ängstlich und drückend bleibt, zur Vereini-

gung mit Gott schon in diesem Leben und zur vorläufigen Entsagung derjenigen Güter, deren allenfallsiger Verlust uns schmerzen könnte. Sondert man die verschiedenen Zwecke bei allen bildlichen Darstellungen des Orients, so hat man schon viel gewonnen, indem man sich sonst in Vermischung derselben immer gehindert fühlt, bald eine Nutzanwendung sucht, wo keine ist, dann aber eine tiefer-liegende Bedeutung übersieht. Auffallende Beispiele sämt-licher Arten zu geben, müßte das Buch der Parabeln inter-essant und lehrreich machen. Wohin die von uns diesmal vorgetragenen zu ordnen sein möchten, wird dem einsichti-gen Leser überlassen.

Buch des Parsen. Nur vielfache Ableitungen haben den Dichter verhindert, die so abstrakt scheinende und doch so praktisch eingreifende Sonn- und Feuerverehrung in ihrem ganzen Umfange dichterisch darzustellen, wozu der herr-lichste Stoff sich anbietet. Möge ihm gegönnt sein, das Ver-säumte glücklich nachzuholen.

Buch des Paradieses. Auch diese Region des mahometa-nischen Glaubens hat noch viele wunderschöne Plätze, Pa-radiese im Paradiese, daß man sich daselbst gern ergehen, gern ansiedeln möchte. Scherz und Ernst verschlingen sich hier so lieblich ineinander, und ein verklärtes Alltägliche verleiht uns Flügel, zum Höheren und Höchsten zu gelan-gen. Und was sollte den Dichter hindern, Mahomets Wun-derpferd zu besteigen und sich durch alle Himmel zu schwin-gen? warum sollte er nicht ehrfurchtsvoll jene heilige Nacht feiern, wo der Koran vollständig dem Propheten von oben-her gebracht ward? Hier ist noch gar manches zu gewinnen.

Nachdem ich mir nun mit der süßen Hoffnung geschmeichelt, sowohl für den Divan als für die beigefügten Erklärungen in der Folge noch manches wirken zu können,
durchlaufe ich die Vorarbeiten, die, ungenutzt und unaus-
geführt, in zahllosen Blättern vor mir liegen; und da find'
ich denn einen Aufsatz, vor fünfundzwanzig Jahren geschrieben, auf noch ältere Papiere und Studien sich be-
ziehend.

Aus meinen biographischen Versuchen werden sich Freunde
wohl erinnern, daß ich dem ersten Buch Mosis viel Zeit und
Aufmerksamkeit gewidmet, und manchen jugendlichen Tag
entlang in den Paradiesen des Orients mich ergangen. Aber
auch den folgenden historischen Schriften war Neigung und
Fleiß zugewendet. Die vier letzten Bücher Mosis nötigten
zu pünktlichen Bemühungen, und nachstehender Aufsatz
enthält die wunderlichen Resultate derselben. Mag ihm nun
an dieser Stelle ein Platz gegönnt sein. Denn wie alle unsere
Wanderungen im Orient durch die heiligen Schriften veranlaßt worden, so kehren wir immer zu denselben zurück,
als den erquicklichsten, obgleich hie und da getrübten, in
die Erde sich verbergenden, sodann aber rein und frisch
wieder hervorspringenden Quellwassern.

ISRAEL IN DER WÜSTE

›Da kam ein neuer König auf in Ägypten, der wußte nichts
von Joseph.‹ Wie dem Herrscher so auch dem Volke war
das Andenken seines Wohltäters verschwunden, den Israeliten selbst scheinen die Namen ihrer Urväter nur wie
altherkömmliche Klänge von weitem zu tönen. Seit vierhundert Jahren hatte sich die kleine Familie unglaublich
vermehrt. Das Versprechen, ihrem großen Ahnherren von
Gott unter so vielen Unwahrscheinlichkeiten getan, ist erfüllt; allein was hilft es ihnen! Gerade diese große Zahl
macht sie den Haupteinwohnern des Landes verdächtig.
Man sucht sie zu quälen, zu ängstigen, zu belästigen, zu vertilgen, und so sehr sich auch ihre hartnäckige Natur da-

gegen wehrt, so sehen sie doch ihr gänzliches Verderben wohl voraus, als man sie, ein bisheriges freies Hirtenvolk, nötiget, in und an ihren Grenzen mit eignen Händen feste Städte zu bauen, welche offenbar zu Zwing- und Kerkerplätzen für sie bestimmt sind.

Hier fragen wir nun, ehe wir weitergehen und uns durch sonderbar, ja unglücklich redigierte Bücher mühsam durcharbeiten: was wird uns denn als Grund, als Urstoff von den vier letzten Büchern Mosis übrig bleiben, da wir manches dabei zu erinnern, manches daraus zu entfernen für nötig finden?

Das eigentliche, einzige und tiefste Thema der Welt- und Menschengeschichte, dem alle übrigen untergeordnet sind, bleibt der Konflikt des Unglaubens und Glaubens. Alle Epochen, in welchen der Glaube herrscht, unter welcher Gestalt er auch wolle, sind glänzend, herzerhebend und fruchtbar für Mitwelt und Nachwelt. Alle Epochen dagegen, in welchen der Unglaube, in welcher Form es sei, einen kümmerlichen Sieg behauptet, und wenn sie auch einen Augenblick mit einem Scheinglanze prahlen sollten, verschwinden vor der Nachwelt, weil sich niemand gern mit Erkenntnis des Unfruchtbaren abquälen mag.

Die vier letzten Bücher Mosis haben, wenn uns das erste den Triumph des Glaubens darstellte, den Unglauben zum Thema, der, auf die kleinlichste Weise, den Glauben, der sich aber freilich auch nicht in seiner ganzen Fülle zeigt, zwar nicht bestreitet und bekämpft, jedoch sich ihm von Schritt zu Schritt in den Weg schiebt, und oft durch Wohltaten, öfter aber noch durch greuliche Strafen nicht geheilt, nicht ausgerottet, sondern nur augenblicklich beschwichtigt wird, und deshalb seinen schleichenden Gang dergestalt immer fortsetzt, daß ein großes, edles, auf die herrlichsten Verheißungen eines zuverlässigen Nationalgottes unternommenes Geschäft gleich in seinem Anfange zu scheitern droht, und auch niemals in seiner ganzen Fülle vollendet werden kann.

Wenn uns das Ungemütliche dieses Inhalts, der, wenigstens für den ersten Anblick, verworrene, durch das Ganze laufende Grundfaden unlustig und verdrießlich macht, so werden diese Bücher durch eine höchst traurige, unbegreifliche Redaktion ganz ungenießbar. Den Gang der Geschichte sehen wir überall gehemmt durch eingeschaltete zahllose Gesetze, von deren größtem Teil man die eigentliche Ursache und Absicht nicht einsehen kann, wenigstens nicht, warum sie in dem Augenblick gegeben worden, oder, wenn sie spätern Ursprungs sind, warum sie hier angeführt und eingeschaltet werden. Man sieht nicht ein, warum bei einem so ungeheuern Feldzuge, dem ohnehin so viel im Wege stand, man sich recht absichtlich und kleinlich bemüht, das religiose Zeremonien-Gepäck zu vervielfältigen, wodurch jedes Vorwärtskommen unendlich erschwert werden muß. Man begreift nicht, warum Gesetze für die Zukunft, die noch völlig im Ungewissen schwebt, zu einer Zeit ausgesprochen werden, wo es jeden Tag, jede Stunde an Rat und Tat gebricht, und der Heerführer, der auf seinen Füßen stehen sollte, sich wiederholt aufs Angesicht wirft, um Gnaden und Strafen von oben zu erflehen, die beide nur verzettelt gereicht werden, so daß man mit dem verirrten Volke den Hauptzweck völlig aus den Augen verliert.

Um mich nun in diesem Labyrinthe zu finden, gab ich mir die Mühe, sorgfältig zu sondern, was eigentliche Erzählung ist, es mochte nun für Historie, für Fabel oder für beides zusammen, für Poesie, gelten. Ich sonderte dieses von dem, was gelehret und geboten wird. Unter dem ersten verstehe ich das, was allen Ländern, allen sittlichen Menschen gemäß sein würde, und unter dem zweiten, was das Volk Israels besonders angeht und verbindet. Inwiefern mir das gelungen, wage ich selbst kaum zu beurteilen, indem ich gegenwärtig nicht in der Lage bin, jene Studien nochmals vorzunehmen, sondern, was ich hieraus aufzustellen gedenke, aus früheren und späteren Papieren, wie es der Augenblick erlaubt, zusammentrage. Zwei Dinge sind es daher, auf die ich die Aufmerksamkeit meiner Leser zu richten wünschte. Erstlich auf die Entwickelung der ganzen Begebenheit dieses wunderlichen Zugs aus dem Charakter des Feldherrn, der anfangs nicht in dem günstigsten Lichte erscheint, und zweitens auf die Vermutung, daß der Zug keine vierzig, sondern kaum zwei Jahre gedauert; wodurch denn eben der Feldherr, dessen Betragen wir zuerst tadeln mußten, wieder gerechtfertigt und zu Ehren gebracht, zugleich aber auch die Ehre des Nationalgottes gegen den Unglimpf einer Härte, die noch unerfreulicher ist als die Halsstarrigkeit eines Volks, gerettet und beinah in seiner früheren Reinheit wieder hergestellt wird.

Erinnern wir uns nun zuerst des israelitischen Volkes in Ägypten, an dessen bedrängter Lage die späteste Nachwelt aufgerufen ist Teil zu nehmen. Unter diesem Geschlecht, aus dem gewaltsamen Stamme Levi, tritt ein gewaltsamer Mann hervor; lebhaftes Gefühl von Recht und Unrecht bezeichnen denselben. Würdig seiner grimmigen Ahnherren erscheint er, von denen der Stammvater ausruft: »Die Brüder Simeon und Levi! ihre Schwerter sind mörderische Waffen, meine Seele komme nicht in ihren Rat und meine Ehre sei nicht in ihrer Versammlung! denn in ihrem Zorn haben sie den Mann erwürgt und in ihrem Mutwillen haben sie den Ochsen verderbt! Verflucht sei ihr Zorn, daß er so heftig ist, und ihr Grimm, daß er so störrig ist! Ich will sie zerstreuen in Jakob und zerstreuen in Israel.«

Völlig nun in solchem Sinne kündigt sich Moses an. Den Ägypter, der einen Israeliten mißhandelt, erschlägt er heimlich. Sein patriotischer Meuchelmord wird entdeckt, und er muß entfliehen. Wer, eine solche Handlung begehend, sich als bloßen Naturmenschen darstellt, nach dessen Erziehung hat man nicht Ursache zu fragen. Er sei von einer Fürstin als Knabe begünstigt, er sei am Hofe erzogen worden — nichts hat auf ihn gewirkt; er ist ein trefflicher, starker Mann geworden, aber unter allen Verhältnissen roh geblieben. Und als einen solchen kräftigen, kurz gebundenen, verschlossenen, der Mitteilung unfähigen finden wir ihn auch in der Verbannung wieder. Seine kühne Faust erwirbt ihm die Neigung eines midianitischen Fürstenpriesters, der ihn sogleich mit seiner Familie verbindet. Nun lernt er die Wüste kennen, wo er künftig in dem beschwerlichen Amte eines Heerführers auftreten soll.

Und nun lasset uns vor allen Dingen einen Blick auf die Midianiter werfen, unter welchen sich Moses gegenwärtig befindet. Wir haben sie als ein großes Volk anzuerkennen, das, wie alle nomadischen und handelnden Völker, durch mannigfaltige Beschäftigung seiner Stämme, durch eine bewegliche Ausbreitung, noch größer erscheint als es ist. Wir finden die Midianiter am Berge Horeb, an der westlichen Seite des Kleinen Meerbusens und sodann bis gegen Moab und den Arnon. Schon zeitig fanden wir sie als Handelsleute, die selbst durch Kanaan karawanenweis nach Ägypten ziehn.

Unter einem solchen gebildeten Volke lebt nunmehr Moses, aber auch als ein abgesonderter, verschlossener Hirte. In dem traurigsten Zustande, in welchem ein trefflicher Mann sich nur befinden mag, der, nicht zum Denken und Überlegen geboren, bloß nach Tat strebt, sehen wir ihn einsam in der Wüste, stets im Geiste beschäftigt mit den Schicksalen seines Volks, immer zu dem Gott seiner Ahnherren gewendet, ängstlich die Verbannung fühlend, aus einem Lande, das, ohne der Väter Land zu sein, doch gegenwärtig das Vaterland seines Volks ist; zu schwach, durch seine Faust in diesem großen Anliegen zu wirken, unfähig einen Plan zu entwerfen, und, wenn er ihn entwürfe, ungeschickt zu jeder Unterhandlung, zu einem die Persönlichkeit begünstigenden, zusammenhangenden mündlichen Vortrag. Kein Wunder wär es, wenn in solchem Zustande eine so starke Natur sich selbst verzehrte.

Einigen Trost kann ihm in dieser Lage die Verbindung geben, die ihm, durch hin- und widerziehende Karawanen, mit den Seinigen erhalten wird. Nach manchem Zweifel und Zögern entschließt er sich, zurückzukehren und des Volkes Retter zu werden. Aaron, sein Bruder, kommt ihm entgegen, und nun erfährt er, daß die Gärung im Volke aufs Höchste gestiegen sei. Jetzt dürfen es beide Brüder wagen, sich als Repräsentanten vor den König zu stellen. Allein dieser zeigt sich nichts weniger als geneigt, eine große Anzahl Menschen, die sich seit Jahrhunderten in seinem Lande aus einem Hirtenvolk zum Ackerbau, zu Handwerken und Künsten gebildet, sich mit seinen Untertanen vermischt haben, und deren ungeschlachte Masse wenigstens bei Errichtung ungeheurer Monumente, bei Erbauung neuer Städte und Festen fronweis wohl zu gebrauchen ist, nunmehr so leicht wieder von sich, und in ihre alte Selbstständigkeit zurückzulassen.

Das Gesuch wird also abgewiesen und, bei einbrechenden Landplagen, immer dringender wiederholt, immer hartnäckiger versagt. Aber das aufgeregte hebräische Volk, in Aussicht auf ein Erbland, das ihm eine uralte Überlieferung verhieß, in Hoffnung der Unabhängigkeit und Selbstbeherrschung, erkennt keine weiteren Pflichten. Unter dem Schein eines allgemeinen Festes lockt man Gold- und Silbergeschirre den Nachbarn ab, und in dem Augenblick, da der Ägypter den Israeliten mit harmlosen Gastmahlen beschäftigt glaubt, wird eine umgekehrte Sizilianische Vesper unternommen; der Fremde ermordet den Einheimischen, der Gast den Wirt, und, geleitet durch eine grausame Politik, erschlägt man nur den Erstgebornen, um, in einem Lande, wo die Erstgeburt so viele Rechte genießt, den Eigennutz der Nachgebornen zu beschäftigen, und der augenblicklichen Rache durch eine eilige Flucht entgehen zu können. Der Kunstgriff gelingt, man stößt die Mörder aus, anstatt sie zu bestrafen. Nur spät versammelt der König sein Heer, aber die den Fußvölkern sonst so fürchterlichen Reiter und Sichelwagen streiten auf einem sumpfigen Boden einen ungleichen Kampf mit dem leichten und leicht bewaffneten Nachtrab; wahrscheinlich mit demselben entschlossenen, kühnen Haufen, der sich bei dem Wagestück des allgemeinen Mordes schon vorgeübt, und den wir in der Folge an seinen grausamen Taten wieder zu erkennen und zu bezeichnen nicht verfehlen dürfen.

Ein so zu Angriff und Verteidigung wohlgerüsteter Heeresund Volkszug konnte mehr als Einen Weg in das Land der Verheißung wählen; der erste am Meere her, über Gaza, war kein Karawanenweg und mochte, wegen der wohlgerüsteten, kriegerischen Einwohner, gefährlich werden; der zweite, obgleich weiter, schien mehr Sicherheit und mehr Vorteile anzubieten. Er ging an dem Roten Meere hin bis zum Sinai; von hier an konnte man wieder zweierlei Richtung nehmen. Die erste, die zunächst zum Ziel führte, zog sich am Kleinen Meerbusen hin durch das Land der Midianiter und der Moabiter zum Jordan; die zweite, quer durch die Wüste, wies auf Kades; in jenem Falle blieb das Land Edom links, hier rechts. Jenen ersten Weg hatte sich Moses wahrscheinlich vorgenommen, den zweiten hingegen einzulenken scheint er durch die klugen Midianiter verleitet zu sein, wie wir zunächst wahrscheinlich zu machen gedenken, wenn wir vorher von der düsteren Stimmung gesprochen haben, in die uns die Darstellung der diesen Zug begleitenden äußeren Umstände versetzt.

Der heitere Nachthimmel, von unendlichen Sternen glühend, auf welchen Abraham von seinem Gott hingewiesen worden, breitet nicht mehr sein goldenes Gezelt über uns aus; anstatt jenen heiteren Himmelslichtern zu gleichen, bewegt sich ein unzählbares Volk mißmutig in einer traurigen Wüste. Alle fröhlichen Phänomene sind verschwunden, nur Feuerflammen erscheinen an allen Ecken und Enden. Der Herr, der aus einem brennenden Busche Mosen berufen hatte, zieht nun vor der Masse her, in einem trüben Glutqualm, den man tags für eine Wolkensäule, nachts als ein Feuermeteor ansprechen kann. Aus dem umwölkten Gipfel Sinais schrecken Blitz und Donner, und bei gering scheinenden Vergehen brechen Flammen aus dem Boden und verzehren die Enden des Lagers. Speise und Trank ermangeln immer aufs neue, und der unmutige Volkswunsch nach Rückkehr wird nur bänglicher, je weniger ihr Führer sich gründlich zu helfen weiß.

Schon zeitig, ehe noch der Heereszug an den Sinai gelangt, kommt Jethro seinem Schwiegersohn entgegen, bringt ihm Tochter und Enkel, die zur Zeit der Not im Vaterzelte verwahrt gewesen, und beweist sich als einen klugen Mann. Ein Volk wie die Midianiter, das frei seiner Bestimmung nachgeht, und seine Kräfte in Übung zu setzen Gelegenheit findet, muß gebildeter sein als ein solches, das unter fremdem Joche in ewigem Widerstreit mit sich selbst und den Um-

ständen lebt; und wie viel höherer Ansichten mußte ein
Führer jenes Volkes fähig sein, als ein trübsinniger, in sich
selbst verschlossener, rechtschaffener Mann, der sich zwar
zum Tun und Herrschen geboren fühlt, dem aber die Natur
zu solchem gefährlichen Handwerke die Werkzeuge versagt
hat.

Moses konnte sich zu dem Begriff nicht erheben, daß ein
Herrscher nicht überall gegenwärtig sein, nicht alles selbst
tun müsse; im Gegenteil machte er sich durch persönliches
Wirken seine Amtsführung höchst sauer und beschwerlich.
Jethro gibt ihm erst darüber Licht, und hilft ihm das Volk
organisieren und Unter-Obrigkeiten bestellen; worauf er
freilich selbst hätte fallen sollen.

Allein nicht bloß das Beste seines Schwähers und der Israeliten mag Jethro bedacht, sondern auch sein eigenes und der
Midianiter Wohl erwägt haben. Ihm kommt Moses, den er
ehemals als Flüchtling aufgenommen, den er unter seine
Diener, unter seine Knechte noch vor kurzem gezählt, nun
entgegen an der Spitze einer großen Volksmasse, die, ihren
alten Sitz verlassend, neuen Boden aufsucht und überall,
wo sie sich hinlenkt, Furcht und Schrecken verbreitet.

Nun konnte dem einsichtigen Manne nicht verborgen bleiben, daß der nächste Weg der Kinder Israel durch die Besitzungen der Midianiter gehe, daß dieser Zug überall den
Herden seines Volkes begegnen, dessen Ansiedelungen berühren, ja auf dessen schon wohleingerichtete Städte treffen
würde. Die Grundsätze eines dergestalt auswandernden
Volks sind kein Geheimnis, sie ruhen auf dem Eroberungs-
rechte. Es zieht nicht ohne Widerstand, und in jedem Widerstand sieht es Unrecht; wer das Seinige verteidigt, ist ein
Feind, den man ohne Schonung vertilgen kann.

Es brauchte keinen außerordentlichen Blick, um das Schicksal zu übersehen, dem die Völker ausgesetzt sein würden,
über die sich eine solche Heuschrecken-Wolke herabwälzte.
Hieraus geht nun die Vermutung zunächst hervor, daß
Jethro seinem Schwiegersohn den geraden und besten Weg
verleidet, und ihn dagegen zu dem Wege quer durch die
Wüste beredet; welche Ansicht dadurch mehr bestärkt wird,

daß *Hobab* nicht von der Seite seines Schwagers weicht, bis er ihn den angeratenen Weg einschlagen sieht, ja ihn sogar noch weiter begleitet, um den ganzen Zug von den Wohnorten der Midianiter desto sicherer abzulenken.

Vom Ausgange aus Ägypten an gerechnet erst im vierzehnten Monat geschah der Aufbruch, von dem wir sprechen. Das Volk bezeichnete unterwegs einen Ort, wo es wegen Lüsternheit große Plage erlitten, durch den Namen *Gelüstgräber*, dann zogen sie gen *Hazeroth*, und lagerten sich ferner in der Wüste *Paran*. Dieser zurückgelegte Weg bleibt unbezweifelt. Sie waren nun schon nah an dem Ziel ihrer Reise, nur stand ihnen das Gebirg entgegen, wodurch das Land Kanaan von der Wüste getrennt wird. Man beschloß Kundschafter auszuschicken und rückte indessen weiter vor bis *Kades*. Hierhin kehrten die Botschafter zurück, brachten Nachrichten von der Vortrefflichkeit des Landes, aber leider auch von der Furchtbarkeit der Einwohner. Hier entstand nun abermals ein trauriger Zwiespalt, und der Wettstreit von Glauben und Unglauben begann aufs neue.

Unglücklicherweise hatte Moses noch weniger Feldherren- als Regententalente. Schon während des Streites gegen die Amalekiter begab er sich auf den Berg, um zu beten, mittlerweile Josua an der Spitze des Heers den lange hin- und widerschwankenden Sieg endlich dem Feinde abgewann. Nun zu Kades befand man sich wieder in einer zweideutigen Lage. Josua und Kaleb, die beherztesten unter den zwölf Abgesandten, raten zum Angriff, rufen auf, getrauen sich das Land zu gewinnen. Indessen wird durch übertriebene Beschreibung von bewaffneten Riesen-Geschlechtern allenthalben Furcht und Schrecken erregt; das verschüchterte Heer weigert sich hinaufzurücken. Moses weiß sich wieder nicht zu helfen; erst fordert er sie auf, dann scheint auch ihm ein Angriff von dieser Seite gefährlich. Er schlägt vor, nach Osten zu ziehen. Hier mochte nun einem biedern Teil des Heeres gar zu unwürdig scheinen, solch einen ernstlichen, mühsam verfolgten Plan, auf diesem ersehnten Punkt, aufzugeben. Sie rotten sich zusammen und ziehen wirklich das Gebirg hinauf. Moses aber bleibt zurück, das Heiligtum setzt sich nicht in Bewegung, daher ziemt es weder Josua noch Kaleb, sich an die Spitze der Kühneren zu stellen. Genug! der nicht unterstützte, eigenmächtige Vortrab wird geschlagen, Ungeduld vermehrt sich. Der so oft schon ausgebrochene Unmut des Volkes, die mehreren Meutereien, an denen sogar Aaron und Miriam Teil genommen, brechen aufs neue desto lebhafter aus, und geben abermals ein Zeugnis, wie wenig Moses seinem großen Berufe gewachsen war. Es ist schon an sich keine Frage, wird aber durch das Zeugnis Kalebs unwiderruflich bestätigt, daß an dieser Stelle möglich, ja unerläßlich gewesen, ins Land Kanaan einzudringen, Hebron, den Hain Mamre in Besitz zu nehmen, das heilige Grab Abrahams zu erobern und sich dadurch einen Ziel-, Stütz- und Mittelpunkt für das ganze Unternehmen zu verschaffen. Welcher Nachteil mußte dagegen dem unglücklichen Volk entspringen, wenn man den bisher befolgten, von Jethro zwar nicht ganz uneigennützig, aber doch nicht ganz verräterisch vorgeschlagenen Plan auf einmal so freventlich aufzugeben beschloß!

Das zweite Jahr, von dem Auszuge aus Ägypten an gerechnet, war noch nicht vorüber, und man hätte sich vor Ende desselben, obgleich noch immer spät genug, im Besitz des schönsten Teils des erwünschten Landes gesehen; allein die Bewohner, aufmerksam, hatten den Riegel vorgeschoben, und wohin nun sich wenden? Man war nordwärts weit genug vorgerückt, und nun sollte man wieder ostwärts ziehen, um jenen Weg endlich einzuschlagen, den man gleich anfangs hätte nehmen sollen. Allein gerade hier in Osten lag das von Gebirgen umgebene Land *Edom* vor; man wollte sich einen Durchzug erbitten, die klügeren Edomiter schlugen ihn rund ab. Sich durchzufechten war nicht rätlich, man mußte sich also zu einem Umweg, bei dem man die edomitischen Gebirge links ließ, bequemen, und hier ging die Reise im ganzen ohne Schwierigkeiten vonstatten; denn es bedurfte nur wenige Stationen, *Oboth, Jiim,* um an den Bach *Sared,* den ersten, der seine Wasser ins Tote Meer gießt, und ferner an den *Arnon* zu gelangen. Indessen war

Miriam verschieden, Aaron verschwunden, kurz nachdem sie sich gegen Mosen aufgelehnt hatten.

Vom Bache Arnon an ging alles noch glücklicher wie bisher. Das Volk sah sich zum zweitenmale nah am Ziele seiner Wünsche, in einer Gegend, die wenig Hindernisse entgegensetzte; hier konnte man in Masse vordringen, und die Völker, welche den Durchzug verweigerten, überwinden, verderben und vertreiben. Man schritt weiter vor, und so wurden Midianiter, Moabiter, Amoriter in ihren schönsten Besitzungen angegriffen, ja die ersten sogar, was Jethro vorsichtig abzuwenden gedachte, vertilgt, das linke Ufer des Jordans wurde genommen und einigen ungeduldigen Stämmen Ansiedelung erlaubt, unterdessen man abermals, auf hergebrachte Weise, Gesetze gab, Anordnungen machte und den Jordan zu überschreiten zögerte. Unter diesen Verhandlungen verschwand Moses selbst, wie Aaron verschwunden war, und wir müßten uns sehr irren, wenn nicht Josua und Kaleb die seit einigen Jahren ertragene Regentschaft eines beschränkten Mannes zu endigen, und ihn so vielen Unglücklichen, die er vorausgeschickt, nachzusenden für gut gefunden hätten, um der Sache ein Ende zu machen und mit Ernst sich in den Besitz des ganzen rechten Jordan-Ufers und des darin gelegenen Landes zu setzen.

Man wird der Darstellung, wie sie hier gegeben ist, wohl gerne zugestehen, daß sie uns den Fortschritt eines wichtigen Unternehmens so rasch als konsequent vor die Seele bringt; aber man wird ihr nicht sogleich Zutrauen und Beifall schenken, weil sie jenen Heereszug, den der ausdrückliche Buchstabe der Heiligen Schrift auf sehr viele Jahre hinausdehnt, in kurzer Zeit vollbringen läßt. Wir müssen daher unsere Gründe angeben, wodurch wir uns zu einer so großen Abweichung berechtigt glauben, und dies kann nicht besser geschehen, als wenn wir über die Erdfläche, welche jene Volksmasse zu durchziehen hatte, und über die Zeit, welche jede Karawane zu einem solchen Zuge bedürfen würde, unsere Betrachtungen anstellen, und zugleich, was uns in diesem besonderen Falle überliefert ist, gegen einander halten und erwägen.

Wir übergehen den Zug vom Roten Meer bis an den Sinai, wir lassen ferner alles, was in der Gegend des Berges vorgegangen, auf sich beruhen, und bemerken nur, daß die große Volksmasse am zwanzigsten Tage des zweiten Monats, im zweiten Jahr der Auswanderung aus Ägypten, vom Fuße des Sinai aufgebrochen. Von da bis zur Wüste Paran hatten sie keine vierzig Meilen, die eine beladene Karawane in fünf Tagen bequem zurücklegt. Man gebe der ganzen Kolonne Zeit, um jedesmal heranzukommen, genugsame Rasttage, man setze anderen Aufenthalt, genug, sie konnten auf alle Fälle in der Gegend ihrer Bestimmung in zwölf Tagen ankommen, welches denn auch mit der Bibel und der gewöhnlichen Meinung übereintrifft. Hier werden die Botschafter ausgeschickt, die ganze Volksmasse rückt nur um weniges weiter vor bis Kades, wohin die Abgesendeten nach vierzig Tagen zurückkehren, worauf denn sogleich, nach schlecht ausgefallenem Kriegsversuch, die Unterhandlung mit den Edomitern unternommen wird. Man gebe dieser Negotiation so viel Zeit als man will, so wird man sie nicht wohl über dreißig Tage ausdehnen dürfen. Die Edomiter schlagen den Durchzug rein ab, und für Israel war es keineswegs rätlich, in einer so gefährlichen Lage lange zu verweilen: denn wenn die Kananiter mit den Edomitern einverstanden, jene von Norden, diese von Osten, aus ihren Gebirgen hervorgebrochen wären, so hätte Israel einen schlimmen Stand gehabt.

Auch macht hier die Geschichtserzählung keine Pause, sondern der Entschluß wird gleich gefaßt, um das Gebirge Edom herum zu ziehen. Nun beträgt der Zug um das Gebirge Edom, erst nach Süden, dann nach Norden gerichtet, bis an den Fluß Arnon abermals keine vierzig Meilen, welche also in fünf Tagen zurückzulegen gewesen wären. Summiert man nun auch jene vierzig Tage, in welchen sie den Tod Aarons betrauert, hinzu, so behalten wir immer noch sechs Monate des zweiten Jahrs für jede Art von Retardation und Zaudern und zu den Zügen übrig, welche die Kinder Israel glücklich bis an den Jordan bringen sollen. Wo kommen aber denn die übrigen achtunddreißig Jahre hin?

Diese haben den Auslegern viel Mühe gemacht, so wie die einundvierzig Stationen, unter denen funfzehn sind, von welchen die Geschichtserzählung nichts meldet, die aber, in dem Verzeichnisse eingeschaltet, den Geographen viel Pein verursacht haben. Nun stehen die eingeschobenen Stationen mit den überschüssigen Jahren in glücklich fabelhaftem Verhältnis; denn sechzehn Orte, von denen man nichts weiß, und achtunddreißig Jahre, von denen man nichts erfährt, geben die beste Gelegenheit, sich mit den Kindern Israel in der Wüste zu verirren.

Wir setzen die Stationen der Geschichtserzählung, welche durch Begebenheiten merkwürdig geworden, den Stationen des Verzeichnisses entgegen, wo man dann die leeren Orts-Namen sehr wohl von denen unterscheiden wird, welchen ein historischer Gehalt inwohnt.

Geschichtserzählung	*Stationen-Verzeichnis*
nach dem II., III., IV.,	*nach dem IV. Buch Mose,*
V. Buch Mose	*33. Kapitel*

	Raemses.
	Suchoth.
	Etham.
Hahiroth.	{ Hahiroth.
	(Migdol.
	durchs Meer.
Mara, Wüste Sur.	Mara, Wüste Etham.
Elim.	Elim, 12 Brunnen.
	Am Meer.
Wüste Sin.	Wüste Sin.
	Daphka.
	Alus.
Raphidim.	Raphidim.
Wüste Sinai.	Wüste Sinai.
Lustgräber.	Lustgräber.
Hazeroth.	Hazeroth.
	Rithma.
Kades in Paran.	Rimmon Parez.
	Libna.
	Rissa.
	Kehelata.
	Gebirg Sapher.
	Harada.
	Makeheloth.
	Tahath.
	Tharah.
	Mithka.
	Hasmona.
	Moseroth.
	Bnejaekon.
	Horgidgad.
	Jathbatha.

	Abrona.
	Ezeon-Gaber.
Kades, Wüste Zin.	Kades, Wüste Zin.
Berg Hor, Grenze Edom.	Berg Hor, Grenze Edom.
	Zalmona.
	Phunon.
Oboth.	Oboth.
	Jiim.
	Dibon Gad.
	Almon Diblathaim.
Gebirg Abarim.	Gebirg Abarim, Nebo.
Bach Sared.	
Arnon diesseits.	
Mathana.	
Nahaliel.	
Bamoth.	
Berg Pisga.	
Jahzah.	
Hesbon.	
Sihon.	
Basan.	
Gefild der Moabiter am Jordan.	Gefild der Moabiter am Jordan.

Worauf wir nun aber vor allen Dingen merken müssen, ist, daß uns die Geschichte gleich von Hazeroth nach Kades führt, das Verzeichnis aber hinter Hazeroth das Kades ausläßt und es erst nach der eingeschobenen Namenreihe hinter Ezeon-Gaber aufführt, und dadurch die Wüste Zin mit dem kleinen Arm des Arabischen Meerbusens in Berührung bringt. Hieran sind die Ausleger höchst irre geworden, indem einige zwei Kades, andere hingegen, und zwar die meisten, nur eines annehmen, welche letztere Meinung wohl keinen Zweifel zuläßt.

Die Geschichtserzählung, wie wir sie sorgfältig von allen Einschiebseln getrennt haben, spricht von einem Kades in der Wüste Paran, und gleich darauf von einem Kades in der

Wüste Zin; von dem ersten werden die Botschafter weg-
geschickt, und von dem zweiten zieht die ganze Masse weg,
nachdem die Edomiter den Durchzug durch ihr Land ver-
weigern. Hieraus geht von selbst hervor, daß es ein und
ebenderselbe Ort ist; denn der vorgehabte Zug durch
Edom war eine Folge des fehlgeschlagenen Versuchs, von
dieser Seite in das Land Kanaan einzudringen, und soviel
ist noch aus anderen Stellen deutlich, daß die beiden öfters
genannten Wüsten aneinanderstoßen, Zin nördlicher, Paran
südlicher lag, und Kades in einer Oase als Rastplatz zwischen beiden Wüsten gelegen war.
Niemals wäre man auch auf den Gedanken gekommen, sich
zwei Kades einzubilden, wenn man nicht in der Verlegenheit gewesen wäre, die Kinder Israel lange genug in der
Wüste herumzuführen. Diejenigen jedoch, welche nur ein
Kades annehmen und dabei von dem vierzigjährigen Zug
und den eingeschalteten Stationen Rechenschaft geben wollen, sind noch übler dran; besonders wissen sie, wenn sie
den Zug auf der Karte darstellen wollen, sich nicht wunderlich genug zu gebärden, um das Unmögliche anschaulich zu
machen. Denn freilich ist das Auge ein besserer Richter des
Unschicklichen als der innere Sinn. *Sanson* schiebt die vierzehn unechten Stationen zwischen den Sinai und Kades.
Hier kann er nicht genug Zickzacks auf seine Karte zeichnen, und doch beträgt jede Station nur zwei Meilen, eine
Strecke, die nicht einmal hinreicht, daß sich ein solcher
ungeheurer Heerwurm in Bewegung setzen könnte.
Wie bevölkert und bebaut muß nicht diese Wüste sein, wo
man alle zwei Meilen, wo nicht Städte und Ortschaften,
doch mit Namen bezeichnete Ruheplätze findet! Welcher
Vorteil für den Heerführer und sein Volk! Dieser Reichtum der inneren Wüste aber wird dem Geographen bald
verderblich. Er findet von Kades nur fünf Stationen bis
Ezeon-Gaber, und auf dem Rückwege nach Kades, wohin
er sie doch bringen muß, unglücklicherweise gar keine; er
legt daher einige seltsame und selbst in jener Liste nicht
genannte Städte dem reisenden Volk in den Weg, so wie
man ehemals die geographische Leerheit mit Elefanten zu-

deckte. *Kalmet* sucht sich aus der Not durch wunderliche Kreuz- und Querzüge zu helfen, setzt einen Teil der überflüssigen Orte gegen das Mittelländische Meer zu, macht Hazeroth und Moseroth zu Einem Orte, und bringt, durch die seltsamsten Irrsprünge, seine Leute endlich an den Arnon. *Well,* der zwei Kades annimmt, verzerrt die Lage des Landes über die Maßen. Bei *Nolin* tanzt die Karawane eine Polonaise, wodurch sie wieder ans Rote Meer gelangt und den Sinai nordwärts im Rücken hat. Es ist nicht möglich, weniger Einbildungskraft, Anschauen, Genauigkeit und Urteil zu zeigen als diese frommen, wohldenkenden Männer.

Die Sache aber aufs genaueste betrachtet, wird es höchst wahrscheinlich, daß das überflüssige Stationen-Verzeichnis zu Rettung der problematischen vierzig Jahre eingeschoben worden. Denn in dem Texte, welchem wir bei unserer Erzählung genau folgen, steht: daß das Volk, da es von den Kananitern geschlagen, und ihm der Durchzug durchs Land Edom versagt worden, auf dem Wege zum Schilfmeer, gegen Ezeon-Gaber, der Edomiter Land umzogen. Daraus ist der Irrtum entstanden, daß sie wirklich ans Schilfmeer nach Ezeon-Gaber, das wahrscheinlich damals noch nicht existierte, gekommen, obgleich der Text von dem Umziehen des Gebirges Seir auf genannter Straße spricht, so wie man sagt: der Fuhrmann fährt die Leipziger Straße, ohne daß er deshalb notwendig nach Leipzig fahren müsse. Haben wir nun die überflüssigen Stationen beiseite gebracht, so möchte es uns ja wohl auch mit den überflüssigen Jahren gelingen. Wir wissen, daß die alttestamentliche Chronologie künstlich ist, daß sich die ganze Zeitrechnung in bestimmte Kreise von neunundvierzig Jahren auflösen läßt, und daß also, diese mystischen Epochen herauszubringen, manche historische Zahlen müssen verändert worden sein. Und wo ließen sich sechs- bis achtunddreißig Jahre, die etwa in einem Zyklus fehlten, bequemer einschieben als in jene Epoche, die so sehr im Dunkeln lag, und die auf einem wüsten, unbekannten Flecke sollte zugebracht worden sein!

Ohne daher an die Chronologie, das schwierigste aller Studien, nur irgend zu rühren, so wollen wir den poetischen Teil derselben hier zugunsten unserer Hypothese kürzlich in Betracht ziehen.

Mehrere runde, heilig, symbolisch, poetisch zu nennende Zahlen kommen in der Bibel so wie in anderen altertümlichen Schriften vor. Die Zahl Sieben scheint dem Schaffen, Wirken und Tun, die Zahl Vierzig hingegen dem Beschauen, Erwarten, vorzüglich aber der Absonderung gewidmet zu sein. Die Sündflut, welche Noah und die Seinen von aller übrigen Welt abtrennen sollte, nimmt vierzig Tage zu; nachdem die Gewässer genugsam gestanden, verlaufen sie während vierzig Tagen, und so lange noch hält Noah den Schalter der Arche verschlossen. Gleiche Zeit verweilt Moses zweimal auf Sinai, abgesondert von dem Volke; die Kundschafter bleiben ebensolange in Kanaan, und so soll denn auch das ganze Volk, durch so viel mühselige Jahr abgesondert von allen Völkern, gleichen Zeitraum bestätigt und geheiligt haben. Ja ins Neue Testament geht die Bedeutung dieser Zahl in ihrem vollen Wert hinüber: Christus bleibt vierzig Tage in der Wüste, um den Versucher abzuwarten.

Wäre uns nun gelungen, die Wanderung der Kinder Israel vom Sinai bis an den Jorda in einer kürzeren Zeit zu vollbringen, ob wir gleich hiebei schon viel zuviel auf ein schwankendes, unwahrscheinliches Retardieren Rücksicht genommen; hätten wir uns so vieler fruchtlosen Jahre, so vieler unfruchtbaren Stationen entledigt, so würde sogleich der große Heerführer, gegen das, was wir an ihm zu erinnern gehabt, in seinem ganzen Werte wieder hergestellt. Auch würde die Art, wie in diesen Büchern Gott erscheint, uns nicht mehr so drückend sein als bisher, wo er sich durchaus grauenvoll und schrecklich erzeigt; da schon im Buch Josua und der Richter, sogar auch weiterhin, ein reineres patriarchalisches Wesen wieder hervortritt und der Gott Abrahams nach wie vor den Seinen freundlich erscheint, wenn uns der Gott Mosis eine Zeitlang mit Grauen und Abscheu erfüllt hat. Uns hierüber aufzuklären, sprechen wir aus: wie der Mann so auch sein Gott. Daher also von dem Charakter Mosis noch einige Schlußworte!

Ihr habt, könnte man uns zurufen, in dem Vorhergehenden mit allzu großer Verwegenheit einem außerordentlichen Manne diejenigen Eigenschaften abgesprochen, die bisher höchlich an ihm bewundert wurden, die Eigenschaften des Regenten und Heerführers. Was aber zeichnet ihn denn aus? Wodurch legitimiert er sich zu einem so wichtigen Beruf? Was gibt ihm die Kühnheit, sich, trotz innerer und äußerer Ungunst, zu einem solchen Geschäfte hinzudrängen, wenn ihm jene Haupterfordernisse, jene unerläßlichen Talente fehlen, die ihr ihm mit unerhörter Frechheit absprecht? Hierauf lasse man uns antworten: Nicht die Talente, nicht das Geschick zu diesem oder jenem machen eigentlich den *Mann der Tat*, die Persönlichkeit ists, von der in solchen Fällen alles abhängt. Der Charakter ruht auf der Persönlichkeit, nicht auf den Talenten. Talente können sich zum Charakter gesellen, er gesellt sich nicht zu ihnen: denn ihm ist alles entbehrlich außer er selbst. Und so gestehen wir gern, daß uns die Persönlichkeit Mosis, von dem ersten Meuchelmord an, durch alle Grausamkeiten durch, bis zum Verschwinden, ein höchst bedeutendes und würdiges Bild gibt, von einem Manne, der durch seine Natur zum Größten getrieben ist. Aber freilich wird ein solches Bild ganz entstellt, wenn wir einen kräftigen, kurz gebundenen, raschen Tatmann vierzig Jahre ohne Sinn und Not, mit einer ungeheuern Volksmasse, auf einem so kleinen Raum, im Angesicht seines großen Zieles, herumtaumeln sehen. Bloß durch die Verkürzung des Wegs und der Zeit, die er darauf zugebracht, haben wir alles Böse, was wir von ihm zu sagen gewagt, wieder ausgeglichen und ihn an seine rechte Stelle gehoben.

Und so bleibt uns nichts mehr übrig, als dasjenige zu wiederholen, womit wir unsere Betrachtungen begonnen haben. Kein Schade geschieht den heiligen Schriften, so wenig als jeder anderen Überlieferung, wenn wir sie mit kritischem Sinne behandeln, wenn wir aufdecken, worin sie sich widerspricht, und wie oft das Ursprüngliche, Bessere durch nachherige Zusätze, Einschaltungen und Akkommodationen verdeckt, ja entstellt worden. Der innerliche, eigentliche Ur-

und Grundwert geht nur desto lebhafter und reiner hervor, und dieser ist es auch, nach welchem jedermann, bewußt oder bewußtlos, hinblickt, hingreift, sich daran erbaut und alles übrige, wo nicht wegwirft, doch fallen oder auf sich beruhen läßt.

Summarische Wiederholung
Zweites Jahr des Zugs

Verweilt am Sinai..............	Monat	1	Tage	20
Reise bis Kades	„	—	„	5
Rasttage	„	—	„	5
Aufenthalt wegen Miriams Krankheit	„	—	„	7
Außenbleiben der Kundschafter ..	„	—	„	40
Unterhandlung mit den Edomitern	„	—	„	30
Reise an den Arnon	„	—	„	5
Rasttage	„	—	„	5
Trauer um Aaron	„	—	„	40

Tage 187

Zusammen also sechs Monate. Woraus deutlich erhellt, daß der Zug, man rechne auf Zaudern und Stockungen, Widerstand so viel man will, vor Ende des zweiten Jahrs gar wohl an den Jordan gelangen konnte.

NÄHERE HÜLFSMITTEL

Wenn uns die heiligen Schriften uranfängliche Zustände und die allmähliche Entwickelung einer bedeutenden Nation vergegenwärtigen, Männer aber, wie *Michaelis, Eichhorn, Paulus, Heeren,* noch mehr Natur und Unmittelbarkeit in jenen Überlieferungen aufweisen, als wir selbst hätten entdecken können, so ziehen wir, was die neuere und neuste Zeit angeht, die größten Vorteile aus Reisebeschreibungen und andern dergleichen Dokumenten, die uns mehrere nach Osten vordringende Westländer, nicht ohne Mühseligkeit, Genuß und Gefahr, nach Hause gebracht und zu herrlicher Belehrung mitgeteilt haben. Hievon berühren wir nur einige Männer, durch deren Augen wir jene weit entfernten, höchst fremdartigen Gegenstände zu betrachten seit vielen Jahren beschäftigt gewesen.

WALLFAHRTEN UND KREUZZÜGE

Deren zahllose Beschreibungen belehren zwar auch in ihrer Art; doch verwirren sie über den eigentlichsten Zustand des Orients mehr unsere Einbildungskraft, als daß sie ihr zur Hülfe kämen. Die Einseitigkeit der christlich-feindlichen Ansicht beschränkt uns durch ihre Beschränkung, die sich in der neuern Zeit nur einigermaßen erweitert, als wir nunmehr jene Kriegsereignisse durch orientalische Schriftsteller nach und nach kennen lernen. Indessen bleiben wir allen aufgeregten Wall- und Kreuzfahrern zu Dank verpflichtet, da wir ihrem religiosen Enthusiasmus, ihrem kräftigen, unermüdlichen Widerstreit gegen östliches Zudringen doch eigentlich Beschützung und Erhaltung der gebildeten europäischen Zustände schuldig geworden.

MARCO POLO

Dieser vorzügliche Mann steht allerdings obenan. Seine Reise fällt in die zweite Hälfte des dreizehnten Jahrhunderts; er gelangt bis in den fernsten Osten, führt uns in die fremdartigsten Verhältnisse, worüber wir, da sie beinahe fabelhaft aussehen, in Verwunderung, in Erstaunen geraten. Gelangen wir aber auch nicht sogleich über das Einzelne zur Deutlichkeit, so ist doch der gedrängte Vortrag dieses weitausgreifenden Wanderers höchst geschickt, das Gefühl des Unendlichen, Ungeheuren in uns aufzuregen. Wir befinden uns an dem Hof des Kublai Khan, der, als Nachfolger von Dschengis, grenzenlose Landstrecken beherrschte. Denn was soll man von einem Reiche und dessen Ausdehnung halten, wo es unter andern heißt: ›Persien ist eine große Provinz, die aus neun Königreichen besteht‹; und nach einem solchen Maßstab wird alles übrige gemessen. So die Residenz, im Norden von China, unübersehbar; das Schloß des Khans, eine Stadt in der Stadt; daselbst aufgehäufte Schätze und Waffen; Beamte, Soldaten und Hofleute unzählbar; zu wiederholten Festmahlen jeder mit seiner Gattin berufen. Ebenso ein Landaufenthalt! Einrichtung zu allem Vergnügen, besonders ein Heer von Jägern, und eine Jagdlust in der größten Ausbreitung. Gezähmte Leoparden, abgerichtete Falken, die tätigsten Gehülfen der Jagenden, zahllose Beute gehäuft. Dabei das ganze Jahr Geschenke ausgespendet und empfangen. Gold und Silber; Juwelen, Perlen, alle Arten von Kostbarkeiten im Besitz des Fürsten und seiner Begünstigten; indessen sich die übrigen Millionen von Untertanen wechselseitig mit einer Scheinmünze abzufinden haben.

Begeben wir uns aus der Hauptstadt auf die Reise, so wissen wir vor lauter Vorstädten nicht, wo die Stadt aufhört. Wir finden sofort Wohnung an Wohnungen, Dorf an Dörfern, und den herrlichen Fluß hinab eine Reihe von Lustorten. Alles nach Tagereisen gerechnet, und nicht wenigen.

Nun zieht, vom Kaiser beauftragt, der Reisende nach andern Gegenden; er führt uns durch unübersehbare Wüsten, dann zu herdenreichen Gauen, Bergreihen hinan, zu Menschen von wunderbaren Gestalten und Sitten, und läßt uns zuletzt, über Eis und Schnee, nach der ewigen Nacht des Poles hinschauen. Dann auf einmal trägt er uns, wie auf einem Zaubermantel, über die Halbinsel Indiens hinab. Wir sehen Ceÿlon unter uns liegen, Madagaskar, Java; unser Blick irrt auf wunderlich benamste Inseln, und doch läßt er uns überall von Menschengestalten und Sitten, von Landschaft, Bäumen, Pflanzen und Tieren so manche Besonderheit erkennen, die für die Wahrheit seiner Anschauung bürgt, wenn gleich vieles märchenhaft erscheinen möchte. Nur der wohlunterrichtete Geograph könnte dies alles ordnen und bewähren. Wir mußten uns mit dem allgemeinen Eindruck begnügen; denn unsern ersten Studien kamen keine Noten und Bemerkungen zu Hülfe.

Dessen Reise beginnt im Jahre 1320, und ist uns die Beschreibung derselben als Volksbuch, aber leider sehr ungestaltet, zugekommen. Man gesteht dem Verfasser zu, daß er große Reisen gemacht, vieles gesehen und gut gesehen, auch richtig beschrieben. Nun beliebt es ihm aber nicht nur, mit fremdem Kalbe zu pflügen, sondern auch alte und neue Fabeln einzuschalten, wodurch denn das Wahre selbst seine Glaubwürdigkeit verliert. Aus der lateinischen Ursprache erst ins Niederdeutsche, sodann ins Oberdeutsche gebracht, erleidet das Büchlein neue Verfälschung der Namen. Auch der Übersetzer erlaubt sich auszulassen und einzuschalten, wie unser *Görres* in seiner verdienstlichen Schrift über die deutschen Volksbücher anzeigt; auf welche Weise Genuß und Nutzen an diesem bedeutenden Werke verkümmert worden.

PIETRO DELLA VALLE

Aus einem uralten römischen Geschlechte, das seinen Stammbaum bis auf die edlen Familien der Republik zurückführen durfte, ward *Pietro della Valle* geboren, im Jahre 1586, zu einer Zeit, da die sämtlichen Reiche Europens sich einer hohen geistigen Bildung erfreuten. In Italien lebte Tasso noch, obgleich in traurigem Zustande; doch wirkten seine Gedichte auf alle vorzügliche Geister. Die Verskunst hatte sich so weit verbreitet, daß schon Improvisatoren hervortraten und kein junger Mann von freiern Gesinnungen des Talents entbehren durfte, sich reimweis auszudrücken. Sprachstudium, Grammatik, Red- und Stilkunst wurden gründlich behandelt, und so wuchs in allen diesen Vorzügen unser Jüngling sorgfältig gebildet heran.

Waffenübungen zu Fuß und zu Roß, die edle Fecht- und Reitkunst dienten ihm zu täglicher Entwickelung körperlicher Kräfte und der damit innig verbundenen Charakterstärke. Das wüste Treiben früherer Kreuzzüge hatte sich nun zur Kriegskunst und zu ritterlichem Wesen herangebildet, auch die Galanterie in sich aufgenommen. Wir sehen den Jüngling, wie er mehreren Schönen, besonders in Gedichten, den Hof macht, zuletzt aber höchst unglücklich wird, als ihn die eine, die er sich anzueignen, mit der er sich ernstlich zu verbinden gedenkt, hintansetzt und einem Unwürdigen sich hingibt. Sein Schmerz ist grenzenlos, und um sich Luft zu machen, beschließt er, im Pilgerkleide nach dem Heiligen Lande zu wallen.

Im Jahre 1614 gelangt er nach Konstantinopel, wo sein adeliges, einnehmendes Wesen die beste Aufnahme gewinnt. Nach Art seiner früheren Studien wirft er sich gleich auf die orientalischen Sprachen, verschafft sich zuerst eine Übersicht der türkischen Literatur, Landesart und Sitten, und begibt sich sodann, nicht ohne Bedauern seiner neu erworbenen Freunde, nach Ägypten. Seinen dortigen Aufenthalt nutzt er ebenfalls, um die altertümliche Welt und ihre Spuren in der neueren auf das ernstlichste zu suchen und zu verfolgen: von Kairo zieht er auf den Berg Sinai, das Grab der heiligen Katharina zu verehren, und kehrt, wie von einer Lustreise, zur Hauptstadt Ägyptens zurück; gelangt, von da zum zweitenmale abreisend, in sechzehn Tagen nach Jerusalem, wodurch das wahre Maß der Entfernung beider Städte sich unserer Einbildungskraft aufdrängt. Dort, das Heilige Grab verehrend, erbittet er sich vom Erlöser, wie früher schon von der heiligen Katharina, Befreiung von seiner Leidenschaft; und wie Schuppen fällt es ihm von den Augen, daß er ein Tor gewesen, die bisher Angebetete für die einzige zu halten, die eine solche Huldigung verdiene; seine Abneigung gegen das übrige weibliche Geschlecht ist verschwunden, er sieht sich nach einer Gemahlin um und schreibt seinen Freunden, zu denen er bald zurückzukehren hofft, ihm eine würdige auszusuchen.

Nachdem er nun alle heiligen Orte betreten und bebetet, wozu ihm die Empfehlung seiner Freunde von Konstantinopel, am meisten aber ein ihm zur Begleitung mitgegebener Capighi, die besten Dienste tun, reist er mit dem vollständigen Begriff dieser Zustände weiter, erreicht Damaskus, sodann Aleppo, woselbst er sich in syrische Kleidung hüllt und seinen Bart wachsen läßt. Hier nun begegnet ihm ein bedeutendes, schicksal-bestimmendes Abenteuer. Ein Reisender gesellt sich zu ihm, der von der Schönheit und Liebenswürdigkeit einer jungen georgischen Christin, die sich mit den Ihrigen zu Bagdad aufhält, nicht genug zu erzählen weiß, und Valle verliebt sich, nach echt orientalischer Weise, in ein Wortbild, dem er begierig entgegenreist. Ihre Gegenwart vermehrt Neigung und Verlangen, er weiß die Mutter zu gewinnen, der Vater wird beredet, doch geben beide seiner ungestümen Leidenschaft nur ungerne nach; ihre geliebte, anmutige Tochter von sich zu lassen scheint ein allzu großes Opfer. Endlich wird sie seine Gattin, und er gewinnt dadurch für Leben und Reise den größten Schatz. Denn ob er gleich mit adeligem Wissen und Kenntnis mancher Art ausgestattet die Wallfahrt angetreten und in Beobachtung dessen, was sich unmittelbar auf den Menschen bezieht, so aufmerksam als glücklich, und im Betragen gegen jedermann in allen Fällen musterhaft gewesen, so fehlt es ihm doch an Kenntnis der Natur, deren Wissenschaft sich damals nur noch in dem engen Kreise ernster und bedächtiger Forscher bewegte. Daher kann er die Aufträge seiner Freunde, die von Pflanzen und Hölzern, von Gewürzen und Arzneien Nachricht verlangen, nur unvollkommen befriedigen; die schöne Maani aber, als ein liebenswürdiger Hausarzt, weiß von Wurzeln, Kräutern und Blumen, wie sie wachsen, von Harzen, Balsamen, Ölen, Samen und Hölzern, wie sie der Handel bringt, genugsame Rechenschaft zu geben und ihres Gatten Beobachtung, der Landes-Art gemäß, zu bereichern.

Wichtiger aber ist diese Verbindung für Lebens- und Reisetätigkeit. Maani, zwar vollkommen weiblich, zeigt sich von resolutem, allen Ereignissen gewachsenem Charakter; sie fürchtet keine Gefahr, ja sucht sie eher auf und beträgt sich überall edel und ruhig; sie besteigt auf Mannsweise das Pferd, weiß es zu bezähmen und anzutreiben, und so bleibt sie eine muntere, aufregende Gefährtin. Ebenso wichtig ist es, daß sie unterwegs mit den sämtlichen Frauen in Berührung kommt, und ihr Gatte daher von den Männern gut aufgenommen, bewirtet und unterhalten wird, indem sie sich auf Frauenweise mit den Gattinnen zu betun und zu beschäftigen weiß.

Nun genießt aber erst das junge Paar eines bei den bisherigen Wanderungen im türkischen Reiche unbekannten Glücks. Sie betreten Persien im dreißigsten Jahre der Regierung Abbas' des Ersten, der sich, wie Peter und Friedrich, den Namen des Großen verdiente. Nach einer gefahrvollen, bänglichen Jugend wird er sogleich beim Antritt seiner Regierung aufs deutlichste gewahr, wie er, um sein Reich zu beschützen, die Grenzen erweitern müsse, und was für Mittel es gebe, auch innerliche Herrschaft zu sichern; zugleich geht Sinnen und Trachten dahin, das entvölkerte Reich durch Fremdlinge wieder herzustellen und den Verkehr der Seinigen durch öffentliche Wege- und Gastanstalten zu beleben und zu erleichtern. Die größten Einkünfte und Begünstigungen verwendet er zu grenzenlosen Bauten. Ispahan, zur Hauptstadt gewürdigt, mit Palästen und Gärten, Karawansereien und Häusern für königliche Gäste übersäet; eine Vorstadt für die Armenier erbaut, die sich dankbar zu beweisen ununterbrochen Gelegenheit finden, indem sie, für eigene und für königliche Rechnung handelnd, Profit und Tribut dem Fürsten zu gleicher Zeit abzutragen klug genug sind. Eine Vorstadt für Georgier, eine andere für Nachfahren der Feueranbeter erweitern abermals die Stadt, die zuletzt so grenzenlos als einer unserer neuen Reichsmittelpunkte sich erstreckt. Römisch-katholische Geistliche, besonders Karmeliten, sind wohl aufgenommen und beschützt; weniger die griechische Religion, die, unter dem Schutz der Türken stehend, dem allgemeinen Feinde Europens und Asiens anzugehören scheint.

Über ein Jahr hatte sich della Valle in Ispahan aufgehalten und seine Zeit ununterbrochen tätig benutzt, um von allen Zuständen und Verhältnissen genau Nachricht einzuziehen. Wie lebendig sind daher seine Darstellungen! wie genau seine Nachrichten! Endlich, nachdem er alles ausgekostet, fehlt ihm noch der Gipfel des ganzen Zustandes, die persönliche Bekanntschaft des von ihm so hoch bewunderten Kaisers, der Begriff, wie es bei Hof, im Gefecht, bei der Armee zugehe.

SITTI MAANI GIOERIDA DELLA VALLE.

Der Zierde Babylons so hier wird vorgestellt
Ist ihres gleichen nicht zufinden in der Welt:
Sie hat eins Mannes Hertz vnd spricht den
Lastern Hohn
Darumb gebühret ihr auch der Tugend Ehren
Kron.

In dem Lande Mazenderan, der südlichen Küste des Kaspischen Meers, in einer freilich sumpfigen, ungesunden Gegend, legte sich der tätige, unruhige Fürst abermals eine große Stadt an, Ferhabad benannt, und bevölkerte sie mit beorderten Bürgern; sogleich in der Nähe erbaut er sich manchen Bergsitz auf den Höhen des amphitheatralischen Kessels, nicht allzu weit von seinen Gegnern, den Russen und Türken, in einer durch Bergrücken geschützten Lage. Dort residiert er gewöhnlich, und della Valle sucht ihn auf. Mit Maani kommt er an, wird wohl empfangen, nach einem orientalisch klugen, vorsichtigen Zaudern dem Könige vorgestellt, gewinnt dessen Gunst und wird zur Tafel und Trinkgelagen zugelassen, wo er vorzüglich von europäischer Verfassung, Sitte, Religion dem schon wohlunterrichteten, wissensbegierigen Fürsten Rechenschaft zu geben hat.

Im Orient überhaupt, besonders aber in Persien, findet sich eine gewisse Naivetät und Unschuld des Betragens durch alle Stände bis zur Nähe des Throns. Zwar zeigt sich auf der obern Stufe eine entschiedene Förmlichkeit, bei Audienzen, Tafeln und sonst; bald aber entsteht in des Kaisers Umgebung eine Art von Karnevals-Freiheit, die sich höchst scherzhaft ausnimmt. Erlustigt sich der Kaiser in Gärten und Kiosken, so darf niemand in Stiefeln auf die Teppiche treten, worauf der Hof sich befindet. Ein tartarischer Fürst kömmt an, man zieht ihm den Stiefel aus; aber er, nicht geübt auf einem Beine zu stehen, fängt an zu wanken; der Kaiser selbst tritt nun hinzu und hält ihn, bis die Operation vorüber ist. Gegen Abend steht der Kaiser in einem Hofzirkel, in welchem goldene, weingefüllte Schalen herumkreisen; mehrere von mäßigem Gewicht, einige aber durch einen verstärkten Boden so schwer, daß der ununterrichtete Gast den Wein verschüttet, wo nicht gar den Becher, zu höchster Belustigung des Herrn und der Eingeweihten, fallen läßt. Und so trinkt man im Kreise herum, bis einer, unfähig länger sich auf den Füßen zu halten, weggeführt wird, oder zur rechten Zeit hinwegschleicht. Beim Abschied wird dem Kaiser keine Ehrerbietung erzeigt, einer verliert sich nach dem andern, bis zuletzt der Herrscher allein bleibt, einer melancholischen Musik noch eine Zeitlang zuhört und sich endlich auch zur Ruhe begibt. Noch seltsamere Geschichten werden aus dem Harem erzählt, wo die Frauen ihren Beherrscher kitzeln, sich mit ihm balgen, ihn auf den Teppich zu bringen suchen, wobei er sich, unter großem Gelächter, nur mit Schimpfreden zu helfen und zu rächen sucht.

Indem wir nun dergleichen lustige Dinge von den innern Unterhaltungen des kaiserlichen Harems vernehmen, so dürfen wir nicht denken, daß der Fürst und sein Staats-Divan müßig oder nachlässig geblieben. Nicht der tätig-unruhige Geist Abbas' des Großen allein war es, der ihn antrieb, eine zweite Hauptstadt am Kaspischen Meer zu erbauen; Ferhabad lag zwar höchst günstig zu Jagd- und Hoflust, aber auch, von einer Bergkette geschützt, nahe genug an der Grenze, daß der Kaiser jede Bewegung der Russen und Türken, seiner Erbfeinde, zeitig vernehmen und Gegenanstalten treffen konnte. Von den Russen war gegenwärtig nichts zu fürchten, das innere Reich, durch Usurpatoren und Trugfürsten zerrüttet, genügte sich selbst nicht; die Türken hingegen hatte der Kaiser, schon vor zwölf Jahren in der glücklichsten Feldschlacht, dergestalt überwunden, daß er in der Folge von dorther nichts mehr zu befahren hatte, vielmehr noch große Landstrecken ihnen abgewann. Eigentlicher Friede jedoch konnte zwischen solchen Nachbarn sich nimmer befestigen, einzelne Neckereien, öffentliche Demonstrationen weckten beide Parteien zu fortwährender Aufmerksamkeit.

Gegenwärtig aber sieht sich Abbas zu ernsteren Kriegesrüstungen genötigt. Völlig im urältesten Stil ruft er sein ganzes Heeresvolk in die Flächen von Aderbijan zusammen, es drängt sich in allen seinen Abteilungen, zu Roß und Fuß, mit den mannigfaltigsten Waffen herbei; zugleich ein unendlicher Troß. Denn jeder nimmt, wie bei einer Auswanderung, Weiber, Kinder und Gepäcke mit. Auch della Valle führt seine schöne Maani und ihre Frauen, zu Pferd und Sänfte, dem Heer und Hofe nach; weshalb ihn der Kaiser belobt, weil er sich hiedurch als einen angesehnen Mann beweist.

Einer solchen ganzen Nation, die sich massenhaft in Bewegung setzt, darf es nun auch an gar nichts fehlen, was sie zu Hause allenfalls bedürfen könnte; weshalb denn Kauf- und Handelsleute aller Art mitziehen, überall einen flüchtigen Bazar aufschlagen, eines guten Absatzes gewärtig. Man vergleicht daher das Lager des Kaisers jederzeit einer Stadt, worin denn auch so gute Polizei und Ordnung gehandhabt wird, daß niemand, bei grausamer Strafe, weder furagieren noch requirieren, viel weniger aber plündern darf, sondern von Großen und Kleinen alles bar bezahlt werden muß; weshalb denn nicht allein alle auf dem Wege liegenden Städte sich mit Vorräten reichlich versehen, sondern auch aus benachbarten und entfernteren Provinzen Lebensmittel und Bedürfnisse unversiegbar zufließen.

Was aber lassen sich für strategische, was für taktische Operationen von einer solchen organisierten Unordnung erwarten? besonders wenn man erfährt, daß alle Volks-, Stamm- und Waffenabteilungen sich im Gefecht vermischen und, ohne bestimmten Vorder-, Neben- und Hintermann, wie es der Zufall gibt, durcheinander kämpfen; daher denn ein glücklich errungener Sieg so leicht umschlagen und eine einzige verlorne Schlacht auf viele Jahre hinaus das Schicksal eines Reiches bestimmen kann.

Diesmal aber kommt es zu keinem solchen furchtbaren Faust- und Waffengemenge. Zwar dringt man, mit undenkbarer Beschwernis, durchs Gebirge; aber man zaudert, weicht zurück, macht sogar Anstalten, die eigenen Städte zu zerstören, damit der Feind in verwüsteten Landstrecken umkomme. Panischer Alarm, leere Siegesbotschaften schwanken durcheinander; freventlich abgelehnte, stolz verweigerte Friedensbedingungen, verstellte Kampflust, hinterlistiges Zögern verspäten erst und begünstigen zuletzt den Frieden. Da zieht nun ein jeder, auf des Kaisers Befehl und Strafgebot, ohne weitere Not und Gefahr als was er von Weg und Gedränge gelitten, ungesäumt wieder nach Hause.

Auch della Valle finden wir zu Casbin in der Nähe des Hofes wieder, unzufrieden, daß der Feldzug gegen die Türken ein so baldiges Ende genommen. Denn wir haben ihn nicht bloß als einen neugierigen Reisenden, als einen vom Zufall hin und wider getriebenen Abenteurer zu betrachten; er hegt vielmehr seine Zwecke, die er unausgesetzt verfolgt. Persien war damals eigentlich ein Land für Fremde; Abbas' vieljährige Liberalität zog manchen muntern Geist herbei; noch war es nicht die Zeit förmlicher Gesandtschaften; kühne, gewandte Reisende machen sich geltend. Schon hatte Sherley, ein Engländer, früher sich selbst beauftragt und spielte den Vermittler zwischen Osten und Westen; so auch della Valle, unabhängig, wohlhabend, vornehm, gebildet, empfohlen, findet Eingang bei Hofe und sucht gegen die Türken zu reizen. Ihn treibt ebendasselbe christliche Mitgefühl, das die ersten Kreuzfahrer aufregte; er hatte die Mißhandlungen frommer Pilger am Heiligen Grabe gesehen, zum Teil mit erduldet, und allen westlichen Nationen war daran gelegen, daß Konstantinopel von Osten her beunruhigt werde: aber Abbas vertraut nicht den Christen, die, auf eignen Vorteil bedacht, ihm zur rechten Zeit niemals von ihrer Seite beigestanden. Nun hat er sich mit den Türken verglichen; della Valle läßt aber nicht nach und sucht eine Verbindung Persiens mit den Kosaken am Schwarzen Meer anzuknüpfen. Nun kehrt er nach Ispahan zurück, mit Absicht, sich anzusiedeln und die römisch-katholische Religion zu fördern. Erst die Verwandten seiner Frau, dann noch mehr Christen aus Georgien zieht er an sich, eine georgianische Waise nimmt er an Kindesstatt an, hält sich mit den Karmeliten, und führt nichts weniger im Sinne, als vom Kaiser eine Landstrecke zu Gründung eines neuen Roms zu erhalten.

Nun erscheint der Kaiser selbst wieder in Ispahan, Gesandte von allen Weltgegenden strömen herbei. Der Herrscher zu Pferd, auf dem größten Platze, in Gegenwart seiner Soldaten, der angesehnsten Dienerschaft, bedeutender Fremden, deren vornehmste auch alle zu Pferd mit Gefolge sich einfinden, erteilt er launige Audienzen; Geschenke werden gebracht, großer Prunk damit getrieben, und doch werden sie bald hochfahrend verschmäht, bald darum jüdisch gemarktet, und so schwankt die Majestät immer zwischen dem Höchsten und Tiefsten. Sodann, bald geheimnisvoll verschlossen im Harem, bald vor aller Augen handelnd, sich in alles Öffentliche einmischend, zeigt sich der Kaiser in unermüdlicher, eigenwilliger Tätigkeit. Durchaus auch bemerkt man einen besondern Freisinn in Religionssachen. Nur keinen Mahometaner darf man zum Christentum bekehren; an Bekehrungen zum Islam, die er früher begünstigt, hat er selbst keine Freude mehr. Übrigens mag man glauben und vornehmen was man will. So feiern z. B. die Armenier gerade das Fest der Kreuzestaufe, die sie in ihrer prächtigen Vorstadt, durch welche der Fluß Senderud läuft, feierlichst begehen. Dieser Funktion will der Kaiser nicht allein mit großem Gefolge beiwohnen, auch hier kann er das Befehlen, das Anordnen nicht lassen. Erst bespricht er sich mit den Pfaffen, was sie eigentlich vorhaben, dann sprengt er auf und ab, reitet hin und her, und gebietet dem Zug Ordnung und Ruhe, mit Genauigkeit wie er seine Krieger behandelt hätte. Nach geendigter Feier sammelt er die Geistlichen und andere bedeutende Männer um sich her, bespricht sich mit ihnen über mancherlei Religionsmeinungen und -gebräuche. Doch diese Freiheit der Gesinnung gegen andere Glaubensgenossen ist nicht bloß dem Kaiser persönlich, sie findet bei den *Schiiten* überhaupt statt. Diese, dem Ali anhängend, der erst vom Kalifate verdrängt und, als er endlich dazu gelangte, bald ermordet wurde, können in manchem Sinne als die unterdrückte mahometanische Religionspartei angesehen werden; ihr Haß wendet sich daher hauptsächlich gegen die *Sunniten*, welche die zwischen Mahomet und Ali eingeschobenen Kalifen mitzählen und verehren. Die Türken sind diesem Glauben zugetan, und eine sowohl politische als religiöse Spaltung trennt die beiden Völker; indem nun die Schiiten ihre eigenen verschieden denkenden Glaubensgenossen aufs äußerste hassen, sind sie gleichgültig gegen andere Bekenner und gewähren ihnen weit eher als ihren eigentlichen Gegnern eine geneigte Aufnahme. Aber auch, schlimm genug! diese Liberalität leidet unter den Einflüssen kaiserlicher Willkür! Ein Reich zu bevölkern oder zu entvölkern ist dem despotischen Willen gleich gemäß. Abbas, verkleidet auf dem Lande herumschleichend, vernimmt die Mißreden einiger armenischen Frauen und fühlt sich dergestalt beleidigt, daß er die grausamsten Strafen über die sämtlichen männlichen Einwohner des Dorfes verhängt. Schrecken und Bekümmernis verbreiten sich an den Ufern des Senderuds, und die Vorstadt Chalfa, erst durch die Teilnahme des Kaisers an ihrem Feste beglückt, versinkt in die tiefste Trauer.

Und so teilen wir immer die Gefühle großer, durch den Despotismus wechselsweise erhöhter und erniedrigter Völker. Nun bewundern wir, auf welchen hohen Grad von Sicherheit und Wohlstand Abbas als Selbst- und Alleinherrscher das Reich erhoben und zugleich diesem Zustand eine solche Dauer verliehen, daß seiner Nachfahren Schwäche, Torheit, folgeloses Betragen erst nach neunzig Jahren das Reich völlig zugrunde richten konnten; dann aber müssen wir freilich die Kehrseite dieses imposanten Bildes hervorwenden.

Da eine jede Alleinherrschaft allen Einfluß ablehnet und die Persönlichkeit des Regenten in größter Sicherheit zu bewahren hat, so folgt hieraus, daß der Despot immerfort Verrat argwöhnen, überall Gefahr ahnen, auch Gewalt von allen Seiten befürchten müsse, weil er ja selbst nur durch Gewalt seinen erhabenen Posten behauptet. Eifersüchtig ist er daher auf jeden, der außer ihm Ansehn und Vertrauen erweckt, glänzende Fertigkeiten zeigt, Schätze sammelt und an Tätigkeit mit ihm zu wetteifern scheint. Nun muß aber in jedem Sinn der Nachfolger am meisten Verdacht erregen. Schon zeugt es von einem großen Geist des königlichen Vaters, wenn er seinen Sohn ohne Neid betrachtet, dem die Natur in kurzem alle bisherigen Besitztümer und Erwerbnisse, ohne die Zustimmung des mächtig Wollenden, unwiderruflich übertragen wird. Anderseits wird vom Sohne verlangt, daß er, edelmütig, gebildet und geschmackvoll, seine Hoffnungen mäßige, seinen Wunsch verberge und dem väterlichen Schicksal auch nicht dem Scheine nach vorgreife. Und doch! wo ist die menschliche Natur so rein und groß, so gelassen abwartend, so, unter notwendigen Bedingungen, mit Freude tätig, daß in einer solchen Lage sich der Vater nicht über den Sohn, der Sohn nicht über den Vater beklage? Und wären sie beide engelrein, so werden sich Ohrenbläser zwischen sie stellen, die Unvorsichtigkeit wird zum Verbrechen, der Schein zum Beweis. Wie viele Beispiele liefert uns die Geschichte! wovon wir nur des jammervollen Familienlabyrinths gedenken, in welchem wir den König Herodes befangen sehen. Nicht allein die Seinigen halten ihn immer in schwebender Gefahr, auch ein durch Weissagung merkwürdiges Kind erregt seine Sorgen, und veranlaßt eine allgemein verbreitete Grausamkeit, unmittelbar vor seinem Tode.

Also erging es auch Abbas dem Großen; Söhne und Enkel machte man verdächtig, und sie gaben Verdacht; einer ward unschuldig ermordet, der andere halb schuldig geblendet. Dieser sprach: Mich hast du nicht des Lichts beraubt, aber das Reich.

Zu diesen unglücklichen Gebrechen der Despotie fügt sich unvermeidlich ein anderes, wobei noch zufälliger und unvorgesehener sich Gewalttaten und Verbrechen entwickeln. Ein jeder Mensch wird von seinen Gewohnheiten regiert, nur wird er, durch äußere Bedingungen eingeschränkt, sich mäßig verhalten, und Mäßigung wird ihm zur Gewohnheit. Gerade das Entgegengesetzte findet sich bei dem Despoten; ein uneingeschränkter Wille steigert sich selbst und muß, von außen nicht gewarnt, nach dem völlig Grenzenlosen streben. Wir finden hiedurch das Rätsel gelöst, wie aus einem löblichen jungen Fürsten, dessen erste Regierungsjahre gesegnet wurden, sich nach und nach ein Tyrann entwickelt, der Welt zum Fluch, und zum Untergang der Seinen; die auch deshalb öfters dieser Qual eine gewaltsame Heilung zu verschaffen genötigt sind.

Unglücklicherweise nun wird jenes, dem Menschen eingeborne, alle Tugenden befördernde Streben ins Unbedingte seiner Wirkung nach schrecklicher, wenn physische Reize sich dazu gesellen. Hieraus entsteht die höchste Steigerung, welche glücklicherweise zuletzt in völlige Betäubung sich auflöst. Wir meinen den übermäßigen Gebrauch des Weins, welcher die geringe Grenze einer besonnenen Gerechtigkeit und Billigkeit, die selbst der Tyrann als Mensch nicht ganz verneinen kann, augenblicklich durchbricht und ein grenzenloses Unheil anrichtet. Wende man das Gesagte auf Abbas den Großen an, der durch seine funfzigjährige Regierung sich zum einzigen unbedingt Wollenden seines ausgebreiteten, bevölkerten Reichs erhoben hatte; denke man sich ihn freimütiger Natur, gesellig und guter Laune, dann aber durch Verdacht, Verdruß und, was am schlimmsten ist, durch übel verstandene Gerechtigkeitsliebe irregeführt, durch heftiges Trinken aufgeregt, und, daß wir das Letzte sagen, durch ein schnödes, unheilbares körperliches Übel gepeinigt und zur Verzweiflung gebracht: so wird man gestehen, daß diejenigen Verzeihung, wo nicht Lob verdienen, welche einer so schrecklichen Erscheinung auf Erden ein Ende machten. Selig preisen wir daher gebildete Völker, deren Monarch sich selbst durch ein edles sittliches Bewußtsein regiert; glücklich die gemäßigten, bedingten Regierungen, die ein Herrscher selbst zu lieben und zu fördern Ursache hat, weil sie ihn mancher Verantwortung überheben, ihm gar manche Reue ersparen.

Aber nicht allein der Fürst, sondern ein jeder, der, durch Vertrauen, Gunst oder Anmaßung, Teil an der höchsten Macht gewinnt, kommt in Gefahr, den Kreis zu überschreiten, welchen Gesetz und Sitte, Menschen-Gefühl, Gewissen, Religion und Herkommen zu Glück und Beruhigung um das Menschengeschlecht gezogen haben. Und so mögen Minister und Günstlinge, Volksvertreter und Volk auf ihrer Hut sein, daß nicht auch sie, in den Strudel unbedingten Wollens hingerissen, sich und andere unwiederbringlich ins Verderben hinabziehen.

Kehren wir nun zu unserm Reisenden zurück, so finden wir ihn in einer unbequemen Lage. Bei aller seiner Vorliebe für den Orient muß della Valle doch endlich fühlen, daß er in einem Lande wohnt, wo an keine Folge zu denken ist, und wo mit dem reinsten Willen und größter Tätigkeit kein neues Rom zu erbauen wäre. Die Verwandten seiner Frau lassen sich nicht einmal durch Familien-Bande halten; nach-

dem sie eine Zeitlang zu Ispahan in dem vertraulichsten Kreise gelebt, finden sie es doch geratener, zurück an den Euphrat zu ziehen, und ihre gewohnte Lebensweise dort fortzusetzen. Die übrigen Georgier zeigen wenig Eifer, ja die Karmeliten, denen das große Vorhaben vorzüglich am Herzen liegen mußte, können von Rom her weder Anteil noch Beistand erfahren.

Della Valles Eifer ermüdet, und er entschließt sich nach Europa zurückzukehren, leider gerade zur ungünstigsten Zeit. Durch die Wüste zu ziehen scheint ihm unleidlich, er beschließt über Indien zu gehen; aber jetzt eben entspinnen sich Kriegshändel zwischen Portugiesen, Spaniern und Engländern wegen Ormus, dem bedeutendsten Handelsplatz, und Abbas findet seinem Vorteil gemäß, Teil daran zu nehmen. Der Kaiser beschließt, die unbequemen portugiesischen Nachbarn zu bekämpfen, zu entfernen und die hülfreichen Engländer zuletzt, vielleicht durch List und Verzögerung, um ihre Absichten zu bringen und alle Vorteile sich zuzueignen.

In solchen bedenklichen Zeitläuften überrascht nun unsern Reisenden das wunderbare Gefühl eigner Art, das den Menschen mit sich selbst in den größten Zwiespalt setzt, das Gefühl der weiten Entfernung vom Vaterlande, im Augenblick wo wir, unbehaglich in der Fremde, nach Hause zurückzuwandern, ja schon dort angelangt zu sein wünschten. Fast unmöglich ist es in solchem Fall, sich der Ungeduld zu erwehren; auch unser Freund wird davon ergriffen, sein lebhafter Charakter, sein edles, tüchtiges Selbstvertrauen täuschen ihn über die Schwierigkeiten, die im Wege stehen. Seiner zu Wagnissen aufgelegten Kühnheit ist es bisher gelungen, alle Hindernisse zu besiegen, alle Plane durchzusetzen, er schmeichelt sich fernerhin mit gleichem Glück und entschließt sich, da eine Rückkehr ihm durch die Wüste unerträglich scheint, zu dem Weg über Indien, in Gesellschaft seiner schönen Maani und ihrer Pflegetochter Mariuccia.

Manches unangenehme Ereignis tritt ein, als Vorbedeutung künftiger Gefahr; doch zieht er über Persepolis und Schiras, wie immer aufmerkend, Gegenstände, Sitten und Landesart genau bezeichnend und aufzeichnend. So gelangt er an den Persischen Meerbusen, dort aber findet er, wie vorauszusehen gewesen, die sämtlichen Häfen geschlossen, alle Schiffe, nach Kriegsgebrauch, in Beschlag genommen. Dort am Ufer, in einer höchst ungesunden Gegend, trifft er Engländer gelagert, deren Karawane, gleichfalls aufgehalten, einen günstigen Augenblick erpassen möchte. Freundlich aufgenommen, schließt er sich an sie an, errichtet seine Gezelte nächst den ihrigen und eine Palmhütte zu besserer Bequemlichkeit. Hier scheint ihm ein freundlicher Stern zu leuchten! Seine Ehe war bisher kinderlos, und zu größter Freude beider Gatten erklärt sich Maani guter Hoffnung; aber ihn ergreift eine Krankheit, schlechte Kost und böse Luft zeigen den schlimmsten Einfluß auf ihn und leider auch auf Maani, sie kommt zu früh nieder, und das Fieber verläßt sie nicht. Ihr standhafter Charakter, auch ohne ärztliche Hülfe, erhält sie noch eine Zeitlang, sodann aber fühlt sie ihr Ende herannahen, ergibt sich in frommer Gelassenheit, verlangt aus der Palmenhütte unter die Zelte gebracht zu sein, woselbst sie, indem Mariuccia die geweihte Kerze hält und della Valle die herkömmlichen Gebete verrichtet, in seinen Armen verscheidet. Sie hatte das dreiundzwanzigste Jahr erreicht.

Einem solchen ungeheuren Verluste zu schmeicheln, beschließt er fest und unwiderruflich, den Leichnam in sein Erbbegräbnis mit nach Rom zu nehmen. An Harzen, Balsamen und kostbaren Spezereien fehlt es ihm; glücklicherweise findet er eine Ladung des besten Kampfers, welcher, kunstreich durch erfahrne Personen angewendet, den Körper erhalten soll.

Hiedurch aber übernimmt er die größte Beschwerde, indem er so fortan den Aberglauben der Kameltreiber, die habsüchtigen Vorurteile der Beamten, die Aufmerksamkeit der Zollbedienten auf der ganzen künftigen Reise zu beschwichtigen oder zu bestechen hat.

Nun begleiten wir ihn nach Lar, der Hauptstadt des Laristan, wo er bessere Luft, gute Aufnahme findet, und die

Eroberung von Ormus durch die Perser abwartet. Aber auch ihre Triumphe dienen ihm zu keiner Fördernis. Er sieht sich wieder nach Schiras zurückgedrängt, bis er denn doch endlich mit einem englischen Schiffe nach Indien geht. Hier finden wir sein Betragen dem bisherigen gleich; sein standhafter Mut, seine Kenntnisse, seine adligen Eigenschaften verdienen ihm überall leichten Eintritt und ehrenvolles Verweilen, endlich aber wird er doch nach dem Persischen Meerbusen zurück und zur Heimfahrt durch die Wüste genötigt.

Hier erduldet er alle gefürchteten Unbilden. Von Stammhäuptern dezimiert, taxiert von Zollbeamten, beraubt von Arabern und selbst in der Christenheit überall vexiert und verspätet, bringt er doch endlich Kuriositäten und Kostbarkeiten genug, das Seltsamste und Kostbarste aber: den Körper seiner geliebten Maani, nach Rom. Dort, auf Ara Coeli, begeht er ein herrliches Leichenfest, und als er in die Grube hinabsteigt, ihr die letzte Ehre zu erweisen, finden wir zwei Jungfräulein neben ihm, *Silvia,* eine während seiner Abwesenheit anmutig herangewachsene Tochter, und *Tinatin di Ziba,* die wir bisher unter dem Namen Mariuccia gekannt, beide ungefähr funfzehnjährig. Letztere, die seit dem Tode seiner Gemahlin eine treue Reisegefährtin und einziger Trost gewesen, nunmehr zu heiraten entschließt er sich, gegen den Willen seiner Verwandten, ja des Papstes, die ihm vornehmere und reichere Verbindungen zudenken. Nun betätigt er, noch mehrere Jahre glanzreich, einen heftig-kühnen und mutigen Charakter, nicht ohne Händel, Verdruß und Gefahr, und hinterläßt bei seinem Tode, der im sechsundsechzigsten Jahre erfolgt, eine zahlreiche Nachkommenschaft.

ENTSCHULDIGUNG

Es läßt sich bemerken, daß ein jeder den Weg, auf welchem er zu irgendeiner Kenntnis und Einsicht gelangt, allen übrigen vorziehen und seine Nachfolger gern auf denselben einleiten und einweihen möchte. In diesem Sinne hab' ich Peter della Valle umständlich dargestellt, weil er derjenige

Reisende war, durch den mir die Eigentümlichkeiten des Orients am ersten und klarsten aufgegangen, und meinem Vorurteil will scheinen, daß ich durch diese Darstellung erst meinem Divan einen eigentümlichen Grund und Boden gewonnen habe. Möge dies andern zur Aufmunterung gereichen, in dieser Zeit, die so reich an Blättern und einzelnen Heften ist, einen Folianten durchzulesen, durch den sie entschieden in eine bedeutende Welt gelangen, die ihnen in den neusten Reisebeschreibungen zwar oberflächlich umgeändert, im Grund aber als dieselbe erscheinen wird, welche sie dem vorzüglichen Manne zu seiner Zeit erschien.

Wer den Dichter will verstehen
Muß in Dichters Lande gehen;
Er im Orient sich freue
Daß das Alte sei das Neue.

OLEARIUS

Die Bogenzahl unserer bis hierher abgedruckten Arbeiten erinnert uns, vorsichtiger und weniger abschweifend von nun an fortzufahren. Deswegen sprechen wir von dem genannten trefflichen Manne nur im Vorübergehen. Sehr merkwürdig ist es, verschiedene Nationen als Reisende zu betrachten. Wir finden Engländer, unter welchen wir Sherley und Herbert ungern vorbeigingen; sodann aber Italiener; zuletzt Franzosen. Hier trete nun ein Deutscher hervor in seiner Kraft und Würde. Leider war er auf seiner Reise nach dem persischen Hof an einen Mann gebunden, der mehr als Abenteurer denn als Gesandter erscheint; in beidem Sinne aber sich eigenwillig, ungeschickt, ja unsinnig benimmt. Der Geradsinn des trefflichen Olearius läßt sich dadurch nicht irre machen; er gibt uns höchst erfreuliche und belehrende Reiseberichte, die um so schätzbarer sind, als er nur wenige Jahre nach della Valle und kurz nach dem Tode Abbas' des Großen nach Persien kam, und bei seiner Rückkehr die Deutschen mit Saadi, dem Trefflichen, durch eine tüchtige und erfreuliche Übersetzung bekannt machte. Ungern brechen wir ab, weil wir auch diesem Manne für das Gute, das wir ihm schuldig sind, gründlichen Dank abzutragen wünschten. In gleicher Stellung finden wir uns gegen die beiden folgenden, deren Verdienste wir auch nur oberflächlich berühren dürfen.

TAVERNIER UND CHARDIN

Ersterer, Goldschmied und Juwelenhändler, dringt mit Verstand und klugem Betragen, kostbar-kunstreiche Waren zu seiner Empfehlung vorzeigend, an die orientalischen Höfe und weiß sich überall zu schicken und zu finden. Er gelangt nach Indien zu den Demantgruben, und, nach einer gefahrvollen Rückreise, wird er im Westen nicht zum freundlichsten aufgenommen. Dessen hinterlassene Schriften sind höchst belehrend, und doch wird er von seinem Landsmann, Nachfolger und Rival *Chardin* nicht sowohl im Lebensgange gehindert, als in der öffentlichen Meinung nachher verdunkelt. Dieser, der sich gleich zu Anfang seiner Reise durch die größten Hindernisse durcharbeiten muß, versteht denn auch die Sinnesweise orientalischer Macht- und Geldhaber, die zwischen Großmut und Eigennutz schwankt, trefflich zu benutzen, und ihrer, beim Besitz der größten Schätze, nie zu stillenden Begier nach frischen Juwelen und fremden Goldarbeiten vielfach zu dienen; deshalb er denn auch nicht ohne Glück und Vorteil wieder nach Hause zurückkehrt.

An diesen beiden Männern ist Verstand, Gleichmut, Gewandtheit, Beharrlichkeit, einnehmendes Betragen und Standhaftigkeit nicht genug zu bewundern, und könnte jeder Weltmann sie auf seiner Lebensreise als Muster verehren. Sie besaßen aber zwei Vorteile, die nicht einem jeden zustatten kommen: sie waren Protestanten und Franzosen zugleich — Eigenschaften, die, zusammen verbunden, höchst fähige Individuen hervorzubringen imstande sind.

NEUERE UND NEUSTE REISENDE

Was wir dem achtzehnten und schon dem neunzehnten Jahrhundert verdanken, darf hier gar nicht berührt werden. Die Engländer haben uns in der letzten Zeit über die unbekanntesten Gegenden aufgeklärt. Das Königreich Kabul, das alte Gedrosien und Carmanien sind uns zugänglich geworden. Wer kann seine Blicke zurückhalten, daß sie nicht über den Indus hinüber streifen und dort die große Tätigkeit anerkennen, die täglich weiter um sich greift; und so muß denn, hiedurch gefördert, auch im Okzident die Lust nach ferner- und tieferer Sprachkenntnis sich immer erweitern. Wenn wir bedenken, welche Schritte Geist und Fleiß Hand in Hand getan haben, um aus dem beschränkten hebräisch-rabbinischen Kreise bis zur Tiefe und Weite des Sanskrit zu gelangen, so erfreut man sich, seit so vielen Jahren Zeuge dieses Fortschreitens zu sein. Selbst die Kriege, die, so manches hindernd, zerstören, haben der gründlichen Einsicht viele Vorteile gebracht. Von den Himelaja-Gebirgen herab sind uns die Ländereien zu beiden Seiten des Indus, die bisher noch märchenhaft genug geblieben, klar, mit der übrigen Welt im Zusammenhang erschienen. Über die Halbinsel hinunter bis Java können wir nach Belieben, nach Kräften und Gelegenheit unsere Übersicht ausdehnen und uns im Besondersten unterrichten; und so öffnet sich den jüngern Freunden des Orients eine Pforte nach der andern, um die Geheimnisse jener Urwelt, die Mängel einer seltsamen Verfassung und unglücklichen Religion, so wie die Herrlichkeit der Poesie kennen zu lernen, in die sich reine Menschheit, edle Sitte, Heiterkeit und Liebe flüchtet, um uns über Kastenstreit, phantastische Religions-Ungeheuer und abstrusen Mystizismus zu trösten, und zu überzeugen, daß doch zuletzt in ihr das Heil der Menschheit aufbewahrt bleibe.

LEHRER
Abgeschiedene, Mitlebende

Sich selbst genaue Rechenschaft zu geben, von wem wir, auf unserem Lebens- und Studiengange, dieses oder jenes gelernt, wie wir nicht allein durch Freunde und Genossen, sondern auch durch Widersacher und Feinde gefördert worden, ist eine schwierige, kaum zu lösende Aufgabe. Indessen fühl ich mich angetrieben, einige Männer zu nennen, denen ich besonderen Dank abzutragen schuldig bin.

Jones. Die Verdienste dieses Mannes sind so weltbekannt und an mehr als einem Orte umständlich gerühmt, daß mir nichts übrig bleibt, als nur im allgemeinen anzuerkennen, daß ich aus seinen Bemühungen von jeher möglichsten Vorteil zu ziehen gesucht habe; doch will ich eine Seite bezeichnen, von welcher er mir besonders merkwürdig geworden. Er, nach echter englischer Bildungsweise, in griechischer und lateinischer Literatur dergestalt gegründet, daß er nicht allein die Produkte derselben zu würdern, sondern auch selbst in diesen Sprachen zu arbeiten weiß, mit den europäischen Literaturen gleichfalls bekannt, in den orientalischen bewandert, erfreut er sich der doppelt schönen Gabe, einmal eine jede Nation in ihren eigensten Verdiensten zu schätzen, sodann aber das Schöne und Gute, worin sie sämtlich einander notwendig gleichen, überall aufzufinden. Bei der Mitteilung seiner Einsichten jedoch findet er manche Schwierigkeit, vorzüglich stellt sich ihm die Vorliebe seiner Nation für alte klassische Literatur entgegen, und wenn man ihn genau beobachtet, so wird man leicht gewahr, daß er, als ein kluger Mann, das Unbekannte ans Bekannte, das Schätzenswerte an das Geschätzte anzuschließen sucht; er verschleiert seine Vorliebe für asiatische Dichtkunst und gibt mit gewandter Bescheidenheit meistens solche Beispiele, die er lateinischen und griechischen hochbelobten Gedichten gar wohl an die Seite stellen darf, er benutzt die rhythmischen antiken Formen, um die anmutigen Zartheiten des Orients auch Klassizisten eingänglich zu machen. Aber nicht allein von altertümlicher, sondern auch von patriotischer Seite mochte er viel Verdruß erlebt haben, ihn schmerzte Herabsetzung orientalischer Dichtkunst; welches deutlich hervorleuchtet aus dem hart-ironischen, nur zweiblättrigen Aufsatz: *Arabs, sive de Poësi Anglorum Dialogus,* am Schlusse seines Werkes: Über asiatische Dichtkunst. Hier stellt er uns mit offenbarer Bitterkeit vor Augen, wie absurd sich Milton und Pope im orientalischen Gewand ausnähmen; woraus denn folgt, was auch wir so oft wiederholen, daß man jeden Dichter in seiner Sprache und im eigentümlichen Bezirk seiner Zeit und Sitten aufsuchen, kennen und schätzen müsse.

Eichhorn. Mit vergnüglicher Anerkennung bemerke ich, daß ich bei meinen gegenwärtigen Arbeiten noch dasselbe Exemplar benutze, welches mir der hochverdiente Mann von seiner Ausgabe des Jonesschen Werks vor zweiundvierzig Jahren verehrte, als wir ihn noch unter die Unseren zählten und aus seinem Munde gar manches Heilsam-Belehrende vernahmen. Auch die ganze Zeit über bin ich seinem Lehrgange im Stillen gefolgt, und in diesen letzten Tagen freute ich mich höchlich, abermals von seiner Hand das höchst wichtige Werk, das uns die *Propheten* und ihre Zustände aufklärt, vollendet zu erhalten. Denn was ist erfreulicher, für den ruhig-verständigen Mann wie für den aufgeregten Dichter, als zu sehen, wie jene gottbegabten Männer mit hohem Geiste ihre bewegte Zeitumgebung betrachteten und auf das Wundersam-Bedenkliche, was vorging, strafend, warnend, tröstend und herzerhebend hindeuteten.
Mit diesem wenigen sei mein dankbarer Lebensbezug zu diesem würdigen Manne treulich ausgesprochen.

Lorsbach. Schuldigkeit ist es, hier auch des wackern Lorsbach zu gedenken. Er kam betagt in unsern Kreis, wo er in keinem Sinne für sich eine behagliche Lage fand; doch gab er mir gern über alles, worüber ich ihn befragte, treuen Bescheid, sobald es innerhalb der Grenze seiner Kenntnisse lag, die er oft mochte zu scharf gezogen haben.
Wundersam schien es mir anfangs, ihn als keinen sonderlichen Freund orientalischer Poesie zu finden; und doch geht es einem jeden auf ähnliche Weise, der auf irgendein Geschäft mit Vorliebe und Enthusiasmus Zeit und Kräfte verwendet und doch zuletzt eine gehoffte Ausbeute nicht zu finden glaubt. Und dann ist ja das Alter die Zeit, die des Genusses

entbehrt, da wo ihn der Mensch am meisten verdiente. Sein Verstand und seine Redlichkeit waren gleich heiter, und ich erinnere mich der Stunden, die ich mit ihm zubrachte, immer mit Vergnügen.

VON DIEZ

Einen bedeutenden Einfluß auf mein Studium, den ich dankbar erkenne, hatte der Prälat von Diez. Zur Zeit, da ich mich um orientalische Literatur näher bekümmerte, war mir das *Buch des Kabus* zu Handen gekommen, und schien mir so bedeutend, daß ich ihm viele Zeit widmete und mehrere Freunde zu dessen Betrachtung aufforderte. Durch einen Reisenden bot ich jenem schätzbaren Manne, dem ich so viel Belehrung schuldig geworden, einen verbindlichen Gruß. Er sendete mir dagegen freundlich das kleine Büchlein über die Tulpen. Nun ließ ich, auf seidenartiges Papier, einen kleinen Raum mit prächtiger goldner Blumen-Einfassung verzieren, worin ich nachfolgendes Gedicht schrieb:

Wie man mit Vorsicht auf der Erde wandelt,
Es sei bergauf, es sei hinab vom Thron,
Und wie man Menschen, wie man Pferde handelt,
Das alles lehrt der König seinen Sohn.
Wir wissens nun, durch dich der uns beschenkte;
Jetzt fügest du der Tulpe Flor daran,
Und wenn mich nicht der goldne Rahm beschränkte,
Wo endete was du für uns getan!

Und so entspann sich eine briefliche Unterhaltung, die der würdige Mann, bis an sein Ende, mit fast unleserlicher Hand, unter Leiden und Schmerzen getreulich fortsetzte.

Da ich nun mit Sitten und Geschichte des Orients bisher nur im allgemeinen, mit Sprache so gut wie gar nicht bekannt gewesen, war eine solche Freundlichkeit mir von der größten Bedeutung. Denn weil es mir, bei einem vorgezeichneten, methodischen Verfahren, um augenblickliche Aufklärung zu tun war, welche in Büchern zu finden Kraft und Zeit verzehrenden Aufwand erfordert hätte, so wendete ich mich in bedenklichen Fällen an ihn, und erhielt auf meine

Frage jederzeit genügende und fördernde Antwort. Diese seine Briefe verdienten gar wohl wegen ihres Gehalts gedruckt und als ein Denkmal seiner Kenntnisse und seines Wohlwollens aufgestellt zu werden. Da ich seine strenge und eigene Gemütsart kannte, so hütete ich mich, ihn von gewisser Seite zu berühren; doch war er gefällig genug, ganz gegen seine Denkweise, als ich den Charakter des *Nussreddin Chodscha*, des lustigen Reise- und Zeltgefährten des Welteroberers Timur, zu kennen wünschte, mir einige jener Anekdoten zu übersetzen. Woraus denn abermal hervorging, daß gar manche verfängliche Märchen, welche die Westländer nach ihrer Weise behandelt, sich vom Orient herschreiben, jedoch die eigentliche Farbe, den wahren, angemessenen Ton bei der Umbildung meistensteils verloren.

Da von diesem Buche das Manuskript sich nun auf der Königlichen Bibliothek zu Berlin befindet, wäre es sehr zu wünschen, daß ein Meister dieses Faches uns eine Übersetzung gäbe. Vielleicht wäre sie in lateinischer Sprache am füglichsten zu unternehmen, damit der Gelehrte vorerst vollständige Kenntnis davon erhielte. Für das deutsche Publikum ließe sich alsdann recht wohl eine anständige Übersetzung im Auszug veranstalten.

Daß ich an des Freundes übrigen Schriften, den *Denkwürdigkeiten des Orients* usw., Teil genommen und Nutzen daraus gezogen, davon möge gegenwärtiges Heft Beweise führen; bedenklicher ist es zu bekennen, daß auch seine, nicht gerade immer zu billigende, Streitsucht mir vielen Nutzen geschafft. Erinnert man sich aber seiner Universitäts-Jahre, wo man gewiß zum Fechtboden eilte, wenn ein paar Meister oder Senioren Kraft und Gewandtheit gegen einander versuchten, so wird niemand in Abrede sein, daß man bei solcher Gelegenheit Stärken und Schwächen gewahr wurde, die einem Schüler vielleicht für immer verborgen geblieben wären.

Der Verfasser des Buches Kabus, *Kjekjawus,* König der Dilemiten, welche das Gebirgsland Ghilan, das gegen Mittag den Pontus Euxinus abschließt, bewohnten, wird uns bei näherer Bekanntschaft doppelt lieb werden. Als Kronprinz höchst sorgfältig zum freisten, tätigsten Leben erzogen, verließ er das Land, um weit in Osten sich auszubilden und zu prüfen.

Kurz nach dem Tode Mahmuds, von welchem wir so viel Rühmliches zu melden hatten, kam er nach Gasna, wurde von dessen Sohne *Messud* freundlichst aufgenommen und, in Gefolg mancher Kriegs- und Friedensdienste, mit einer Schwester vermählt. An einem Hofe, wo vor wenigen Jahren Ferdusi das Schah Nameh geschrieben, wo eine große Versammlung von Dichtern und talentvollen Menschen nicht ausgestorben war, wo der neue Herrscher, kühn und kriegerisch wie sein Vater, geistreiche Gesellschaft zu schätzen wußte, konnte Kjekjawus auf seiner Irrfahrt den köstlichsten Raum zu fernerer Ausbildung finden.

Doch müssen wir zuerst von seiner Erziehung sprechen. Sein Vater hatte, die körperliche Ausbildung aufs höchste zu steigern, ihn einem trefflichen Pädagogen übergeben. Dieser brachte den Sohn zurück, geübt in allen ritterlichen Gewandtheiten: zu schießen, zu reiten, reitend zu schießen, den Speer zu werfen, den Schlägel zu führen und damit den Ball aufs geschickteste zu treffen. Nachdem dies alles vollkommen gelang und der König zufrieden schien, auch deshalb den Lehrmeister höchlich lobte, fügte er hinzu: Ich habe doch noch eins zu erinnern. Du hast meinen Sohn in allem unterrichtet, wozu er fremder Werkzeuge bedarf: ohne Pferd kann er nicht reiten, nicht schießen ohne Bogen, was ist sein Arm, wenn er keinen Wurfspieß hat, und was wäre das Spiel ohne Schlägel und Ball! Das Einzige hast du ihn nicht gelehrt, wo er sein selbst allein bedarf, welches das Notwendigste ist und wo ihm niemand helfen kann. Der Lehrer stand beschämt und vernahm, daß dem Prinzen die Kunst zu schwimmen fehle. Auch diese wurde, jedoch mit einigem Widerwillen des Prinzen, erlernt, und diese rettete ihm das Leben, als er auf einer Reise nach Mekka, mit einer großen Menge Pilger auf dem Euphrat scheiternd, nur mit wenigen davon kam.

Daß er geistig in gleich hohem Grade gebildet gewesen, beweist die gute Aufnahme, die er an dem Hofe von Gasna gefunden: daß er zum Gesellschafter des Fürsten ernannt war; welches damals viel heißen wollte, weil er gewandt sein mußte, verständig und angenehm von allem Vorkommenden genügende Rechenschaft zu geben.

Unsicher war die Thronfolge von Ghilan, unsicher der Besitz des Reiches selbst, wegen mächtiger, eroberungssüchtiger Nachbarn. Endlich, nach dem Tode seines erst abgesetzten, dann wieder eingesetzten königlichen Vaters, bestieg Kjekjawus mit großer Weisheit und entschiedener Ergebenheit in die mögliche Folge der Ereignisse den Thron, und, in hohem Alter, da er voraussah, daß der Sohn *Ghilan Schah* noch einen gefährlichern Stand haben werde als er selbst, schreibt er dies merkwürdige Buch, worin er zu seinem Sohne spricht: ›daß er ihn mit Künsten und Wissenschaften aus dem doppelten Grunde bekannt mache, um entweder durch irgendeine Kunst seinen Unterhalt zu gewinnen, wenn er durchs Schicksal in die Notwendigkeit versetzt werden möchte, oder im Fall er der Kunst zum Unterhalt nicht bedürfte, doch wenigstens vom Grunde jeder Sache wohl unterrichtet zu sein, wenn er bei der Hoheit verbleiben sollte‹.

Wäre in unsern Tagen den hohen Emigrierten, die sich oft mit musterhafter Ergebung von ihrer Hände Arbeit nährten, ein solches Buch zu Handen gekommen, wie tröstlich wäre es ihnen gewesen.

Daß ein so vortreffliches, ja unschätzbares Buch nicht mehr bekannt geworden, daran mag hauptsächlich Ursache sein, daß es der Verfasser auf seine eigenen Kosten herausgab und die Firma Nicolai solches nur in Kommission genommen hatte, wodurch gleich für ein solches Werk im Buchhandel eine ursprüngliche Stockung entsteht. Damit aber das Vaterland wisse, welcher Schatz ihm hier zubereitet liegt, so setzen wir den Inhalt der Kapitel hierher und ersuchen die schätzbaren Tagesblätter, wie das *Morgenblatt* und der *Gesellschafter,* die so erbaulichen als erfreulichen Anekdoten und Geschichten, nicht weniger die großen, unvergleichlichen Maximen, die dieses Werk enthält, vorläufig allgemein bekannt zu machen.

Inhalt des Buches Kabus kapitelweise

1) Erkenntnis Gottes.
2) Lob des Propheten.
3) Gott wird gepriesen.
4) Fülle des Gottesdienstes ist notwendig und nützlich.
5) Pflichten gegen Vater und Mutter.
6) Herkunft durch Tugend zu erhöhen.
7) Nach welchen Regeln man sprechen muß.
8) Die letzten Lehren Nuschirwans.
9) Zustand des Alters und der Jugend.
10) Wohlanständigkeit und Regeln beim Essen.
11) Verhalten beim Weintrinken.
12) Wie Gäste einzuladen und zu bewirten.
13) Auf welche Weise gescherzt, Stein und Schach gespielt werden muß.
14) Beschaffenheit der Liebenden.
15) Nutzen und Schaden der Beiwohnung.
16) Wie man sich baden und waschen muß.
17) Zustand des Schlafens und Ruhens.
18) Ordnung bei der Jagd.
19) Wie Ballspiel zu treiben.
20) Wie man dem Feind entgegengehen muß.
21) Mittel das Vermögen zu vermehren.
22) Wie anvertraut Gut zu bewahren und zurückzugeben.
23) Kauf der Sklaven und Sklavinnen.
24) Wo man Besitzungen ankaufen muß.
25) Pferdekauf und Kennzeichen der besten.
26) Wie der Mann ein Weib nehmen muß.
27) Ordnung bei Auferziehung der Kinder.
28) Vorteile, sich Freunde zu machen und sie zu wählen.
29) Gegen der Feinde Anschläge und Ränke nicht sorglos zu sein.
30) Verdienstlich ist es zu verzeihen.
31) Wie man Wissenschaft suchen muß.
32) Kaufhandel.
33) Regeln der Ärzte und wie man leben muß.
34) Regeln der Sternkundigen.
35) Eigenschaften der Dichter und Dichtkunst.

36) Regeln der Musiker.
37) Die Art Kaisern zu dienen.
38) Stand der Vertrauten und Gesellschafter der Kaiser.
39) Regeln der Kanzlei-Ämter.
40) Ordnung des Vesirats.
41) Regeln der Heerführerschaft.
42) Regeln der Kaiser.
43) Regeln des Ackerbaues und der Landwirtschaft.
44) Vorzüge der Tugend.

Wie man nun aus einem Buche solchen Inhalts sich ohne Frage eine ausgebreitete Kenntnis der orientalischen Zustände versprechen kann, so wird man nicht zweifeln, daß man darin Analogien genug finden werde, sich in seiner europäischen Lage zu belehren und zu beurteilen.
Zum Schluß eine kurze chronologische Wiederholung. König Kjekjawus kam ungefähr zur Regierung Heg. 450 = 1058, regierte noch Heg. 473 = 1080, vermählt mit einer Tochter des Sultan Mahmud von Gasna. Sein Sohn, Ghilan Schah, für welchen er das Werk schrieb, ward seiner Länder beraubt. Man weiß wenig von seinem Leben, nichts von seinem Tode. Siehe Diez' Übersetzung. Berlin 1811.

VON HAMMER

Wie viel ich diesem würdigen Mann schuldig geworden, beweist mein Büchlein in allen seinen Teilen. Längst war ich auf Hafis und dessen Gedichte aufmerksam, aber was mir auch Literatur, Reisebeschreibung, Zeitblatt und sonst zu Gesicht brachte, gab mir keinen Begriff, keine Anschauung von dem Wert, von dem Verdienste dieses außerordentlichen Mannes. Endlich aber, als mir, im Frühling 1814, die vollständige Übersetzung aller seiner Werke zukam, ergriff ich mit besonderer Vorliebe sein inneres Wesen und suchte mich durch eigene Produktion mit ihm in Verhältnis zu setzen. Diese freundliche Beschäftigung half mir über bedenkliche Zeiten hinweg und ließ mich zuletzt die Früchte des errungenen Friedens aufs angenehmste genießen.

Schon seit einigen Jahren war mir der schwunghafte Betrieb der ›Fundgruben‹ im allgemeinen bekannt geworden, nun aber erschien die Zeit, wo ich Vorteil daraus gewinnen sollte, Nach mannigfaltigen Seiten hin deutete dieses Werk, erregte und befriedigte zugleich das Bedürfnis der Zeit; und hier bewahrheitete sich mir abermals die Erfahrung, daß wir in jedem Fach von den Mitlebenden auf das schönste gefördert werden, sobald man sich ihrer Vorzüge dankbar und freundlich bedienen mag. Kenntnisreiche Männer belehren uns über die Vergangenheit, sie geben den Standpunkt an, auf welchem sich die augenblickliche Tätigkeit hervortut, sie deuten vorwärts auf den nächsten Weg, den wir einzuschlagen haben. Glücklicherweise wird genanntes herrliche Werk noch immer mit gleichem Eifer fortgesetzt, und wenn man auch in diesem Felde seine Untersuchungen rückwärts anstellt, so kehrt man doch immer gern mit erneutem Anteil zu demjenigen zurück, was uns hier so frisch genießbar und brauchbar von vielen Seiten geboten wird.

Um jedoch eines zu erinnern, muß ich gestehen, daß mich diese wichtige Sammlung noch schneller gefördert hätte, wenn die Herausgeber, die freilich nur für vollendete Kenner eintragen und arbeiten, auch auf Laien und Liebhaber ihr Augenmerk gerichtet und, wo nicht allen, doch mehreren Aufsätzen eine kurze Einleitung über die Umstände vergangner Zeit, Persönlichkeiten, Lokalitäten vorgesetzt hätten; da denn freilich manches mühsame und zerstreuende Nachsuchen dem Lernbegierigen wäre erspart worden.

Doch alles, was damals zu wünschen blieb, ist uns jetzt in reichlichem Maße geworden, durch das unschätzbare Werk, das uns Geschichte persischer Dichtkunst überliefert. Denn ich gestehe gern, daß schon im Jahre 1814, als die Göttinger Anzeigen uns die erste Nachricht von dessen Inhalt vorläufig bekannt machten, ich sogleich meine Studien nach den gegebenen Rubriken ordnete und einrichtete, wodurch mir ein ansehnlicher Vorteil geworden. Als nun aber das mit Ungeduld erwartete Ganze endlich erschien, fand man sich auf einmal wie mitten in einer bekannten Welt, deren Verhältnisse man klar im einzelnen erkennen und beachten konnte, da wo man sonst nur im allgemeinsten durch wechselnde Nebelschichten hindurchsah.

Möge man mit meiner Benutzung dieses Werks einigermaßen zufrieden sein und die Absicht erkennen, auch diejenigen anzulocken, welche diesen gehäuften Schatz auf ihrem Lebenswege vielleicht weit zur Seite gelassen hätten.

Gewiß besitzen wir nun ein Fundament, worauf die persische Literatur herrlich und übersehbar aufgebaut werden kann, nach dessen Muster auch andere Literaturen Stellung und Fördernis gewinnen sollen. Höchst wünschenswert bleibt es jedoch, daß man die chronologische Ordnung immerfort beibehalte und nicht etwa einen Versuch mache einer systematischen Aufstellung, nach den verschiedenen Dichtarten. Bei den orientalischen Poeten ist alles zu sehr gemischt, als daß man das Einzelne sondern könnte; der Charakter der Zeit und des Dichters in seiner Zeit ist allein belehrend und wirkt belebend auf einen jeden; wie es hier geschehen, bleibe ja die Behandlung so fortan.

Mögen die Verdienste der glänzenden Schirin, des lieblich ernst belehrenden Kleeblatts, das uns eben am Schluß unserer Arbeit erfreut, allgemein anerkannt werden.

ÜBERSETZUNGEN

Da nun aber auch der Deutsche durch Übersetzungen aller Art gegen den Orient immer weiter vorrückt, so finden wir uns veranlaßt, etwas zwar Bekanntes, doch nie genug zu Wiederholendes an dieser Stelle beizubringen.

Es gibt dreierlei Arten Übersetzung. Die erste macht uns in unserm eigenen Sinne mit dem Auslande bekannt; eine schlicht-prosaische ist hiezu die beste. Denn indem die Prosa alle Eigentümlichkeiten einer jeden Dichtkunst völlig aufhebt und selbst den poetischen Enthusiasmus auf eine allgemeine Wasser-Ebne niederzieht, so leistet sie für den Anfang den größten Dienst, weil sie uns mit dem fremden Vortrefflichen, mitten in unserer nationellen Häuslichkeit, in unserem gemeinen Leben überrascht und, ohne daß wir wissen wie uns geschieht, eine höhere Stimmung verleihend, wahrhaft erbaut. Eine solche Wirkung wird Luthers Bibelübersetzung jederzeit hervorbringen.

Hätte man die Nibelungen gleich in tüchtige Prosa gesetzt und sie zu einem Volksbuche gestempelt, so wäre viel gewonnen worden, und der seltsame, ernste, düstere, grauerliche Rittersinn hätte uns mit seiner vollkommenen Kraft angesprochen. Ob dieses jetzt noch rätlich und tunlich sei, werden diejenigen am besten beurteilen, die sich diesen altertümlichen Geschäften entschiedener gewidmet haben.

Eine zweite Epoche folgt hierauf, wo man sich in die Zustände des Auslandes zwar zu versetzen, aber eigentlich nur fremden Sinn sich anzueignen und mit eignem Sinne wieder darzustellen bemüht ist. Solche Zeit möchte ich im reinsten Wortverstand die *parodistische* nennen. Meistenteils sind es geistreiche Menschen, die sich zu einem solchen Geschäft berufen fühlen. Die Franzosen bedienen sich dieser Art bei Übersetzung aller poetischen Werke; Beispiele zu Hunderten lassen sich in Delilles Übertragungen finden. Der Franzose, wie er sich fremde Worte mundrecht macht, verfährt auch so mit den Gefühlen, Gedanken, ja den Gegenständen, er fordert durchaus für jede fremde Frucht ein Surrogat, das auf seinem eignen Grund und Boden gewachsen sei.

Wielands Übersetzungen gehören zu dieser Art und Weise; auch er hatte einen eigentümlichen Verstands- und Geschmacksinn, mit dem er sich dem Altertum, dem Auslande nur insofern annäherte, als er seine Konvenienz dabei fand. Dieser vorzügliche Mann darf als Repräsentant seiner Zeit angesehen werden; er hat außerordentlich gewirkt, indem gerade das, was ihn anmutete, wie er sichs zueignete und es wieder mitteilte, auch seinen Zeitgenossen angenehm und genießbar begegnete.

Weil man aber weder im Vollkommenen noch Unvollkommenen lange verharren kann, sondern eine Umwandlung nach der andern immerhin erfolgen muß, so erlebten wir den dritten Zeitraum, welcher der höchste und letzte zu nennen ist, derjenige nämlich, wo man die Übersetzung dem

Original identisch machen möchte, so daß eins nicht anstatt des andern, sondern an der Stelle des andern gelten solle.

Diese Art erlitt anfangs den größten Widerstand; denn der Übersetzer, der sich fest an sein Original anschließt, gibt mehr oder weniger die Originalität seiner Nation auf, und so entsteht ein Drittes, wozu der Geschmack der Menge sich erst heranbilden muß.

Der nie genug zu schätzende *Voß* konnte das Publikum zuerst nicht befriedigen, bis man sich nach und nach in die neue Art hinein hörte, hinein bequemte. Wer nun aber jetzt übersieht, was geschehen ist, welche Versatilität unter die Deutschen gekommen, welche rhetorische, rhythmische, metrische Vorteile dem geistreich-talentvollen Jüngling zur Hand sind, wie nun Ariost und Tasso, Shakespeare und Calderon, als eingedeutschte Fremde, uns doppelt und dreifach vorgeführt werden, der darf hoffen, daß die Literargeschichte unbewunden aussprechen werde, wer diesen Weg unter mancherlei Hindernissen zuerst einschlug.

Die von Hammerschen Arbeiten deuten nun auch meistens auf ähnliche Behandlung orientalischer Meisterwerke, bei welchen vorzüglich die Annäherung an äußere Form zu empfehlen ist. Wie unendlich vorteilhafter zeigen sich die Stellen einer Übersetzung des Ferdusi, welche uns genannter Freund geliefert, gegen diejenigen eines Umarbeiters, wovon einiges in den ›Fundgruben‹ zu lesen ist. Diese Art, einen Dichter umzubilden, halten wir für den traurigsten Mißgriff, den ein fleißiger, dem Geschäft übrigens gewachsener Übersetzer tun könnte.

Da aber bei jeder Literatur jene drei Epochen sich wiederholen, umkehren, ja die Behandlungsarten sich gleichzeitig ausüben lassen, so wäre jetzt eine prosaische Übersetzung des Schah Nameh und der Werke des Nisami immer noch am Platz. Man benutzte sie zur überhineilenden, den Hauptsinn aufschließenden Lektür, wir erfreuten uns am Geschichtlichen, Fabelhaften, Ethischen im allgemeinen, und vertrauten uns immer näher mit den Gesinnungen und Denkweisen, bis wir uns endlich damit völlig verbrüdern könnten.

Man erinnere sich des entschiedensten Beifalls, den wir Deutschen einer solchen Übersetzung der *Sakontala* gezollt, und wir können das Glück, was sie gemacht, gar wohl jener allgemeinen Prosa zuschreiben, in welche das Gedicht aufgelöst worden. Nun aber wär es an der Zeit, uns davon eine Übersetzung der dritten Art zu geben, die den verschiedenen Dialekten, rhythmischen, metrischen und prosaischen Sprachweisen des Originals entspräche und uns dieses Gedicht in seiner ganzen Eigentümlichkeit aufs neue erfreulich und einheimisch machte. Da nun in Paris eine Handschrift dieses ewigen Werkes befindlich, so könnte ein dort hausender Deutscher sich um uns ein unsterblich Verdienst durch solche Arbeit erwerben.

Der englische Übersetzer des Wolkenboten *Mega Dhuta* ist gleichfalls aller Ehren wert, denn die erste Bekanntschaft mit einem solchen Werke macht immer Epoche in unserem Leben. Aber seine Übersetzung ist eigentlich aus der zweiten Epoche, paraphrastisch und suppletorisch, sie schmeichelt durch den fünffüßigen Jambus dem nordöstlichen Ohr und Sinn. Unserm *Kosegarten* dagegen verdanke ich wenige Verse unmittelbar aus der Ursprache, welche freilich einen ganz andern Aufschluß geben. Überdies hat sich der Engländer Transpositionen der Motive erlaubt, die der geübte ästhetische Blick sogleich entdeckt und mißbilligt.

Warum wir aber die dritte Epoche auch zugleich die letzte genannt, erklären wir noch mit wenigem. Eine Übersetzung, die sich mit dem Original zu identifizieren strebt, nähert sich zuletzt der Interlinear-Version und erleichtert höchlich das Verständnis des Originals; hiedurch werden wir an den Grundtext hinangeführt, ja -getrieben, und so ist denn zuletzt der ganze Zirkel abgeschlossen, in welchem sich die Annäherung des Fremden und Einheimischen, des Bekannten und Unbekannten bewegt.

Inwiefern es uns gelungen ist, den urältesten, abgeschiedenen Orient an den neusten, lebendigsten anzuknüpfen, werden Kenner und Freunde mit Wohlwollen beurteilen. Uns kam jedoch abermals einiges zur Hand, das, der Geschichte des Tags angehörig, zu frohem und belebtem Schlusse des Ganzen erfreulich dienen möchte.

Als, vor etwa vier Jahren, der nach Petersburg bestimmte persische Gesandte die Aufträge seines Kaisers erhielt, versäumte die erlauchte Gemahlin des Monarchen keineswegs diese Gelegenheit, sie sendete vielmehr von ihrer Seite bedeutende Geschenke Ihro der Kaiserin-Mutter aller Reußen Majestät, begleitet von einem Briefe, dessen Übersetzung wir mitzuteilen das Glück haben.

Schreiben
der Gemahlin des Kaisers von Persien
an Ihro Majestät
die Kaiserin-Mutter aller Reußen

Solange die Elemente dauern, aus welchen die Welt besteht, möge die erlauchte Frau des Palasts der Größe, das Schatzkästchen der Perle des Reiches, die Konstellation der Gestirne der Herrschaft, die, welche die glänzende Sonne des großen Reiches getragen, den Zirkel des Mittelpunkts der Oberherrschaft, den Palmbaum der Frucht der obersten Gewalt, möge sie immer glücklich sein und bewahrt vor allen Unfällen.

Nach dargebrachten diesen meinen aufrichtigsten Wünschen hab' ich die Ehre anzumelden, daß, nachdem in unsern glücklichen Zeiten, durch Wirkung der großen Barmherzigkeit des allgewaltigen Wesens, die Gärten der zwei hohen Mächte aufs neue frische Rosenblüten hervortreiben und alles, was sich zwischen die beiden herrlichen Höfe eingeschlichen, durch aufrichtigste Einigkeit und Freundschaft beseitigt ist, auch in Anerkennung dieser großen Wohltat nunmehr alle, welche mit einem oder dem andern Hofe verbunden sind, nicht aufhören werden, freundschaftliche Verhältnisse und Briefwechsel zu unterhalten.

Nun also in diesem Momente, da Se. Exzellenz Mirza Abul Hassan Khan, Gesandter an dem großen russischen Hofe, nach dessen Hauptstadt abreist, hab' ich nötig gefunden, die Türe der Freundschaft durch den Schlüssel dieses aufrichtigen Briefes zu eröffnen. Und, weil es ein alter Gebrauch ist, gemäß den Grundsätzen der Freundschaft und Herzlichkeit, daß Freunde sich Geschenke darbringen, so bitte ich, die dargebotenen artigsten Schmuckwaren unseres Landes gefällig aufzunehmen. Ich hoffe, daß Sie dagegen, durch einige Tropfen freundlicher Briefe, den Garten eines Herzens erquicken werden, das Sie höchlich liebt. Wie ich denn bitte, mich mit Aufträgen zu erfreuen, die ich angelegentlichst zu erfüllen mich erbiete.

Gott erhalte Ihre Tage rein, glücklich und ruhmvoll.

Geschenke

Eine Perlenschnur, an Gewicht 498 Karat.
Fünf indische Shawls.
Ein Pappenkästchen, Ispahanische Arbeit.
Eine kleine Schachtel, Federn darein zu legen.
Behältnis mit Gerätschaften zu notwendigem Gebrauch.
Fünf Stück Brokate.

Wie ferner der in Petersburg verweilende Gesandte über die Verhältnisse beider Nationen sich klug, bescheidentlich ausdrückt, konnten wir unsern Landsleuten, im Gefolg der Geschichte persischer Literatur und Poesie, schon oben darlegen.

Neuerdings aber finden wir diesen gleichsam *gebornen Gesandten,* auf seiner Durchreise für England, in Wien von Gnadengaben seines Kaisers erreicht, denen der Herrscher selbst, durch dichterischen Ausdruck, Bedeutung und Glanz vollkommen verleihen will. Auch diese Gedichte fügen wir hinzu, als endlichen Schlußstein unseres zwar mit mancherlei Materialien, aber doch, Gott gebe! dauerhaft aufgeführten Domgewölbes.

در درفش

فتحعلی شه ترك جمشید کیتی افروز

کشور خدای ایران خورشید عالم آرا

چترش بصحن کیهان افکنده ظلّ اعظم

کزدش بمعز کیوان اکنده مشك سارا

ایران كنام شیران خورشید شاه ایران

زانست شیر وخورشید نقش درفش دارا

فرق سفیر دانا یعنی ابو الحسن خان

بر اطلس فلك شود از این درفش خارا

از مهر سوی لندن اورا سفیر فرمود

زان داد فرّ و نصرت بر خسرو نصارا

Auf die Fahne

Fetch Ali Schah, der Türk, ist Dschemschid gleich,
Weltlicht, und Irans Herr, der Erden Sonne.
Sein Schirm wirft auf die Weltflur weiten Schatten,
Sein Gurt haucht Muskus in Saturns Gehirn.
Iran ist Löwenschlucht, sein Fürst die Sonne;
Drum prangen Leu und Sonn in Daras Banner.
Das Haupt des Boten Abul Hassan Khan
Erhebt zum Himmelsdom das seidne Banner.
Aus Liebe ward nach London er gesandt
Und brachte Glück und Heil dem Christenherrn.

در پرده

با صورت شاه وآفتاب

تبارك الله زاین پرده همایون فرّ

که آفتاب بر پردکش پرده در

بلی طرازش از کلک مانی ثانی
نکار فتحعلی شاه افتاب افسر
مهبین سفیر شهنشاه اسمان درگاه
ابو لحسن خان ان هوشمند دانشور
زیپای تا سر او غرق کوهر از خسرو
سپرد جون ره خدمت بجای پا از سر
چو خواست باز کند تاركش فریین با مهر
قرانش داد بدین مهر اسمان چاکر
درین خجسته بشارت اشارتست بزرك
بر ان سفیر نکو سیرت شنوده سیر
که هست عهدش عهد جهانکشا دارار
که هست قولش قول شپهر فر داور

Auf das Ordensband
mit dem Bilde der Sonne und des Königes

Es segne Gott dies Band des edlen Glanzes;
Die Sonne zieht den Schleier vor ihm weg.
Sein Schmuck kam von des zweiten Mani Pinsel,
Das Bild Fetch Ali Schahs mit Sonnenkrone.
Ein Bote groß des Herrn mit Himmelshof
Ist Abul Hassan Khan, gelehrt und weise,
Von Haupt zu Fuß gesenkt in Herrschersperlen;
Den Dienstweg schritt vom Haupt zum Ende er.
Da man sein Haupt zur Sonne wollt erheben,
Gab man ihm mit die Himmelssonn als Diener.
So frohe Botschaft ist von großem Sinn
Für den Gesandten edel und belobt;
Sein Bund ist Bund des Weltgebieters Dara,
Sein Wort ist Wort des Herrn mit Himmelsglanz.

Die orientalischen Höfe beobachten, unter dem Schein einer kindlichen Naivetät, ein besonderes kluges, listiges Betragen und Verfahren; vorstehende Gedichte sind Beweis davon.

Die neueste russische Gesandtschaft nach Persien fand Mirza Abul Hassan Khan zwar bei Hofe, aber nicht in ausgezeichneter Gunst; er hält sich bescheiden zur Gesandtschaft, leistet ihr manche Dienste und erregt ihre Dankbarkeit. Einige Jahre darauf wird derselbe Mann, mit stattlichem Gefolge, nach England gesendet; um ihn aber recht zu verherrlichen, bedient man sich eines eignen Mittels. Man stattet ihn bei seiner Abreise nicht mit allen Vorzügen aus, die man ihm zudenkt, sondern läßt ihn mit Kreditiven und was sonst nötig ist seinen Weg antreten. Allein kaum ist er in Wien angelangt, so ereilen ihn glänzende Bestätigungen seiner Würde, auffallende Zeugnisse seiner Bedeutung. Eine Fahne mit Insignien des Reichs wird ihm gesendet, ein Ordensband, mit dem Gleichnis der Sonne, ja mit dem Ebenbild des Kaisers selbst verziert; das alles erhebt ihn zum Stellvertreter der höchsten Macht, in und mit ihm ist die Majestät gegenwärtig. Dabei aber läßt mans nicht bewenden, Gedichte werden hinzugefügt, die, nach orientalischer Weise, in glänzenden Metaphern und Hyperbeln, Fahne, Sonne und Ebenbild erst verherrlichen.

Zum bessern Verständnisse des Einzelnen fügen wir wenige Bemerkungen hinzu. Der Kaiser nennt sich einen *Türken*, als aus dem Stamme Catschar entsprungen, welcher zur türkischen Zunge gehört. Es werden nämlich alle Hauptstämme Persiens, welche das Kriegsheer stellen, nach Sprache und Abstammung geteilt in die Stämme der türkischen, kurdischen, lurischen und arabischen Zunge.

Er vergleicht sich mit *Dschemschid,* wie die Perser ihre mächtigen Fürsten mit ihren alten Königen, in Beziehung auf gewisse Eigenschaften, zusammenstellen: Feridun an Würde, ein Dschemschid an Glanz, Alexander an Macht, ein Darius an Schutz. *Schirm* ist der Kaiser selbst, Schatten Gottes auf Erden, nur bedarf er freilich am heißen Sommertage eines Schirms; dieser aber beschattet ihn nicht allein, sondern die ganze Welt. Der *Moschusgeruch,* der feinste, dauerndste, teilbarste, steigt von des Kaisers Gürtel bis in Saturns Gehirn. Saturn ist für sie noch immer der oberste der Planeten, sein Kreis schließt die untere Welt ab, hier ist das Haupt, das Gehirn des Ganzen; wo Gehirn ist, sind Sinne; der Saturn ist also noch empfänglich für Moschusgeruch, der von dem Gürtel des Kaisers aufsteigt. *Dara* ist der Name Darius und bedeutet Herrscher; sie lassen auf keine Weise von der Erinnerung ihrer Voreltern los. Daß Iran *Löwenschlucht* genannt wird, finden wir deshalb bedeutend, weil der Teil von Persien, wo jetzt der Hof sich gewöhnlich aufhält, meist gebirgig ist, und sich gar wohl das Reich als eine Schlucht denken läßt, von Kriegern, Löwen, bevölkert. Das *seidene Banner* erhöhet nun ausdrücklich den Gesandten so hoch als möglich, und ein freundliches, liebevolles Verhältnis zu England wird zuletzt ausgesprochen.

Bei dem zweiten Gedicht können wir die allgemeine Anmerkung vorausschicken, daß Wortbezüge der persischen Dichtkunst ein inneres anmutiges Leben verleihen, sie kommen oft vor und erfreuen uns durch sinnigen Anklang.

Das *Band* gilt auch für jede Art von Bezirkung, die einen Eingang hat und deswegen wohl auch eines Pförtners bedarf, wie das Original sich ausdrückt und sagt: ›dessen Vorhang (oder Tor) die Sonne aufhebt (öffnet)‹, denn das Tor vieler orientalischen Gemächer bildet ein Vorhang; der Halter und Aufheber des Vorhanges ist daher der Pförtner. Unter *Mani* ist Manes gemeint, Sektenhaupt der Manichäer; er soll ein geschickter Maler gewesen sein und seine seltsamen Irrlehren hauptsächlich durch Gemälde verbreitet haben. Er steht hier, wie wir Apelles und Raffael sagen würden. Bei dem Wort *Herrscherperlen* fühlt sich die Einbildungskraft seltsam angeregt. Perlen gelten auch für Tropfen, und so wird ein Perlenmeer denkbar, in welches die gnädige Majestät den Günstling untertaucht. Zieht sie ihn wieder hervor, so bleiben die Tropfen an ihm hängen, und er ist köstlich geschmückt von Haupt zu Fuß. Nun aber hat der *Dienstweg* auch Haupt und Fuß, Anfang und Ende, Beginn und Ziel; weil nun also diesen der Diener treu durchschritten, wird er gelobt und belohnt. Die folgenden Zeilen deuten abermals auf die Absicht, den Gesandten überschwenglich zu erhöhen, und ihm an dem Hofe, wo er hingesandt worden, das höchste Vertrauen zu sichern, eben als wenn der Kaiser selbst gegenwärtig wäre. Daraus wir denn schließen, daß die Absendung nach England von der größten Bedeutung sei.

Man hat von der persischen Dichtkunst mit Wahrheit gesagt, sie sei in ewiger Diastole und Systole begriffen; vorstehende Gedichte bewahrheiten diese Ansicht. Immer geht es darin ins Grenzenlose und gleich wieder ins Bestimmte zurück. Der Herrscher ist Weltlicht und zugleich seines Reiches Herr, der Schirm, der ihn vor der Sonne schützt, breitet seine Schatten über die Weltflur aus, die Wohlgerüche seines Leibgurts sind dem Saturn noch ruchbar, und so weiter fort strebt alles hinaus und herein, aus den fabelhaftesten Zeiten zum augenblicklichen Hoftag. Hieraus lernen wir abermals, daß ihre Tropen, Metaphern, Hyperbeln niemals einzeln, sondern im Sinn und Zusammenhang des Ganzen aufzunehmen sind.

REVISION

Betrachtet man den Anteil, der von den ältesten bis auf die neusten Zeiten schriftlicher Überlieferung gegönnt worden, so findet sich derselbe meistens dadurch belebt, daß an jenen Pergamenten und Blättern immer noch etwas zu verändern und zu verbessern ist. Wäre es möglich, daß uns eine anerkannt-fehlerlose Abschrift eines alten Autors eingehändigt würde, so möchte solcher vielleicht gar bald zur Seite liegen.

Auch darf nicht geleugnet werden, daß wir persönlich einem Buche gar manchen Druckfehler verzeihen, indem wir uns durch dessen Entdeckung geschmeichelt fühlen. Möge diese menschliche Eigenheit auch unserer Druckschrift zugute kommen, da verschiedenen Mängeln abzuhelfen, manche Fehler zu verbessern, uns oder andern, künftig vorbehalten bleibt; doch wird ein kleiner Beitrag hiezu nicht unfreundlich abgewiesen werden.

Zuvörderst also möge von der Rechtschreibung orientalischer Namen die Rede sein, an welchen eine durchgängige Gleichheit kaum zu erreichen ist. Denn bei dem großen Unterschiede der östlichen und westlichen Sprachen hält es schwer, für die Alphabete jener bei uns reine Äquivalente zu finden. Da nun ferner die europäischen Sprachen unter sich, wegen verschiedener Abstammung und einzelner Dialekte, dem eignen Alphabet verschiedenen Wert und Bedeutung beilegen, so wird eine Übereinstimmung noch schwieriger.

Unter französischem Geleit sind wir hauptsächlich in jene Gegenden eingeführt worden. *Herbelots* Wörterbuch kam unsern Wünschen zu Hülfe. Nun mußte der französische Gelehrte orientalische Worte und Namen der nationellen Aussprache und Hörweise aneignen und gefällig machen, welches denn auch in deutsche Kultur nach und nach herüberging. So sagen wir noch Hegire lieber als Hedschra, des angenehmen Klanges und der alten Bekanntschaft wegen.

Wie viel haben an ihrer Seite die Engländer nicht geleistet! und, ob sie schon über die Aussprache ihres eignen Idioms nicht einig sind, sich doch, wie billig, des Rechts bedient, jene Namen nach ihrer Weise auszusprechen und zu schreiben, wodurch wir abermals in Schwanken und Zweifel geraten.

Die Deutschen, denen es am leichtesten fällt, zu schreiben wie sie sprechen, die sich fremden Klängen, Quantitäten und Akzenten nicht ungern gleichstellen, gingen ernstlich zu Werke. Eben aber weil sie dem Ausländischen und Fremden sich immer mehr anzunähern bemüht gewesen, so findet man auch hier zwischen älteren und neueren Schriften großen Unterschied, so daß man sich einer sichern Autorität zu unterwerfen kaum Überzeugung findet.

Dieser Sorge hat mich jedoch der ebenso einsichtige als gefällige Freund *J.G.L. Kosegarten,* dem ich auch obige Übersetzung der kaiserlichen Gedichte verdanke, gar freundlich enthoben. Möge dieser zuverlässige Mann meine Vorbereitung zu einem künftigen Divan gleichfalls geneigt begünstigen.

REGISTER

[der ersten Ausgaben]

A

Aaron 215
Abbas 70. 236
Abraxas 11
Abuherrira 119
Abul Hassan Khan 266
Achestegi 176
Allah 83
Amralkais 131
Amru 131
Ansari 155
Antara 131
Arafat 35
Asra 29
Attar 158

B

Badakschan 71
Balch 72. 140. 149. 158
Bamian 140
Barmekiden 9. 140. 149
Bassora 72
Bastan Nameh 154
Bazar 75
Behramgur 82. 168
Bidamag buden 96
Bidpai 144. 168
Bochara 71
Boteinah 29. 75. 168
Brahmanen 71
Bulbul 64. 103

C

Catschar 171
Chakani 176
Chardin 249
Chattaj 207
Chiser 9
Chosru Parvis 139. 144

Chuaresm 207
Clitus 179

D

Darnawend 107
Derwisch 159. 161
Diez, von 253
Dilaram 82. 168
Dschami 81. 162. 164
Dschelâl-eddîn Rumi 44. 158. 163
Dschemil 29. 75. 168
Dschemschid 268
Dschengis Khan 157. 159. 160

E

Ebusuud 24
Eichhorn 252
Elohim 15
Enkomiast 156
Enweri 56. 156. 163. 176
Essedi 156

F

Fal 193
Fatima 113
Ferdusi 44. 75. 155. 163. 202
Ferhad 29
Ferideddin Attar 193
Fetch Ali Schah 171
Fetwa 23

G

Gasnewiden 154
Gendsche 158
Ghilan Schah 256
Gingo biloba 69
Guebern 137

H

Hafis 10. 22. 160. 164. 186.
  200
Hammer, von 258
Harez 131
Hatem 65. 75
Hatem Thai 66
Hatem Zograi 66
Hegire 9
Hudhud 33
Hudseilite 134
Huris 10. 115

I

Jamblika 122
Jemen 133
Jesdedschird 154
Ikonium 159
Jones 251
Iran 70. 160
Isfendiar 186
Islam 209
Israel 211
Jussuph 29. 65

K

Kalif und Kalifat 148
Kaschker 207
Kjekjawus 254
Kiosken 111
Kosegarten 263. 271
Kublai Khan 231

L

Lebid 131
Leila 29. 36
Lokman 60
Lorsbach 252

M

Maani 235
Mahmud von Gasna 150

Mansur I. 154
Marco Polo s. Polo
Mavors 16
Medschnun 29. 36. 51
Mega Dhuta 263
Mesnewi 172
Messud 255
Midianiter 215
Mirza 23
Mirza Abul Hassan Khan 169
Misri 24
Moallakat 130
Mobeden 140. 142.
Montevilla, Johannes von 233
Mosaffer 161
Moses 212
Motanabbi 147
Muley 92

N

Nisami 30. 81. 157. 163. 166
Nuschirwan 168
Nussreddin Chodscha 204

O

Oasen 9
Olearius 248
Omar 148
Omar ebn abd el asis 170
Ormus 71

P

Pambeh 109
Parse 107
Pehlewi 156
Polo, Marco 184. 231

R

Rodawu 29
Rustan 29

S

Saadi 81. 159. 164. 207
Sacy, Silvestre de 275
Sahir Farjabi 176
Saki 97. 99
Sakontala 263
Samaniden 154
Samarkand 72
Sanaji 177
Sapor I. 143
Sassaniden 82. 142
Sawad Ben Amre 135
Schach Sedschan 43
Schah Nameh 155
Schedschaai 174
Schehâb-eddîn 35
Scheich 161
Schiiten 241
Schiras 16. 160. 161
Schirin 29. 139
Seldschugiden 158
Senderud 108
Silvia 247
Smerdis 139
Sofi 161

Soumelpour 72
Suleika 29. 45. 65. 205
Sunniten 241
Sure 145

T

Tarafa 131
Tavernier 249
Theriak 23
Timur 54. 63. 204
Tinatin di Ziba 247
Transoxanen 43
Tulbend 70
Tus 155

U-V

Usbeken 207
Valle, Pietro della 233
Vesir 16. 62
Voß 262

W-Z

Wamik 29
Zoheir 131
Zoroaster 137

Unserm Meister, geh! verpfände
Dich, o Büchlein, traulich-froh;
Hier am Anfang, hier am Ende,
Östlich, westlich, *A* und *Ω*.

سيلويستر دساسى

يا ايها الكتاب سر الى سيدنا الاعز
فسلـــم عليـــه بهـــذه الـورقـة
التى هى اول الكتـــاب واخـره
يعنى اوله فى المشرق واخره فى المغرب

مـا نصیحت بجـای خـود کـردیم
روزکــاری درین بســر بـردیــم
کر نیــایــد بکــوش رغبت کس
بر رسولان پیــام بــاشــد وبس

Wir haben nun den guten Rat gesprochen,
Und manchen unsrer Tage dran gewandt;
Mißtönt er etwa in des Menschen Ohr —
Nun, Botenpflicht ist sprechen. Damit gut.

GEDICHTE
AUS DEM NACHLASS

So der Westen wie der Osten
Geben Reines dir zu kosten.
Laß die Grillen, laß die Schale,
Setze dich zum großen Mahle:
Mögst auch im Vorübergehn
Diese Schüssel nicht verschmähn.

Wer sich selbst und andre kennt
Wird auch hier erkennen:
Orient und Okzident
Sind nicht mehr zu trennen.

Sinnig zwischen beiden Welten
Sich zu wiegen laß ich gelten:
Also zwischen Ost- und Westen
Sich bewegen sei zum Besten!

Sollt einmal durch Erfurt fahren,
Das ich sonst so oft durchschritten,
Und ich schien, nach vielen Jahren,
Wohlempfangen, wohlgelitten.

Wenn mich Alten alte Frauen
Aus der Bude froh gegrüßet,
Glaubt ich Jugendzeit zu schauen,
Die einander wir versüßet.

Das war eine Bäckerstochter,
Eine Schusterin daneben;
Eule keinesweges jene,
Diese wußte wohl zu leben.

Und so wollen wir beständig,
Wettzueifern mit Hafisen,
Uns der Gegenwart erfreuen,
Das Vergangne mitgenießen.

SOLLT' ich nicht ein Gleichnis brauchen
Wie es mir beliebt?
Da uns Gott des Lebens Gleichnis
In der Mücke gibt.

Sollt' ich nicht ein Gleichnis brauchen
Wie es mir beliebt?
Da mir Gott in Liebchens Augen
Sich im Gleichnis gibt.

[BUCH HAFIS]

HÖR ich doch in deinen Liedern,
O Hafis, die Dichter loben;
Sieh, ich will es dir erwidern:
Herrlich, den der Dank erhoben!

HAFIS, dir sich gleich zu stellen,
    Welch ein Wahn!
Rauscht doch wohl auf Meeres Wellen
    Rasch ein Schiff hinan,
Fühlet seine Segel schwellen,
    Wandelt kühn und stolz;
Wills der Ozean zerschellen,
    Schwimmt es morsches Holz.
Dir in Liedern, leichten, schnellen,
    Wallet kühle Flut,
Siedet auf zu Feuerwellen;
    Mich verschlingt die Glut.
Doch mir will ein Dünkel schwellen,
    Der mir Kühnheit gibt:
Hab' doch auch im sonnenhellen
    Land gelebt, geliebt!

SCHWARZER Schatten ist über dem Staub
    der Geliebten Gefährte;
Ich machte mich zum Staube, aber der
    Schatten ging über mich hin.

HUDHUD sprach: mit Einem Blicke
Hat sie alles mir vertraut,
Und ich bin von eurem Glücke
Immer wie ichs war erbaut.
Liebt ihr doch! — In Trennungs-Nächten
Seht wie sichs in Sternen schreibt:
Daß, gesellt zu ewigen Mächten,
Glanzreich eure Liebe bleibt.

[BUCH DER BETRACHTUNGEN]

GAR viele Länder hab' ich bereist,
Gesehen Menge von Menschen allermeist,
Die Winkel sogar hab' ich wohl bedacht,
Ein jeder Halm hat mir Körner gebracht —
Gesegnete Stadt nie solche geschaut:
Huris auf Huris, Braut auf Braut!

[BUCH DES UNMUTS]

ZU GENIESSEN weiß im Prachern
Abrahams geweihtes Blut;
Seh ich sie im Bazar schachern,
Kaufen wohlfeil, kaufen gut.

MIT der Teutschen Freundschaft
Hats keine Not,
Ärgerlichster Feindschaft
Steht Höflichkeit zu Gebot;
Je sanfter sie sich erwiesen
Hab' ich immer frisch gedroht,

Ließ mich nicht verdrießen
Trübes Morgen- und Abendrot,
Ließ die Wasser fließen,
Fließen zu Freud' und Not.
Aber mit allen diesen
Blieb ich mir selbst zu Gebot;
Sie alle wollten genießen
Was ihnen die Stunde bot,
Ihnen hab' ichs nicht verwiesen,
Jeder hat seine Not,
Sie lassen mich alle grüßen
Und hassen mich bis in Tod.

MICH nach- und umzubilden, mißzubilden
Versuchen sie seit vollen funfzig Jahren;
Ich dächte doch da konntest du erfahren
Was an dir sei in Vaterlands Gefilden.
Du hast getobt zu deiner Zeit mit wilden
Dämonisch-genialen jungen Scharen,
Dann sachte schlossest du von Jahr zu Jahren
Dich näher an die Weisen, göttlich-milden.

[BUCH DER SPRÜCHE]

So traurig daß in Kriegestagen
Zu Tode sich die Männer schlagen,
Im Frieden ists dieselbe Not:
Die Weiber schlagen mit Zungen tot.

[BUCH SULEIKA]

SÜSSES Kind, die Perlenreihen,
Wie ich irgend nur vermochte,
Wollte traulich dir verleihen,
Als der Liebe Lampendochte.

Und nun kommst du, hast ein Zeichen
Dran gehängt, das, unter allen

Den Abraxas seinesgleichen,
Mir am schlechtsten will gefallen.

Diese ganz moderne Narrheit
Magst du mir nach Schiras bringen!
Soll ich wohl, in seiner Starrheit,
Hölzchen quer auf Hölzchen singen?

Abraham, den Herrn der Sterne
Hat er sich zum Ahn erlesen;
Moses ist, in wüster Ferne,
Durch den Einen groß gewesen.

David auch, durch viel Gebrechen,
Ja, Verbrechen durch gewandelt,
Wußte doch sich loszusprechen:
Einem hab' ich recht gehandelt.

Jesus fühlte rein und dachte
Nur den Einen Gott im Stillen;
Wer ihn selbst zum Gotte machte
Kränkte seinen heilgen Willen.

Und so muß das Rechte scheinen
Was auch Mahomet gelungen;
Nur durch den Begriff des Einen
Hat er alle Welt bezwungen.

Wenn du aber dennoch Huldgung
Diesem leidgen Ding verlangest,
Diene mir es zur Entschuldgung
Daß du nicht alleine prangest. —

Doch allein! — Da viele Frauen
Salomonis ihn verkehrten,
Götter betend anzuschauen
Wie die Närrinnen verehrten.

Isis' Horn, Anubis' Rachen
Boten sie dem Judenstolze,
Mir willst du zum Gotte machen
Solch ein Jammerbild am Holze!

Und ich will nicht besser scheinen
Als es sich mit mir eräugnet,
Salomo verschwur den seinen,
Meinen Gott hab' ich verleugnet.

Laß die Renegatenbürde
Mich in diesem Kuß verschmerzen:
Denn ein Vitzliputzli würde
Talisman an *deinem* Herzen.

HERRLICH bist du wie Moschus:
Wo du warst, gewahrt man dich noch.

SPRICH! unter welchem Himmelszeichen
    Der Tag liegt,
Wo mein Herz, das doch mein eigen,
    Nicht mehr wegfliegt?
Und, wenn es flöge, zum Erreichen
    Mir ganz nah liegt?
Auf dem Polster, dem süßen, dem weichen
    Wo mein Herz an ihrem liegt.

LASST mich weinen! umschränkt von Nacht,
In unendlicher Wüste.
Kamele ruhn, die Treiber desgleichen,
Rechnend still wacht der Armenier;
Ich aber, neben ihm, berechne die Meilen
Die mich von Suleika trennen, wiederhole
Die wegeverlängernden ärgerlichen Krümmungen.
Laßt mich weinen! das ist keine Schande.
Weinende Männer sind gut.
Weinte doch Achill um seine Briseis!

Xerxes beweinte das unerschlagene Heer;
Über den selbstgemordeten Liebling
Alexander weinte.
Laßt mich weinen, Thränen beleben den Staub.
Schon grunelts.

[Suleika]
SCHREIBT er in Neski,
So sagt ers treulich,
Schreibt er in Talik,
's ist gar erfreulich,
Eins wie das andre,
Genug! er liebt.

[Suleika]
UND warum sendet
Der Reiterhauptmann
Nicht seine Boten
Von Tag zu Tage?
Hat er doch Pferde,
Versteht die Schrift.

Er schreibt ja Talik,
Auch Neski weiß er
Zierlich zu schreiben
Auf Seidenblätter.
An seiner Stelle
Sei mir die Schrift.

Die Kranke will nicht,
Will nicht genesen
Vom süßen Leiden,
Sie, an der Kunde
Von ihrem Liebsten
Gesundend, krankt.

Nicht mehr auf Seidenblatt
Schreib' ich symmetrische Reime;
Nicht mehr faß ich sie
In goldne Ranken;
Dem Staub, dem beweglichen, eingezeichnet
Überweht sie der Wind,
Aber die Kraft besteht,
Bis zum Mittelpunkt der Erde
Dem Boden angebannt.
Und der Wandrer wird kommen,
Der Liebende. Betritt er
Diese Stelle, ihm zuckts
Durch alle Glieder.
»Hier! vor mir liebte der Liebende.
War es Medschnun der zarte?
Ferhad der kräftige? Dschemil der daurende?
Oder von jenen tausend
Glücklich-Unglücklichen Einer?
Er liebte! Ich liebe wie er,
Ich ahnd' ihn!«
Suleika, du aber ruhst
Auf dem zarten Polster
Das ich dir bereitet und geschmückt.
Auch dir zuckts aufweckend durch die Glieder
»Er ist der mich ruft, Hatem.
Auch ich rufe dir, o! Hatem! Hatem.«

[DAS SCHENKENBUCH]

Wisst ihr denn was Liebchen heiße?
Wißt ihr welchen Wein ich preise?

Wein er kann dir nicht behagen,
Dir hat ihn kein Arzt erlaubt,
Wenig nur verdirbt den Magen
Und zuviel erhitzt das Haupt.

[Ghasel auf den Eilfer — erste Fassung]

Wo MAN mir Guts erzeigt überall,
  's ist eine Flasche Eilfer,
Am Rhein, am Main und Necker
  Man bringt lächlend Eilfer.
Hört man doch auch wohltätige Namen
  Wiederholt wie Eilfer,
Friedrich den Zweiten zum Beispiel
  Als beherrschenden Eilfer,
Kant wird noch immer genannt
  Als anregender Eilfer;
Mehrere Namen in der Stille
  Nenn ich beim Eilfer;
Von meinen Liedern sprechen sie auch
  Rühmlich froh wie vom Eilfer.
Trinken auf mein Wohl klingend mit mir
  Alles im reinsten Eilfer.
Dies würde mich mehr freuen,
  Mehr als der Eilfer,
Tränke nur Hafis auch. Der Würdige
  Trinke den Eilfer!
Eilig steig ich zum Hades hinab,
  Wo vom Eilfer
Nüchterne Seelen nicht trinken,
  Sage den Eilfer:
Eilig, Hafis, geh! da droben stehet
  Ein vollkommenes Glas Eilfer,
Das der Freund mir einschenkte,
  Der würdigste, der den Eilfer
Sich abspart, damit ich reichlich genieße
  Den vollkommenen Eilfer.
Hafis, jedoch eile! denn zum Pfande
  Bleib ich, bis du geschlurft den Eilfer
An der Tagseite des Rheingaus,
  Wo verherrlicht der Eilfer,
Ich an der Nachtseite: hier schaudert
  Den der gewohnt an Eilfer. —

287

Komme zurück, Besonnener,
   Unbesonnen durch Eilfer,
Daß ich Ahnherr dich grüße
   Athmend noch Eilfer.
Kehr ich zurück, so eifert die Freundin:
   Hat doch der Eilfer
Abermals dich niedergeworfen!
   Trunken vom Eilfer
Lagst unempfindlich meinem Kosen,
   Als wäre der Eilfer
Meinen Küssen vergleichbar.
   Meide den Eilfer! —
Und sie weiß nicht, daß du, Hafis,
   An meiner Statt den Eilfer
Ausgeschlurft, ich aus Liebe zu dir
   Seelenlos dalag; das soll nun der Eilfer
Alles haben getan und verbrochen,
   Der unschuldige Eilfer!
Liebchen aber sagt: Diesen Rival,
   Den Schenken des Eilfer,
Neid ich wie des schwarzaugigen Schenken
   Stets bereiten Eilfer.
Hatem! sieh mir ins Auge!
   Den Schenken, den Eilfer
Laß sie fahren! diese Küsse sie sind von heute.
   Was will der Eilfer —
   . . . .
   . . . .
Denn ich möchte gar zu gern
   Trinken den Eilfer
Wenn er alt ist, denn gegenwärtig
   Ist er allzu rasch und jung, der Eilfer.
Niemals möcht ich entbehren
   Im Leben den Eilfer,
Der so viel wuchs und gut
   Anno Eilf. Drum heißt er Eilfer.

   . . . .

Sing es mir ein andrer nach
Dieses Lied vom Eilfer!
Denn ich sangs im Liebesrausch
Und berauscht vom Eilfer.

[Ghasel auf den Eilfer — zweite Fassung]
Wo MAN mir Guts erzeigt überall
's ist eine Flasche Eilfer.
Am Rhein und Main, im Neckertal,
Man bringt mir lächlend Eilfer.
Und nennt gar manchen braven Mann
Viel seltner als den Eilfer:
Hat er der Menschheit wohlgetan,
Ist immer noch kein Eilfer.
Die guten Fürsten nennt man so,
Beinahe wie den Eilfer;
Uns machen ihre Taten froh,
Sie leben hoch im Eilfer.
Und manchen Namen nenn ich leis
Still schöppelnd meinen Eilfer:
Sie weiß es wenn es niemand weiß,
Da schmeckt mir erst der Eilfer.
Von meinen Liedern sprechen sie
Fast rühmlich wie vom Eilfer,
Und Blum' und Zweige brechen sie
Mich kränzend und den Eilfer.
Das alles wär ein größres Heil,
Ich teilte gern den Eilfer, —
Nähm Hafis auch nur seinen Teil
Und schlurfte mit den Eilfer.
Drum eil ich in das Paradies,
Wo leider nie vom Eilfer
Die Gläubgen trinken. Sei er süß
Der Himmelswein — kein Eilfer!
Geschwinde, Hafis, eile hin:
Da steht ein Römer Eilfer!
. . .

In welchem Weine
Hat sich Alexander betrunken?
Ich wette den letzten Lebensfunken:
Er war nicht so gut als der meine.

[BUCH DER PARABELN]

Wo kluge Leute zusammenkommen
Da wird erst Weisheit wahrgenommen.
So gab einst Sabas Königin
Gelegenheit zum höchsten Sinn:

Vor Salomo, unter andern Schätzen,
Läßt sie eine goldene Vase setzen,
Groß, reicher, unerhörter Zier,
Fischen und Vögeln und Waldgetier,
Worum sich krause Schnörkel häufen,
Als Jakin und Boas an beiden Knäufen!

Sollt ein Knecht allzu täppisch sein,
Stößt eine wüste Beule hinein;
Wird augenblicks zwar repariert,
Doch feines Auge den Makel spürt,
Genuß und Freude sind nun geniert.

Der König spricht: Ich dacht es eben!
Trifft doch das Höchste das uns gegeben
Ein allzu garstiger Schmitz darneben.
Es können die Eblis die uns hassen
Vollkommnes nicht vollkommen lassen.

ERLÄUTERUNGEN

Quellen Goethes zum West-östlichen Divan

Von den rund fünfzig Quellenwerken, die sich zum West-östlichen Divan haben nachweisen lassen, werden hier die wichtigsten genannt, nach der Folge, in der Goethe sie seit 1814/15 vornahm.

Der Divan von Mohammed Schemsed-din *Hafis*. Aus dem Persischen zum erstenmal ganz übersetzt von Joseph von Hammer. 2 Bände. Stuttgart und Tübingen 1812, 1813 (erschienen 1814). — William *Jones,* Poeseos Asiaticae commentariorum libri sex. London 1774; neuer Abdruck durch J. G. Eichhorn, Leipzig 1777. — *Fundgruben des Orients* . . . Herausgegeben von J. v. Hammer. 6 Bände. Wien 1809-1818. — Der *Koran* . . . in das Englische übersetzt von George Sale . . . ins Teutsche verdolmetscht von Theodor Arnold. Lemgo 1746. — Persianischer Rosenthal . . . von Schich *Saadi* . . . von Adamo *Oleario* unter Zuziehung eines alten Persianers Namens Hakwirdi übersetzet . . . Schleßwig 1654. — H. F. von *Diez,* Denkwürdigkeiten von Asien . . . 2 Teile, Berlin 1811, 1815. — Buch des Kabus oder Lehren des persischen Königs *Kjekjawus* für seinen Sohn Ghilan Schach. Ein Werk für alle Zeitalter . . . Übersetzt . . . und erläutert von H. F. von Diez, Berlin 1811. — Barthélemy d'*Herbelot,* Bibliothèque Orientale ou dictionaire [!] universel contenant. . . tout ce qui regarde la connoissance des Peuples de l'Orient . . .Paris 1697. — Jean chevalier de *Chardin,* Voyage en Perse et autres lieux de l'orient. 2 Bände. Amsterdam 1735. — K. E. *Oelsner,* Mohamed, Frankfurt a. M. 1810. — Adam *Olearius,* Colligirte . . . Reisebeschreibung. Hamburg 1696. — Pietro *della Valle,* Reiß-Beschreibung in unterschiedliche Theile der Welt . . . Genf 1674. — Jean Paptiste *Tavernier,* Les six voyages . . . en Turquie, en Perse et aux Indes. Utrecht 1712. — John *Malcolm,* The History of Persia. 2 Bände. London 1815. — Joseph von *Hammer,* Geschichte der schönen Redekünste Persiens, mit einer Blüthenlese aus zweyhundert persischen Dichtern. Wien 1818 (in den Erläuterungen abgekürzt: Rk).

In den Erläuterungen sind einigemal Autoren der Sekundär-Literatur erwähnt:
Wolfgang Lentz (Goethes Noten und Abhandlungen zum West-östlichen Divan, Hamburg 1958, ²1961) — *Katharina Mommsen* (Goethe und Diez, Quellenuntersuchungen zu Gedichten der Divan-Epoche, Ost-Berlin 1961) — *Momme Mommsen* (Studien zum West-östlichen Divan, Ost-Berlin 1962). — *Erich Trunz* (kommentierte Edition des West-östlichen Divans in: Goethes Werke, Hamburger Ausgabe, Band 2, 1949, ⁸1972).

Der West-östliche Divan ist auf Goethes dichterischem Weg die schmale Paß-Höhe, die für das Auge noch einmal Jugend und Alter verbindet, ehe sie sie auf immer trennt. Innerhalb des Gesamtwerks liegt diese an weitesten Ausblicken reiche Strecke ganz für sich.

Der Divan ist als einzige der großen lyrischen Sammlungen von allem Anbeginn organisch auf das Anschießen und Zusammenwachsen gegensätzlich-verwandter Elemente angelegt. »Ohne Reflexion« zunächst, doch unbeirrbar im Abweisen wie im Ergreifen herandrängenden fremdartigen Stoffs, bildet das produktive Vermögen, anderthalb Jahre hindurch kaum nachlassend, oft leidenschaftlich gesteigert, die Vielzahl der verschiedenen einzelnen Gedichte zu einem Ganzen von allseitig widerspiegelnder und -strahlender Bewußtheit, worin Wachstums- und Ordnungs-Strukturen am Ende völlig verschmolzen scheinen — ein Vorgang, wie er selbst in diesem großen Leben nur einmal begegnet.

Den Orient — schon seit frühen Kindertagen, von der Bibel her, von Märchen, fabelhaften Reisebeschreibungen, eine Zuflucht seiner Wünsche und Träume — hatte Goethe sich »gleichsam aufgehoben« für Zeiten, in denen die Gegenwart drückend und unerträglich werden sollte. So hatte er im Herbst 1813, während der bänglichen Kriegstage, im Geist sich nach China geflüchtet; und so wandte er sich im Frühjahr darauf, als die Truppenbewegungen andauerten, in der Stille des Thüringer Badeortes Berka dem persischen Dichter Hafis zu, dessen ›Divan‹ (Gedichtsammlung), übersetzt von dem Österreicher Joseph von Hammer, ihm durch seinen Verleger Cotta zugekommen war.

In Hafis, dem Greis, der unter ständigen Kriegen und Wirren, vom Weltbeherrscher Timur in der Einsamkeit besucht, unerschütterlich heiter, so »wie der Vogel singt«, die ewigen Dinge rühmt, dem von den Frömmlern angefochtenen Frommen, der in scheinbarer Sinnlichkeit höhere Weisheit verbirgt, grüßte Goethe über die Ferne von Raum und Zeit einen Bruder: »... Lust und Pein / Sei uns, den Zwillingen, gemein / Wie du zu lieben und zu trinken / Das soll mein Stolz, mein Leben sein!«

In solcher dichterisch erregten Stimmung, beschwingt auch von der Hoffnung auf neue Friedenszeit, trat er nun die sommerliche Reise an, seit siebzehn Jahren zum ersten Male wieder nach Westen.

›Lieder an Hafis‹ begleiten jede Stunde dieser Fahrt: ihrer funfzehn entstehen allein in den zwei Tagen zwischen Weimar und Fulda. Die Wirklichkeit ist wie mit Schleiern überzogen aus Erinnerung und freiem, heitrem Schweifen der Phantasie; alles wird Reflex und ›wiederholte Spiegelung‹, sinnlich und geistig zugleich, ›im Gegenwärtigen Vergangnes‹. Die Traumfahrt nach dem Orient, dem Ursprung der Völker, und die reale Reise in die eigene Heimat am Main und Rhein, die eben in ›Dichtung und Wahrheit‹ neu heraufgerufene, wo in der Jugend wiederum zuerst die Jugend jener Völkerheimat erlebt ward — sie gehen ineinander über, es ist ein ›Sichwiegen zwischen beiden Welten‹, eine Gleichzeitigkeit des Entgegengesetzten, wie sie der Name ›West-östlicher Divan‹ später festhält.

Während der Wiesbadener Kur im August, unter mancherlei Ausflügen und geselligen Pflichten, klingt diese produktive Erregung ab. Sie belebt sich erst wieder, als Goethe, nach zwei zerstreuenden Frankfurter Wochen, in Heidelberg bei den Brüdern Boisserée die altdeutschen Bilder betrachtet und im ruhigeren Kreise gebildeter, vertrauter Freunde verkehrt.

Damals entwickelt sich eine Gruppe von Gedichten, die nicht mehr an Hafis gerichtet, auch nicht unmittelbar auf ihn bezogen sind, wenngleich sie ihm nahestehen: drei Einzelreden des ›Schenken‹ und ein erstes Zwiegespräch des Dichters mit ihm. Eine neue, jugendliche Gestalt erscheint, der Partner einer pädagogisch-erotischen, einer »wechselseitigen edlen Neigung«.

Nach der Rückkehr von dieser Reise genügt ihm Hafis nicht mehr: wie im Fluge verschafft er sich eine Überschau alles dessen, was von der Dichtung Vorderasiens, von Landeskunde und Geschichte, von Religion und Staatsverfassung, ohne unmittelbare Kenntnis der Sprachen, damals irgend erreichbar ist.

Und überallhin folgt sein eigenes Dichten. Die fremde Denk- und Formensweise empfindet er wohlig als Gegensatz zu dem strengen, festen Gepräge seiner klassischen Kunstübung, als ein lösendes Bad im ›flüßgen Element‹. Was ihn der Dichtungsart des Orients verbindet, ist das geistige Klima: er steht, als einzelner, mit jenen Völkern auf der gleichen Stufe: des Greisenalters. »Unbedingtes Ergeben in den unergründlichen Willen Gottes, heiterer Überblick des beweglichen, immer kreis- und spiralartig wiederkehrenden Erdetreibens, Liebe, Neigung zwischen zwei Welten schwebend, alles Reale geläutert, sich symbolisch auflösend. Was will der Großpapa weiter?« (an Zelter, 11. Mai 1820).

Die Gedichte, die dergestalt zwischen dem Dezember 1814 und dem April 1815 entstehen, suchen den zugeströmten Reichtum der Fremde, die Fülle neuer Eindrücke, Anregungen, Begriffe, den Reiz klang- und geheimnisvoller Namen in eigene Worte und Formen zu bergen, zu fassen und wiederum auch auszubreiten, darzubringen. Ein besonderer Typus aufzählender, ›reihender‹ Gedichte bildet sich heraus, welcher eben in diesem Aufreihen, dieser mehr zeitlichen als logischen Folge gleichberechtigter, gleichermaßen präsenter Glieder — nach dem Muster der Perlenschnur, worauf auch häufig angespielt wird — östlichem Wesen und Brauch entspricht: ›Talismane‹, ›Fünf Dinge‹, ›Fünf andere‹, ›Vier Gnaden‹, ›Auserwählte Frauen‹, ›Begünstigte Tiere‹, ›Nur wenig ists was ich verlange...‹ und, in höchster Ausprägung, Gebilde wie ›Sommernacht‹, ›Vermächtnis altpersischen Glaubens‹, ›In tausend Formen magst du dich verstecken...‹. — Daneben, aufgelesen während der eiligen Lektüre so vieler Dichter, Reisenden, Gelehrten, eine Menge Sprüche, Vierzeiler meist, in denen Goethe, kernhaft-plastisch, ja drastisch formulierend, Östliches und Eigenes verquickt.

Im Frühjahr 1815 wiederholt er die Fahrt nach dem Westen; wiederholt sie liebevoll-absichtlich bis in die Einzelheiten, mit denen er seine Phantasie begünstigend umgibt, umstellt. Und die also hervorgerufenen »guten Geister des Orients« begleiten gehorsam die ganze Reise zu reichstem Ertrag.

Als dann, nach einigen Monaten der Wiesbadener Kur und mancher Ausflüge, während die Menge der Dichtungen bereits geordnet werden kann, Goethe auf der Gerbermühle bei Frankfurt Quartier nimmt, dem Landsitz des von Jugend auf befreundeten Bankherrn Willemer, erhöht sich der »glückliche Zustand« zu letzter, vorbereiteter Steigerung: hier, wie Goethe wohl weiß, findet er ›Suleika‹. Mit diesem Namen, unter dem der Islam das Weib des Potiphar verehrt als »der Entsagung Zierde«, als die von sinnlicher Liebe zur geistigen Gewandelte — mit ihm hatte Goethe schon auf der Herreise im Mai Marianne Willemer bedacht. Er kannte sie seit dem Sommer zuvor, da sie noch Marianne Jung geheißen hatte. Als ein Theaterkind war sie aus ihrer österreichischen Heimat vor Jahren nach Frankfurt gelangt, aufs lieblichste begabt zu Gesang und Tanz; der Witwer Willemer hatte sie von der Bühne zu seinen Töchtern ins Haus genommen; jetzt war sie, nach langem Zögern, seine Frau geworden. Schönheit, gesellige Anmut und alle musischen Gaben, die, über dem Grunde von Herz und

Geist, das seltene Wesen auszeichneten, nun beglückten sie den verehrten, bald geliebten Gast. Nicht nur seine Neigung, auch seine Lieder fand er, und zum ersten Mal, erwidert: von einer, die als Dichterin sich neben ihn erhob, daß er ihre Verse aufnehmen konnte in sein ›Buch Suleika‹, wo sie nun für immer »in froher Jugend mit dem Dichter, der sein Alter nicht verleugnet, an glühender Leidenschaft zu wetteifern scheint«.

Entsagung, wie der Name Suleika es vorausgedeutet, bestimmte die Liebe der beiden. Im Oktober 1815, als nach einem Wiedersehen in Heidelberg die Leidenschaft bedrohlich wuchs, riß Goethe sich zu eiliger Heimreise los; und wie er im folgenden Jahr, nach dem Tod Christianens äußerlich frei, abermals an den Rhein reisen wollte, erschien ein kleiner Unfall bei Beginn der Fahrt ihm als ein Wink von oben; er kehrte um und hat Marianne nicht wieder gesehen. Der mit Hoffnungen sich oft schmerzlich hinhaltende Wechsel von Briefen, Gedichten und Gaben dauerte bis zu Goethes Tod.

Nach manchen Verzögerungen erschien der Divan zum Herbst 1819, die Geburtstagsgabe des siebzigjährigen Dichters an die ›Seinigen‹ — im deutschen Schrifttum der Zeit ein fremdes, kaum verstandenes Phänomen. Der begrenzte Einfluß, welcher vom Stofflichen ausging, erstreckt sein Gefälle deutlich sichtbar von Rückerts ›Östlichen Rosen‹ und Platens ›Ghaselen‹ bis zu den Bodenstedtischen ›Liedern des Mirza Schaffy‹; weniger offensichtlich, doch um so nachhaltiger war und ist die Fortwirkung auf die deutsche Dichtersprache, wovon als erster Heinrich Heine Zeugnis abgelegt hat.

Auch hier verbindet der Divan beide Welten: wie wir den östlichen Erzähler oder Zaubrer auf der Straße finden, mitten im staubigsten Gedränge, und wie er uns, an ebendie Umgebung anknüpfend, im Nu entführt und hinreißt in phantastische Weiten und Höhen, um uns am Ende wieder neben seinem Teppich abzusetzen, so schweift die Sprache Goethes vom leichten Umgangston, von ungezwungener, ja lässig sich gebender Wendung zu kaum erschwinglichen Bereichen, zu rätselhaft gedrängten Satzgebilden, kühnen Neuschöpfungen, dem ältesten, beinah verschollenen Wortschatz, und unversehens zur Alltagsrede zurück.

Der Ertrag eines großen Lebens wird uns im Divan gereicht als eine leicht gepflückte Frucht; doch unterm Empfangen erkennen wir, wie im Märchen, daß sie von Edelstein ist.

Auch seine Gliederung hat der West-östliche Divan, wie seine Einheit, nicht aus einem vorgefaßten Plan. Es sind »einzelne Gedichte ..., die man nachher in ein Ganzes ordnet« (Goethe zu S. Boisserée, 3. Oktober 1815). Freilich: »Jedes einzelne Glied ... ist so durchdrungen von dem Sinn des Ganzen, ist so innig orientalisch, bezieht sich auf Sitten, Gebräuche, Religion und muß von einem vorhergehenden Gedicht erst exponiert sein, wenn es auf Einbildungskraft oder Gefühl wirken soll« (Goethe an Zelter, 17. Mai 1815). Verschiedene Arten von Gedichten zeichneten sich schon frühzeitig ab, traten zu kleinen und größeren Gruppen zusammen und konnten, nachdem eine hinlängliche Menge sich angesammelt hatte, orientalischem Vorbild gemäß in ›Bücher‹ eingeteilt werden.

Im Sommer 1814 nannte Goethe dieses Ganze — von damals dreißig Stücken — noch ›Gedichte an Hafis‹. Im Winter hieß es dann ›Versammlung deutscher Gedichte mit stetem Bezug auf den Divan des persischen Sängers Mohamed Schemseddin Hafis‹. Als er ein Jahr danach, Ende Februar 1816, in Cottas ›Morgenblatt‹ das Erscheinen des Bandes ankündigte, lautete der Titel: ›West-östlicher Divan oder Versammlung deutscher Gedichte in stetem Bezug auf den Orient‹. Geblieben sind nur drei Worte: ›West-östlicher Divan‹.

Die Zahl der ›Bücher‹ war ursprünglich auf dreizehn angelegt; das ›Buch des Timur‹ sollte in der Mitte stehen, ein ernster, schwerer Kern — »ungeheure Weltbegebenheiten wie in einem Spiegel« aufgefaßt, »worin wir, zu Trost und Untrost, den Widerschein eigner Schicksale erblicken«. Goethe hat jedoch die geplanten, zum Teil schon entworfenen balladenartigen Gedichte dieses Buches nicht ausgeführt und ließ es bei dem einen ›Der Winter und Timur‹, als einer Art Mahnmal, bewenden. Ein ›Buch der Freunde‹ sollte »heitere Worte der Liebe und Neigung« enthalten, »welche bei verschiedenen Gelegenheiten geliebten und verehrten Personen ... überreicht worden«; es ist nicht zustande gekommen, einzelnes dafür Bestimmte ist in das ›Buch der Betrachtungen‹ eingegangen. Die vier Bücher reflektierender Gedichte erscheinen in der Ankündigung als Paare: Buch der Betrachtung und Buch des Unmuts in der ersten Hälfte des Divans, Buch der Sprüche und Buch der Parabeln in der zweiten. Auch wollte Goethe anfangs die Fülle der Liebesgedichte in zwei ›Bücher Suleika‹, wie in zwei Brennpunkte, zerlegen; dann aber stellte er eine Minderzahl, welche sich nicht auf Marianne-Suleika bezieht, als eigenes ›Buch der Liebe‹ nach vorn und das eigentliche ›Buch Suleika‹ zu überraschender Steigerung in die zweite Hälfte des Ganzen. Die Teilung erlaubte ihm sogar, mehrere sehr persönliche Gedichte an Marianne im ›Buch der Liebe‹ gleichsam zu verstecken. Auch sonst hat Goethe das Geheimnis dieser Beziehung streng zu hüten gesucht. Dank der Verschwiegenheit Mariannens ist ihm das gelungen: erst 1869, neun Jahre nach ihrem Tod, wurde ihr Anteil am Divan bekannt.

Die zwölf Bücher des endgültigen Divans haben keine genau markierte Mitte. Man hat versucht, eine paarige Anordnung nachzuweisen. Mit größerem Recht lassen sie sich in Dreier-Gruppen zusammenfassen. Buch des Sängers, Buch Hafis, Buch der Liebe würden darin etwa dem ursprünglichen Grundriß der ›Gedichte an Hafis‹ entsprechen (»Lieben, Trinken, Singen«); sie umschließen den größeren Teil dieser frühesten west-östlichen Lyrik; in ihnen trägt auch noch, anders als in den übrigen Büchern, jedes Gedicht seinen Titel. Es folgen drei Bücher des Reflektierens und Reagierens: der Betrachtungen, des Unmuts, der Sprüche; die drei gestalthaften: Timur — Suleika — Schenke; und am Ende, wohin die letzten Gedichte des Schenkenbuchs schon überleiten, drei Bücher des oberen, religiösen Bereichs, im Anklang der deutschen Namen auch äußerlich verbunden: der Parabeln, des Parsen, des Paradieses.

Jene Ankündigung im ›Morgenblatt‹ war sehr verfrüht gewesen. Wohl hatte der Dichter sich »im Sittlichen und Ästhetischen Verständlichkeit zur ersten Pflicht gemacht, daher er sich denn auch der schlichtesten Sprache, in dem leichtesten, faßlichsten Silbenmaße seiner Mundart befleißigt...« Aber er mußte feststellen, daß seinen, »bisherigen Hörern und Lesern (alles höchst gebildete Personen) ... der Orient ... völlig unbekannt sei«, und er entschloß sich, mit zusammenhängenden ›Noten und Abhandlungen‹ (NuA) in die Welt seiner west-östlichen Dichtung erläuternd einzuführen. Darüber gingen Jahre hin.

Die Arbeit an dieser Prosa rief abermals eine Reihe von Gedichten hervor, denen aus dem Abstand von der ersten, fast jugendlichen Begeisterung für Hafis, aus der Kenntnis so vieler anderer Dichter des Orients ein ganz eigenes Kolorit vertraulich-liebevoller Ironie zugereift ist. Eine zarteste Spät- und Nachblüte solcher Art sind die vier Paradieses-Gedichte, die wenige Monate nach dem Erscheinen des Divans, wiederum in der »freien Gemütlichkeit einer Reise«, den Dichter »selbst überraschten«. Dieser Zuwachs und manches, was aus der ersten Ausgabe weggeblieben war, wurde 1827 in den Divan-Band der ›Ausgabe letzter Hand‹ (AlH) eingebracht; die ursprüngliche innere Gliederung der Bücher, in welcher Goethe seine Meisterschaft bewährt hatte, einzelne Gedichte lediglich »durch Stellung zu verbinden«, hat sich dabei des öfteren verwischt.

Die Dichtungen des Divans entziehen sich allen Versuchen, sie einseitig, eindeutig zu fixieren. Wie mit den paarigen Organen der Sinne, so ergreift und umfängt geistig der Dichter die Welt und das Leben in Gegensatz-Paaren, welche, auch bei dem größten Abstand untrennbar, zu ständiger Spannung einander zugeordnet sind; ›polarisch‹, wie er es gerne nennt. Eine Erscheinungsform solcher Polarität ist im Divan der Dialog; ob nun der Deutsche dem Perser gegenübertritt, der Liebende der Geliebten, der greise Zecher dem kindlichen Schenken, der Schaffende seinen Neidern, der Mensch dem Paradieses-Wesen.

Goethe hat den West-östlichen Divan ein ›Manuskript für Freunde‹ genannt, worein gar manches versenkt sei. Das mag als Fingerzeig gelten, diesem Alterswerk erst näherzutreten, wenn man sich dem Dichter bereits befreundet hat.
»Ihre Bestimmung ist« — sagt Goethe von diesen Gedichten — »uns von der bedingenden Gegenwart abzulösen und für den Augenblick dem Gefühl nach in eine grenzenlose Freiheit zu versetzen« (an die Schwiegertochter Ottilie, 21. Juni 1818).
Dieser Geistesart der Gedichte entspricht ihre Form. Da ist jenes »leichteste, faßlichste Silbenmaß« — vor allem vierhebige Trochäen (óo/óo/óo/óo), meist in vierzeiligen Reimstrophen; ihnen zur Seite, wie Moll dem Dur, dreihebige mit Auftakt; dann, sichtbarste Zeichen einer Verjüngung, die reimlosen freien Rhythmen, zu denen Goethe hier nach vierzig Jahren noch einmal zurückkehrt (›Schlechter Trost‹ und ›Gruß‹ im Buch der Liebe, ›Die schön geschriebenen‹ im Buch Suleika, ›Jene garstige Vettel‹ im Schenkenbuch, ›Laßt mich weinen! umschränkt von Nacht‹, ›Nicht mehr auf Seidenblatt‹ in den Nachlaß-Gedichten); endlich, in den späten Paradieses-Dialogen, der leisesten Regung sich schmiegend, wahrhaft ein »Ton- und Silbengekräusel«, die Knittelreime, in denen die Huri spricht.
Auch die Interpunktion, die Goethe diesen Dichtungen mitgegeben hat, ist ihrem Wesen gemäß. »Wer das Aufnehmen des

Rhythmus als die erste, vornehmste Bedingung ansieht, ein Gedicht zu ›verstehen‹, dem werden Goethes sparsam gesetzte Zeichen nur gleichsam Ruderschläge sein, die auf der Strömung der Verse den Athem leise lenken.«

Zu jedem Gedicht wird wo möglich die Zeit der Entstehung genannt; wenn es außerhalb Weimars entstanden ist, auch der Ort. Läßt sich das Datum nicht näher bestimmen, so ist die Jahreszahl des ersten Drucks angegeben. »1818« bedeutet hier die Erstausgabe, die im Herbst 1819 erschien, deren poetischer Teil aber schon zwischen Mai und Oktober 1818 gedruckt worden war. Zu denjenigen Gedichten, die vor- oder nachher erschienen sind, wird das Druckjahr ebenfalls verzeichnet. 1827: der erweiterte Divan, Band 5 der AlH.

Buch des Sängers. Der Dichter, im Aufbruch zur *Hegire,* deutet an, was ihn dazu trieb, und entwirft den Plan seiner Reise. *Segenspfänder,* Heilssprüche, sollen ihn leiten und begleiten *(Freisinn, Talismane); Vier Gnaden* begünstigen ihn, zumal als ›Sänger‹. Sein Lied, das er, nach eigenem *Geständnis,* so gerne mitteilt, gründet sich auf vier *Elemente,* vor allem auf den Wein *(Erschaffen und Beleben)* und auf die Liebe, wie eine Himmelserscheinung *(Phänomen)* sie ihm neu verheißt. Dem Auge begegnet *Liebliches,* dem Ohr ein *Zwiespalt;* aus vertrauter Landschaft spricht *Im Gegenwärtigen Vergangnes* den Reisenden an, erfüllt ihn mit der Zuversicht, Dauerndes zu schaffen *(Lied und Gebilde),* mit Mut und Übermut *(Dreistigkeit, Derb und Tüchtig).* Unter der lösenden Gewalt des Gewitters erfährt er sich als Teil im *All-Leben;* er wird beflügelt zu neuem, höchstem Aufschwung *(Selige Sehnsucht).*
S. 9. *Zwanzig Jahre ließ ich gehn.* Druck: 1818. — Zwanzig Jahre: von der italienischen Reise bis zu Schillers Tod und zur Schlacht von Jena (1786-1806); Zeit der Barmekiden: »die glänzendste Epoche« (718-803) des Kalifats in Bagdad. Siehe NuA, ›Kalifen‹. — *Hegire.* 24. Dezember 1814. Druck: 1816, mit elf anderen im Cottaschen ›Taschenbuch für Damen auf das Jahr 1817‹ (TD) unter dem Titel ›West-östlicher Divan. Versammelt von Goethe. In den Jahren 1814 und 1815.‹ Hegire: franz. (vgl. NuA, ›Revision‹) für ›Hedschra‹, eigentlich: Flucht des Propheten Mahomet von Mekka nach Medina (622 n. Chr.), Beginn der Zeitrechnung des Islam; hier: epochemachender Ortswechsel. ›Hegire‹ bezeichnet überdies Goethes Wendung von den ›Gedichten an Hafis‹ zum ›Deutschen

Divan‹, welcher nunmehr fünfzig Nummern umfaßt; Blick auf das Erreichte wie ins Künftige; Prolog und Programm. In den einzelnen Strophen kündigen sich die ›Bücher‹ des späteren Divans an. Die vielen gleichartig anhebenden Sätze (»Will…«) teilen, auch in der Vers-Gestalt — lebhaft pulsierende vierhebige Trochäen, durchweg weibliche, oft auf ›en‹ auslautende Reime —, die energische Unruhe des Aufbruchs mit. Throne, Reiche: Europas; über sie entschied damals, nach dem Sturz Napoleons, der Wiener Kongreß; Flüchte du: Zuruf des Dichters an sich selbst, aber auch an Gleichgestimmte; im reinen Osten: ›rein‹, ein ethischer Grundbegriff schon des jungen Goethe, durchzieht die ganze Divan-Dichtung; Patriarchen: Erzväter, im Alten Testament wie im Koran. — Chiser: eigentl. grün, grünlich; Name eines Propheten, der den Quell des Lebens entdeckte. »Als der ewig jugendliche Hüter des Quells verjüngt er Menschen und Tiere und Pflanzen … und bedeckt im Frühling die Erde mit frischem Grün« (v. Hammer). — Dienst: Gottesdienst. — Jugendschranke: Beschränkung der jungen Völker; gesprochen Wort: in diesem Sinn auch das Buch der Sprüche. — S. 10. Moschus: Duftstoff aus einer Drüse des Moschustiers, einer Gazellen-Art. — Hafis: vgl. Buch Hafis. — Ambra: Parfüm, gewonnen aus einer Absonderung des Pottwals. — Huris: eigentl. die Weißen; die ewig jungfräulichen Schönen des Paradieses. — Wollet ihr: die Mißwollenden, vgl. Buch des Unmuts; Dichterworte: vgl. Buch des Paradieses, ›Einlaß‹ und folgende Gedichte. — Segenspfänder. Anfang 1815 und später. Nach v. Hammer. — Carneol: Halbedelstein, in Arabien häufig, benannt nach seiner Fleischfarbe; Onyx: eigentl. Nagel, Edelstein, »der wie ein weißer Nagel eines Menschenfingers aussieht, der viel Adern hat, die mit milchfarbigen Kreisen umhergehen«; schon in der Schöpfungsgeschichte (I. Mo. 2, 12) erwähnt. — S. 11. Papiere: lange Streifen; Skapuliere: Schulterumhang der Geistlichen. — Abraxas: Name, womit der Gnostiker Basilides (2. Jh. n. Chr.) »die oberste Kraft und den Ursprung aller Dinge belegte«, nach dem Zahlenwert der griechischen Buchstaben 365, als Zahl der Tage des Jahrs und der »von Gott ausfließenden Tugenden«; häufig auf geschnittenen Steinen und anderen Zaubermitteln. — S. 11-12. Freisinn und Talismane. Wohl 1815; Druck: 22. März 1816, ›Morgenblatt‹. — Freisinn, Str. 2 und Talismane, Str. 1 und 3: nach dem Koran; S. 12. hundert Namen: aufgezählt in einem Aufsatz v. Hammers; vgl. Buch Suleika, ›In

tausend Formen...‹ — Im Athemholen...: Z. 1 nach einem
von Olearius verdeutschten Vers des Saadi (siehe NuA). Ein
Leitbild Goethes: alles Leben, auch das geistige, pulst in Zu-
sammenziehung (Systole) und Ausdehnung (Diastole). — *Vier
Gnaden.* 6. Februar 1815; Druck: 22. März 1816, ›Morgenblatt‹.
Nach Chardin (siehe NuA, ›Tavernier und Chardin‹). — S. 13.
von Ihrem Shawl: dem blumengeschmückten. — Moralien:
Weisheits-, Sittenlehren. — *Geständnis.* Reise 1815 (Frankfurt
a. M., 27. Mai); Druck: 1816 (TD). — S. 14. *Elemente.* 22. Juli
1814; Druck: 1818 (›Die Liedertafel‹ von Zelter). — Drommete:
Kriegstrompete. — manches hasse: vgl. Buch des Unmuts. —
Erschaffen und Beleben. Bad Berka, 21. Juni 1814; Druck: 1818
(wie das vorige. Vgl. das Facsimile der Handschrift, Abbildung vor S. 9). — S. 15. Elohim: Name Gottes im Alten
Testament, hebr. Mehrzahlform (wie Cherubim), der das Zeit-
wort in der Einzahl folgt; Goethe setzt auch dieses in den Plu-
ral; zur Nas' hinein: I. Mo. 2, 7. — Noah... Humpen: I. Mo 9,
20 f., Noah auch im Koran. — *Phänomen.* Reise 1814 (25. Juli);
Druck: 1816 (TD). — Phöbus: Apollo, der Sonnengott, die
Sonne. — Bogenrand: Regenbogen. — S. 16. *Liebliches.* Reise
1814 (25. Juli). — verblindet: blendet; Sehe: Sehvermögen. —
Vesires: Ministers, Staatsrats (eigentl. Lastträger). — Schiras:
Geburts- und Wohnort des Hafis. — Mohne: der Erfurter
Sämereien; Z. 14 zuerst: »Die um Erfurt sich erstrecken«. —
Zwiespalt: Reise 1814 (26. Juli). — Cupido: Amor, Liebesgott;
Mavors: Mars, Kriegsgott. — S. 17. Thunder: oberdeutsch früher
für Donnerschlag (vgl. engl. thunder). Ursprünglich wollte
Goethe wählen zwischen den Zeilen 9-12 und 13-16. — *Im
Gegenwärtigen Vergangnes.* Reise 1814 (Fulda, 26. Juli). Züge
der Eisenacher Landschaft. — Ros' und Lilie: Sinnbilder
irdischer und himmlischer Liebe; Ritterschloß: die Wartburg;
dem Tal versöhnet: sanft in es übergeht. — Liebe, Psalters,
Jagdlied: »Hier wohn ich nun, liebste Frau, und singe Psalmen
dem Herrn« (an Frau v. Stein, 13. September 1777, von der
Wartburg, wo Goethe in der ersten Weimarer Zeit wiederholt
Jagdgenosse des Herzogs Carl August war). — runden Tons:
vgl. »Dreistigkeit«, Z. 3-4. — S. 18. Tags Vollendung: das
morgendlich beginnende Gedicht wurde »abends« abgeschlossen. — *Lied und Gebilde.* November 1814? Der plastischen
Dichtungsweise der Griechen die orientalische gegenüberge-
stellt. — Euphrat: Arabiens großer Strom, der, mit dem Tigris
vereinigt, in den Persischen Golf mündet. — Wasser wird sich

ballen: vgl. die ›Legende‹ in Goethes ›Paria‹-Trilogie. —
Dreistigkeit. 23. Dezember 1814. In der ersten und der dritten
Zeile jeder Strophe gespaltene Reime. — Dreistigkeit: der Zu-
versicht; kecker Mut; Schall ... Ton: Leben erst gibt dem
›Schall‹ der Dichtung die Fülle des ›Tons‹. — S. 19. *Derb und
Tüchtig.* Reise 1814 (26. Juli). Mit diesem Wortpaar kennzeichnet Goethe gern gediegene, kernhafte Naturen; ihrem
naiven Selbstgefühl widerstrebt Bescheidenheit, die »gesellige
Tugend« (vgl. NuA, ›Künftiger Divan — Buch des Unmuts‹).
— Mönchlein ohne Kapp und Kutt: dogmatisch-eifernde Ge-
schmacks- und Sittenrichter; »Geschmäckler-Pfaffen«, »Phili-
ster-Pfaffen«. Vgl. auch Buch des Unmuts, ›Übermacht, ihr
könnt es spüren...‹, Str. 5. — S. 20. *All-leben.* Reise 1814
(zwischen Frankfurt a. M. und Wiesbaden, 29. Juli, »unterwegs
in der Nacht«). — Mahmuds ... Günstlinge: siehe NuA,
›Mahmud von Gasna‹. — Süden: Italien. — S. 21. es grunelt:
aus warmfeuchter, süßduftender Erde sprießt erstes Grün. —
Selige Sehnsucht. Wiesbaden, 31. Juli 1814; Druck: 1816 (TD).
Die Handschrift verweist auf eine Dichtung des Hafis: Auch
im Orient ist der Schmetterling Sinnbild der Seele; sein
Flammentod wird mystisch gedeutet. — Goethe sieht in der
Sommernacht den Schmetterling sich in die Kerzenflamme
werfen. Doch er, innig vertraut mit dem Werden der Insekten,
überblickt die ganze Reihe ihrer Verwandlungen; dieser Tod
erscheint ihm darin nur als letzte, oberste Stufe. — Den
Schmetterling nennt das Gedicht erst gegen Schluß; bis dahin
nehmen wir das »du« der Anrede als an uns gerichtet; und das
ist wohl des Dichters Meinung: er will, wie er vorausschickt,
»das Lebendge« schlechthin preisen; zu welchem wir mit gehören. So vollziehen wir die Einung mit dem Angeredeten, und
die Nennung des Schmetterlings löst uns daraus nur, insoweit
das Tier uns gleichsam vorleuchtet. Das »du« der letzten Strophe, diesmal eindeutig an uns gerichtet, ermahnt zur Nachfolge
schon in diesem Leben. — Z. 1-2: ähnlich die Schlußverse in dem
Gedicht des Hafis. — Stirb und werde: Sichbewahren in der
Verwandlung, einer der ›polarischen‹ Gegensätze im Divan. —
Tut ein Schilf sich doch hervor. 1815? Druck: 1818. — Schilf:
Zuckerrohr; Schreiberohr: Rohrfeder.

Buch Hafis. Vom westlichen Dichter befragt, berichtet der
persische selber, daß er den Namen Hafis seinem innigen Ver-
trautsein mit der heiligen Schrift (des Korans) verdankt *(Bei-*

name). So wissen wir, was von der *Anklage* zu halten sei, die nun ein Chorus von Widersachern gegen den Freigesinnten, den Poeten beim geistlichen Richter erhebt; mit Genugtuung vernehmen wir seinen Spruch *(Fetwa)* und stimmen ein, wenn ihm dafür *der Deutsche dankt.* Ein zweites *Fetwa,* obschon im besonderen Falle scharf genug, bestätigt doch den Grundzug einer Rechtsprechung, welche den Dichter als »unmittelbar zu Gott« ansieht. Begeistert rühmt der Deutsche den Perser und gelobt, ihm nachzueifern, bis in die Eigenheiten östlicher Reimformen *(Nachbildung).* Ihm liegt das Wesen des Bruders — ein *Offenbar Geheimnis* — reiner vor Augen als jenen Verehrern und Erklärern, die es eifernd entstellen; und denen er doch, nicht mit Gleichem vergeltend, die Freiheit der Auslegung einräumt *(Wink).* Noch einmal macht er sich das große Vorbild deutlich *(An Hafis).*

S. 22. *Sei das Wort die Braut genannt.* Wohl 1814: War ursprünglich zum Vorspruch des frühesten, auf Hafis allein bezüglichen Divans bestimmt. Das Gleichnis entwickelt aus einem dichterischen Bild (»Wortbraut«) bei Hafis. — *Beiname.* Bad Berka, 26. Juni 1814; Druck: 1816 (TD). — Tuch der Tücher: das Schweißtuch der hl. Veronika. Schon der Dritte Teil von ›Dichtung und Wahrheit‹ (erschienen April 1814) hatte in Zusammenhang mit dem Plan zum ›Ewigen Juden‹ (1774), der Legende gedacht. Herrlich Bild, heitern Bild: hier betont Goethe den ›farbigen Abglanz‹ des Christentums. — S. 23-24. *Anklage — Fetwa — Der Deutsche dankt.* Eine Trilogie, deren erstes Glied, ähnlich wie beim ›Paria‹ oder in der ›Trilogie der Leidenschaft‹, zuletzt entstanden ist. — S. 23. *Anklage.* 10. März 1815. Z 1-15 nach einer von Hammer übersetzten Stelle aus der 26. Sure des Korans (›Die Poeten‹). Der dritte Redende verwendet sich für den Angeklagten. — Mosleminen: Bekenner des Islam, Rechtgläubige; auch Moslimen, Muselmanen (verdeutscht zu ›Muselmänner‹). — Mirza (abgekürzt aus ›Emir zadeh‹): eigentlich ›Sohn eines Prinzen‹; Name verschiedener Dichter. — S. 23. *Fetwa* (nach v. Hammers Vorrede zur Hafis-Übersetzung) und S. 24. *Der Deutsche dankt.* Von Goethes Hand auf demselben Reinschriftblatt, datiert »Berka Juli. Jena Dec(ember). 1814«. Das stimmt so nicht: Goethes Berkaer Aufenthalt hatte schon im Juni geendet. Es bleibt ungewiß, ob das erste Gedicht im Sommer, das zweite im Dezember entstanden ist, oder ob beide aus dem Juni stammen und im Winter nur überarbeitet worden sind. Fetwa: Spruch eines geistlichen Richters. — Theriak: zähflüssige Arznei. — S. 24. Ebusuud: (1490-1574), dreißig Jahre lang oberster Richter des Islam. — der alte Dichter: Goethe; Huris ihn empfangen: vgl. Buch des Sängers, ›Hegire‹, Str. 6-7, Buch des Paradieses, ›Einlaß‹ und folgende Gedichte. — Die reimlosen Zeilen (fünfhebige Trochäen) werden durch den Reim am Schluß des Ganzen gleichsam besiegelt. — *Fetwa.* Zwischen 25. Januar und 8. Februar 1815. Nachgebildet dem Spruch eines Mufti, d. h. eines Rechtsgelehrten, der lediglich über vorgelegte Fragen zu entscheiden hat. — Misri: eigentl. der Ägyptische (1617/18-1699), Gründer eines geistlichen Ordens, politisch gefährlicher Irrlehren beschuldigt. — S. 25. *Unbegrenzt.* Vor dem 30. Mai 1815; Druck: 1816 (TD). Die Gedichte des Hafis kennen weder einen Zusammenhang der Handlung noch eine logische Entwicklung von Gedanken. — älter . . . neuer: »und doch bringt er von den Alten [Griechen, Römern] mehr Bildung und Bildlichkeit mit. Das ist gerade das einzige, was den Orientalen abgeht . . . Insoweit sei er so eitel und übertrieben, zu sagen, daß er darüberstehe und das Alte und Neue verbinde« (Sulpiz Boisserée über ein Gespräch mit Goethe, Wiesbaden, 3. August 1815). — *Nachbildung.* Jena, 7. Dezember 1814. — Reimart . . . Wiederholen: wie in den Ghaselen, in welchen jede zweite Zeile mit dem gleichen Wort oder mehreren gleichen Wörtern endet; erst Sinn: vgl. Goethes Gedicht ›Ein reiner Reim wird wohl begehrt‹. — besondern Sinn: bei gleichem Klang; der sogenannte reiche Reim, wie in Zeile 1 und 3. — Funke . . . Kaiserstadt: wohl in Gedanken an den Brand Moskaus, September 1812; die Worte »wenn Flammen« bis »Sternenhallen« sind als Einschaltung (Parenthese) gemeint. — S. 26. Zugemeßne Rhythmen: der antiken (griechischen und römischen) Verslehre; neue Form: auch die neu aufgenommene orientalische. — *Offenbar Geheimnis.* Jena, 10. Dezember 1814, wahrscheinlich (wie Trunz darlegt) auf Grund der Lektüre im Jones, der die geistlichen Ausdeuter des Hafis und ihre »mystische Sprache« kritisiert. Der Titel: ein Lieblingswort Goethes für alles Wunderbare, was am Tage liegt, doch aus Gewohnheit und Vorurteil nicht wahrgenommen wird; durch Miß- oder Unverständnis wie beschützt vor unberufenem Zudrang und Zutun, unberührt, ›rein‹, erfreut es wenige ›Wissende‹; vgl. ›An die Mystiker‹ in Goethe/Schillers ›Votivtafeln‹. — Sie haben: die Theologen; mystische Zunge: Beiname des Hafis in der Literatur des Islam; mystisch: auf »die Geheimnisse der Gottheit« deutend. — *Wink.* Wohl Dezember 1814; früherer Name: ›Widerruf‹. Die Möglichkeit anderer Auslegung wird zugegeben. Goethe sucht das Problem nicht zu lösen, sondern verwandelt es, mit dem Recht des Dichters, in ein Bild, ein Gleichnis. — *An Hafis.* Karlsbad, 11. September 1818. Zu dieser Zeit war das ›Buch Hafis‹ schon gedruckt; Goethe schob das Gedicht in die ›Noten und Abhandlungen‹ ein. — *Verzeihe, Meister:* der Hauptsatz geht mit »Wenn« weiter; »wie du weißt« bis »vermesse« ist als Parenthese zu lesen. — *wandelnde Zypresse:* die hochgewachsene schlanke Geliebte. — *Oden:* (schon zu Goethes Zeit seltene) Form für Odem, Athem. — *glätten:* die Stirn der Geliebten als Glättstein, Polierstein — herkömmliches Bild in orientalischer Dichtung. — S. 28. *Die Seel zur Seele fliehend:* der Athem flieht aus der Seele des Liebenden hin zur Seele der Geliebten. — *Im höchsten Sinn:* vgl. Schenkenbuch, die letzten fünf Gedichte. — *Orden:* Ordnung der geistigen Werte.

Buch der Liebe. Berühmte Liebespaare des Orients werden vorgestellt *(Musterbilder, Noch ein Paar)*, und der erfahrene Dichter schlägt die Leidenschaft vor uns auf als ein *Lesebuch.* Gewarnt vor der einen Gefahr, erliegt der Kenner doch, und nicht ungern, der nächsten *(Versunken)*; einer dritten begegnet er gehalten und kühl *(Bedenklich)*. Aber nun ist er auch von der Geliebten entfernt, mit seinem Kummer nächtlich allein *(Schlechter Trost)*. Ihre Neigung, ihre Treue sucht man ihm zu verdächtigen, vergebens *(Genügsam)*; er ist beglückt, daß er durch den geflügelten Boten, den von altersher bewährten, ihr seinen *Gruß* schicken kann. Entbehren, Leiden wiederum; *Ergebung.* Die Freude, zu lieben, die Lust, es sagen zu können, erleichtert das beschwerte Herz *(Unvermeidlich)*; den herandrängenden Fragern aber bleiben die Liebenden verabredet stumm *(Geheimes, Geheimstes)*.
S. 29. *Sage mir* ... Druck: 1827. — *Musterbilder.* Vor dem 30. Mai 1815; Druck: 1816 (TD). Gestalten, die in persischen Epen und Romanen verherrlicht sind. — *Rustan und Rodawu:* statt Rustan, des großen Helden persischer Sage, müßte es ›Zal‹ heißen. Zal, zum persischen Gouverneur der Provinz Kabul ernannt, lehnt eine Einladung des eingeborenen Königs ab, weil dessen Haus mit dem des Schahs verfeindet ist. Als der Abgewiesene daheim die Schönheit des jungen Gouverneurs schildert (»Wortbild«), entflammt die Tochter Rodawu für den Unbekannten; ähnlich ergeht es diesem; sie treffen zusammen;

Widerstand der Eltern und des Schahs wird überwunden. Aus der Ehe geht Rustan hervor. — Jussuph und Suleika: Joseph und das Weib des Potiphar (I. Mo. 39; Koran Sure 12); die orientalischen Dichter stellen dar, wie Suleikas Liebe sich zu reinster Entsagung wandelt (vgl. Buch des Paradieses, ›Auserwählte Frauen‹, Str. 2). — Ferhad und Schirin: Ferhad, ein Bildhauer, liebt Schirin, die Gemahlin des großen Perserkönigs Chosru Parvis (590-628 n. Chr.). Der König verspricht sie ihm zur Frau, wenn er allein durch das rauhe Gebirge von Bisutun einen Weg bahne. Ferhad erfüllt die unmöglich erscheinende Aufgabe. Damit der König sein Wort nicht einlösen müsse, bringt ein Höfling dem Künstler ins Gebirge die Nachricht, Schirin sei gestorben. Darauf tötet Ferhad sich mit seinem Beil. Schirin vergeht vor Gram. — Medschnun und Leila: Medschnun (d. h. der von einem höheren Geist, zumal von Liebe, Besessene), Beiname des Kais ben al-Mulawwah, der als Inbegriff des Liebenden gilt; die Leidenschaft zwischen ihm und der schönen keuschen Leila wird im Islam mystisch gedeutet. — Dschemil und Boteinah: ein arabisches Liebespaar des 1. Jh. nach der Hedschra (7. Jh. n. Chr.), »bis ins höchste Alter leidenschaftlich verbunden« (NuA); der Kalif, der die berühmte Frau kennenlernen wollte, war enttäuscht, sie »schwarz und mager« zu finden; dichterisch-geistreich beschämte sie seinen Spott. — Salomon und die Braune: Suleiman und das Mädchen des Hohen Liedes (Sulamith). — *Noch ein Paar*. Wohl 1818; während des Drucks in die NuA (›Künftiger Divan‹) eingerückt. Wamik und Asra: Liebesroman, dessen zahlreiche Fassungen (darunter eine von Attar — vgl. NuA, ›Ferdusi‹) als verloren galten. 1833 gab v. Hammer dieses »älteste persische romantische Gedicht« in deutscher Version: ›Der Glühende und die Blühende‹. — S. 30. *Lesebuch.* 12. Januar 1816. Nach einem von Diez übersetzten Gedicht des Türken Nidschandschi Mustafa Pascha = Nischani (16. Jh.). Nisami: den Namen ›Nischani‹ der ersten Niederschrift änderte Goethe dann, vielleicht absichtlich, in den des großen persischen Dichters (vgl. NuA), der vierhundert Jahre früher gelebt hat. — *Ja! die Augen warens, ja! der Mund...* Jena, 21. Juli 1818, in Gedanken an Marianne Willemer; Druck: 1827. — S. 31. *Gewarnt.* Sommer 1814. — unterm Helme: wird gedeutet auf Mädchen, die unerkannt als Soldaten an den Befreiungskriegen teilgenommen hatten; aber auch auf die damalige Mode helmähnlicher Damenhüte. — *Versunken.* Berka, 19. Mai 1814. »Manche dieser Gedichte verleugnen die Sinnlichkeit nicht ...« (Ankündigung im Morgenblatt). — Bogen: der Brauen; fünfgezackte Kamm: die Hand. — *Bedenklich*. Mannheim, 30. September 1815. An Betty Strick van Linschoten, spätere von Arnim (1800-1846), Tochter eines befreundeten holländischen Diplomaten. — Schmerz und Narbe: nach herkömmlicher Charakteristik der Edelsteine. — S. 32. *Liebchen, ach! im starren Bande*. November 1819. An Marianne von Willemer, mit einem gebundenen Exemplar des Divans. Die Handschrift trägt die Jahreszahlen »1815. — 1819.« — Himmelslande: zwischen Main und Neckar. — *Schlechter Trost*. Reise 1815 (24. Mai). — Nachtgespenster in arabischer Dichtung wie bei Hafis, vgl. Buch Hiob 4,13-17. — *Genügsam*. 1815. — S. 33. freiwillige: das Wort gilt für »Huldigung« mit. — *Gruß*. Reise 1815 (Frankfurt a. M., 27. Mai); auf der Durchreise nach Wiesbaden, in Gedanken an Marianne. — Hudhud: der Wiedehopf (der arabische Name ahmt, wie der lateinische, upupa, den Ruf des Vogels nach); Liebesbote zwischen Salomo und der Königin von Saba; im Koran (Sure 27, V. 20ff.) erwähnt. Oftmals angerufen in Gedichten Goethes an Marianne und im Briefwechsel der beiden. — Im Stein sucht ich: auf jeder Reise erkundete Goethe, Mineralien und Petrefakte sammelnd, die geologische Lagerung der Landschaft. — *Ergebung*. Reise 1815 (Frankfurt a. M., 27. Mai) Druck: 1816 (TD). Nach Hafis. — S. 34 *Eine Stelle suchte der Liebe Schmerz* ... Druck: 1827. Nach Hafis. — *Unvermeidlich* und *Geheimes*. Wiesbaden, 31. August 1814; Druck: 1816 (TD). Die ersten zwei Zeilen stammen beidemale aus Hafis. »Manche dieser Gedichte können nach orientalischer Weise auch geistig gedeutet werden« (Ankündigung, ›Morgenblatt‹). — S. 35. *Geheimstes*. Vor dem 30. Mai 1815; die ersten drei Strophen vielleicht schon vom Sommer 1814. Das Gedicht bezieht sich auf die Kaiserin Maria Ludovica von Österreich (gleich der Prinzessin im ›Tasso‹ eine geborene Este), welche 1808, einundzwanzigjährig, die dritte Gattin Franz' I. geworden war, doch bereits im Jahre 1816 einem Lungenleiden erlag. — Als die Kaiserin sich im Juni 1810 zur Kur in Karlsbad aufhielt, huldigte Goethe ihr »im Namen der Bürgerschaft« mit einer Reihe von Gedichten; sie zog ihn bald in ihren engeren Kreis; bei erneutem Zusammentreffen, in Teplitz Juli-August 1812, war er wochenlang beinahe täglich um sie. Eine der begeisterten brieflichen Schilderungen, die er von ihr entwarf, gelangte durch Indiskretion (Joseph v. Hammers) zu ihrer Kenntnis, und in der Sorge, er könne etwas der Art öffentlich äußern wollen, ließ sie ihm durch ihre Vertraute, die auch ihm befreundete Gräfin Josephine O'Donell, den entschiedenen Wunsch mitteilen, in seinen Schriften »nicht genannt oder erraten zu werden«. Deshalb hat Goethe die Beziehung, zumal in der zweiten Hälfte des Gedichtes, bis zur völligen Unkenntlichkeit verschlüsselt. – kos't: tut schön, schmeichelt; dem Scheine: ihrem Nimbus, dem Erinnerungs-Bild. – Die folgenden Strophen drehen sich um Genanntwerden, um Nennen und Nicht-nennen-dürfen. Dem Herzog Carl August, der am Wiener Kongreß teilnahm, schrieb Goethe (29. Januar 1815) mit Hinblick auf die Kaiserin: »Im Orient, wo ich mich jetzt gewöhnlich aufhalte, wird es schon für das höchste Glück geachtet, wenn von irgend einem demütigen Knecht vor dem Angesichte der Herrin gesprochen wird und Sie es auch nur geschehen läßt. Zu wie vielen Kniebeugungen würde derjenige hingerissen werden, dessen Sie selbst erwähnte! Möchte ich doch allerhöchsten Ortes manchmal nur namenweise erscheinen dürfen!« – Schehâb-eddîn: eine der Leuchten des Islam (1145-1234), habe zum Zeichen des Danks und der Freude seine Kleider von sich geworfen (»sich entmantelt«), als er bei seiner letzten Pilgerfahrt nach Mekka auf dem heiligen Berge Arafat erfuhr, »es sei die Rede gewesen von ihm vor dem Gegenstande seiner Liebe«, d. h. vor Gott (nach zeitgenössischem Bericht; übersetzt in den ›Fundgruben‹ von Grangeret de Lagrange, 1790-1859, einem Schüler Silvestre de Sacy – siehe zum Buch der Betrachtungen, ›Fünf Dinge‹). – vor deines Kaisers Throne oder vor der Vielgeliebten: beides traf zu auf diese »angebetete Herrin« (Goethe an die Gräfin O'Donell über die Kaiserin). Um den Zusammenhang noch tiefer zu verschleiern, stellte Goethe im Dezember 1818, als das Gedicht im Divan bereits gedruckt, aber noch nicht erschienen war, diese vorletzte Strophe, mit zwei ganz neuen, an die Spitze des großen ›Maskenzugs‹, den er zum Weimarer Besuch der Kaiserin-Mutter Maria Feodorowna von Rußland verfaßte. – Medschnun: vgl. zu ›Musterbilder‹.

Buch der Betrachtungen. – S. 37. *Höre den Rat...* Juli 1814. Nach Hafis. – *Fünf Dinge.* Jena, 15. Dezember 1814. Nach dem Pendnameh, einer lehrhaften Dichtung des mystischen Ferideddin Attar (13.-14. Jh.); übersetzt von Silvestre de Sacy (Paris, 1758-1838), dem führenden Orientalisten seiner Zeit. – *Fünf andere.* Jena, 16. Dezember 1814. Ein positives Gegenstück zu dem vorigen Gedicht, sprechen die Verse, wie Z. 1 anzeigt, die persönliche Gesinnung des deutschen Dichters aus. – S. 38. *Lieblich ist des Mäd-*

chens Blick ... Reise 1814 (26. Juli); Druck: 1817 (in dem Berliner Taschenbuch ›Gaben der Milde‹). — *Und was im Pend-Nameh steht* ... Dezember 1814; Druck: (mit leichter Änderung) 1817 (wie das vorige). Zusatz zu dem vorigen Gedicht. — *Reitest du bei einem Schmied vorbei* ... Reise 1815 (Frankfurt a. M., 27. Mai). Z. 1 in Handschrift und erstem Druck frankfurterisch: »... bei e'nem ...«. — *Den Gruß des Unbekannten ehre ja* ... Jena, 11.-12. Juli 1819; Druck: 1827. An den preußischen General Graf Gneisenau, den Strategen der Befreiungskriege. Er hatte als musisch gebildeter junger Offizier während des Schlesischen Feldlagers 1790 sich dem verehrten Dichter vorgestellt, für diesen nur einer von vielen »mitten in der bewegtesten Welt«. Bei einem Besuch Augusts und Ottiliens v. Goethe in Berlin, im Mai 1819, erwähnte Gneisenau, damals Generalgouverneur der Stadt, jener frühen Begegnung, und auf Ottiliens Betreiben schrieb er einen Brief an Goethe. Dessen Verse, durch Ottilie übersandt, sind »Erwiderung, Erinnerung, Entschuldigung, Dank und was nicht alles zugleich« (Goethe an Ottilie, 12. Juli 1819). — S. 39. Sonnenkehr: Jahreslauf. — *Haben sie von deinen Fehlen* ... Druck: 1827. — sie: die Leute, die Anekdotenjäger; blieb mir nicht verhehlt: wäre mir nicht verhehlt geblieben. Hier springt das Fürwort in die erste Person um; wir erfahren, daß der Angeredete der Dichter selber ist; Endlich: auf meine späten Jahre. — *Märkte reizen dich zum Kauf* ... Karlsbad, September-Oktober 1819; Druck: 1827. Bis auf die erste Zeile nachgebildet den Versen 1-3 im 1. Korintherbrief, 8. — Märkte: des Wissens. — S. 40. *Wie ich so ehrlich war* ... Druck: 1827. — *Frage nicht durch welche Pforte* ... Wiesbaden, 10. Juni 1815. Zum Dienstjubiläum zweier hohen weimarischen Beamten, beziehungsvoll an den Überbringer, ihren jungen Kollegen August v. Goethe, gerichtet; anknüpfend an das ›Buch des Kabus‹, Lehren eines asiatischen Fürsten des 11. Jh. an seinen Sohn, s. NuA, ›von Diez‹. — Gottes Stadt: die Welt. — S. 41. *Woher ich kam* ... Franzensbad, 13. September 1818. Auf der Rückreise von Karlsbad, im Gedenken an die verstorbene Kaiserin Maria Ludovica (siehe zum Buch der Liebe, ›Geheimstes‹) der Gräfin O'Donell übersandt, der Goethe auf seinem Hinweg (25. Juli) hier überraschend begegnet war. — *Es geht eins nach dem andern hin* ... Druck: 1827. — Z. 1 aus einem protestantischen Kirchenlied des 16. Jh.; mit den leicht variierten Zeilen 1-4 beginnt auch Goethes Gedicht ›Gleichgewinn‹. — wenn du falsch gewesen: nicht dir gemäß gehandelt hast (vgl. oben ›Wie ich so ehrlich war‹, Z. 7-10). — *Behandelt die Frauen* ... Vor dem 30. Mai 1815. Nach einer von Hammer übersetzten Stelle aus der Sunna, der mündlich überlieferten Lehre Mahomets, welche neben dem Koran gilt. Rippe: I. Mo. 2, 21. — *Das Leben ist ein schlechter Spaß* ... Druck: 1827. — S. 42. *Das Leben ist ein Gänsespiel* ... Jena, 15. Dezember 1814. — Gänsespiel: Würfelspiel mit 63 Feldern, »worin Gänse, Brücken, Häuser, Gärten usw.« abgebildet sind. — Wo niemand gerne stehet: Feld 58 mit dem Bild des Todes oder einer toten Gans; bedeutet Ausscheiden aus dem Spiel. — Mich rückwärts zu bedeuten: einige Felder zeigen eine rückwärts blickende Gans; wer dahin gelangt, muß umkehren. — *Die Jahre nahmen dir* ... Camsdorf bei Jena, 19. Februar 1818. Druck: 1827. — *Vor den Wissenden* ... Am 16. November 1819 mit einem Exemplar des Divans dem Göttinger Orientalisten Joh. Gottfr. Eichhorn übersendet, der von früherer Jenaer Lehrtätigkeit her mit Goethe in Verbindung stand; siehe NuA, ›Lehrer‹. — S. 43. *Freigebiger wird betrogen* ... Druck: 1818. — leer geweitet: durch bloßes Begriffs-Denken. — *Wer befehlen kann* ...: Wohl Sommer 1814. — *An Schach Sedschan* ... Vermutlich Frühjahr 1815. Eine Huldigung an den Herzog Carl August von Sachsen-Weimar. Die zwei letzten Zeilen nach dem ›Buch des Kabus‹ (vgl. oben). — Sedschan: ›der Herzhafte‹, persischer Herrscher aus dem Hause Mosaffer, gestorben 1384. Beschützer der Wissenschaften und Künste, Gönner des Hafis, von ihm viel besungen. — Transoxanen: Völker jenseits des Flusses Oxus (Amudarja), d. h. aus Turkestan; Schall und Klang: »Janitscharenmusik ... ist uns ... über den Oxus hergekommen« (Goethe an Zelter, 10. Dezember 1816). — S. 44. *Höchste Gunst*. Reise 1815 (Frankfurt a. M., 27. Mai). An Carl August und Louise von Sachsen-Weimar; gezähmt: im Rückblick auf die frühen, ›wilden‹ Weimarer Zeiten; vgl. Gedichte aus dem Nachlaß, ›Mich nach- und umzubilden ...‹. — *Ferdusi spricht*. Vor dem 30. Mai 1815. Ferdusi: s. NuA; Z. 1-2 aus seinem ›Schah nameh‹, übersetzt von dem Österreicher Karl Graf Ludolf († 1803). — *Was heißt denn Reichtum* ... Wiesbaden, 1. Juli 1815. — *Dschelâl-eddîn Rumi spricht*. Vor dem 30. Mai 1815. Nachgebildet Versen des Dichters, s. NuA; ein Gegenstück (›Verweile nicht und sei dir selbst ein Traum ...‹) in Goethes Gedichten, ›Sprichwörtlich‹ (1815). — S. 45 *Suleika spricht*. Druck: 1818. In mir liebt Ihn: ähnlich bei v. Diez; für diesen Augenblick: in welchem die irdische Erscheinung sich vollendet, wie sie von Gott gedacht ist und vor ihm bestehen bleibt.

Buch des Unmuts. S. 46 *Wo hast du das genommen?* Vor dem 30. Mai 1815. Das ruhelose Versmaß, dreihebige, weiblich ausgehende Jamben (oó/oó/oó ó), steht innerhalb des Divans allein. Indem Goethe dieses Gedicht voranstellt, das den äußeren wie den geistigen Horizont seiner ›Flucht‹ umreißt, erhält die folgenden »egoistischen Explosionen« des Unmuts erst den weiten Hintergrund; um diese seine »östliche Welt« ist es ihm zu tun — sie will er »an sich ziehen«, wenn er sich die andere, niederträchtige, »beseitigt« (vgl. Buch Suleika, ›Einladung‹). Die Frager der ersten Strophe sind wieder jene Übelwollenden, die wissen möchten, obwohl sie alles besser wissen. — das genommen: diese neue dichterische Welt des Orients. — neu geboren: das Wort erscheint immer wieder in Goethes Dichtungen und Briefen der Jahre 1814 und 1815. — stolzieren: stolz einhergehen, prahlen; erlogner Meere: einer täuschenden Luftspiegelung (Fata Morgana). — S. 47. *Keinen Reimer wird man finden* ... Reise 1814 (26. Juli), überarbeitet 23. Dezember. — Antichambern: Vorzimmern bei Hofe und auf Ämtern; Koriandern: Körnern des Wanzendills, Gewürz. — *Befindet sich einer* ... 7. Februar 1815. — S. 48. *Übermacht, ihr könnt es spüren* ... Reise 1814 (Fulda, 26. Juli, 8 Uhr [abends]). — konversieren / Mit Tyrannen: Anspielung auf seine Gespräche mit Napoleon (1808), die ihm nun als ein Gegenstück zu der Unterredung zwischen Hafis und Timur erschienen. — pochten: sich geltend machten. — Ulrich Hutten: der ritterliche Humanist (1488-1523), der in den lateinischen ›Dunkelmänner-Briefen‹ die anmaßende Beschränktheit mönchischer Gegner (»braune Kutten«) bloßgestellt hatte«; blaue Kutten: islamischer Mönche, zu denen Hafis selbst gehörte, die ihn aber wegen seines Lebenswandels und seiner Dichtungen angriffen (vgl. Buch Hafis, ›Anklage‹, ›Fetwa‹). — S. 49. *Wenn du auf dem Guten ruhst* ... Reise 1814 (Fulda, 26. Juli, 8 Uhr [abends]). — traun: von trauen; sicherlich, gewiß. — da ists ein Wort: da kann man drüber reden, da läßt mans gelten. — S. 50. *Als wenn das auf Namen ruhte* ... Reise 1814 (27. Juli), überarbeitet 23. Dezember. — salbadrisch: geschwätzig, oft mit dem Beigeschmack von salbungsvoll, frömmelnd. — Herr Knitterer, Zersplitterer, Verwitterer: an der Stelle dieser Namen standen ursprünglich die dreier Zeitungen, deren Wir-

ken Goethe seit je für verderblich hielt: »das Morgenblatt«
(seines eigenen Verlegers Cotta), »Freimüthiger« (›Der Frei-
müthige‹, herausgegeben von Kotzebue) und »die Elegante«
(›Zeitung für die elegante Welt‹)« allenfalls die beste: sie be-
kämpfte den ›Freimüthigen‹ und gab sich goethe-freundlich.
— Deutsch ... Teutsch: patriotische Eiferer hatten während
der Befreiungskriege die Schreibung ›teutsch‹ (von teuto-
nisch) einführen wollen. — S. 51. *Medschnun heißt — ich will
nicht sagen* ... Vor dem 30. Mai 1815. — Medschnun: vgl. zum
Buch der Liebe, ›Musterbilder‹. — *Hab' ich euch denn je geraten...* Vor dem 30. Mai 1815. Tischer: Tischler, Schrei-
ner. — S. 52. *Wanderers Gemütsruhe.* 19. November 1814.
Das einzige betitelte Gedicht dieses Buches. Die letzten zwei
Zeilen in Zusammenhang mit dem ›Buch des Kabus‹. Der
Dichter, wie in der Jugend, als ›Wanderer‹; ein Bild unbe-
kümmerten Vorwärtsschreitens. — *Wer wird von der Welt verlangen* ... Herbst 1814. Tag des Tags: ursprünglich hieß es
›schönsten Tag‹. — *Sich selbst zu loben...* 5. Januar 1816.
Z. 1 nach Diezens Übersetzung des ›Buchs der Glücklichen‹
von dem türkischen Autor Büzri Dschumhur (6. Jh.), vgl.
Buch Suleika, ›Die schön geschriebenen...‹, Z. 9-11. — *vergeude: absichtlich verscherze, nichts gebe auf ... — S. 53. *Glaubst
du denn, von Mund zu Ohr* ... 1815. Wohl (wie K. Mommsen
annimmt) gegen eine orthodoxe Äußerung des sonst verehrten
v. Diez gerichtet. Vgl. Buch der Sprüche, ›Ihr lieben Leute,
bleibt dabei ...‹ — *Und wer franzet oder britet* ... Druck:
1818. — am Tage: ›Tag‹ bei Goethe oft abschätzig, wie ›Welt‹. —
Sonst, wenn man den heiligen Koran zitierte . . . Druck:
1827. Sure: Kapitel; Derwisch: Angehöriger einer Gemein-
schaft, die in freiwilliger Armut geistlichen Betrachtungen
lebt. — S. 54. *Der Prophet spricht.* 23. Februar 1815. Nach
einer Koran-Stelle, die Goethe in K. E. Oelsners Schrift ›Mohamed‹ (1810) fand. — *Timur spricht.* Druck: 1827. Timur:
siehe Buch des Timur. Statt ›Timur‹ stand zuerst ›Hatem‹,
der Name, den Goethe, im Buch Suleika, sich selber bei-
legt.

Buch der Sprüche. »Es besteht aus kleinen Gedichten, zu
welchen orientalische Sinnreden meist den Anlaß gegeben«
(Ankündigung, ›Morgenblatt‹). Die Mehrzahl, undatiert,
vom Jahre 1815. S. 55. *Talismane will ich* ... Vgl. Buch des
Sängers, ›Segenspfänder‹, Str. 1. — mit gläubiger Nadel: vgl.

NuA, ›Buch-Orakel‹. — *Vom heutgen Tag* ... Nach einer von Chardin zitierten Herbergs-Inschrift aus Ispahan. — *Wer geboren in* ..., *Wie etwas sei leicht* ... und *Das Meer flutet* ..., nach dem von Diez übertragenen ›Buch des Og(h)uz‹, einer tartarisch-türkischen Sprichwörtersammlung wohl des 9. Jh. — *Was wird mir jede Stunde* ... Jena, 22. Juli 1818, in Gedanken an Marianne Willemer; vgl. Buch der Liebe, ›Ja! die Augen warens ...‹. Die Unruhe gespiegelt in der Sprachform: kurze Sätze, überwiegend einsilbige Wörter. Dieses Gedicht und die folgenden drei zuerst gedruckt 1821, am Eingang des Romans ›Wilhelm Meisters Wanderjahre oder Die Entsagenden‹ (erste Fassung). — *Prüft das Geschick dich* ... Nach Hafis. — S. 56. *Noch ist es Tag.* ... Nach Joh. 9, 4. — *Was machst du an der Welt* ... Jena, 29. Juni 1818; nach einer von Hammer übersetzten Stelle aus dem ›Schah nameh‹ des Ferdusi. — *Wenn der schwer Gedrückte* ... Jena, 22. Juli 1818. — »*Wie ungeschickt* ...« Druck: 1827. — *Mein Erbteil* ... Druck: 1821 (Wanderjahre). Einen verwandten lateinischen Spruch zitiert Goethe schon 1797 als eines seiner Leitworte. — *Gutes tu* ... Druck: 1827. Berichtigung des wörtlich ebenso beginnenden Spruchs, der schon in der Ausgabe von 1819 steht; wäre diesem daher vielleicht besser nicht voran-, sondern nachgestellt worden. — *Enweri sagts* ... Karlsbad, 12. August 1818; Druck: 1821 (Wanderjahre). Z. 4 nach v. Hammers Übersetzung (Rk). Enweri: der Berühmte, Glänzende; siehe NuA. — *Was klagst du* ... Dieser Spruch, wie die acht folgenden, dem Buch des Unmuts verwandt. — S. 57. *Dümmer ist nichts* ... Wohl anspielend auf eigene Erfahrungen mit ›Patrioten‹ während der Kriegsjahre 1813/14. — *Wenn Gott so* ... Nach Saadi-Olearius. — *Gestehts, die Dichter* ... Vgl. Buch des Unmuts, ›Keinen Reimer wird man finden ...‹, Z. 1-4. — *Verschon uns, Gott* ... Nach Chardin; so auch die folgenden zwei Sprüche. — *Was hilfts dem Pfaffen-Orden* ... 27. Januar 1816. Z. 3-4 (wie jeweils auch Z. 3-4 in den beiden folgenden Sprüchen) nach dem von Diez übertragenen ›Spiegel der Länder‹ des Türken Kjatibi Rumi (16. Jh.). Vgl. zum Buch des Sängers, ›Derb und Tüchtig‹, Str. 6. — S. 58. *Soll man dich nicht* ... V. 2 ebenfalls nach Kjatibi Rumi-Diez. — *Laß dich nur* ... Z. 3-4 nach Kjatibi Rumi-Diez. — *Warum ist Wahrheit* ... Handschrift (Brief an S. Boisserée) Camsdorf bei Jena, 1. Mai 1818. — *Was willst du untersuchen* ... Ähnlich schon Prediger Salomo, 11, 1; Z. 4 im ›Buch des Kabus‹. — Milde: Freigebigkeit, Wohltätigkeit. — *Als ich einmal* ... In einer Niederschrift von Goethes Hand betitelt ›Indisch‹. — S. 59 *Dunkel ist die Nacht* ... Nach Saadi-Olearius. — *Welch eine bunte Gemeinde* ... Aus Chardin, nach einem Spruch Saadis. — *Ihr nennt mich* ... und *Soll ich dir* ... aus Saadi-Olearius. — *Wer schweigt* ... und *Ein Herre mit* ... nach dem ›Buch des Kabus‹. — *Ihr lieben Leute* ... Ironisiert den Autoritätsglauben; vgl. Buch des Unmuts, ›Glaubst du denn, von Mund zu Ohr ...‹. Autos epha: gr., »er hat es selbst gesagt«; Formel, mit der sich die Anhänger des Philosophen Pythagoras (um 500 v. Chr.) auf seine Autorität beriefen. — S. 60. *Wer auf die Welt kommt* ... Eigenhändige Niederschrift vom 30. März 1816. Nach Saadi-Olearius. — *Wer in mein Haus tritt* ... passen: warten. — *Herr! laß dir gefallen* ... Noch am 16. Juli 1819, als die Verse bereits im Buch der Sprüche abgedruckt waren, erwog Goethe in einem Brief an J. G. L. Kosegarten (vgl. NuA, ›Übersetzungen‹ und ›Revision‹), einen fast gleichlautenden Spruch an das Ende des ganzen Werks zu stellen. — *Was brachte Lokman* ... Z. 3-4 nach Saadi-Olearius. Lokman: der Weise, legendärer Fabeldichter, im Koran (Sure 31) gerühmt; den Garstgen: »von Geburt ein Abessinier, ... schwarz von Farbe, dick und fett...«, mit großen Lippen« (Herbelot, Saadi). — *Herrlich ist der Orient* ... Calderon: der große Dramatiker Spaniens (1600-1681), dessen Werke Goethe auf dem Weimarer Theater neu zu beleben suchte. An den Übersetzer des Dichters, Gries, schrieb er (29. Mai 1816): »daß mein Aufenthalt im Orient mir den trefflichen Calderon, der seine arabische Bildung nicht verleugnet, nur noch werter macht, wie man edle Stammväter in würdigen Enkeln gern wiederfindet und bewundert.« — *Was schmückst du* ... Die Linke wird im Orient geehrt, »weil es der rechten Hand genug sein müsse, den Vorteil zu haben, daß sie die Rechte sei« (Saadi-Olearius). Der Spruch wird als Goethes Antwort auf den Vorwurf angesehen, er überschätze östliche Dichtung zum Nachteil der europäischen. — S. 61. *Wenn man auch nach Mekka triebe* ... Mekka: Hauptstadt des Islam; Christus' Esel: Matth. 21, 2-11, Joh. 12,14-15. — *Getretner Quark* ... Quark: Dreck; Pisé: von lat. pinsere, pisere = stoßen, stampfen; Stampf-Erde zum Bau von Wänden. — *Betrübt euch nicht* ... Wie die folgenden zwei Sprüche gedruckt 1816 (TD). — *Guten Ruf mußt* ... Nach Ferideddin Attar, in Silvestres de Sacy Übersetzung; vgl. oben zum Buch der Betrachtungen, ›Fünf Dinge‹. — *Die Flut der Leidenschaft* ... Druck: Februar 1816, ›Morgenblatt‹. Nach dem

Lebensabriß Attars (von Dauletschah Samarkandi, 15. Jh.), den Silvestre de Sacy seiner Übertragung des ›Pend-nameh‹ beigegeben hat. Vgl. den Spruch ›Das Meer flutet immer ...‹ und Buch Suleika, ›Die schön geschriebenen ...‹, Z. 30-35. — *Du hast so manche Bitte gewährt ...* 12. Januar 1816; Druck: 1827. — *Schlimm ist es ...* Camsdorf bei Jena, 6. April 1818; Druck: 1827. — Frau Wahrheit: wie in der deutschen Lehrdichtung des Mittelalters; baß: verwandt mit ›besser‹; mehr. — *Wisse, daß mir sehr mißfällt ...* Druck: 1827.

Buch des Timur. — S. 63. *Der Winter und Timur.* Jena, 11. Dezember 1814. In einem Werk des englischen Orientalisten Jones (vgl. NuA, ›Lehrer‹) fand Goethe dieses Zwiegespräch angeführt, aus einer Darstellung der Feldzüge des mongolischen Eroberers Timur Lenk (Tamerlan, 1355-1405), von dem arabischen Geschichtsschreiber Ibn Arabschah (gestorben 1450). Timur wollte seine Kriegstaten bekrönen mit der Einnahme Chinas. Der gewaltige Heereszug nach Osten wurde aber durch den unerwartet strengen Winter vereitelt; kurz danach starb Timur. Die erstaunliche Übereinstimmung mit den Ereignissen von Napoleons russischem Winterfeldzug 1812, die mythische Größe der Szene und die gedrängte Form reizten Goethe, sie aus der lateinischen Prosa bei Jones in Verse zu übertragen. — umgab sie: die Truppen. — S. 64. *An Suleika.* Wiesbaden, 27. Mai 1815. Hierhin gestellt als Bindeglied zum Buch Suleika. — Wohlgeruch: Rosenöl. — Bulbuls Lieben: die Liebe der Nachtigall (Bulbul) und der Rose (Gulgul) gehört zum Bilder-Vorrat persischer Dichtung. — Myriaden: zehntausend, die höchste im Griechischen benennbare Zahl; unzählbare Menge, Unzahl.

Buch Suleika. Auf die *Einladung* folgt die Verteilung der Rollen in dem Duodrama, das nun anhebt: in frohem Staunen preisen und kosten die Liebenden mannigfach ihr Glück (S. 66-69); Suleikas Fragen nach früheren Verbindungen lenkt Hatem schmeichelhaft auf sie ab (›*Sag', du hast wohl viel gedichtet ...*‹); er äußert Lust, sie zu schmücken (›*Die Sonne kommt! Ein Prachterscheinen ...*‹), geschmückt zu werden von ihr (›*Komm, Liebchen, komm! umwinde mir die Mütze! ...*‹); möchte sie mit Geschenken überschütten wie ein Kaiser (›*Nur wenig ists was ich verlange ...*‹, ›*Hätt ich irgend wohl Bedenken ...*‹); und kann ihr am Ende doch nur die Verse bringen, die er ihr verdankt (›*Die schön geschriebenen ...*‹).

Er bangt um ihre Treue, fürchtet die anderen, Schöneren, die »sie kost« (›*Lieb' um Liebe, Stund' um Stunde* ...‹, ›*Volk und Knecht und Überwinder* ...‹), weist selber die eigensüchtigen, ihr neidischen Mädchen kühl-galant zurück *(Wie des Goldschmieds Bazarlädchen* ...); der Greis bekennt seine Leidenschaft, die Jugend ihre tiefe Neigung zu seinem Geist (›*Locken, haltet mich gefangen* ...‹, ›*Nimmer will ich dich verlieren* ...‹). Nun aber Trennung, Entbehren, sehnliches Gedenken (Seiten 78-79) — dann ein Wiedersehen: Gänge im Park, zu zweit (›*An vollen Büschelzweigen* ...‹) und allein (›*An des lustgen Brunnens Rand* ...‹); ein Anflug von Eifersucht bei Hatem, überraschend glückhaft gestillt (›*Kaum daß ich dich wiederhabe* ...‹); sein Dank an die Geliebte, die wahlverwandte Dichterin (›*Behramgur, sagt man* ...‹). Und abermals Abschied, Entfernung, Sehnsucht, Qual — schwerer, schmerzlicher als zuvor (Seiten 83-86). Doch über alle Maßen selig das *Wiederfinden,* überschwenglich der Jubel, die ganze Schöpfung im Nachhall mitbewegend. Danach wird die Trennung endgültig; nur ist sie nicht so schneidend mehr; Gedankengrüße mildern und überbrücken sie, Schrift- und Zeichenwechsel (›*Vollmondnacht*‹, ›*Geheimschrift*‹), der Spiegel der Dichtungen als ein bleibendes Unterpfand (›*Abglanz*‹, ›*Wie mit innigstem Behagen* ...‹, ›*Laß den Weltenspiegel* ...‹). Die Welt verklärt sich in diesem Gefühl (›*Die Welt durchaus ist* ...‹); alles Erschaffene wird Abbild der Geliebten, sie ist allgegenwärtig (›*In tausend Formen magst du dich verstecken* ...‹).

S. 65. *Ich gedachte in der Nacht* ... 1815. Der Vorspruch faßt, nach einem von Diez übertragenen Gedicht des türkischen Sultans Selim I. (1467-1520), die Begegnung mit Marianne-Suleika als das alle Erwartung übersteigende Ereignis. — *Einladung.* 31. Dezember 1814. — Welt beseite: die des ›Tages‹; Welt an mich zu ziehen: die wesentliche. — *Daß Suleika von Jussuph* ... Reise 1815 (Eisenach, 24. Mai). Die erste Zeile, unter Preisgabe des Reims, geändert aus: »Daß Suleika in Jussuph vernarrt war«. — S. 66. *Da du nun Suleika heißest* ... Reise 1815 (Eisenach, 24. Mai). — Hatem Thai: Araberheld vorislamischer Zeit, von sagenhafter Freigebigkeit; Hatem Zograi: vermutlich Mujad Eddin Thograi (nach der Funktion, die Thugra, des Herrschers Namenszug, unter Dokumente zu setzen), hervorragender Dichter und Staatsmann (getötet 1119 n. Chr.); reichlichst Lebende: soll unermeßlichen Reichtum in alchimistischen Experimenten vergeudet haben. — *Nicht Gelegenheit macht Diebe* ... Frankfurt a. M., 12.-15. September 1815. Das erste Gedicht im Dialog mit Marianne. — Karfunkel: Stein, der aus eigener Kraft im Dunkeln leuchtet. — *Hochbeglückt in deiner Liebe*... Frankfurt a. M., 16. September 1815. Mariannens Antwort; Anklang an Hafis-Verse. – S. 67. *Der Liebende* ... Wohl 1815. Nach Saadi. – Leila und Medschnun: vgl. zum Buch der Liebe, ›Musterbilder‹. — *Ists möglich daß ich Liebchen dich kose* ... Wohl 1815. — S. 67-68. *Als ich auf dem Euphrat schiffte* ... und *Dies zu deuten bin erbötig* ... Frankfurt a. M. (Gerbermühle), 17. September 1815. — S. 68. Doge von Venedig: der Wahlfürst warf in feierlicher Zeremonie alljährlich an bestimmtem Tage einen Ring ins Meer, um der Republik auch ferner die Gunst des Elements und die Seeherrschaft zu sichern. — Indostanen: Reich des Großmoguls. — Terrasse, Hain: der Gerbermühle; der Main hier als Euphrat. — *Kenne wohl der Männer Blicke*... Jena, 12. Dez. 1817; das erste Suleika-Gedicht nach Christianens Tod (6. Juni 1816). Die »Rede«, die Suleika an Hatems Blicken abliest, umfaßt die Verse 9 bis 19. — S. 69. *Gingo biloba*. Heidelberg, 27. September 1815; schon am 15. September jedoch notiert Boisserée, Goethe habe an Marianne mit einem Vers ein Blatt des Ginkgo biloba »als Sinnbild der Freundschaft« geschickt; die zweite Strophe also vielleicht noch in Frankfurt entstanden. Gin(k)go biloba: der zweilappige ostasiatische Fächerblattbaum, im 18. Jh. nach Europa eingeführt. »Die Blätter haben das Eigene, daß ... in jüngeren Jahren ... ein Einschnitt in dem Fächer kaum angedeutet ist. Dieser Einschnitt aber nimmt an späteren Zweigen zu, ... und zwar endlich dergestalt, daß es zwei Blätter zu sein scheinen« (Goethe an den Großherzog Carl August, 10. März 1820). — *Sag', du hast wohl viel gedichtet*... Heidelberg, 22. September 1815. schöne Schrift: **ziert** im Orient heilige und dichterische Texte. — S. 70. *Die Sonne kommt!* ... Heidelberg, 22. September 1815. Im Juli hatte Kaiser Franz I. von Österreich Goethe das Kommandeurkreuz des Leopold-Ordens verliehen; Marianne parodierte die Auszeichnung durch das Geschenk eines Phantasie-Ordens — die Sonne, vom Halbmond umschlossen —, den sie auf der Frankfurter Messe bei einem türkischen Händler gekauft hatte. — *Komm, Liebchen, komm!* ... 17. Februar 1815. Tulbend: Kopfbedeckung der Moslimen; Seide oder Musselin um eine Leinwand-Form gewunden. »Die Enden dieser Stoffe sind ein reich beblümtes Gewebe, woraus man, indem man sie

318

zum Knoten schlingt, eine Art Bekrönung mitten auf dem Tulbend bildet« (Chardin); Abbas: der Große; siehe NuA, ›Pietro della Valle‹. — Band, das Alexandern: das Diadem, der Kopfschmuck der persischen Könige. Alexander der Große nahm, als Eroberer Persiens, mit der orientalischen Tracht auch das Diadem an. — S. 71. *Nur wenig ists was ich verlange ...* 17. März, 17. Mai 1815. Goethe entfaltet hier den Reichtum der Fremde als eine Art Klangpanorama. Timurs Reiche: von Indien bis Kleinasien und Ägypten. — Badakschan: »Stadt zwischen dem Kaspischen Meer und Indien gelegen ..., am selben Orte sollen die schönsten Rubinen gefunden werden« (Olearius). — Türkise: Edelsteine von himmelblauer bis grüner Farbe, vornehmlich in Persien gefunden. — Hyrkansche Meer: von iranisch varkana, Wolfsland; antiker Name für das Kaspische Meer. — Bochara: Bukhara, Stadt in Turkestan, »in einer Ebene, die Überfluß hat an aller Art von Getreide und Früchten« (Herbelot). — Samarkand: ebenfalls in Turkestan, Hauptstadt der Reiche Timurs. Von dorther kam der Perser »schönes Papier ... wird auch ..., wenn es gar zart sein soll, von Seide gemacht« (Chardin, Olearius). — Ormus: Hafenstadt auf einer Insel im Persischen Meerbusen. — Lande der Brahmanen: Indien. — S. 72. Soumelpour: von Tavernier beschriebener indischer Ort mit reichem Diamant-Vorkommen; Grus...: Berggestein, von fließenden Gewässern weitergeführt (Geschiebe), zugeschliffen (Gerill), zerkörnt (Grus). — Divan: hier Versammlung, Konferenz. — Bassora: Balsora, Basra, großer Handelsplatz am Zusammenfluß von Euphrat und Tigris. — *Hätt ich irgend wohl Bedenken ...* 17. Februar 1815. Die erste Strophe anklingend an zwei berühmte Verse des Hafis. — Balch: siehe zu Buch des Sängers, ›Zwanzig Jahre ließ ich gehn ...‹. — Bochâra, Samarkand: vgl. zum vorigen Gedicht (wo »Bochara« auf der ersten Silbe betont ist). — S. 73. *Die schön geschriebenen ...* Heidelberg, 21. September 1815. — Blätter: der vom Karawanenzug an die Geliebte gerichteten Briefe und Gedichte; Gelingen: der Handelsunternehmungen. — Schmack: alter und mundartlicher Ausdruck für Geruch. — Franke, Armenier: die Handelspartner; Franke »der Name, den die Türken allen Christen in Europa, ausgenommen die Griechen, geben« (della Valle); Armenier: »die reichesten Kauf- und Handelsleute in Persien sind die armenische Christen« (Olearius). — S. 74. Regentropfen Allahs: vgl. Buch der Parabeln, ›Vom Himmel sank ...‹. — *Lieb' um Liebe ...*

Heidelberg, 25. September 1815. Die Schluß-Zeilen enthalten bereits den Gedanken der Selbst-Aufgabe, den das folgende Gedicht entwickelt. — *Volk und Knecht und Überwinder* ... Heidelberg, 26. September 1815. — Überwinder: Gewaltherrscher, Eroberer wie Timur und Napoleon. — höchstes Glück ... Persönlichkeit: die eigene. — S. 75. Rabbi: eigentlich Meister, Gottesgelehrter; die »Holden«, welche die letzte Strophe nennt, sind berühmte Persönlichkeiten von höchstem Selbstbewußtsein: Ferdusi, um erwarteten Dichterlohn verkürzt, beleidigte den Schah; Motanabbi (Beiname des Abul Thajeb Achmed, von Kufah, 915-965 n. Chr.) trat mit eigenem Propheten-Anspruch gegen Mahomets Lehre auf (vgl. NuA, ›Mahomet‹). — *Wie des Goldschmieds Bazarlädchen* ... Heimreise 1815 (Meiningen, 10. Oktober). Reflektiert vermutlich auch Eindrücke, die Goethe am 30. September, wenige Tage nach dem letzten Abschied von Marianne, empfangen hatte, als er mit Carl August dessen Geliebte, die Schauspielerin Caroline Jagemann (v. Heygendorf), welche sich damals in Mannheim aufhielt, und den dortigen Bekanntenkreis besuchte (vgl. zum Buch der Liebe, ›Bedenklich‹ sowie, in den Gedichten, den Vierzeiler ›Genug‹, den Goethe damals an eine Schwester der Jagemann, die in Mannheim lebende Frau v. Danckelmann, oder deren Tochter richtete). Ein am Abend des 5. Oktobers empfangener Brief, womit ihn (laut S. Boisserées Tagebuch) »die Jagemann ... und die anderen Damen« drängten, nochmals herüberzukommen »zu Tableaux und Attituden« (lebenden Bildern und ›mimisch-plastischen‹ Stellungen), hatte dann zu Goethes fluchtartigem Aufbruch von Heidelberg (7. Oktober) beigetragen. — Bazarlädchen: der Ton liegt hier auf der ersten Silbe. — Dschemil, Boteinah: vgl. zum Buch der Liebe, ›Musterbilder‹. — S. 76. Minarette: die hohen schlanken Türme, von denen aus die Gläubigen zum Gebet gerufen werden. — bewhelmen: neugebildet nach engl. to whelm = überwölben, bedecken. — S. 77-78. *Locken, haltet mich gefangen* ... und *Nimmer will ich dich verlieren* ... Heidelberg, 30. IX.-2. X. 1815. — Ätna: Goethe hatte den beschneiten Vulkan 1787 gesehen. — Gipfel: Bergzüge bei Heidelberg; Hatem: an dieser Stelle des völlig durchgereimten Gedichts erwartet man das Reimwort »Goethe«; hinter dem Decknamen gibt der Dichter sich als Liebenden deutlich zu erkennen. — S. 78. *Laß deinen süßen Rubinenmund* ... Druck: 1818. — *Bist du von deiner Geliebten getrennt* ... 31. Januar 1816. Z. 3-4 nach

Kjatibi Rumi-Diez (vgl. zum Buch der Sprüche). – *Mag sie sich immer ergänzen* ... Druck: 1827. – *O! daß der Sinnen doch so viele sind* ... und S. 79. *Auch in der Ferne dir so nah* ... Druck: 1818. – *Wie sollt' ich heiter bleiben* ... Heidelberg, 1. Oktober 1815. – *Wenn ich dein gedenke* ... Druck: 1818. – der Schenke: erscheint hier zum erstenmal, und gleich mit dem Zug einer stillen Eifersucht, wie später im Schenkenbuch (›Du, mit deinen braunen Locken ...‹); Saki: Wasserträger, Mundschenk. – Salomon: Suleiman (Mann der Ruhe), als Weiser, als Herr über die Geister im ganzen Orient verehrt. S. 80. *Buch Suleika.* Druck: 1827. – *An vollen Büschelzweigen* ... Heidelberg, 24. Sept. 1815, am zweiten der drei Tage des letzten Zusammenseins mit Marianne; gemeint sind die Edelkastanien im Heidelberger Schloßgarten. – *An des lustgen Brunnens Rand* ... Heidelberg, 22. September 1815. – Chiffer: im Sand am Brunnen und in der Rinde der Zypresse. – S. 81. Kanals der Hauptallee: Sehenswürdigkeit der persischen Residenzstadt Ispahan, ausführlich beschrieben von della Valle (s. NuA); hier mit Zügen der Gerbermühle und des Heidelberger Schloßgartens. – *Kaum daß ich dich wieder habe* ... Heidelberg, 7. Oktober 1815, am Tag der Abreise. – Dschami: s. NuA. – Väter: die großen Dichter der Vergangenheit. – S. 82. Wohl! daß sie dir ...: damit sie dir nicht fremde scheinen, wisse: sie sind ... – *Behramgur, sagt man* ... Bei Jena, 3. Mai 1818. – Behramgur: (Bahram-Gur), König von Persien (5. Jh. n. Chr.), aus der Dynastie der Sassaniden, begünstigte Musik und Dichtkunst; Dilaram: Herzensruhe, seine Sklavin. Nach dem Vorbild dieser Sage, die er bei v. Hammer (Rk) fand, hat Goethe die Erfindung des Reims im Helena-Akt des ›Faust‹ dargestellt. – Mantel gesäter Sterne: das mit Sternen übersäte Firmament. – *Deinem Blick mich zu bequemen* ... Vermutlich Heidelberg, Ende September-Anfang Oktober 1815. – S. 83. Allah: Al Ellah, im Islam der Name Gottes; verwandt mit ›Elohim‹ (vgl. zum Buch des Sängers, ›Erschaffen und Beleben‹). – *Was bedeutet die Bewegung* ... Von Marianne verfaßt, wohl während der Fahrt nach Heidelberg, 23. September 1815. – S. 84. *Hochbild.* 7. November 1815. – Helios: Apollo, der Sonnengott, die Sonne. – schönste Göttin: »so verwandelten die Griechen den Regenbogen in ein liebliches Mädchen, eine Tochter des Thaumas (des Erstaunens) ... Iris, ein Friedensbote, ein Götterbote überhaupt« (Goethe, Farbenlehre, Histor. Teil, ›Zur Geschichte der Urzeit‹). – S. 85. *Nachklang.*

Vom selben Tag wie das vorige Gedicht; auf dieses bezieht sich auch der Titel. — bald: gehört sowohl zu »Sonne« wie zu »Kaiser«: bald der Sonne, bald dem Kaiser. — Phosphor: hier Lichtträger, Lichtbringer; mythologisch: Morgenstern. — *Ach! um deine feuchten Schwingen* ... Von Marianne, wohl Rückreise von Heidelberg, 26. Sept. 1815; vielleicht erst nach dem 9. Okt. an welchem Goethes Nachricht eintraf, daß er über Würzburg heimkehre. — für Leid: vor Leid. — Str. 4-5 Anklang an Hafis. — S. 86. *Wiederfinden.* Heidelberg, 24. Sept. 1815, im Glück des überraschenden Wiedersehens. Seit 1827 (AlH) auch in den ›Gedichten‹ (›Gott und Welt‹). — S. 87. dem Trüben: aus dem Trüben. Daß die Farbe nur an einem trüben ›Mittel‹ zwischen Licht und Finsternis erscheine, ist ein Hauptsatz von Goethes Farbenlehre. — *Vollmondnacht.* 24. Okt. 1815. Gespräch Suleikas mit ihrer Dienerin; die Refrainzeile aus Hafis. — S. 88. smaragden ... Karfunkel: Leuchtkäfer. — Euch im Vollmond zu begrüßen: ein solches Versprechen hatten die Liebenden sich offenbar beim Abschied gegeben — vom ersten Vollmondabend danach stammt das Gedicht. Noch Goethes letztes Mondlied (von 1828, ›Willst du mich sogleich verlassen ...‹) gedenkt dieses Gelübdes. — »... sag’ ich«: in diesem »Augenblick« schwingt Suleikas Wunsch in die Gegenwart um. — *Geheimschrift.* Heidelberg, 21. September 1815. Bezieht sich auf ein von Marianne angeregtes Verfahren geheimer Mitteilung; siehe NuA, ›Chiffer‹. — englischen: engelhaften, engelartigen. — S. 89. *Abglanz.* Ende Oktober 1815. — Spiegel: das Buch Suleika. — des Kaisers Orden ... Doppelschein: der Sonne-Mond-Orden, vgl. zu ›Die Sonne kommt ...‹. — im Witwerhaus: vereinsamt nach den Tagen des Zusammenseins mit Marianne. — S. 90. *Wie mit innigstem Behagen* ... Bis auf die dritte Strophe von Marianne verfaßt; Frankfurt am Main, 23. Dezember 1815. — *Laß den Weltenspiegel* ... Druck: 1827. — Weltenspiegel: Alexander des Großen, »worin er mit Einem Blicke alle Geheimnisse und Plane seiner Feinde durchschaute« (v. Hammer). — S. 91. *Die Welt durchaus* ... 7. Februar 1815. — *In tausend Formen magst du dich verstecken* ... 16. März 1815. Eine dem Ghasel angenäherte litaneiartige Lobpreisung allumfassender Eigenschaften, deren der ›mahometanische Rosenkranz‹ neunundneunzig (»Allahs Namenhundert«) aufzählt; vgl. Buch des Sängers, ›Talismane‹, 2 und NuA, ›Dschelâl-eddîn Rumi‹.

Das Schenkenbuch. Den ursprünglichen Namen ›Buch des

Schenken‹ hat Goethe geändert, wohl um *die* Schenke mit zu bezeichnen; *der* Schenke erscheint erst in der zweiten Hälfte des Buches. ›Saki nameh‹ heißt auch ein Buch im ›Divan‹ des Hafis. — S. 92. *Ja, in der Schenke hab' ich auch gesessen* ... Vor dem 30. Mai 1815, vielleicht schon von der Reise 1814. Was aber mich bedrängt: zu ergänzen etwa: »das weiß ich nur zu gut!«; ein Ton liegt auf »mich«, im Gegensatze zu »sie«. — *Sitz ich allein* ... und *So weit bracht es* ... Vermutlich 1815. — *Ob der Koran* ... 20. Mai 1815. — von Ewigkeit ... geschaffen ...: verschiedene Lehrmeinungen, Ursache von Streitigkeiten und Spaltungen im Islam. — S. 93. *Trunken müssen wir alle sein* ... Vor dem 30. Mai 1815. — *Da wird nicht mehr nachgefragt* ... Vor dem 30. Mai 1815. Z. 3-4 nach dem ›Buch des Kabus‹. — untersagt: vom Koran. — *Solang man nüchtern ist* ... Reise 1814 (26. Juli); Druck: 1818 (›Die Liedertafel‹). Mit Bezug auf eine Ghasele des Hafis. — S. 94. *Warum du nur oft so unhold bist* ... Reise 1815 (Eisenach, 24. Mai). — unhold: unfreundlich, mißlaunig; der Leib ein Kerker: orientalische (wie christliche) Anschauung. — *Wenn der Körper ein Kerker ist* ... Reise 1815 (Frankfurt a. M., 27. Mai). — *Dem Kellner — Dem Schenken.* Wiesbaden, Ende Mai 1815 (überarbeitet 1. Juli). Dieses Gedicht »bezieht sich auf den schönen jungen blonden Kellner auf dem Geisberg [in Wiesbaden]« (Sulpiz Boisserées Tagebuch, 8. August 1815). Das eigentliche Urbild des Schenken aber war dem Dichter in Heidelberg begegnet. Als er dort im Herbst 1814 häufig zu Gast war bei der befreundeten Familie des Theologen und Orientalisten Paulus, schloß der zwölfjährige Sohn, ein lebhaftes, frühreifes Kind, sich zutraulich ihm an. Im Herbst 1815 lernte Goethe bei Paulus Anfangsgründe arabischer Schrift und Sprache und sah auch den ›Schenken‹ oft. — Eilfer: der berühmte Wein des Kometenjahres 1811; vgl. Gedichte aus dem Nachlaß, ›Wo man mir Guts erzeigt überall ...‹. — *Du, mit deinen braunen Locken* ... (Heidelberg?) Oktober 1814. — S. 95. betriegen: ältere Nebenform zu ›betrügen‹. — *Sie haben wegen der Trunkenheit* ... Heidelberg, 29. September 1815. In dieser Nachbildung der Ghaselform hat nicht nur jede zweite Zeile den gleichen Reim, sondern alle übrigen (Z. 1,3 usw.) enden mit demselben Wort; die obstinate Wiederholung drückt den Zustand auch sprachmimisch aus. — Sich gleichzuheben: sich ihr gleich, auf gleiche Höhe mit ihr zu stellen. — Lieb-, Lied- und Weines: vgl. Buch des Sängers, ›Hegire‹, Z. 5-6. — *Du kleiner*

Schelm du ... Druck: 1827. — S. 96. *Was in der Schenke waren heute* ... Karlsbad, 8. September 1818; Druck: 1827 (in Goethes Zeitschrift ›Ueber Kunst und Alterthum‹). Nach Hafis. Die derben »Händel« und »Insulte« (Schimpfreden) sind dem Dichter lieber als der »Streit der Schulen und Katheder« über die Sittenlehre. — *Welch ein Zustand! Herr, so späte* ... (Heidelberg?) Oktober 1814. — Bidamag buden: eigentlich ›ohne Gehirn sein‹. — klecken: älteres, noch in ›erklecklich‹ erhaltenes Wort für gelingen, glücken, anschlagen. — S. 97. *Jene garstige Vettel* ... 25. Oktober 1815. — Vettel: von lat. vetula, altes Weib; Vettel Welt: nach dem ›Buch des Kabus‹. — Glaube, Liebe, Hoffnung: 1. Kor. 13, 13. — *Heute hast du gut gegessen* ... (Heidelberg?) Oktober 1814. Zum 1. Januar 1815 sandte Goethe dem kleinen Paulus nach Heidelberg eine eigenhändige Abschrift, überschrieben ›Der gute Schenke spricht‹, und mit dem Zusatz »Nach dem Lateinischen«; zu Zeile 9 f. verweist M. Mommsen auf Martial (XIII, 77), Horst Rüdiger (F.A.Z. 7. 2. 1981) auf Horaz (Carm. II, 20). – Schwänchen: so nannte Goethe gerne eine Sammelsendung vieler Kleinigkeiten. Mit dem »Schwänchen« vom Nachtisch will der Schenke einen wirklichen Schwan (»auf den Wellen«)füttern; der »Singschwan« aber, welcher der Sage nach nur einmal, kurz vor seinem Tode, singt (»sich zu Grabe läutet«, Schwanengesang), ist hier der Dichter und Freund (auch sonst seit jeher bildlich vom Dichter: ›swan of Avon‹ = Shakespeare). — *Nennen dich den großen Dichter* ... (Heidelberg?) Oktober 1814. — *Schenke komm! Noch einen Becher!* ... 23. Februar 1815. — S. 99. *Denk, o Herr! wenn du getrunken* ... Druck: 1827. — Glast: oberdeutsch für Glanz; faßt: Feuer fängt, zündet. — Mönche: vgl. Buch des Unmuts, ›Übermacht, ihr könnt es spüren ...‹, Str. 5. — S. 100. *Sommernacht*. Datiert »Jena d. 16 Dec 1814«; Strophe 1 vielleicht schon früher. — betagen: mit Tag, mit Licht begaben. — S. 101. gestängelt: Goethe wendet einen Ausdruck der Gärtnersprache (Bohnen stängeln) neu an, analog franz. perché und unserem ›aufgebaumt‹: auf einer Stange; gängelt: wiegt. — Eule will ich: als Eule, wie eine Eule; kauzen: thüringisch für kauern. — Nordgestirnes Zwillingswendung: des Großen und Kleinen Bären um den Polarstern; erpasse: wartend erspähe. — Zeit der Flora: der mittelitalischen Gottheit der Pflanzenblüte und -fruchtbarkeit waren zwischen Ende April und Ende Mai mehrere Jahresfeste geweiht. — Aurora: lat., die Morgenröte (gr. Eos); Strohwitwe: Eos hat sich als Gatten den Erdenjüngling Tithonos entführt und ihm bei Zeus Unsterblichkeit erwirkt, doch ohne auch an ewige Jugend zu denken. So schwindet er alternd zu Kindergröße, ja zur Zikade zusammen; nur seine Stimme bleibt. Eos versorgt ihn bei verschlossenen Türen. In ihrem Tageslauf stellt sie nun wieder schönen Jünglingen nach; Hesperus: gr. der Abendstern (lat. vesper), verkörpert als Knabe, der fackeltragend am Himmel hinauf- und herabfliegt. – S. 102. *So hab' ich endlich von dir erharrt* ... 21. Juli 1818 (Jena) und später; Druck: 1827.

Buch der Parabeln. S. 103. *Vom Himmel sank* ... Vor dem 30. Mai 1815. Nach Saadi, vermutlich in der lateinischen Übersetzung von Jones. – *Bulbuls Nachtlied durch die Schauer* ... Vor dem 30. Mai 1815. Nach orientalischer Fabel, wohl einer lateinischen Fassung in den ›Fundgruben‹. – Sperrt' in Bauer: der Leib als Kerker, vgl. Schenkenbuch, ›Warum du nur oft so unhold bist ...‹. – *Wunderglaube.* Druck: 1827. – *Die Perle die der Muschel entrann* ... Vor dem 30. Mai 1815. – S. 104. geküttet: gekittet, zusammengeheftet. – *Ich sah mit Staunen und Vergnügen* ... 17. März 1815. Nach Saadi-Olearius. – *Ein Kaiser hatte zwei Kassiere* ... 25. Februar 1815. – S. 105. *Zum Kessel sprach der neue Topf* ... Karlsbad, 5. September 1818; Druck: 1827. Anklänge an die zwischen v. Diez und v. Hammer strittige Übersetzung eines orientalischen Sprichworts; vgl. auch Goethes ›Zahme Xenien‹, I, V. 190 f. – *Alle Menschen groß und klein* ... 17. März 1815. – *Vom Himmel steigend Jesus bracht* ... und *Es ist gut.* Reise 1815 (Eisenach, 24. Mai). Ein früher Entwurf läßt vermuten, daß ursprünglich nur ein Gedicht die jetzt auf zwei verteilten Motive zusammenfassen sollte. Quelle des ersten ist Chardin; das zweite beruht auf I. Mo. 2,18 und 21 f. – S. 106. Gut!!!: I. Mo. 1,31.

Buch des Parsen. – S. 107. *Vermächtnis altpersischen Glaubens.* 13. März 1815. Die Einzelheiten nach einem Bericht des französischen Geographen Nicolas Sanson (1600-1667). Der alte Parse spricht seine Abschiedsworte in seiner Behausung in dem Vorort Gaurabad, den Schah Abbas der Große den sonst verfolgten oder vertriebenen Anhängern des alten Glaubens bei seiner Residenzstadt Ispahan eingeräumt hat; vgl. NuA, ›della Valle‹. Feierlich-getragenes Versmaß: fünfhebige Trochäen, durchweg weibliche Reime. – Darnawend: Demawend hieß in älteren Reisebeschreibungen der Gebirgszug südlich Ispahans,

Quellgebiet des Senderud, der die Stadt durchfließt. — S. 108. *Schwerer Dienste* ...: Goethe hat diese Zeile im Druck ähnlich hervorgehoben wie am Schluß des ›Faust‹ die Verse »Wer immer strebend sich bemüht ...«. Beide Male spricht er selber, und beide Worte berühren sich eng. — Dem Lebendgen: schonende Umschreibung für: Aasvögel, denen die Leichname auf Turmzinnen ausgesetzt wurden. — Gottes Gleichnis: den Funken, das Feuer. — S. 109. Pambeh: Baumwolle. — *Wenn der Mensch die Erde schätzet* ... Reise 1815 (Eisenach, 24. Mai). »Alles, wozu die Sonne lächelte, ward mit höchstem Fleiß betrieben, vor anderm aber die Weinrebe, das eigentlichste Kind der Sonne, gepflegt« (NuA, ›Ältere Perser‹). Die zwölf Zeilen bilden einen einzigen Satz; der bedingende Vordersatz reicht bis zum Doppelpunkt in Z. 8.

Buch des Paradieses. — S. 110. *Vorschmack.* Reise 1820 (zwischen Jena und Schleiz, 23. April); Druck: 1827. — wie ... verhieße: wie auch immer. — Jugend-Muster: die Liebste. — Schlingen: ihre Locken. — *Berechtigte Männer.* Geplant seit Anfang 1815; Druck: 1818. — Bedr: Ort zwischen Mekka und Medina, wo im Jahre 2 der Hedschra (624) Mahomet seine Gegner, die Koraishiten, entscheidend schlug; Unsre Brüder: »mehr nicht als 14 Mann«. — Planeten: in arabischer wie in antiker Astronomie: Sonne, Mond, Merkur, Venus, Mars, Jupiter, Saturn. — S. 111. Wunderpferd: Alborak, Blitz; »das die Schwingen vom Vogel und das Gesicht vom Menschen hat«; augenblicklich durch die Himmel: »er begann seinen Ritt im Tempel zu Jerusalem, und wiewohl er in jedem [der sieben] Himmel sich mit den Propheten, seinen Vorfahren, besprach, vollendete er ihn dennoch so schnell, daß, als er in sein Bett zurückkam, das Wasser der Kanne, die er im Auffliegen umgestoßen hatte, noch nicht herausgeronnen war« (v. Hammer). — Strauß: Kampf. — Glück und Hoheit: Reichtum und Rang. — Kiosken: »in denen die Auserwählten mit Knaben und Frauen der höchsten Glückseligkeit genießen, sind aus einer einzigen Perle gebohrt, mit Kuppeln aus Rubin und Smaragden« (v. Hammer). — mannigfaltgen andrer Trefflichkeiten: mannigfaltigen Trefflichkeiten der anderen. — S. 112. Männer Glaubenshelden: Wortverbindung wie »Knabe Lenker« im Zweiten Teil des ›Faust‹. — *Auserwählte Frauen.* Nicht näher datierbar; eine erste, stark abweichende Fassung stammt vom 10. März 1815; Druck: 1818. — Allgebenedeite: der Koran, der

Jesus (Isa) als Propheten ehrt, erwähnt auch seine Mutter (Maryam) rühmlich. — Mahoms Gattin: erster Ehe, Khadidja, eine Witwe, deren Reichtümer der Ausbreitung seiner Lehre zugute kamen; Eine Traute: solange sie lebte, hatte Mahomet keine Nebenfrauen. — S. 113. Fatima: Tochter Mahomets, Gattin des Ali, seines nächsten Freundes und bedeutendsten Anhängers. — wer Frauen-Lob gepriesen: wie der Dichter selber. — *Einlaß.* Reise 1820 (Hof, 24. April); Druck: 1826, in dem Prospekt, mit welchem der Verlag Cotta zur Subskription auf die ›Ausgabe letzter Hand‹ einlud. An dieser Stelle waren die Strophen mehr als nur eine Kostprobe des Neuen, das den Leser erwartete: in knappster Form, überlegen, heiter, ziehen sie die Summe der dichterischen Existenz Goethes. — Kämpfen, Verdienen, Wunden: vgl. ›Berechtigte Männer‹, Str. 6-7. — *Anklang.* Reise 1820 (Karlsbad, vor dem 3. Mai); Druck: 1827. — Das wollte herein: vgl. Buch des Sängers, ›Hegire‹, letzte Strophe. — S. 115. Wenn er kommt: der Dichter; beiden Welten: der irdischen und der himmlischen; frommen: von Vorteil sein. — Sie lassen wohnen: sie mögen wohnen lassen. — *Deine Liebe, dein Kuß mich entzückt* ...Reise 1820 (Karlsbad, 3.-10. Mai); Druck: 1827. — S. 116. Favorite: Lieblingsfrau, Liebchen; geistig: geistbelebt, geistreich. — aufgewiegelten Verschwornen: in zwei Worte zusammengedrängt ein ganzer Vorgang: einzelne der beleidigten Huris haben die anderen aufgewiegelt, am Ende sind sie alle verschworen, sich das nicht bieten zu lassen; paßten: warteten, lauerten; vgl. unser ›aufpassen‹. — kürzlich: in Kürze, knapp. — S. 117. Flause: seltsame Anwandlung, närrischer Einfall. — Tiere: siehe ›Begünstigte Tiere‹. — S. 118. *Wieder einen Finger schlägst du mir ein* ... Reise 1820 (vor dem 7. Juni). Zu Z. 1 vgl. den Schluß von ›Einlaß‹; Äonen: Ewigkeiten. — *Begünstigte Tiere.* 22. Februar 1815. Das Versmaß — vierhebige Jamben (oó/oó/oó/oó) — kennzeichnet die Gangart, in der sich die Tiere, jedes in einem eigenen ›Auftritt‹, uns produzieren. — Esel: vgl. Buch der Sprüche, ›Wenn man auch nach Mekka triebe ...‹. — S. 119. Wolf: ähnlich bei Chardin. — Hündlein: siehe ›Siebenschläfer‹. — Abuherrira: »heißt ein Katzenvater, hat den Namen bekommen, weil er eine Katze sehr lieb gehabt und immer bei sich getragen, hat zur Zeit Mahomets gelebet, war dessen sehr guter Freund und täglich umb ihn« (Olearius, zu Saadi). — *Höheres und Höchstes.* Karlsbad, 23. September 1818; noch während des Drucks in die Erstausgabe eingerückt.

— Tiefstes: hier dem ›Höheren und Höchsten‹ entgegenge-
setzt; das, worin der irdische Mensch am festesten wurzelt. —
Ich gerettet: vgl. Buch Suleika, ›Volk und Knecht und Überwinder ...‹, Str. 1–2. — S. 120. Paradieses-Worte: vgl. hiervor
die Dialoge des Dichters mit der Huri. — Grammatik ...
Deklinierend: die mit Geschmacks- und Geruchssinn (Mohn-
körner, Rosen) wahrgenommen wird. — selbstverständlich:
Ton und Klang genügen rein aus sich, losgelöst vom Wort, zu
gegliederter Verständigung; empfindet: mit dem Gefühls-, dem
Tastsinn. — Einen Sinn: von solchem Gesamtsinn (sensorium
commune) hatte schon Herder gehandelt. — wir verschweben,
wir verschwinden: verlieren also doch unser »liebes Ich«. —
S. 121. Siebenschläfer. Ende Dezember 1814 bis Mai 1815.
Goethe hat diese frühchristliche Legende, an die noch der
Siebenschläfertag erinnert und welche auch im Koran vor-
kommt (Sure 18, ›Die Höhle‹), orientalischer Prosa-Über-
lieferung nachgebildet (der englischen Fassung von J. C. Rich,
›Fundgruben‹), in den reimlosen, eilend-knappen spanischen
Trochäen, in denen er gern ein reiches sagenhaftes Geschehen
zusammendrängte und zugleich mit dem Schimmer der Fremde
umgab. — Fliegengottes: Beelzebub, ein Gott der heidnischen
Philister; im ›Faust‹ ist Mephistopheles »Herr der Fliegen«.
— Liebentrüstet: unser ›entrüstet‹ = empört in neuer Wendung: der die Liebe wie eine Rüstung abgelegt hat und nun in
unverhüllter Roheit erscheint. — S. 122. der Engel: Gabriel. —
Jamblika: herkömmlicher Name des Ältesten der Sechs. —
Ephesus: von den Griechen gegründete Stadt an der klein-
asiatischen Küste des Ägäischen Meeres. Eine noch erhaltene
Katakombenanlage gilt als Grabstätte der Siebenschläfer. —
Turn: frühe Form von ›Turm‹; verrät das Goldstück: die
veraltete Münze. — S. 123. scharfbenamsten: vorher genau be-
zeichneten. — S. 124. Gute Nacht! Ende Dezember 1814 oder
Anfang Januar 1815. »Abschied des Dichters (»Des Ermüdeten«,
der sich nach vollbrachtem Werk zur Ruhe begibt) an sein
Volk« (Ankündigung im ›Morgenblatt‹); eng der Sieben-
schläfer-Legende angeschlossen. Zur gleichen Zeit, als er die
ersten Gedichte an Hafis schrieb, hatte Goethe den gottver-
liehenen Schlaf über böse Epochen hinweg — nach antiker
Mythe, doch mit deutlicher Beziehung auch auf sich selbst —
dargestellt in dem Festspiel ›Des Epimenides Erwachen‹, das
auf dem Berliner Hoftheater die siegreich heimkehrenden
Monarchen begrüßen sollte. — Felsenklüfte spalten: vgl.

›Siebenschläfer‹, Z. 40 ff.; Heroen: in griechischer Mythe diejenigen großen Menschen, die nach dem Tod, statt zum Tartarus
hinabzusteigen, ins Elysium, die Gefilde der Seligen, gelangen.

Seinem West-östlichen Divan Erläuterungen mitzugeben, hat
Goethe sich vermutlich im Lauf des Jahres 1817 entschlossen. Im
Mai 1818, als bei Frommann in Jena der Abdruck der Divan-
Gedichte bereits bis zum 4. Bogen gediehen war, erhielt er das
eben erschienene, »mit Ungeduld erwartete« Werk Joseph von
Hammers über die Schönen Redekünste Persiens, wovon er den
Grundriß schon seit Jahren kannte und das ihm nun endlich
eine sichere Grundlage der eigenen Arbeit bot. Amtspflichten
und mehrere schon im Druck befindliche Schriften hielten ihn bis
gegen Ende Juni auf. Von da an verzeichnet sein Tagebuch die
systematische Lektüre der Hammerschen Darstellung und vieler
anderen schon früher berührten Quellenwerke zur Geschichte,
Religion und Landeskunde Persiens und des Vorderen Orients.
Alsbald entwirft er auch die ersten ›Schemata‹ (»zur persischen
Kultur«, 9. Juli — »über Kultus der Parsen«, 13. Juli), und
während der Karlsbader Kur, seit Ende Juli, wird, unter »fort-
gesetzten Studien«, schon einzelnes an der Ausführung diktiert,
Mitte September nochmals »auf der ganzen Tour [der Rück-
reise] hauptsächlich orientalische Dichtkunst bedacht. In Kahle
[Kahla, Thüringen] das Haupt-Schema geschrieben«.
Bis in die ersten November-Tage — inzwischen ist der Abdruck
der Gedichte beendet — kann Goethe kontinuierlich weiterar-
beiten; dann muß er auf sechs Wochen unterbrechen, weil der
große ›Maskenzug‹ zu Ehren der russischen Kaiserin-Mutter den
Dichter-Regisseur in Athem hält. Doch schon am 22. Dezember,
vier Tage nach der Aufführung, wird wieder der »Divan vorgenommen«, und am 7. Januar 1819 geht erstes Manuskript,
»nicht ganz zwei gedruckte Bogen«, nach Jena. Um diese Zeit
hofft Goethe noch, daß der »Abdruck sich nicht so weit in den
März hineinziehe« (an Frommann, 10. Januar), und wünscht
den Divan-Band »zu Ostern in euern Händen« (an Zelter, 4. Januar). Aber volle fünf Monate danach heißt es: »Den Druck
haben die Jenenser unverantwortlich verspätet, und ich selbst
kann mit dem prosaischen Nachtrag nicht fertigwerden« (an
S. Boisserée, 18. Juni 1819). Erst am 16. Juli, in Jena, gibt er
»letztes Manuskript in die Druckerei«; Mitte August ist alles
ausgedruckt.

Die Erstausgabe (1819), welche »des Divans Poesie und Prose« in einem Band zusammenfaßt, markiert den Übergang vom einen Teil zum anderen mit nur zwei Worten: »Besserem Verständnis«. In der ›Ausgabe letzter Hand‹ (1827), wo jeder Teil ein eigenes Bändchen einnimmt, erscheint dann die ausführliche Überschrift, die alle späteren Editionen übernommen haben.

Als einen »kleinen Aufsatz« hatte Goethe gelegentlich die neue Arbeit bezeichnet (an den Grafen Uwaroff, 21. Dezember 1818), als den »prosaischen Nachtrag«, als »Zugaben«. Doch schon früh läßt sich ein Hang zu doppelter Benennung dieses Textes erkennen: ›Noten und Zusätze‹, ›Erläuterungen und Aufklärungen‹, ›Vor- und Mitwort‹. Das deutet auf eine doppelte Bestimmung, zum mindesten auf mehrere Strömungen im Fluß des Vortrags. Und wenn Goethe einmal auch betont: »Keine Noten, sondern fortlaufende Erläuterungen« (an Frommann, 7. Januar 1819), so hat sich im endgültigen Titel doch jene Zweiheit, und in ihr der Ausdruck ›Noten‹, behauptet.

Unter ›Noten‹ (›Erläuterungen‹) darf man wohl alles begreifen, was sich näher an die einzelnen Gedichte des Divans anschließt; als ›Abhandlungen‹ hingegen (›Aufklärungen‹, ›Zusätze‹), was den Blick auf größere Zusammenhänge richtet.

Eine andere Zweiheit kündigt der Vierzeiler an, den Goethe dem Ganzen vorangestellt hat:

> Wer das Dichten will verstehen
> Muß ins Land der Dichtung gehen.
> Wer den Dichter will verstehen
> Muß in Dichters Lande gehen.

Zwei Bereiche werden hier unterschieden. Der Dichter ist in beiden daheim; der Leser muß ihm von dem einen zum anderen folgen.

»Land der Dichtung« — das wäre das Gebiet der poetischen Phantasie, der produktiven Sprach-Kraft, in und mit ihren Erscheinungsformen, den Gattungen und Versarten; »Dichters Lande« aber wären, hier und für diesmal, die Länder des Orients, die er bereist.

Durch sie führt er uns historisch, am leitenden Faden des Zeitverlaufs; und abermals auf zweierlei Weise: indem er zunächst, (in den Kapiteln ›Hebräer‹ bis ›Neuere, Neueste‹) die ethnisch-politische, die Religions- und Dichtungs-Geschichte des Vorderen Orients umreißt, gegen das Ende hin die seiner räumlichen und geistigen Erschließung durch Reisende, Gelehrte, Interpreten (›Nähere Hülfsmittel‹ bis ›Übersetzungen‹); wobei sich sogar aktuelle Seitenblicke auf deutsche Verhältnisse einschalten ließen. Den Mittelteil aber — wenn wir von dem erratischen Block des aus früherer Zeit stammenden großen Abschnitts ›Israel in der Wüste‹ absehen — bilden Abgrenzungen, nach Wesen und Dichtungsart, zwischen Ost und West; Definitionen aber auch im engeren, poetologischen Sinn; Einsichten und Urteile dieses einen Dichters, mündend bei diesem einen Werk (›Zweifel‹ bis ›Künftiger Divan‹).

Auch in den ›Noten und Abhandlungen‹ erscheinen, wo Goethe den chronologischen Faden sinken oder ganz fallen läßt, die Abschnitte nur locker-parataktisch, fast aphoristisch gereiht. Eben in dieser Darstellungsform glaubt ein Orientalist von heute, Wolfgang Lentz, eine Kompositions-Technik im Stil des Hafis zu erkennen.

Im al fresco der ›Noten und Abhandlungen‹ hat Goethe die strenge Forderung seines Verses »Wer nicht von dreitausend Jahren/Sich weiß Rechenschaft zu geben ...« für sich selbst wie zum Besten seiner Leser verwirklicht.

Einleitung: S. 127. Spruch: Prediger Salomo 3, 1. — S. 128. Silbenmaße: vierhebige Trochäen, vgl. oben Seite 299; Künstlichkeit: vgl. Buch Hafis, ›Nachbildung‹. — Register: siehe oben S. 272 ff.
Hebräer. S. 129. Herder und Eichhorn: Johann Gottfried H., 1744-1803; Johann Gottfried E., 1752-1827; persönlich: Herder in Straßburg 1770/71, in Weimar seit 1776; Eichhorn als Orientalist der Universität Jena 1775-87; vgl. unten zu ›Lehrer‹. — einem Könige: David; anständige: angemessene, gebührende. — S. 130. manchen wackern Mann: z. B. den als Übersetzer namhaft gewordenen Carl Streckfuß, 1778-1844, ›Ruth, ein Gedicht in vier Gesängen‹, 1805; paraphrastische: (wortreich) umschreibende.
Araber. S. 131. Koraischiten: Kuraish, »die vornehmste Familie in Mekka, vor Mahomets Zeiten Verwalter und Wächter des Tempels ... seine größten Feinde« (Herbelot). — Jones: William, 1746-94, s. zum Abschnitt ›Lehrer‹; aus seiner englischen Übersetzung der Moallakat (Muallaquah), 1783, hatte Goethe noch im gleichen Jahr Teile ins Deutsche übertragen. Die hier zitierte Stelle verdeutscht aus Jones' Hauptwerk ›Poeseos Asiaticae ...‹, s. oben ›Quellen‹. — Virgil: Publius Vergilius Maro, 70-19 v. Chr.; Ekloge: Hirtengedicht. — Haß zweier Stämme: der Taglebiten, durch Amru, und der Bekriten, durch den damals hundertjährigen Harez vertreten (6. Jh. n. Chr.).

— anderes (Gedicht): als Verfasser gilt Taabata Sharan, ein Held aus dem Stamme Tahm; über dieses Lied hatte 1814 der junge Theologe G. W. Fr. Freytag — späterhin Schüler Silvestres de Sacy und angesehener Orientalist — seine Dissertation veröffentlicht; auf die beigefügten Übersetzungen ins Lateinische und ins Deutsche gründete Goethe die eigene Fassung. Abschnitte aus dieser wiederum hat Bertolt Brecht (1948) in seine Bearbeitung der ›Antigone‹ des Sophokles übernommen. — S. 132. Sirius: Hundsstern. — S. 133. Staatlich: stattlich. — Jemen: Al Jaman, arabische Provinz mit berühmter Waffenindustrie; Scharten: Zeichen harter Nahkämpfe. — S. 134. Hudseilite: Hudhail, vorderarabischer, in den Bergen des Hedschas lebender Stamm.

Ältere Perser. S. 136. Parsen: Anhänger des Feuerdienstes. — Thron Gottes: vgl. Buch des Parsen, ›Vermächtnis ...‹, Str. 5 und 17. — S. 137. Zoroaster: Zerduscht, Zarathustra (der Sarastro der ›Zauberflöte‹), angeblich zur Zeit des Hystaspes (Vischtaspa), Vaters Darius' I. (6. Jh. v. Chr.), Stifter einer Religion, deren heilige Schrift das Zend-Avesta ist. — Guebern: geringschätzige Bezeichnung für Parsen; allgemein: Götzendiener, Ungläubige (im Islam: Ghiaur); Drama Voltaires: ›Les Guèbres‹ (1769). — S. 137. mentale: innere, stumme. — S. 138. Landeskultur: Ackerbau. — Art, ihre Toten zu bestatten: vgl. zum Buch des Parsen, ›Vermächtnis ...‹, Str. 9, und Abbildung nach S. 138. — Stadtpolizei: hier nicht ›Polizeitruppe‹, sondern ›behördlich eingehaltene Ordnung und Sauberkeit‹. — Ethiker: Sittenlehrer; Aszete (Asket): der in strenger Selbstzucht Geübte. — S. 139. Spiel mit Ballen (Ball, Kugel) und Schlägel: Polo-Spiel. — Konskription: Truppenaushebung. — falsche Smerdis: Gaumata, der sich für den Bruder Smerdis-Bardija des Perserkönigs Kambyses II., 529-522, ausgab: nach kurzer Regierungszeit von Darius I. getötet (521); Magier: Priester des Feuerdienstes. — Alexanders Invasion: 331 v. Chr.; parthische Nachfolger: Dynastie der Arsakiden, 247 v. Chr. bis 226 n. Chr.; Sassaniden: persische Königs-Dynastie, 226-651 n. Chr. — Chosru: Chusrau II. Parviz, König 590-628. — *Vermächtnis des alten Parsen*: im Divan selbst heißt das Gedicht ›Vermächtnis altpersischen Glaubens‹. — S. 140. Balch (Balkh, das Bactra des Altertums) und Bamian (Bamiyan): Städte in der Provinz Khorassan; Mobeden: die Priester des Feuerdienstes. — Barmekiden (Barmek: oberster Aufseher einer großen Moschee in Balch): Barmakiden, kamen, um 777 n. Chr., durch Abu Ali

Jahia ben Barmek am Hof des Kalifen Harun Raschid zu Einfluß und höchsten Ehren; fielen 803 in Ungnade und verloren Leben oder Freiheit und Güter. Den berühmtesten, Dschafar (Giafar), hat zum Helden ein Roman von Goethes Jugendfreund Friedrich Maximilian v. Klinger, 1752-1831, dem Autor des Dramas ›Sturm und Drang‹ (1776) — ›Geschichte Giafars des Barmeciden‹ (1792 ff.) — und ein ›historisches Trauerspiel‹ des Hafis-Übersetzers Joseph v. Hammer — ›Dschafer oder der Sturz der Barmegiden‹ (1813) —, für das Goethe sich interessierte (an den Grafen Reinhard, 14. November 1812); ungefähr ähnliches Geschlecht: die sehr verschiedenen Hypothesen, die im Laufe von bald hundert Jahren vorgetragen worden sind, gehen alle davon aus, daß Goethe auf europäische Verhältnisse anspiele. Doch ist die Möglichkeit nicht auszuschließen, er habe ein gleichzeitiges orientalisches Fürstenhaus gemeint.

Regiment: S. 141. Der erste Darius: Dareios, Darajavausch, reg. 521-485. — Greis: Oeobazos, laut Herodot IV, 84; nach dessen Bericht jedoch Darius alle »drei Söhne« vom Kriegsdienst ›freistellen‹, das heißt töten läßt. — Darius Codomannus: reg. 336-330.

Geschichte. S. 141. außerordentliche Fürsten: der Achämeniden-Dynastie, besonders Kyros II., reg. 559-529, und Darius I. — mehrmals herandringenden Feind: in den Perser-Zügen und -Kriegen 492, 490, 480-477. — S. 142. Philipp (II.) von Mazedonien: reg. 359-336; Einheit: Landfriedensordnung von Korinth, 337. — Sein Sohn: Alexander III., der Große, reg. 336-323; überzog: nach dem Sieg von Chaironeia, 338. — Brand von Persepolis: der Königs-Hauptstadt des alten Persien, 331 v. Chr. — S. 143. Sapor des Ersten: Shapur ben Ardashir, zweiter König aus der Dynastie der Sassaniden, reg. 241-272. — Valerian (in Goethes Text irrig ›Valentinian‹): römischer Kaiser 253-259, von Sapor I. 260 besiegt, bis zum Tode (269) gefangen gehalten. — S. 144. Lebemenschen: des rein praktischen, auf Lebenserfahrung und -klugheit angewiesenen; abstruse: dunkle, schwer verständliche; die Fabeln des Bidpai: Bilba, eines sagenhaften indischen Philosophen, Dialoge zwischen den Schakalen Kalilah und Damnah. — Byzanz: das Oströmische Reich mit der Hauptstadt B. = Konstantinopel; Kriege mit den westlichen Kaisern: im 6. Jh. n. Chr.

Mahomet. S. 145. Poet vergeudet: »Bin die Verschwendung, bin die Poesie« (Faust II, 1. Akt, V. 5573). — der zweiten Sura: Goethe zitiert die Übersetzung von Theodor Arnold (1746),

nach der englischen (1734) des George Sale. — S. 146. Amplifikationen: Erweiterungen; Tautologien: unnötige Zufügungen. —
vorzüglichen Mannes: des holländischen Orientalisten Jacobus
Golius (Gohl), 1596-1667; die angeführten Worte, die Goethe
in der Koran-Übersetzung von Arnold-Sale zitiert fand, stammen aus dem Anhang zu Gohls Neuausgabe (1656) der arabischen Grammatik seines Lehrers Erpenius. — Muselmann: ver-
deutschte Form von ›Muselman, Moslim‹ = Bekenner des Islam. — S. 147. Motanabbi: vgl. zum Buch Suleika, ›Volk und
Knecht und Überwinder . . .‹, Str. 6.
Kalifen. S. 148. Kalif (Khalifa): eigentlich ›Nachfolger‹
(Mahomets). — Omar (I.): folgte 634-644 dem ersten Kalifen,
Mahomets Schwiegervater Abu Bekr (632-634).
Fortleitende Bemerkung. S. 150. Generale als Könige: die Dia-
dochen; Ptolemaios, Antigonos, Lysimachos usw.
Mahmud von Gasna. (Ghazna, Ghasni). S. 150. Mahmud: tür-
kischer Abkunft, 968-1030, reg. seit 999 n. Chr. — Friedrich: II.
von Preußen, 1712-1786, reg. seit 1740. — einigen: alleinigen,
einzigen. — S. 151. indischen Ungeheuer verhaßt: vgl. Goethes
›Zahme Xenien‹ II — ›Und so will ich ein- für allemal . . .‹,
›Auch diese will ich nicht verschonen . . .‹, ›Auf ewig hab’
ich sie vertrieben . . .‹, aber auch die Worte vom 30. Dezember
1819 an J. G. L. Kosegarten, der in seiner Rezension des Divans
(Hallische Allgemeine Literatur-Zeitung, November) Goethes
Urteil »zu unfreundlich« genannt hatte: »Den guten Indiern
sind wir so viel schuldig, daß es wohl billig war, sie gegen meinen Unmut in Schutz zu nehmen. Den Maßstab griechischer
äußerer Wohlgestalt darf man freilich da nicht anlegen, wo von
inneren großen Geisteseigenheiten die Rede ist.« Ähnlich ›Zahme
Xenien‹ II: ›Der Ost hat sie schon längst verschlungen . . .‹.
— S. 152. des Mikrokosmos: der ›kleinen Welt‹, des Menschen. — Geschäftsführung: die politische; Divan: hier ›Staats-
rat‹; Kanzleiverwandter: zur Kanzlei Gehöriger (ähnlich:
Kunst=,Religionsverwandter); doch spielt hier vielleicht schon
die Bedeutung ›Verwendeter‹ = Angestellter (employé) herein.
— S. 153. über die traumartige Vergänglichkeit: s. Buch der
Betrachtungen, ›Dschelâl-eddîn Rumi spricht‹. — billig: hier
›gerecht‹.
Überlieferungen. S. 154. Jesdedschird: Yezdegerd III., reg. seit
632 n. Chr.; von dem Kalifen Omar 637 bei Cadesia (Kadissija)
geschlagen, Flüchtling bis zu seiner Ermordung 651; Ahasverus:
Buch Esther 6, 1. — Mansur I.: sechster König aus der Dynastie

der Samaniden (neun Fürsten, 874-998), reg. bis 976; den Gasnewiden: aus Gasna, Dynastie von vierzehn Fürsten, reg. in Persien und Teilen von Indien 994-1144. — S. 155. Ansari: gestorben 1039 n. Chr., unter Messud, dem Nachfolger Mahmuds
von Gasna; schrieb den Liebesroman ›Wamik und Asra‹ (vgl.
zum Buch der Liebe, ›Noch ein Paar‹).
Ferdusi. S. 155. Tus: Meched, Stadt in der Provinz Khorassan.
— S. 156. Essedi: Asadi; der alte: »muß, als er ... das Schah
nameh vollendete, über hundert Jahr alt gewesen sein« (v.
Hammer). — Pehlewi: »wahrscheinlich von Pehleh, dem alten
Namen für die Landschaften von Ispahan, Rhe und Dunawar
abgeleitet, scheint zur Zeit der mahometanischen Eroberung die
Sprache gewesen zu sein, in welcher alle nicht religiösen Werke
der Perser niedergeschrieben wurden« (Malcolm).
Enweri. Anwari Awhad aldin Ali, aus einem Dorf in Khorassan.
S. 156. Enkomiast: dichterischer Lobredner. — S. 157. ihm zum
Verbrechen macht: so v. Hammer (Rk). — beider Indien: des
asiatischen Ost- und des mittelamerikanischen West-Indien. —
floh: aus der Hauptstadt Meru (Merou) nach Balch. — entfernter Provinz: Khorassan; Statthalters: laut Herbelot des
obersten Richters, Hamideddin Melwadschi. — Zusammenkunft
vieler Planeten: im Jahr der Hedschra 581 (1185); dazu stimmt
nicht das von Goethe (nach Hammer) genannte Todesjahr; als
dieses gibt Herbelot 597 d. H. (1200) an; Dschengis Khan:
Cingiz Khan = ›König der Könige‹, Beiname des Mongolen-
fürsten Tamudschin, 1155-1227, der um 1209 seine Eroberungs-
züge begann. Entwürfe Goethes zeugen von der Absicht, die
Vorgänge um Enweri dichterisch zu behandeln.
Nisami. S. 157. Medschnun und Leila: vgl. zum Buch der Liebe,
›Musterbilder‹. — S. 158. Seldschugiden: Seldjuken, türkische
Dynastie, 1038-1157; Gendsche: Gandja (später Yelisawetpol),
Stadt in Georgien.
Dschelâl-eddîn Rumi. Djalal al-Din Rumi. S. 158. Attar: das
heißt Gewürz-, Arzneihändler; Ferideddin A., in Kerken, Pro-
vinz Khorassan, geboren 1216 n. Chr., »soll über hundertvier-
zehn Jahre alt geworden sein« (v. Hammer); Verfasser des
›Pend-nameh‹ (Buch des Rates), vgl. zum Buch der Betrach-
tungen, ›Fünf Dinge‹. — S. 159. Ikonium: türk. Konya, als
Residenz der Seldschugiden auch Rum genannt (daher ›Rumi‹),
Stadt in Anatolien.
Saadi. S. 159. Derwisch: Angehöriger einer Mönchs-Gemein-
schaft, die in freiwilliger Armut und in mystischer Beschaulich-

keit lebt. — S. 160. Dschengis Nachkommen: die Il-Khane, 1255-1355.

Hafis. S. 160. Konkordanz: Übersicht verwandter Stellen der Bibel, auch im Gesamtwerk eines Autors. — S. 161. Subtilitäten: feine Unterscheidungen, Haarspaltereien. — Sofi: Sufi, orthodoxer Bekenner der Sunna, der mündlich überlieferten Lehre Mahomets, mystischer Betrachtung ergeben; Scheich: Shaikh, eigentlich ›Greis‹, Ehrenname von Stammes- und Familienhäuptern, Prediger und Obere der Derwische. — Mosaffer: Muzaffariden, persische Dynastie, 1318-1392 n. Chr.; ihren Beziehungen: ihrem Anhang, ihren Freunden.

Dschami. S. 162. Stirbt 1492: bei Goethe irrig: 1494 und entsprechend: »dreiundzwanzig Jahre nach Hafis' Tode geboren«.

Übersicht. S. 162. Man hat schließen wollen: B. G. Niebuhr, der von Goethe verehrte Historiker, in seiner ›Römischen Geschichte‹ 1811 ff. — S. 164. Zero: franz., Null; aus arabisch çafrun, çifrun. — Empirie: Erfahrungswelt, Erfahrungswissen. — S. 165. Quintilian: M. Fabius Quintilianus, aus Spanien (1. Jh. n. Chr.), Lehrer der Beredsamkeit in Rom; sein Hauptwerk ›Institutionis oratoriae libri XII‹; die von Goethe gemeinte Äußerung bisher nicht nachgewiesen.

Allgemeines. S. 165. Lebemann: Mann des praktischen, tätigen Lebens. — S. 166. Herr Jesus ...: nach v. Hammers Übersetzung (Rk); die Legende auch neuerdings dichterisch behandelt (Franz Werfel, Oskar Loerke). — Jesus ... Prophet: vgl. zum Buch des Paradieses, ›Auserwählte Frauen‹, Str. 3., ›Siebenschläfer‹, Z. 56 f. — S. 167. Phosphoreszenz: vgl. Goethes ›Farbenlehre‹, Didaktischer Teil, §§ 644 ff. — Surrogat: Ersatz; Apoll und Daphne: der Verfolgung des Liebenden wird die scheue Nymphe auf ihr Flehen von Zeus (oder ihrer Mutter, der Erde) entrückt; an ihrer Stelle erwächst der Lorbeerbaum, mit dessen Blättern der trauernde Gott sich kränzt.

Allgemeinstes. S. 168. Behramgur: vgl. zum Buch Suleika, ›Behramgur, sagt man ...‹; Dschemil und Boteinah: vgl. zum Buch der Liebe, ›Musterbilder‹. — Nuschirwan: Anosharwan, Chosru I., reg. 531-579, gepriesen für seine »Gerechtigkeitsliebe ...«, ein Freund der Wissenschaften und Künste« (v. Hammer).

Neuere, Neueste. S. 169. Mirza Abul Hassan Khan: geboren 1776 zu Schiras; in Petersburg: über seinen prunkvollen Einzug erhielt Goethe den Bericht einer Augenzeugin, der weimarischen Hofdame Constance Gräfin von Fritsch; sie verschaffte ihm auch die Handschrift des Botschafters (vgl. ›Endlicher Abschluß‹). — S. 170. Omar ebn abd el asis: Omar ben Abd-al Aziz, achter Kalife aus dem Geschlecht der Ommiaden (Umayaden), herrschte 682/83-720 n. Chr., berühmt als gerecht, maßvoll und bescheiden. — Plato: im Islam ›Eflatun‹, 427-348/47, von starkem Einfluß auf orientalische Anschauungen. — Behlul: Buhlul al-madjnun, Hofnarr des ihm verwandten Kalifen Harun al-Raschid (8. Jh. n. Chr.); »man hat ein ganzes Buch kleiner Historien von ihm« Carsten Niebuhr, ›Reisebeschreibung nach Arabien‹. — S. 171. Fetch Ali Schah: Fath-Ali-Shah, aus dem (bis 1926 im Iran herrschenden) Haus der Catscharen, 1771-1834, reg. seit 1797. — seit Ahasverus' Zeiten: vgl. oben zu ›Überlieferungen‹. — mit Emphase: gefühlvoll-nachdrücklich. — Alexandriner: sechsfüßige Jamben, mit Einschnitt (Cäsur) nach dem dritten Versfuß. — S. 172. Mesnewi: Mathnawi, eigentlich ›Gedicht in Reimpaaren‹; M. schlechthin heißt das mystische Hauptwerk des Dschelâl-eddîn Rumi.

Zweifel. S. 172. Mir will ewiger Durst . . .: in Joseph von Eichendorffs Roman ›Ahnung und Gegenwart‹ (1815 — II., 12. Kapitel) trägt bei einer Theegesellschaft ein ›Schmachtender‹ sein neuestes ›Assonanzenlied‹ vor, welches die Zeilen enthält.

Despotie. S. 172. Elohim: vgl. zum Buch des Sängers, ›Erschaffen und Beleben‹. — S. 173. Ku-tu: Kotau. — Maillespiel: vgl. oben zu S. 139. — Die Vers-Beispiele auf S. 173 f., aus v. Hammers Übersetzungen, stammen außer dem ersten (Dschami, Rk) und dem letzten (Enweri, Rk) von Hafis.

Einrede. S. 174. bedächtiger Engländer: Sir John Malcolm, 1769-1833, Diplomat und Staatsmann; aus seiner ›History of Persia‹ (vgl. oben ›Quellen‹) hat Goethe den zitierten Abschnitt übertragen. — S. 175. deutscher Rezensent: Matthäus von Collin, 1779-1824, Universitäts-Professor in Krakau, dann in Wien; hier auch Erzieher des Herzogs von Reichstadt, des Sohns aus der Ehe Marie Louises von Österreich mit Napoleon I.; 1818-21 erster Herausgeber und Redakteur der von Metternich geförderten (Wiener) ›Jahrbücher der Literatur‹, die er mit einer Besprechung über seines Freundes v. Hammer ›Geschichte der schönen Redekünste Persiens‹ eröffnete; darin die zitierte Stelle. — Panegyriker: enthusiastisch lobpreisender Dichter oder Redner. — S. 176. Calderon: vgl. zum Buch der Sprüche, ›Herrlich ist der Orient . . .‹; Pindar: aus Theben, um 520 bis nach 446, besang in Hymnen die Sieger der Wettkämpfe. —

Chakani: Khakani Esfaleddin Hakaiki; der Beiname hergeleitet von Chakan Minotschehr, dem Fürsten von Schirwan, »den er durch seine Gedichte zum Himmel erhob«, gestorben 1186 n. Chr. in Täbris; »der Pindar des Morgenlandes ... vielleicht der gelehrteste unter allen Lyrikern« (v. Hammer); Sahir Farjabi: so benannt nach seinem Geburtsort Farjab, Hofdichter des Kisilarslan, eines der Atabegen (›Vormünder‹ der Seldschugiden, dann ihre Nachfolger), gestorben in Täbris 1201; Achestegi: Athiruddin Muhammad Achsikati, d. h. aus Acheste in Fergana (Turkestan), Lobredner des Atabegen Ildigis, Herrschers in Aderbijan, 12. Jh. n. Chr. — S. 177. Sanaji: Senaji, gestorben zu Gasna 1180; plötzliche Übertritt: nach dem ›erweckenden‹ Trinkspruch eines stadtbekannten Narren; Lobpreiser: des Gasnewiden-Sultans Ibrahim.

Nachtrag: S. 177. Konstitution: Verfassung. Und Samuel...: 1. Sam. 8, 10-17. — S. 178. Als Samuel abraten will: 1. Sam., 8, 18-20. — Mit Rat und Schwert ...: von Chodscha Abdollah Wassaf (13.-14. Jh.), in Hammers Übersetzung (Rk).

Gegenwirkung. S. 179. hypochondrischen: hier ›grämlichen, verbitterten‹. — sophistisch: in rhetorischen Schau- und Scheingefechten; mit Freude am formal-schlagfertigen Argumentieren. — Brand von Persepolis: 331 v. Chr., vgl. oben zu S. 142. — Daß Frauen mitgewirkt: genannt wird die Hetäre Thais. — S. 180. die Geschichte bewahrt es auf: Goethe folgt der Erzählung des Curtius Rufus, 1. Jh. n. Chr., in seinen ›Historiae Alexandri Magni Macedonis‹ (V., 7 und VIII, 1-2). — S. 181. Welt von Putz und Pracht: vgl. Buch Suleika, ›Nur wenig ists was ich verlange‹.

Orientalischer Poesie Ur-Elemente. S. 182. tropisch: übertragen, bildlich. — Tropen: übertragene, uneigentliche Redewendungen. — S. 183. Reiske: Johann Jakob, 1716-1774, Schulmann in Leipzig, hervorragender Kenner des Griechischen und des Arabischen; Michaelis: Johann David, 1717-1791, Universitätslehrer in Göttingen, Semitologe, Bibelerklärer, Übersetzer.

Übergang von Tropen zu Gleichnissen. S. 183. Tat und Leben...: nach Hafis-Hammer und, wie das nächste Beispiel, v. Diez (›Königliches Buch‹, 1811). — S. 184. Marco Polo: s. unten zu S. 231. — Es stecken mehr ... und In deiner Locken ...: nach Hafis-Hammer. — Seien sie stets...: Enweri-Hammer (Rk). — S. 185. Quodlibet: lat., eigentlich ›was beliebt‹: aus verschiedenartigen Bestandteilen anspielungsreich zusammengesetzte Bildchen oder Musikstücke.

Warnung. S. 185. Jones: siehe unten zu S. 251; Altkritikern: Altphilologen, Kennern griechischer und römischer Literatur. — S. 186. einzuschwärzen: einzuschmuggeln. — Horaz: Quintus Horatius Flaccus, 65-8 v. Chr. — ein Kenner: wiederum Matthäus von Collin, in der oben zu S. 175 erwähnten Rezension. — Abenteuer des Isfendiar: I., Sohn des Kischtasp (Hystaspes), aus der ältesten persischen Königs-Dynastie, wird nach gewonnener Schlacht auf Verleumdungen hin vom Vater eingekerkert — Anlaß für den Feind aus Turan (Türkenland), Iran zu überfallen. Der vom reuigen Kischtasp wieder als Feldherr eingesetzte Isfendiar unternimmt den siegreichen Rachezug, der »unter dem Namen ›Die sieben Abenteuer‹ berühmt ist« (v. Hammer).

Vergleichung: S. 187. Mann, der des Orients: v. Hammer (Rk); Jean Paul Richter: 1763-1825, von Goethe als Autor meist ungünstig beurteilt, persönlich eher gemieden; auch die hier angestellte ›Vergleichung‹ wurde in den Kreisen Jean Pauls und v. Hammers als hochmütig-herabsetzend aufgefaßt. – S. 188. aus einigen Blättern: des ›Hundsposttags 10‹ in dem Roman ›Hesperus‹ (1795). — S. 189. Charade: Silbenrätsel.

Verwahrung. S. 190. höchst schätzenswerte Bücher: vor allem v. Hammers ›Geschichte der schönen Redekünste Persiens‹. — dem Literator: Literaturgelehrten, -kenner.

Dichtarten. S. 190. Epopöe: Epos, Heldengedicht; Heroide: erdachter (Vers-)Brief eines Helden der Sage oder der Geschichte.

Naturformen der Dichtung. S. 191. Rhapsode: umherziehender Sprechkünstler (Sänger), der Teile antiker Heldenepen, zumal der homerischen, vorträgt. — Improvisator: bringt eigene oder von anderen gestellte Themen aus dem Stegreif in Verse. — S. 192. gegen einander über: einander gegenüber.

*Nachtra*g. S. 193. Ferideddin Attar: siehe oben zu ›Dschelâleddîn Rumi‹.

Buch-Orakel. S. 193. mit Personen verbunden: so seiner Mutter, Katharina Elisabeth Goethe, 1731-1808, und mit dem Fräulein Susanna Katharina von Klettenberg, 1723-1774, der ›schönen Seele‹, deren ›Bekenntnisse‹ er in ›Wilhelm Meisters Lehrjahre‹ aufnahm; Schatzkästlein: ›Güldenes, der Kinder Gottes, bestehend in auserlesenen Sprüchen Heiliger Schrift für alle Tage des Jahres‹, herausgegeben seit 1718 in vielen Auflagen von dem Theologen und Wohltäter Karl Heinrich von Bogatzky. — Fal: (gutes) Omen. — (Hafis) ... die bezeichnete Stelle: »Wende die Schritte nicht ab / Vom Grabe Hafisens / Wenngleich in Sünden verstrickt, / Harrt er des Himmels.« (v. Hammer). — spielt ebenfalls an: im ersten Vierzeiler des Buchs der Sprüche.

Blumen- und Zeichenwechsel. S. 193. durch Kenner belehren: v. Hammer in mehreren Beiträgen der ›Fundgruben‹; dort auch eine Art Lexikon der Blumensprache, mit manchen schnöden Repliken. — S. 194. Logogryphen: Logogriphen, Buchstabenrätsel. — Divination: Ahnungsvermögen, »Rategeist«. — süße Liebestaten: entsprechend franz. ›douceur‹ = Trinkgeld. — S. 196. *** auf einem Kissen: zu ergänzen ›Zwei‹. — Zwei liebende Paare: ein Erlebnis aus den glücklichen Sommertagen 1815? — organische Magnetismus: auch animalischer, tierischer M. oder Mesmerismus; die von dem Arzt Franz Anton Mesmer, 1734-1815, begründete und betätigte Lehre zur Heilung von Nervenkrankheiten und zu Erkennung körperlicher Leiden; beruhend auf der Annahme von Erscheinungen »im menschlichen Körper ..., welche denen des Magnets analog sind, als: Polarität und Inklination«. Goethe, der dieses Gebiet sonst, als »apprehensiv«, scheute (vgl. die ›Wahlverwandtschaften‹, II, 11. Kapitel), hatte sich 1813 und zu Ende des Jahres 1814 mit der Theorie und mit einzelnen Fällen beschäftigt.

Chiffer. S. 197. Lied mit der Rubrik ›Chiffer‹: vielmehr ›Geheimschrift‹, im Buch Suleika; vgl. oben zu diesem Gedicht. — S. 198. Goethe und Marianne Willemer haben seit dem Sommer 1815 bis zum Anfang des Jahres 1816 derartige Chiffernbriefe gewechselt; wohl die meisten sind erhalten geblieben. — Dir zu eröffnen: Verse, die Marianne, unter dem 18. Oktober 1815, zu einem Chiffernbrief zusammengestellt und an Goethe geschickt hatte; von ihm überarbeitet.

Künftiger Divan. S. 199. *Buch des Dichters:* vielmehr ›des Sängers‹. — wenn sie dahingegangen sind: der Abschnitt ist Ende März 1819 geschrieben, unmittelbar unter dem Eindruck vom Tode (22. März) Christian Gottlob v. Voigts, des langjährigen Minister-Kollegen und Freundes, der noch »mit sterbender Hand« einen Gruß Goethes erwidert hatte. — S. 200. einem herrlichen Feste: dem Maskenzug vom 18. Dezember 1818, ›Bei Allerhöchster Anwesenheit Ihro Majestät der Kaiserin Mutter Maria Feodorowna in Weimar‹, der unter anderem ›dichterische Landes-Erzeugnisse‹ (Wielands, Herders, Schillers und Goethes selber) vorgeführt und in Erinnerung gerufen hatte; gemütlich: hier etwa ›im Bereich des Gemüts‹. — *Das Buch Hafis.* Fazilität: Umgänglichkeit; auch Leichtigkeit dichterischer

Äußerung oder in der Beherrschung poetischer Formen. — Auf den Abschnitt folgten in der Erstausgabe die Worte: »Wenn Kenner im nachstehenden Liede Hafisens Bild einigermaßen erblicken wollen, so würde den Westländer dieser Versuch ganz besonders erfreuen« und darauf das nach dem Druck des eigentlichen Divans entstandene Gedicht ›An Hafis‹. Die AlH, in welcher es an seinem Platz im Hafis nameh erscheint, ließ beide Einschiebsel in den NuA stehen. — *Buch der Liebe.* Auf den ersten Absatz folgte in der Erstausgabe: »Wamik und Asra z. B., von denen sich außer den Namen keine weitere Nachricht findet, könnten folgendermaßen eingeführt werden«; danach das Gedicht ›Ja! Lieben ist ein groß Verdienst‹; beides blieb hier auch in der AlH stehen, obwohl das Gedicht unter dem Titel ›Noch ein Paar‹ eingereiht worden war. — S. 201. *Buch des Unmuts.* Paralipomena: griech., beiseitegelegte (Schriftwerke). — S. 202. Sorbet: mit Wasser zu mischender Sirup aus »Zucker, Limonensaft nebenst allerhand eingemachten Früchten und Kräutern, auch bisweilen neben dem Geruch und Geschmack der Rosen, Violen und anderer annehmlicher Sachen, je nach eines jeden Geschmack ein wenig von Bisam und Ambra« (della Valle). — S. 203. Lob, das er seinen fürstlichen Gebietern: vgl. Buch der Betrachtungen, ›Höchste Gunst‹. — S. 204. Chorführern: August v. Kotzebue, Garlieb Merkel, C. A. Böttiger und andere; vgl. die gegen sie gerichteten ›Invectiven‹ (Schmähreden) unter Goethes nachgelassenen Gedichten, sowie zum Buch des Unmuts, ›Als wenn das auf Namen ruhte‹. — *Buch des Timur.* Nussreddin Chodscha: »ein ziemlich gemeiner Spaßmacher und Zotenreißer ... Er lebte im vierzehnten Jahrhundert als Lehrer (Chodscha) auf einem Dorfe in Kleinasien ... Timur fand Vergnügen an den Schwänken und Einfällen des Mannes und führte ihn auch eine Zeitlang als Gesellschafter mit sich herum. Man hat mehrere kleine Sammlungen seiner Einfälle ...« v. Diez (vgl. unten zu S. 253) an Goethe, in einem Brief vom 11. Oktober 1816, dem einige dieser Geschichten in Übersetzung beilagen. Goethe dankte am 23. Oktober. — S. 205. *Buch Suleika.* S. 206. hold und gewärtig: anspielend auf eine alte Lehnsformel »treu, hold und gewärtig«; gewärtig: dienstfertig, anhänglich, zugetan. — *Das Schenken-Buch.* S. 207. Saadi in seinem Rosengarten: vgl. oben ›Quellen‹ — ›V. Buch. Von der Liebe / und der Jugend. Das XVI. Capittel Eines Knaben affection zu den Sadi, umb etwas von ihm zu erlernen.‹ Goethe zitiert, geringfügig ändernd, diese deutsche Ausgabe des Olearius; der Schlußsatz dort ein gereimter

Vierzeiler. — Chuaresm: Chwarizm, Choresmien; vom Oxus durchflossene Steppenlandschaft östlich des Kaspischen Meers; Chattaj: Nord-China; Kaschker: Kashgar, Stadt in Turkestan; Usbeken: Üzbeken, Özbegen; türkischer Stamm in Transoxanien (West-Turkestan), unter Herrschern aus dem Geschlecht Dschengis Khans; Tartern: Tataren. — S. 208. An einem andern Orte: im folgenden Kapitel des ›Rosenthals‹. — S. 209. hab' ich es verredet: mich (auf eine Unterlassung, einen Verzicht) festgelegt; vgl. ›verschworen‹. — S. 210. *Buch des Paradieses.* zum Höheren und Höchsten: weist auf das Gedicht ›Höheres und Höchstes‹.

Alt-Testamentliches. S. 211. einen Aufsatz, vor fünfundzwanzig Jahren geschrieben: in Goethes Tagebüchern zum erstenmal erwähnt am 9. April 1797; vgl. an Schiller, 12. April 1797 und später. — dem ersten Buch Mosis Zeit gewidmet: siehe die Darstellung im Vierten Buch von ›Dichtung und Wahrheit‹.

Israel in der Wüste. S. 211. ›Da kam ein neuer König auf‹: II. Mo. 1, 8. — Versprechen, ihrem großen Ahnherren getan: Abraham, I. Mo. 12, 1-3, 13, 14-16. — S. 212. zu erinnern: einzuwenden, auszusetzen. — S. 214. von denen der Stammvater ausruft: Jakob, I. Mo. 49, 5-7. — Den Ägypter erschlägt er: II. Mo. 2, 11 f. — von einer Fürstin begünstigt: II. Mo. 2, 1-10. — midianitischen Fürstenpriesters: Jethros, II. Mo. 2, 15-21. — S. 216. Sizilianische Vesper: Ermordung der französischen Besatzungstruppen und -beamten Karls von Anjou in Sizilien durch die Einheimischen, zur Vesperzeit des zweiten Ostertages (30. März) 1282. — S. 217. von seinem Gott hingewiesen: I. Mo. 15, 5. — S 218. worauf er selbst hätte fallen sollen: was ihm selbst hätte einfallen, worauf er von sich aus hätte kommen sollen. — S. 222. Negotiation: Unterhandlung. — Retardation: Verzögerung, Aufenthalt. — S. 226. Sanson: Nicolas, 1600-1667, Hofgeograph in Paris, gab 1652 eine ›Geographia sacra ...‹ heraus. — S. 227. Kalmet: Calmet, Augustin, 1672-1757, Benediktiner-Abt, berühmt als Bibelerklärer; Hauptwerke 1707 ff., 1720; Well: (Wells), Edward, 1667-1727, Mathematiker, Theologe, Geograph; ›Historische Geographie des Alten Testaments‹, 1711 f. — Nolin: Jean Baptiste, 1657-1725, Kupferstecher und Kartograph in Paris; ›Terre Sainte, dressée pour l'Étude de l'Écriture Sainte‹, 1752; Polonaise: polnischer Nationaltanz, eröffnete Ballfeste als feierlicher Umzug, bei dem die Tänzer paarweise einander folgten. — Zyklus: Jahr-, Zeit-Kreis. — S. 228. kürzlich: in Kürze, kurz. — vierzig (Tage): Sündflut: I. Mo.

7, 12, 17; 8, 6. — Moses auf Sinai: II. Mo. 24, 18; 34, 28; Kundschafter in Kanaan: IV. Mo. 13, 25. — Christus in der Wüste: Matth. 4, 2; Mark. 1, 12 f.; Luk. 4, 1 f. — S. 229. Akkomodationen: Angleichungen.

Nähere Hülfsmittel. S. 230. Paulus: Heinrich Eberhard Gottlob, 1761-1851; als Nachfolger Eichhorns (s. zu ›Lehrer‹) 1789-1803 in Jena Professor der Theologie und der Orientalistik; seit 1810 in Heidelberg, dort von Goethe 1814 und 15 oft besucht und in orientalistischen Fragen konsultiert; Heeren: Arnold Hermann Ludwig, 1760-1842; seit 1787 Professor für Geschichte in Göttingen; ›Ideen über die Politik, den Verkehr und den Handel der vornehmsten Völker der Alten Welt‹ (1796 und öfter).

Wallfahrten und Kreuzzüge. S. 231. aufgeregten: fromm begeisterten, erregten.

Marco Polo. S. 231. aus Venedig, 1254-1323; begleitete seinen Vater nach Ostasien 1271-95; erzählte während einer Haft seine Reise-Erlebnisse dem Mitgefangenen Rustichello, der sie 1298 niederschrieb: ›Livre des merveilles du monde‹, in Italien ›il Milione‹. — S. 232. ersten Studien: Lektüre laut Tagebuch 31. August 1809, 10. und 29. Oktober 1813. — Kublai Khan: Hubilai, aus der mongolischen Yüan-Dynastie, geboren 1214, Kaiser 1260-94, vereinigte seit Jahrhunderten zum erstenmal ganz China unter einer Herrschaft, machte Peking zur Residenz.

Johannes von Montevilla. S. 233. Jehan de Mandeville, englischer Arzt, † 1372 zu Lüttich; seine Reisebeschreibung 1355. — der Übersetzer: Otto von Diemeringen, Domherr von Metz um 1470. — Görres: Joseph (v.), 1776-1848; kämpfte in seinem ›Rheinischen Merkur‹ 1814-16 gegen Napoleon und für deutsche Verfassung; zur gleichen Zeit in Koblenz Generaldirektor des öffentlichen Unterrichts für den Mittelrhein; hier besuchte ihn Goethe auf der Rückreise von Köln im Sommer 1815. Schrift über die deutschen Volksbücher: 1807; 1810 ›Mythengeschichte der asiatischen Welt‹; 1820 ›Das Heldenbuch von Iran, aus dem Schah Nameh des Firdussi‹, Prosa-Übertragung, von Goethe beachtet.

Pietro della Valle. S. 233. Tasso: Torquato, 1544-1595. — S. 234. der heiligen Katharina: von Alexandria, enthauptet 307, unter dem Kaiser Maxentius. — Capighi: Kapuci, Torwächter, »niedrigste und äußerste Wache des Serails« (von Hammer); Aleppo: Halab, zweitgrößte Stadt Syriens — S. 235. Wortbild: vgl. zum Buch der Liebe, ›Musterbilder‹, Z. 3 f. — sich nur noch: sich erst. — aufregende: anregende, befeuernde. — S. 236. sich zu betun: umzugehen, sich zu verstehen, zu verständigen. — Abbas des Ersten (in Goethes Text irrig: des Zweiten): Königs von Persien aus der Dynastie Safawi, 1557-1626, reg. seit 1587; Peter: I., der Große, von Rußland, 1672-1725, Zar seit 1689. — Karawansereien: Behausungen für Karawanenreisende, Herbergen. — Karmeliten: Mönchsorden der K., seit dem 13. Jh., benannt nach dem Stammsitz (12. Jh.), dem Berg Karmel in Israel. — S. 237. amphitheatralischen: im Kreis oder Dreiviertelskreis stufenförmig ansteigenden. — S. 238. Usurpatoren (Thronräuber) und Trugfürsten: Boris Godunow, Mörder des Thronfolgers Dimitrij (1591), reg. 1598-1605; der falsche Demetrius, Dimitrij I., Iwanowitsch (Demetrius Grisca Utrepeja), reg. 1605-06; Wassilij V., Iwanowitsch (Schuiskij), reg. 1606-10. — Aderbijan: Adharbaidjan, das Medien der Antike, persische Provinz. — S. 239. Polizei: vgl. zu Seite 138; furagieren: für die Truppe und ihre Tiere Nahrungsmittel beschaffen; requirieren: beschlagnahmen. — S. 240. Sherley: Sir Anthony, 1565-ca. 1635; 1596-97 in Afrika und Mittelamerika, 1598 in Persien, um den englischen Handel zu fördern; trat in die Dienste Abbas' des Großen, Gesandter in Moskau, Prag, Rom; bereiste später für Kaiser Rudolf II. und für die spanische Krone den Vorderen Orient; ›Travels into Persia‹, zuerst 1613. — jüdisch: in Art jüdischer Kleinhändler. — S. 241. Kreuzestaufe: ein der armenischen Kirche eigener Ritus. — persönlich: hier ›eigentümlich, zu eigen‹. — Ali: A. ben Abi Talib, Vetter, Gefährte, Schwiegersohn Mahomets, geboren 598 n. Chr., bis 656 vom Kalifat verdrängt, 661 in der Moschee zu Kufah ermordet; als Reiter und Krieger legendär, von einer Richtung des Islam, der Shija (Schiiten), als Heiliger verehrt. — Sunniten: vgl. oben zu S. 41; die eingeschobenen Kalifen: Abu Bekr, Omar und Othman, ein Schwiegersohn Mahomets, aus dem Stamm der Ommiaden (Omaijaden), reg. 644-656 n. Chr., ermordet. — S. 242. Nachfahren: Safawiden; nach neunzig Jahren: 1737. — S. 243. Herodes: I., genannt der Große, 73-4 v. Chr., idumäischer Abstammung, seit etwa 40 unter römischer Oberherrschaft König des jüdischen Landes; Matth. 2, 1-18, Luk. 1, 5; Familienlabyrinth: Zwietracht und Untaten aller Art zwischen ihm und den Angehörigen aus fünf Ehen; dichterisch dargestellt in Hebbels Drama ›Herodes und Mariamne‹ (1850). — Kind: Jesus. — S. 244. bedingten Regierungen: durch Verfassungen eingeschränkten, wie im Sachsen-Weimar Carl Augusts. — Und so mögen Minister: der Abschnitt, wohl Ende Mai-Anfang Juni 1819 verfaßt, reflektiert die politische Erregung, die in Deutschland um sich griff, seit Karl Ludwig Sand (geb. 1795, früher Student in Jena) den (aus Weimar gebürtigen) Stückeschreiber und Publizisten August v. Kotzebue (vgl. oben zu S. 204) als vermutlichen Handlanger russischer Interessen ermordet (Mannheim, 23. März 1819) und damit scharfe Polizei- und Zensurmaßnahmen der Regierungen, zumal gegen die Universitäten, ausgelöst hatte. — S. 245. Ormus: Hafenstadt am Persischen Meerbusen. — S. 246. Spezereien: pflanzliche Würz- und Duftstoffe, Heil- und Schönheitsmittel. — S. 247. dezimiert: um den zehnten Teil (seines Begleitpersonals oder seines Gepäcks) vermindert; taxiert: mit Abgaben belegt; vexiert: geprellt, schikaniert. — Ara Coeli: die Kirche Santa Maria in Ara coeli, nahe dem Kapitol.

Entschuldigung. S. 248. am ersten aufgegangen: früheste nachgewiesene Lektüre, laut dem Tagebuch, 28.-29. Oktober 1806.

Olearius. S. 248. Adam (eigentlich Oelschläger), von Aschersleben, ca. 1599-1671. Aus gedrückten Verhältnissen zum Studium gelangt, 1630-35 Konrektor des Nicolai-Gymnasiums in Leipzig. Begleitete 1635-39 als »Sprachkundiger, Sekretarius und Rat« eine Gesandtschaft des Herzogs von Schleswig-Holstein-Gottorp nach Persien. Vielseitig in Sprachkenntnis und Naturwissenschaften: galt als bester Kenner des Persischen im Abendlande, zeichnete die erste genauere Karte der Wolga. Seine Reisebeschreibung (zuerst 1647) wurde alsbald ins Holländische, Französische, Englische übersetzt; sein ›Persianischer Rosenthal‹ ist (1654) die erste Gesamt-Übertragung einer größeren persischen Dichtung (Saadis ›Gulistan‹) ins Deutsche. — Die Bogenzahl: Goethe gab das Manuskript der NuA in Teilsendungen an die Jenaer Druckerei und bekam von dort, während er noch an der Fortsetzung arbeitete, Revisionsbogen und die bereits ausgedruckten Partien (Aushänger). Als er den Abschnitt ›Olearius‹ absandte, laut dem Tagebuch am 9. Juni 1819, war der Druck bis zum 26. Bogen vorgerückt (Revision 26. Mai, Aushänger 23. Juni). — an einen Mann gebunden: Otto Brügmann aus Hamburg (geb. 1600); er beging als Leiter der Gesandtschaft zahlreiche Übergriffe und Verbrechen, wurde nach der Rückkehr zur Verantwortung gezogen, hingerichtet 1640. — Sherley: s. oben zu S. 240; Herbert: Sir Thomas, 1606-1682, nahm 1627-29 an der Persien-Reise zweier englischen Gesandten teil; sein Bericht erschien 1634.

Tavernier und Chardin. S. 249. Jean Baptiste T., von Paris, 1605-1689, Sohn eines Geographen, schon als Knabe zum erstenmal nach dem Orient unterwegs, machte bis 1668 sechs Asien-Reisen von durchschnittlich fünfjähriger Dauer; schrieb seine Reise-Werke im Alter auf einem Ruhesitz in der französischen Schweiz, wagte aber noch 1685 neue Projekte in Asien, starb, nochmals auf Orientfahrt, in Moskau; Jean Ch., von Paris, 1643-1713, bereiste 1664-69 Indien, 1671-77 Persien, trat 1681 in englische Dienste. Die Beschreibung seiner Reisen zuerst 1686. — S. 249. Demantgruben: vgl. zum Buch Suleika. ›Nur wenig ists was ich verlange‹, Str. 7.

Neuere und neuste Reisende. S. 250. Kabul: Hauptstadt von Afghanistan, aber auch Name des ganzen Reichs (Kabulestan), so in der Beschreibung durch den englischen Diplomaten Mountstuart Elphinstone, 1779-1859, ›An Account of the Kingdom of Caubul‹, 1815; Goethe las das Werk 1817; Gedrosien: Provinz des alten Persien, entspricht etwa dem heutigen Belutschistan (teilweise zu Pakistan gehörig). Nach Marco Polos Beschreibung (13. Jh.) erforscht erst wieder von dem Engländer Henry Pottinger, 1789-1856, der 1809, als Eingeborener verkleidet, ins Innere des Landes vordrang; seine ›Travels in Beloochistan and Sinde‹ (1816) las Goethe 1817. Carmanien (bei Goethe irrig ›Caramanien‹, eine Landschaft in Kleinasien): alter Name für die heutige Provinz Kerman (Kirman) im Südosten Persiens. — Tiefe und Weite des Sanskrit: der (toten) Sprache der heiligen Schriften und klassischen Dichtungen Indiens; erschlossen, nach Vorarbeiten von Jones (s. unten zu ›Lehrer‹), methodisch erst durch Franz Bopp, von Mainz, 1791-1867. Bereits 1816 konnte er sein auf Selbststudium beruhendes Werk ›Über das Konjugationssystem der Sanskritsprache‹ vorlegen, das die vergleichende Sprachwissenschaft begründete; Goethe erhielt schon im Frühjahr 1815 von der Arbeit erste Kenntnis. — Himelaja: Himalaya, ›Stätten des Schnees‹; zuerst erforscht durch den Engländer James Baillie Fraser, 1783-1856; ›Tagebuch einer Reise durch einen Teil der Himelaja-Gebirge‹, 1820. — bis Java: näher beschrieben zuerst durch den Engländer Thomas Raffles, 1781-1826; ›History of Java‹, 1817. Goethe las beide Werke bald nach ihrem Erscheinen; unglücklichen Religion: vgl. oben zu ›Mahmud von Gasna‹.

Lehrer. Seite 251. *Jones:* Sir William, von London, 1746-1794, Philologe und Übersetzer von umfassender Begabung und Kenntnis. Nach mißlungenem Versuch, eine Professur in Oxford zu erhalten, gewann er durch ein hohes Richteramt in Kalkutta die Möglichkeit eindringender Studien, die ihn zu einem Bahnbrecher der Sanskrit-Forschung werden ließen. Gründer der Bengal Asiatic Society (1784) und ihrer Zeitschrift ›Asiatic Researches‹, mit der Goethe sich zu Anfang 1815 befaßte. — würdern: schon zu Goethes Zeit veraltet für ›würdigen, den Wert bestimmen‹. — Klassizisten: Kennern antiker Literatur. — *Arabs, sive ...:* ›Der Araber, oder Gespräch über die Dichtkunst der Engländer‹; Über arabische Dichtkunst: siehe oben ›Quellen‹. — S. 252. Milton: John, 1608-1674, Dichter der geistlichen Epen ›Paradise Lost‹ (1667) und ›Paradise Regained‹ (1671); Pope: Alexander, 1688-1744, Dichter und Übersetzer (Homer). — *Eichhorn:* s. oben zu ›Hebräer‹, vgl. zum Buch der Betrachtungen, ›Vor den Wissenden sich stellen‹. — Propheten: ›Die hebräischen Propheten‹, 3 Bände, 1816-19; in diesen letzten Tagen: Goethes Tagebuch, 20. Mai 1819: »Angekommene Sendung von Eichhorn, las dessen Joel und Amos.« Lektüre auch am 21., 22. Mai, Dankbrief schon am 21. Mai. — *Lorsbach:* Georg Wilhelm, 1752-1816, seit 1812 Professor der orientalischen Sprachen in Jena.

von Diez. S. 253. Heinrich Friedrich, aus Bernburg/Anhalt, 1751-1817. Von Friedrich dem Großen 1784 zum preußischen Geschäftsträger in Konstantinopel ernannt, 1786 von Friedrich Wilhelm II. zum Gesandten befördert und geadelt, 1791 wegen Eigenmächtigkeiten abberufen. 1798-1807 Prälat, zugleich Anwalt des (protestantischen) Domstifts zu Kolberg. Zuletzt als Privatmann in Berlin seinen Orient-Studien lebend. — mehrere Freunde: so J. J. Willemer (1815) und C. L. von Knebel (1817). — Durch einen Reisenden: nach K. Mommsens begründeter Vermutung der Jenaer Professor F. G. Hand (1786-1851). — Büchlein über die Tulpen: ›Wage der Blumen oder Anweisung zum Tulpen- und Narcissenbau in der Türkei von Scheich Muhammed Lalézary‹, Sonderdruck aus dem II. Teil der ›Denkwürdigkeiten von Asien‹, 1815. — Wie man mit Vorsicht ...: eigenhändige Niederschrift vom 21. April 1815. — S. 254. seine Briefe verdienten gar wohl gedruckt zu werden: auszugsweise zuerst 1890, Goethe-Jahrbuch XI; danach in der Insel-Gesamtausgabe (1949/51, ²1972/73); vollständig in E. Grumachs unvollendeter Akademie-Ausgabe, 3. Band, Ost-Berlin 1952. — von gewisser Seite: wohl seiner orthodoxen Moral-Begriffe. — Manuskript in Berlin: Diez vermachte der Königlichen Bibliothek seine Bücher und viele kostbare orientalische Handschriften. — Streitsucht: Diez, anfangs Mitarbeiter an v. Hammers ›Fundgruben‹, wurde 1813 und 14 durch pseudonyme absprechende, zum Teil

gehässige Rezensionen, als deren Urheber er mit gewissem Recht
Hammer vermutete, zu einer Schmähschrift gereizt, die auf 600
Seiten dessen ›Unfug und Betrug in der morgenländischen Lite-
ratur‹ dartun sollte (1815). Hammer entgegnete: ›Fug und
Wahrheit in der morgenländischen Literatur‹ (1817). Goethe
verhielt sich nach außenhin neutral, bezeigte aber brieflich
Sympathie für Diez. — Kjekjawus: Kai-kaus bin Iskandar bin
Quabus, Unsuril Maali (›Grundfeste der Hoheit‹). — Pontus
Euxinus: ›gastliches Meer‹, Name des Schwarzen Meers seit
seiner Kolonisierung durch die Griechen; vorher ›Pontus Axeinus‹
= unwirtliches Meer‹. — S. 255. Sein Vater: Iskandar, Alexander, reg. ca. 1038-1058 n. Chr. — auf dem Euphrat scheiternd:
nach Diez vielmehr dem Tigris. Vgl. Goethes ›Was dem Enkel
so wie dem Ahn frommt‹ (›Sprichwörtlich‹) — S. 256. bei der
Hoheit: an der Herrschaft. — Emigrierten: der Französischen
Revolution. — Nicolai: alte Berliner Buchhandlung, lange geleitet von dem ›Aufklärer‹ Friedrich N., 1733-1811, einem
Gegner Goethes; danach von seinem Schwiegersohn D. F. Par-
they. — Morgenblatt: vgl. oben zum Buch des Unmuts, ›Als
wenn das auf Namen ruhte‹, Str. 5; Gesellschafter: begründet
1817 von Friedrich Wilhelm Gubitz, 1786-1870, Professor der
Holzschneidekunst in Berlin und Volksschriftsteller; 1825 brachte das Blatt aus dem ›Buch des Kabus‹ eine von Karl Simrock
besorgte Auswahl. — S. 257. des Propheten: bei Diez ›der Propheten‹, vielleicht von Goethe absichtlich geändert; vgl. zum
Buch der Liebe, ›Lesebuch‹, Z. 11. — Lehren Nuschirwans: so
bei Diez; in Goethes Text, wohl versehentlich, das in der Vorlage
sonst so häufige ›Regeln‹. — S. 258. Dem Abschnitt folgten in
der Erstausgabe die Sätze: »Diejenige Buchhandlung, die vorge-
meldetes Werk in Verlag oder Kommission übernommen, wird
ersucht, solches anzuzeigen. Ein billiger Preis wird die wünschenswerte Verbreitung erleichtern«; sie blieben auch in der AlH
stehen.
von Hammer. S. 258. Zeitblatt: Zeitung, Zeitschrift. — im Frühling 1814: in Goethes Text irrig ›1813‹. — S. 259. ›Fundgruben‹:
des Orients, s. ›Quellen‹. — eintragen: einbringen, sammeln,
ernten. — Geschichte persischer Dichtkunst: Goethe vermeidet
es, den von ihm getadelten originalen Titel zu nennen; vgl. oben
›Verwahrung‹. — Göttinger Anzeigen: ›Göttingische gelehrte A.‹,
zuvor ›Göttingische Zeitungen von gelehrten Sachen‹; 1739, älteste wissenschaftliche Zeitung Deutschlands; erste Nachricht:
in St. 149, 17. September 1814; auf Grund eines Referates, das

Prof. Friedrich Bouterwek vor der (hannöversch-englischen) Königlichen Gesellschaft der Wissenschaften über das vom Autor eingesendete Manuskript erstattet hatte. – S. 260. Schirin: ›Ein persisches romantisches Gedicht nach morgenländischen Quellen‹, 2 Teile, 1809; Kleeblatts: ›Morgenländisches Kleeblatt, bestehend aus parsischen Hymnen, arabischen Elegien, türkischen Eklogen‹, 1819; mit handschriftlicher Widmung unter dem Datum des 1. November 1818 an Goethe übersandt; am Schluß unserer Arbeit: vermutlich mit einer »Wiener Sendung« am 12. April 1819 (Tagebuch).
Übersetzungen. S. 261. grauerliche: unheimliche, grausige. – Delille: Jacques, 1738-1813, faßte die Ergebnisse der Naturwissenschaften in Lehrgedichte; übersetzte unter anderem Vergils ›Georgica‹ und ›Aeneis‹ und Miltons ›Paradise Lost‹. – Wielands Übersetzungen: Christoph Martin W., 1733-1813, übertrug die Dramen Shakespeares (in Prosa, 1762-66), später vornehmlich Klassiker des Altertums, unter anderen Horaz, Lukian, Cicero; Konvenienz: Gefallen, Behagen, Bequemlichkeit. – immerhin: immerzu, für alle Zeit. – S. 262. Voß: Johann Heinrich, von Sommersdorf/Mecklenburg, 1751-1826, mit Goethe während seiner Jenaer Jahre, 1802-04, in Verkehr, von ihm in Heidelberg 1814 und 15 aufgesucht (»zu Voß, den ich wegen Beharrlichkeit in seinem Übersetzungswesen bewundern mußte«, an Christiane, Heidelberg 8. Oktober 1814). Übersetzte nach den Epen Homers (Odyssee 1781, Ilias 1793) die Werke von Vergil, Ovid, Horaz, Hesiod, Theokrit, Bion und Moschos, Tibull, Properz und Aristophanes; spät auch einzelne Dramen Shakespeares. – Versatilität: geistige Beweglichkeit, Wendigkeit; eingedeutschte Fremde ... doppelt und dreifach: so Ariost, durch Lütkemüller 1797 f., J. D. Gries 1804 f., Karl Streckfuß 1818 ff.; Tasso: durch Gries 1800 ff. und andere; Shakespeare: nach Wielands Prosa-Übersetzung (bearbeitet von J. J. Eschenburg 1798-1806) folgte A. W. Schlegel 1797-1810, Voß mit seinen Söhnen Heinrich und Abraham 1810-15; Calderon: durch A. W. Schlegel 1803 ff., Gries 1815 ff., F. G. O. v. d. Malsburg 1819 ff. – Umarbeiters: S. Fr. G. Wahl, 1760-1834, Orientalisten in Halle/S. – S. 263. Übersetzung der Sakontala: des Dramas von Kalidasa, dem Klassiker der indischen Literatur, 1. Jh. n. Chr., durch Fr. G. Forster, 1754-1794, den bedeutenden Reisebeschreiber; zuerst 1791, dann herausgegeben von Herder 1803; vgl. Goethes Verse »Will ich die Blumen des frühen, die Früchte des späteren Jahres ...«. – Da nun in Paris eine Handschrift ... befindlich:

im Juni 1830 empfing Goethe von Antoine-Léonard de Chézy, Orientalist am Collège de France, 1773-1832, dessen auf der Pariser Handschrift beruhende Prachtausgabe des Originals; der beigefügten Überetzung ins Französische sind die oben erwähnten Verse vorangestellt; Goethe dankte am 9. Oktober 1830 mit enthusiastischem Lob des Werks und der Übertragung. — Wolkenboten: Megha Duta, eines epischen Gedichts von Kalidasa; englische Übersetzer: Horace Hayman Wilson, 1786-1860, Arzt im Dienst der Ostindischen Kompanie, Sanskrit-Lehrer und -Forscher in Oxford, gab seine Übersetzung der Ausgabe des Original-Textes (1813) bei. — suppletorisch: (durch Zutaten) ergänzend. — Unserm Kosegarten: Johann Gottfried Ludwig, aus Rügen, 1792-1860, Sohn des Dichters Theobul K., Schüler von Silvestre de Sacy, auf Goethes Vorschlag Lorsbachs Nachfolger als Orientalist der Universität Jena 1817-24; half dem Dichter bei der Abfassung der NuA. — Interlinear-Version: eigentlich ›zwischen die Zeilen geschriebene‹, das heißt von Wort zu Wort dem Original folgende Übersetzung.
Endlicher Abschluß! S. 264. persische Gesandte: Mirza Abul Hassan Khan; Kaiserin-Mutter: Maria Feodorowna, geb. Prinzessin von Württemberg, 1759-1828, Schwiegermutter des Erbprinzen Karl Friedrich von Sachsen-Weimar; vgl. oben zu S. 200; Briefe: vermutlich durch die Gräfin von Fritsch (vgl. oben zu S. 169) an Goethe gelangt. — S. 265. schon oben: S. 169 ff. — der Herrscher selbst: eine Verwechslung, die der Schah (welcher auch Verse machte) begünstigt, vielleicht gewollt hat, indem er seinen eigenen Namen auch seinem Hofdichter, dem Autor der Strophen, verlieh. Den persischen Text ließ Goethe nach dem Erstdruck in den ›Fundgruben‹ wiedergeben; Hammers dort beigefügte Übertragung jedoch ersetzte er, zu dessen Verdruß, durch eine von Kosegarten. — S. 266. Muskus: Moschus. — S. 268. russische Gesandtschaft: beschrieben von ihrem Teilnehmer Moritz von Kotzebue, 1789-1861, »russisch-kaiserlichem Hauptmann im Generalstab«, Weimar 1819. — Hyperbeln: hier ›übertreibende, übersteigernde poetische Bilder‹. — kurdischen: des nomadischen Bergvolks der Kurden; lurischen: der Luren, eines Stammes in West-Iran. — Dschemschid: der Sage nach vierter König aus der Dynastie der Pischdadier, der frühesten in Persien; das Wort ›Schid‹ (›Sonne‹) wurde beigefügt, »wegen des Glanzes seiner Handlungen« (Herbelot). Feridun: siebenter König von Persien, stürzte den Tyrannen Sohak (Dhohak, Zohak); die hierauf bezügliche Episode aus

Ferdusis ›Schah Nameh‹ hat Goethe, nach der Übersetzung des Grafen Ludolf (vgl. oben zu S. 44), bearbeitet. — S. 269. Mani, ein Parther, ca. 216-276 n. Chr. — Apelles: von Kolophon, Hofmaler Alexanders des Großen; von seinen Werken ist nur ein sprichwörtlicher Ruhm geblieben. — S. 270. Diastole und Systole: vgl. zum Buch des Sängers, ›Talismane‹, Str. 5.

Revision. S. 271. Herbelots Wörterbuch: die alphabetisch angeordnete ›Bibliothèque Orientale‹ (1697) des Hofdolmetschers und Professors am Collège de France, Barthélemy Herbelot de Molainville, 1625-1695; siehe oben ›Quellen‹. — Quantitäten: in der Verslehre die Längen und Kürzen der Silben. Der letzte Absatz hat in der Erstausgabe und in der AlH nach »enthoben« die Worte: »und Berichtigungen, wie sie im Register enthalten sind, wo auch zugleich einige Druckfehler bemerkt worden, mitgeteilt«.

Silvestre de Sacy. S. 275. Vgl. zum Buch der Betrachtungen, ›Fünf Dinge‹. Die Widmungsverse an den großen Gelehrten hat Kosegarten, sein Schüler, in arabische Prosa übertragen. — Hier am Anfang, hier am Ende: da die arabischen Schriftwerke in der Gegenrichtung der europäischen gelesen werden, also dort beginnen, wo diese aufhören.

Wir haben nun ... S. 276. von Kosegarten formuliert nach den Schlußversen des ›Persianischen Rosenthals‹ (Saadi-Olearius).

ZU DEN GEDICHTEN AUS DEM NACHLASS

Erster Druck (falls im folgenden nichts anderes genannt ist) in der von Riemer und Eckermann besorgten zweibändigen Quart-Ausgabe der Werke (Q — 1836 f).

(Buch des Sängers.) — S. 279. *So der Westen wie der Osten.* Etwa 1826; Druck: 1888 (Weimarer Ausgabe). — *Wer sich selbst und andre kennt.* — *Sinnig zwischen beiden Welten.* 1826; Druck: 1833 (AlH, Band 47). Zwei selbständige Vierzeiler, oft irrig als ein zweistrophiges Gedicht gedruckt. — *Sollt einmal durch Erfurt fahren.* Reise 1814 (25. Juli). Aus der gleichen Grundstimmung wie ›Im Gegenwärtigen Vergangnes‹ (Buch des Sängers). Nicht in den Divan aufgenommen, vermutlich weil die lokalen Einzelheiten dem orientalischen Gepräge widerstrebten. Anfang von Z. 1 zuerst: »Sollte nun . . .«. Erfurt . . . oft durchschritten: 1776-86, zur Zeit lebhaften dienstlichen und persönlichen Verkehrs mit dem kurmainzischen Statthalter und Koadjutor Karl

Theodor von Dalberg (1744-1817), dem späteren Kurfürsten von Mainz und Fürstprimas des Rheinbundes. — Bäckerstochter...
Eule keinesweges: »Sie sagen, die Eule sei eine Bäckerstochter«, Worte der Ophelia im Hamlet (IV, 5). — Schusterin: gemeint sei eine stadtbekannte Schustersfrau namens Vogel. — S. 280. *Sollt' ich nicht ein Gleichnis brauchen.* Vermutlich 1815. Die Strophen sind eigenhändig nur getrennt überliefert; vielleicht zwei Fassungen eines Vierzeilers. — Lebens Gleichnis . . . Mücke: nach dem Koran; vgl. Buch des Sängers, ›Selige Sehnsucht‹. — Gott in Liebchens Augen: vgl. Buch der Parabeln, ›Es ist gut‹, Z. 9-12.
(Buch Hafis.) — S. 280. *Hör ich doch in deinen Liedern.* Sommer 1814. Die (unrichtige) Betonung Hafís kommt nur in den frühesten Divan-Gedichten vor. — Herrlich: dieses Beiwort gibt Goethe in ähnlichem Zusammenhang (Lob- und Dank-Dichtung) auch dem Enweri (vgl. Buch der Sprüche, ›Enweri sagts . . .‹). — *Hafis, dir sich gleich zu stellen.* 22. Dezember 1815. Eine der Vergleichungen mit dem Perser, zwischen Bewunderung und Selbstgefühl, wie ›Beiname‹, ›Nachbildung‹ (vgl. Buch Hafis); vgl. auch zu ›Unbegrenzt‹ (ebd.), Z. 19 f. — sonnenhellen Land: Italien (vgl. Buch des Sängers, ›All-Leben‹, Str. 4).
S. 281. *(Buch der Liebe.) Schwarzer Schatten ist...* — Staub: vgl. Buch des Sängers, ›All-Leben‹.
(Buch der Betrachtungen.) — S. 281. *Gar viele Länder hab' ich bereist.* Dem Zitat aus Saadi nachgebildet, womit der persische Botschafter, Mirza Abul Hassan Khan, während seines Aufenthalts in St. Petersburg, Mai 1816, eine handschriftliche Widmung eingeleitet hatte; vgl. NuA, ›Neuere, Neueste‹.
(Buch des Unmuts.) — S. 281. *Zu genießen weiß im Prachern.* Wohl Reise 1815 (Frankfurt am Main?). Der Laden eines jüdischen Trödlers als Bazar gesehen. Der Begriff des ›Genießens‹ verbindet die Verse mit den ›Gedichten an Hafis‹. — Prachern: niedrig feilschen. — *Mit der Teutschen Freundschaft.* Camsdorf bei Jena, 19. März 1818. Wie das folgende zu jenen Unmuts-Gedichten gehörig, von denen es schon in der Ankündigung (›Morgenblatt‹ 1816) hieß: »werden sich erst in späten Zeiten für den Druck eignen«. — Teutschen: vgl. zum Buch des Unmuts, ›Als wenn das auf Namen ruhte‹, letzte Strophe. — S. 282. Trübes Morgen- und Abendrot; vgl. Buch des Unmuts, ›Übermacht, ihr könnt es spüren‹, Z. 15 f. — *Mich nach- und umzubilden, mißzubilden.* Entstanden, laut Z. 2, etwa 1823; wilden . . . Scharen: des ›Sturm und Drang‹.
(Buch der Sprüche.) — S. 282. *So traurig daß in Kriegestagen.*

Reinschrift aus der zweiten Hälfte 1815; Druck: 1888 (Weimarer Ausgabe).
(*Buch Suleika.*) — S. 282. *Süßes Kind, die Perlenreihen.* Um den 10. März 1815, »redigiert Wiesbaden am längsten Tage 1815«. Sulpiz Boisserée berichtet über ein Gespräch mit Goethe, Wiesbaden, 8. August 1815: »Haß des Kreuzes. Schirin hat ein Kreuz von Bernstein gekauft, ohne es zu kennen; ihr Liebhaber Chosru findet es an ihrer Brust, schilt gegen die westliche Narrheit usw. Zu bitter, hart und einseitig, ich rate, es zu verwerfen.« Diesen Rat hat Goethe befolgt. Schirin, Schah Chosrus Gemahlin, war als Landfremde und Christin den Priestern des Feuerdienstes verhaßt; vgl. NuA, ›Ältere Perser‹. Das Gedicht nennt die Namen nicht; die Erwähnung Mahomets (Str. 7) rückt den Vorgang in eine spätere Zeit. Es könnte auch Hatem zu Suleika sprechen. — S. 283. Abraxas: vgl. Buch des Sängers, ›Segenspfänder‹, Str. 3. — Herrn der Sterne: I.Mo. 15,5; auch im Koran (Abraham = Ibrahim). — in wüster Ferne: während des Wüstenzugs. — Verbrechen: der Ehebruch mit Bathseba und die Beseitigung ihres Gatten Uria, 2. Sam. 11. — nicht alleine: auch andere Frauen haben schon ähnliches verlangt. — Doch allein: du forderst als einzelne, Salomon wurde von vielen bedrängt. — S. 284. Isis' Horn: Isis, die mütterliche Naturgottheit der Ägypter, wurde kuhhäuptig dargestellt, oder zwischen Hörnern die Sonnenscheibe tragend. — Anubis' Rachen: Anubis war der hunds- oder schakalsköpfige Totengott der Ägypter. — sich eräugnet: ereignet (von ›Augen‹ hergeleitete Form): wie es an mir zu sehen ist. — Renegatenbürde: das drückende Gefühl, Glaubensverleugner zu sein. — Vitzliputzli: Name einer Gottheit der Mexikaner. »Das ungeheure Bildnis ... hatte einen Löwenkopf; die Stirne war blau gemalt, davon sich Striche über die Nase und nach den Ohren zogen. Auf dem Kopfe hatte er ... zwei Hörner ... Auf dem Rücken ... zwei Flügel, wie die Fledermäuse haben, und an den Füßen, welche Ziegenfüße vorstelleten, scharfe Klauen. Das Abscheulichste daran war vor dem Bauche ein scheußliches Gesichte, mit einem weiten Rachen und scharfen Zähnen.« (Zedlers Universal-Lexicon, 1730 ff.). — Talisman: vgl. Buch des Sängers, ›Segenspfänder‹, Str. 1. — *Herrlich bist du wie Moschus.* Juli 1818. — *Sprich! unter welchem Himmelszeichen.* 8. Januar 1816. — Herz ... wegfliegt: vgl. Buch der Sprüche, ›Was wird mir jede Stunde so bang‹, Z. 3-8. — *Laßt mich weinen! umschränkt von Nacht.* Herbst 1815 oder später. Hier und in den folgenden drei Gedichten die Vorstellung der Karawanen-Reise, wie in ›Hegire‹

(Buch des Sängers), ›Wo hast du das genommen‹ (Buch des Unmuts) und ›Die schön geschriebenen‹ (Buch Suleika). – Armenier:
vgl. zu dem letztgenannten Gedicht. – Weinende Männer...: Vgl.
Eduard in den ›Wahlverwandtschaften‹ I, 18. – Achill um seine
Briseis: Ilias, I. Gesang, V. 348 ff. – S. 285. Xerxes: König der
Perser, reg. 486–465 v. Chr.; weinte das unerschlagene Heer:
»denn von allen diesen Leuten wird über hundert Jahren keiner
mehr am Leben sein« (Herodot, Geschichten, VII. Buch Polymnia,
44 ff.). – Liebling: Clitus, vgl. NuA, ›Gegenwirkung‹. – *Schreibt
er in Neski.* Vermutlich Februar 1816. – Neski: unter den acht
Schriftarten persischer Schreibkunst die erste: »die Schrift des
Korans und alles arabisch Geschriebenen«; Talik: »die gebräuch-
lichste«. – *Und warum sendet.* Vermutlich Februar 1816. Anknüpfend an einen Vers des Hafis aus einem Chiffernbrief
Mariannens (vgl. zum Buch Suleika, ›Geheimschrift‹). – Seidenblätter: vgl. Buch Suleika, ›Nur wenig ists was ich verlange‹,
Str. 4. – will nicht ... genesen; vgl. Buch Suleika, ›Kenne wohl
der Männer Blicke‹, Z. 18–22. – S. 286. *Nicht mehr auf Seidenblatt.* Vermutlich Winter 1815/16. – Medschnun, Ferhad, Dschemil: vgl. zum Buch der Liebe, ›Musterbilder‹. – ahnd': alte Form
von ›ahne‹, dem Jugendton dieser freien Rhythmen gemäß. –
Polster: vgl. oben ›Sprich! unter welchem Himmelszeichen‹, Z.
7 f. – Er ist der mich ruft: Ton des biblischen Hohen Liedes,
das Goethe 1775 übersetzt hatte.
(*Das Schenkenbuch.*) S. 286. *Wißt ihr denn was Liebchen heiße.*
Entstehungszeit unbekannt. – *Wein er kann dir nicht behagen.*
Ende Mai 1815 (Reise?) — S. 287. *Wo man mir Guts erzeigt
überall.* Zwei unvollendete Fassungen eines Ghasels. Diese Form,
mit ihrer obstinaten Wiederholung des Endworts in jeder zweiten
Zeile, hier als Ausdruck der ›Trunkenheit‹ (vgl. auch Schenkenbuch, ›Sie haben wegen der Trunkenheit‹). 1.) Heimreise 1815
(Meiningen, 10. Okt.); Druck: 1890 (Goethe-Jahrbuch). – Eilfer:
vgl. zum Schenkenbuch, ›Dem Kellner – Dem Schenken‹. – Friedrich den Zweiten: von Preußen. – Kant... genannt: Binnenreim.
– Hades: (gr.) der Totengott und sein Reich der Schatten. –
Sage den Eilfer: ich erzähle von ihm; der Freund: Willemer, auf
der Gerbermühle. – S. 288. Unbesonnen: trunken; Ahnherrn:
dichterischer Vorfahr; die Freundin: Suleika. – ich... Seelenlos
dalag: »zum Pfande« für den vom Hades Beurlaubten. – »Diesen
Rival« bis »bereiten Eilfer«: in dem eigenhändigen Entwurf,
welcher die Merkmale eiliger Niederschrift (»in einer nicht zu
erheizenden Stube«) trägt, unklar. – »Den Schenken des Eilfer«

und »des... Schenken ... bereiten Eilfer« scheint als eine poetische ›Verschränkung‹ gemeint. – Was will der Eilfer: der vier
Jahre alte, gegen die »Küsse ... von heute«. – Vor der letzten
Strophe läßt die Handschrift Raum für mehr als zwanzig Zeilen.
2.) Entstehungszeit ungewiß; Druck: 1868 (Sonderdruck). In dieser Fassung reimen paarweise auch die ›ungeraden‹ Zeilen (1:3,
5:7 usw.). – schöppelnd: schluckweise den Schoppen trinkend. –
mich kränzend: gemeint ist vielleicht die Feier des 28. Augusts
1815 auf der Gerbermühle; möglicherweise auch die Fahrt nach
Köln mit dem Freiherrn vom Stein, von welcher Goethe seinem
Sohn schrieb, die Bevölkerung habe ihn »enthusiastisch, ja fana-
tisch aufgenommen, so daß man es kaum erzählen darf«. – Paradies: der Moslimen, anstelle des griechisch-antiken Hades der
ersten Fassung. – S. 290. *In welchem Weine.* Entstehungszeit ungewiß.
(Buch der Parabeln.) – S. 290. *Wo kluge Leute zusammenkom-*
men. Entstehungszeit ungewiß. Druck: 1878 (Februar: ›La Fan-
fulla‹, Rom – April: Deutsche Rundschau). – Sabas Königin
(Balkis)... Salomo: 1. Kön. 10, 1-3. – Vor Z. 8 ist ›mit‹ oder
›an‹ zu ergänzen. – Jakin und Boas: Namen der beiden Säulen
am Tempel Salomons, welche Hiram von Tyrus verfertigte.
1. Kön. 7, 13 ff.; 2. Chron. 3, 15 ff. – die Eblis: Iblis, aus diábo-
los; im Koran der Oberste der gefallenen Engel (Luzifer, Satan);
Goethe nimmt eine Mehrzahl an (vgl. Buch Hafis, ›Anklage‹,
Z. 1-4).

NACHTRAG ZU DEN ERLÄUTERUNGEN

S. 42 (zu S. 311) *Die Jahre nahmen dir.* Die einzige überlieferte
Niederschrift von Goethes Hand enthält zwei Datierungen: »Zinne
(Camsdorf bei Jena)/19 Febr. 1818.« – das der Entstehung –,
und, in anderem Duktus: »erneuert/Carlsbad d 28 Aug./1823.« –
Christoph Perels (Jb 1990 d. Fr. Dt. Hochstifts, S. 109 ff) erinnert
daran, daß Goethe die Feier dieses Geburtstags, seines letzten in
Böhmen, mit den vier Damen v. Levetzow (Ulrike, ihre Schwe-
stern, ihre Mutter) begangen hat; das Blatt, mit der Unterschrift
»Goethe«, höchst wahrscheinlich Geschenk an Ulrike.

S. 52 (zu S. 313). *Wanderers Gemütsruhe.* Das Gedicht bezeichnet innerhalb des Unmuts-Buches den Umschwung: das bis dahin so häufige Wort ›ich‹ kommt von nun an nicht mehr vor.

Der Einschnitt war in der ersten Ausgabe (1819) und ist in der unseren auch typographisch markiert: mit ›Wanderers Gemütsruhe‹ wird eine neue Seite aufgeschlagen.

S. 66 (zu S. 317). *Sankt Georg.* Der Stadtheilige von Eisenach, wo das Gedicht entstanden ist.

S. 110 (zu S. 326) *Berechtigte Männer.* Datum der Reinschrift, die von 1819 bis 1993 verschollen war: C[arls]. B[ad]. 11 S[eptember]. 1818. Die Strophen stehen dem Gedicht *Höheres und Höchstes* nahe und sind, wie dieses, noch in die Erstausgabe eingeschaltet worden.

ÜBER DEN WEST-ÖSTLICHEN DIVAN

Hugo von Hofmannsthal,
Oskar Loerke
und Karl Krolow

HUGO VON HOFMANNSTHAL
GOETHES ›WEST-ÖSTLICHER DIVAN‹

Das Vortreffliche ist unergründlich,
man mag damit anfangen, was man will.
                                    Goethe

Dieses Buch ist völlig Geist; es ist ein Vorwalten darin dessen, was Goethe das »obere Leitende« genannt hat, und so
ist etwas entgegen, daß es nicht ins Breite beliebt und verstanden sein könne. Freilich sind Worte daraus in jeder-
manns Munde und Stücke daraus durch die Musik in jeder-
manns Ohr, aber als Ganzes ist es, man kann sagen, wenig
bekannt und in der Herrlichkeit seiner Zusammenfügung
nicht von sehr vielen, dem Verhältnis nach, begriffen worden. Und doch ist es eine Bibel: eines von den Büchern, die
unergründlich sind, weil sie wahre Wesen sind, und worin
jegliches auf jegliches deutet, so daß des innern Lebens kein
Ende ist. An diesem teilzunehmen aber bedarf es eines erhöhten inneren Zustandes, und nichts ist in unserer Zeit
seltener geworden als auch nur die Forderung an uns selbst,
diesen uns herzustellen.
Das Reine, Starke ist schwer zu fassen, eben um seiner Reinheit, um seiner Stärke willen. Das Bizarre fesselt den Blick,
das schwächlich Gefühlvolle zieht uns hinüber, das Übertriebene drängt sich auf, das Leere noch und das Gräßliche
haben ihre Anziehung: das Reine, Starke auch nur gewahr
zu werden, bedarf es der Aufmerksamkeit. So auch unter
den Menschen: ist nicht, um der Menschen Bestes und Reinstes in sich zu nehmen, ein erhöhter Zustand nötig, den wir
Liebe nennen? Dieses Wort führen die Dichter und die
Halbdichter unablässig im Munde, ihre Geschöpfe sind mit
ihm behaftet, aber sieht man näher zu, wieviel ist daran
verworrene Begierde, ein düsteres selbstsüchtiges Trachten,
ja ein Mißverständnis; wie selten ist der reine Blick, das
bereite Herz, der aufmerksame Sinn? Wer ein Buch wie dieses, einen Geist, ein Wesen, genießen will, der sei auch da

und mit der Seele da. Es haben sich an ihm viele versucht, und es nicht genossen; die innere Trägheit war entgegen, Verworrenheit, Unaufmerksamkeit, der Zwiespalt des eigenen Wesens. Gespaltenes will das Ganze nicht erkennen, ein Gegenwille tritt dann im dunkelsten kaum bewußten Bereich dämonisch auf, ein Urteil wird nicht reif, das Vorurteil wirft sich dazwischen. Ein solches Vorurteil haftet an diesem Buch, es ist platt und töricht, aber seit vielen Jahrzehnten beharrend; allmählich wird es weichen, denn das Vortreffliche hat Zeit, es bleibt in sich stets lebendig, und sein Augenblick ist immer. Das Vorurteil geht dahin, es habe sich Goethe, als ein im Herzen kühler alternder Mann, grillenhaft dem Fremden zu-, dem Nahen und Eigenen abgewandt und habe das orientalische Gewand wie eine Vermummung übergeschlagen, so sei dies Buch entstanden, woran alles fremd und seltsam, bis auf den Titel.

Diesem mit Streitgründen entgegenzutreten, ist schwer, denn um einen solchen Kampf auszufechten, müßte man sich auf eine andere Ebene begeben — eben wie für Goethes Vaterlandsliebe —, und jeder bleibt gern, wo er ist, mit denen, die ihm nahe sind, und denen, die er ehrt. Wer aber Gedichtetes zu lesen und durch den Buchstaben den Geist zu empfangen begnadet ist, der wird in diesem ›West-östlichen Divan‹ nichts von Vermummung gewahr werden, sondern nur von Enthüllung ohne jede Schranke. Doch ist es ein anderes, ob ein Jüngling leidenschaftlich sein Herz entblößt, oder ob ein reifer Mann, lebend und liebend, sich völlig denen dahingibt, die ihn zu fassen vermögen. Des Jünglings Herz ergießt sich wie ein schäumender Bergstrom gegen die Welt, das ist ein Schauspiel, das jeder fassen kann; der Mann ist der Welt inniger, als sich sagen läßt, verbunden, und nicht anders vermag er sein Inneres preiszugeben, als indem er gleichsam vor unsern Augen aufleuchtend in der Glut seines Herzens, aus den Dingen hervortritt und sogleich sich wieder in die Dinge hinüberwandelt. Ein höchster durchgebildeter Bezug zu den Menschen, ein weitumgreifender Blick über alle Weltgegenstände sind männlich: scharf zu trennen, innig zu verbinden ist dem

Mann gegeben. Dem Jünglinge gehts um alles und um nichts; daß er zu geben und zu nehmen wisse, und *wie* zu geben, *wie* zu nehmen, ist des Mannes Sache. Der Jüngling stürmt dahin, oder er liebt und starrt und stockt; sich lebend und liebend im Weitergehen zu behaupten, wird vom Mann verlangt. Dem Jüngling steht es gut an, daß er neun Zehnteile der Welt nicht gewahr wird: der Mann muß *allem* seinen Mann stehen, und noch die Vergangenheit fordert ihn hinaus: das unabsehbare Gegenwärtige aber wirft sich auf ihn wie ein verworrener Traum, der reingeträumt werden muß, ein wüster Schall, der zum Ton sich runden muß. So ist die Beschwerde groß, ein Mann zu sein: dafür nimmt er den größten Lohn dahin: der höchsten allseitigen Bewußtheit. Der Jüngling trägt sein Herz in Händen, aber sein Sinn ist dumpf; dem Greis geht alles dahin wie in einem Spiegel; der Mann allein ist wahrhaft im Spiel, und wie er ganz im Spiel ist, so ist er sichs ganz bewußt. Dieses ruhmreiche Geschick des Mannes tritt in den zwölf Büchern von Blatt zu Blatt hervor. Im ›Buch des Sängers‹, ›Buch Hafis‹ ist es Selbstbehauptung, männlich, kühn, großmütig, rauh und mild; im ›Buch des Unmuts‹ Abwehr, Zurechtweisung, mutig, stark, ja derb; im ›Buch der Liebe‹, ›Buch Suleika‹ Hingabe, herrlich, schrankenlos, bis ans Mystische, Unfaßliche reichend; im ›Schenkenbuch‹ Vertrauen unnennbarer Art zwischen Älterem und Jüngerem; im ›Buch des Paradieses‹ höchstes Anschauen eigenen Wertes, Verklärung erfüllten Geschickes; in den Büchern der ›Sprüche‹, der ›Betrachtungen‹, der ›Parabeln‹ letztlich zarteste Weltklugheit, Adlerauge und gelassene Hand, wie des Teppichknüpfers, vor dem Ungeheuren, Verworrenen.

Dies alles ist einer fremden Welt angenähert oder zwischen ihr und uns in der Schwebe: alles ist doppeltblickend, und eben dadurch dringt es uns in die Seele; denn das Eigentliche in uns und um uns ist stets unsagbar, und doch ist dem Dichter alles zu sagen gewährt.

Soll ich nun, unter so vielen herrlichen, die Gedichte nennen, auf denen vor allem die Seele ausruht, immer wieder zu ihnen zurückkehrt, und durch welche sie, wie durch Tore,

irgendwo hinzudringen meint, wo ihre eigentliche Heimat
ist, so sind es vielleicht diese zehn: im ›Buch des Sängers‹
das erste gleich, ›Hegire‹, worin die Wunderwelt nicht sowohl des Orients als einer großen weltliebenden Seele sich
aufschlägt; dann jene ›Talismane‹, wahrhaft ewigen Gehalts, ›Im Gegenwärtigen Vergangnes‹, dies unvergleich-
liche Lebensgedicht, worin, aus einer deutschen Landschaft
heraus, das Weiseste leicht und lieblich gesagt ist; endlich
›Selige Sehnsucht‹. Im ›Buch Hafis‹ von denen, die ›An Hafis‹ überschrieben sind, das zweite, das anfängt: »Was alle
wollen, weißt du schon, Und hast es wohl verstanden«, worin
in Strophen unnennbarer Magie die Liebe mit der Welt,
Weisheitsausspendung mit glühend reiner Lust verflochten
sind, wahrhaft vier Elemente in eins gemischt; im ›Buch
des Unmuts‹ das erste: »Wo hast du das genommen? Wie
konnt es zu dir kommen?« Im ›Buch Suleika‹ jenes
›Wiederfinden‹, das in der Dichtung das gleiche ist, was eines
von Beethovens reinsten Geschöpfen in der Musik; im ›Buch
des Schenken‹ die ›Sommernacht‹; im ›Buch des Paradieses‹
›Berechtigte Männer‹, im ›Buch des Parsen‹ ›Vermächtnis
altpersischen Glaubens‹. Hat man aber eines dieser Gedichte
betreten, so ist eine magische Grenze überschritten; man
wähnt sich am Rande und ist doch schon im Kreise, ist schon
in der Mitte. Ja, nicht nur diese auserwähltesten Gedichte,
ein jedes auch von den kleineren, oft nur vier Zeilen anein-
andergereiht, wird das gleiche bewirken, wo nur der Sinn
gesammelt und hingegeben auf ihnen ruht. Denn ein solches
Buch ist Leben, und erhöhtes Leben. Goethes Jünglingsge-
dichte fliegen uns durch die Seele wie Musik, in ›Hermann
und Dorothea‹, im ›Meister‹ ist das Dasein wie in festen,
von innen erhellten Bildern vor uns hingehalten, so ist auch
der ›Faust‹ eine Bilderfolge, freilich eine magische; hier
aber, im ›West-östlichen Divan‹, sind wir, wie nirgends,
mitten in den Bereich des Lebenden gestellt. Der Jüngling
begehrt zu leben, der Greis erinnert sich, gelebt zu haben,
und jedem dieser Alter ist wieder eine Gewalt verliehen,
die einzig ist. Aber der Mann allein ist wahrhaft der Lebende. Er steht wahrhaft in der Mitte des Lebenskreises,

und der Kreis hält ihm die Welt gebannt. Nichts flieht vor ihm, wie er vor nichts fliehen kann. In der kleinsten Handlung ist auf das Größte Bezug, das überwunden Gewähnte tritt unversehens wieder hervor, das Vergeudete wie das Vergewaltigte wird gewaltig und meldet sich an, eigener Falschheit entrinnt man nie wieder, jedes Vergangene wirft den dünnen Schleier von sich und zeigt sich als ein ewig Gegenwärtiges. Jegliches führt jegliches herbei, denn in jedem Sinn ist alles in den Kreis geschlossen, dem Gemüte müßte es fast schwindeln, wie es gewahr wird, daß des Schicksals wie der Menschen Gunst erworben und verscherzt wird auf demselben Wege, daß das Leben ein unaufhörliches Wiederanfangen ist und ein unaufhörliches Wiederzurückkommen. So geht es uns in diesem Buch, wie es uns draußen im eigenen Bereich ergeht: wir meinen uns frei im Unendlichen zu bewegen, doch sind wir immer in die Mitte unseres Lebenskreises gebannt, und der Ring des Horizontes ist mehr als ein bloßer Augentrug. Aber dem dies widerfährt, dem wachsen die Kräfte, und es ist, als ob wiederum der Kreis ihn stärke. In seinem Herzen erneuert sich unablässig das Göttliche: wie dies geschehen, dies ist recht eigentlich, wenn man auf ein Unaussprechliches mit einem Wort hindeuten darf, der Inhalt dieses Buches. Das Buch ist in manchem Augenblick in mancher Hand, und wir sind nicht in jedem Augenblick fähig, Hohes zu fassen; aber es liegt in uns, daß wir dies, und noch mehr, fassen können.

OSKAR LOERKE
DER GOETHE
DES ›WEST-ÖSTLICHEN DIVANS‹

Als das Schicksal es wollte, mußte Mahomet, der Prophet, fliehen, und von dem Jahre seiner Hegire aus Mekka nach Medina begannen die Völker, die ihm anhingen, ihre Zeit zu zählen. Der Erinnerung an diese Flucht entnimmt Goethe, als er sich, von einem schicksalsgleichen Drange bestimmt, 1814 und dann nochmals 1815 in die Heimat des Rhein- und Mainlandes aufmacht, ein Gleichnis. Fast ein Jahrzehnt lang hatte Waffenlärm, aufdringlich in der Nähe, lästig noch aus der Ferne, ihn gequält. Die Bedrückung durch den Krieg drückte ihn fast tiefer als die Niederlagen, die Befreiung vom Kriege machte ihn frei in der Seele. Nun ihn niemand hinderte und verfolgte, wie mochte er da noch fliehen? Begab er sich nicht auf eine heitere Hegire mit langen Aufenthalten in Gemäldesammlungen, in Weingefilden, bei befreundeten und geliebten Menschen? Mit den Füßen brachte er einen kleinen Raum hinter sich, im Geiste einen gewaltig weiten. Die geistige Reise hatte ihn an so ferne Ziele zu entführen, daß ihrer Eile und Entschiedenheit der Name Flucht wohl anstand. Seine Umwelt war runzlig und rissig geworden vor Gram, Sorgen, kurzsichtigen fanatischen Notgedanken und allzu genügsamen Befriedigungen. Er hatte eine seinen Instinkten widrige, aber vom Schicksal dämonisch verhängte Ungeistigkeit abzuschütteln, er hatte sich der Nähe des düsteren, fratzenhaften Wahnsinns zu entziehen, den er im Geistesleben seiner Zeit an Macht zunehmen sah. Und auch dem eigenen Altern mußte er entrinnen, das er wahrnahm, weil die Gewalten der Verjüngung in ihm bereits klar am Werke waren.

So trug ihn sein Genius freundlich zu den Anfängen, von denen her die Menschen und Dinge ihre Zeit zählen, wo das Verfälschte noch richtig, das Verworrene noch einfach, das Müde noch frisch ist. Die seit siebzehn Jahren nicht mehr betretene Vaterstadt wurde zum Orte, in dem für ihn selbst die Urzeit der Welt anbrach. Liebe, wie sie ihn auf der Gerbermühle bei Frankfurt an Marianne von Willemer band, ist immer ein Anfang. Das Licht, das sich im heiteren oder heroischen Regenbogengebilde über dem Haupte des Wanderers spiegelt, erneuert sich alle Tage. Die Steine, die der Dichter in den heimischen Gegenden beklopft, erzählen von der Jugend der Erde. In allen Bäumen, die ihn überdachen, verbirgt und offenbart sich die Urpflanze. Jeder Fluß enthält das Wesen aller Flüsse: Der Main darf einmal Euphrat heißen. Im Nahen verwirklicht sich Fernes, im Gegenwärtigen lebt Vergangenes. Die in Morgennebeln liegenden bunten Mohnfelder bei Erfurt täuschen Zelte eines Wesirs vor. Die Wartburglandschaft, wohin Goethe einst Herzog Carl August zur Jagd begleitete, duftet wie vor alters. »Nun die Wälder ewig sprossen, / So ermutigt euch mit diesen. / Was ihr sonst für euch genossen, / Läßt in andern sich genießen. / Niemand wird uns dann beschreien, / Daß wir's uns alleine gönnen; / Nun in allen Lebensreihen / Müsset ihr genießen können.« Oder wunderbar rein und groß darf die Geliebte die Besorgnis vor dem Altern von sich abtun: »Vor Gott muß alles ewig stehn! In mir liebt Ihn . . . « Was gültig ist, gilt der Idee nach überall und jederzeit.

Die gereifte Fähigkeit zu dieser wahren und großartigen Perspektive hat einen Hauptanteil an der Entstehung des ›West-östlichen Divans‹ als eines künstlerischen Grundwerkes der Menschheit. Wer ihn als ein Spiel der Vermummung nimmt, das Gesicht Hatems wie eine vorgebundene Larve auf dem Antlitz Goethes und die Locken Suleikas wie eine Perücke auf den Haaren Marianne von Willemers sieht, der müßte auch die ›Iphigenie‹ oder den ›Faust‹ als Maskenspiele nehmen. Der Begriff des Lyrischen ist gegen frühere Zeitläufte ungeheuer erweitert. Viele einzelne Stücke leben vom zyklischen Komplex her. Der epische Kern, der sich in aller lebensstarken Lyrik findet, woher und von wann sie auch stamme, hat gegenüber der früheren künstlerischen Gepflogenheit eine Ortsverlagerung erfahren. Er ist in den Divangedichten nicht so nah an der Oberfläche wie in balladenhaften und sonstigen mehr erzählenden Gebilden, nicht so eingesenkt und verborgen wie in Liedern, Hymnen und gesungenen Gefühlsbekenntnissen überhaupt. Doch entfaltet er sich unvermutet stark ins Dramatische, knapp ins Betrachtende, Parabolische, rasch ins Ironische, Angreiferische, und selbst wenn er zum seligen, klagenden, schwärmenden Liede wird, so aus einer anderen Erlebnisgegend her als der, von wo man vordem den Ansatz der Sängerstimme zu hören gewohnt war. Hätte früher ein Gedichtbuch einen Schutzgeist besessen, zu dem es sich bekannte, den es anrief, wie dieses seinen großen Schutzgeist in Hafis besitzt, so würde das Verhältnis des Verfassers zu ihm anders gewesen sein, als es hier ist: Hafis ist in Goethe eingewandert, Goethe in Hafis; sie strömen, einer im anderen, unbefangen gleichberechtigte Klänge aus, gleichberechtigte Bilder, ganze Gestalten und Landschaften. Um Hafis baut sich ein Orient nach Goethischer Weise auf, und der Perser scheint Goethes Abendland zu kennen und zu billigen. Wie Goethe in mehrfacher Gestalt durch das Buch zu ziehen scheint, als deutscher Dichter und als morgenländischer Kaufmann durch viele Lande unterwegs, als Christ und Muselman, als Schüler der Griechen und Parsen, so ist Hafis als Sänger, Besungener und Betrachteter vorhanden. »Herrlich ist der Orient / Übers Mittelmeer gedrungen, / Nur wer Hafis liebt und kennt, / Weiß, was Calderon gesungen.« Wie im ›Faust‹ aus dem Streite des negativen und positiven Prinzips das All aufschwebt, so entsteht im Divan aus den beiden urtümlich angeschauten Hälften Abendland und Morgenland die Welt. Das scheinbare Verhüllen mit Bild und Figur ist in Wirklichkeit ein Demaskieren. Nur ist es nicht verstattet, die aus gewaltiger Natur aufgestiegene Einheit zu zersplittern, um sie sich zu eigen zu gewinnen. Der Divan ist nur als ›west-östlicher‹ Divan existent, oder er bleibt unsichtbar. Er lebt sein stolzes Wort vor:

Wer nicht von dreitausend Jahren
Sich weiß Rechenschaft zu geben,

Bleib' im Dunkeln unerfahren,
Mag von Tag zu Tage leben.

Er ist eine Rechenschaft im Hellen. Sein Stolz ist, sich viel-
tausendjährig zu geben; er läßt die Überlieferungen des
Weisesten, Wirklichen, Echten bestehen, ohne sie anzu-
tasten und für den Gebrauch täglicher, alltäglicher Zwecke
zu verdüstern und zurechtzuspitzen. Er ist ein Buch der
heiteren Ehrfurcht. Er ändert nicht, was gut ist. Er ist das
himmelweite Gewölbe des Geistes, in dem der Haushalt
der Erde noch immer weitergeführt wird und trotz Irrtum,
Kampf und Verfälschung gleichsam dennoch ruht. Er weist
den vulkanischen Geist, der sich des Menschenwesens zu
bemächtigen droht, zurück und preist die neptunische Ent-
faltung, wie sie alles umfassend, fruchtbar, folgerecht, notwendig, willkürlos und trotzdem ernst und übermenschlich
besonnen das Leben gründet und dauerhaft erhält.
Wie aber war die hohe Überzeugung deutlich zu machen,
zumal da sie, in Übereinstimmung der Mittel mit der Absicht, nicht zum mythischen Epos, zum religiösen Drama,
sondern diesmal zu kurzem Lied und Spruche drängte?
Eben mit der Durchdringung der späten Zeit mit früheren,
entlegener irdischer Breiten mit gegenwärtigen. Dann be-
stätigten sich alle Elemente der Natur und der Seele
durch ihre Identität hier und dort und ließen sich noch in
den zufälligen Spielformen ihrer Erscheinung hüben und
drüben entdecken. Dann vertiefte sich der selbstgenügsame
Schein zum lichtabhängigen Abglanz. Nach eigenem Be-
kenntnis beseitigte Goethe die Welt, um die Welt an sich zu
ziehen.
Die Nötigung, auf die besondere Weise des Divans das
Universum einzuatmen und auszuatmen, scheint ihm, wenn
man flüchtig sein Leben während der Entstehungsjahre der
neuen Gedichtsammlung betrachtet, ganz wider seine Anlage als ein vulkanischer Überfall gekommen zu sein. Er
lernt im Frühjahr 1814 die Hafisübersetzung von Joseph
von Hammer-Purgstall kennen, und bald bricht ein Sturm
von Versen in ihm los, zwei, drei und mehr Gedichte an

einem Tage, unterwegs auf der Reise, im Gasthaus, zwischen Gesprächen und anderen Beschäftigungen. Die Daten sind erhalten, die Orte, an denen er sich gerade befand, nachweisbar, Anregungen wieder herzustellen, Modelle, wie zum Beispiel der junge Sohn des Professors Paulus für den Schenken im Saki-Nameh, wiederzuerkennen. Seine Tagebücher, Briefe und die Abhandlungen und Noten zum Divan und sonstige Aufzeichnungen nennen weitere Lektüre östlicher Dinge. Aus den Arbeiten heutiger Gelehrter lassen sie sich bequem zusammenstellen. Er lernte den Koran und anderes in den ›Fundgruben des Orients‹ kennen, etwa den Mystiker Ferideddin Attar, übersetzt von Silvestre de Sacy, las die Schriften von Diez, so dessen Übertragung des ›Buches des Kabus‹. Er kannte durch Hartmann Dschamis Medschnun und Leila, durch Hammer die Schirin. Er las, was Abbé Toderini über die Literatur der Türken berichtete und Klaproth über eine Reise in den Kaukasus und nach Georgien in den Jahren 1807 und 1808. Er trieb chinesische Studien und durchdrang sich mit der sufischen Mystik in Philosophie und Literatur. Er machte sich mit den Schriften des Olearius vertraut, so dem ›Persianischen Rosenthal‹ von Saadi (1654), den ›Colligierten Reisebeschreibungen‹ von 1696. Die ›Voyage en Perse‹, die Chardin 1735 veröffentlicht hatte, gab Augenzeugnis hinzu. Doch schon die breite Fülle der Büchertitel erweist, daß ihm der Orient nicht in vulkanischer, sondern neptunischer Enthüllung bekannt wurde. Und wenn wir uns weiter auf sein Lernen und Streben aufmerksam machen lassen, erkennen wir: das Morgenland erwuchs seit seiner Kindheit mit ihm. Er hatte in ihm die Augen fast zur gleichen Zeit aufgeschlagen wie in der anderen, nördlichen Heimat. Die Bibel war ihm von früh auf vertraut. Er hatte sich an einem ›Joseph‹ versucht, ›zwo biblische Fragen‹ behandelt, den Aufsatz ›Israel in der Wüste‹ geschrieben, das ›Hohelied‹ übersetzt, den ›Mahomet‹, die ›Parabeln‹ gedichtet. Herder wies ihn vielfach unmittelbar gegen Morgen, Friedrich Schlegel belehrte ihn über Sprache und Weisheit der Inder, er interessierte sich für die ›Sakuntala‹, er las Oelsners ›Mohamed‹, Napoleons Feldzug rückte Ägypten näher, Marco Polo das alte China, es ist kein Ende. Um den engeren Kreis der Quellen legen sich immer weitere. Die zwischen Aufgang und Untergang vermittelnden Geister treten hervor, Plato, Heraklit, Plotinus. Das Verständnis für die Talismane mochten seine antiken Gemmen und Kameen verstärken, welche er seit seiner italienischen Reise sammelte und erforschte. Sodann mußte ihm Abgeleitetes dienen, seine Kenntnis der frühchristlichen Kirchen- und Ketzergeschichten, alte Kirchenlieder wie jenes im Divan anklingende ›Man trägt eins nach den andern hin‹, Sprichwörtersammlungen wie die von Agricola, Gruterus, Lassenius, Schellhorn.

Zu erschöpfen ist der Zustrom des Divanmaterials kaum. An dem napoleonischen Wirrwarr interessierte ihn vielleicht die auffällige Parallele zu den Kriegszügen des Timur am meisten, ja vielleicht interessierten ihn am meisten die Baschkiren, die, mit den russischen Truppen nach Deutschland verschlagen, in Weimar einen mohammedanischen Gottesdienst begingen. Aber auch etwa sein Entzücken an der schönen jungen Kaiserin Maria Ludovica von Österreich ist eine Divanquelle, wie viele mit seinen gleichzeitigen Briefberichten übereinstimmende Verse beweisen.

Doch genug der Namen und Daten. »Wer sich von dreitausend Jahren nicht weiß Rechenschaft zu geben — !« Die Belege der Rechenschaft sind von den Kommentatoren, Goethe voran, gesammelt worden, die Rechenschaft selbst in ihrem Gelingen, ihrem Zauber und ihrer Klarheit bleibt geheimnisvoll. Doch unsere Augen sind geblendet, wenn sie die Zurüstungen zum Divan plötzlich beisammen erblicken. Zugerüstet wurde von früh auf das Gesamtwerk Goethes, und in gewissen Entscheidungsjahren sonderten sich die Sphären nur voneinander, wurden aber nicht da erst geschaffen. Sie entschwebten der gemeinsamen Natur wie einst die Planeten der Sonne, und das gleiche Licht blieb ruhend auf ihnen und erzog die verschiedenartigen Geschöpfe ihres Wachstums. Goethe hatte, ohne daß es ihm bewußt werden konnte, schon in grüner Jugend auch den Divan begonnen, ebenso wie er ihn nicht vollendet hatte, als er ihn vorläufig drucken ließ, und selbst nicht, als er starb. Nur war in den letzten Jahren 1814/1815 die überpersönliche Natur in ihm, die diese Gedichte wollte, mit seiner Persönlichkeit übereingekommen und kongruent geworden. Da gehörte ihm genau, was bisher anderen gehört hatte. Sie hatten ihre Arbeit nun auch als die seine geleistet. Das Wandern der religiösen, philosophischen, poetischen Gedanken hin und her von Okzident zu Orient und von Orient zu Okzident, durch Jahrhunderte, die Geschiebe, die Schichtungen, — es hatte sich nun in seinem Geiste vollzogen. In den tragfähigen Grundgefühlen, in den konstruktiven Hauptgedanken war draußen und drinnen kein Unterschied mehr. Die Natur seiner Persönlichkeit und die Natur des zoroastrischen, griechischen, mohammedanischen, christlichen Kulturkreises deckten sich. Hafis und Goethe waren Brüder, Jesus und Mohammed waren es, auch Hafis und Hutten, im Kampfe, dieser gegen braune, jener gegen die blauen Kutten seiner Sekte und als dritter wiederum Goethe im Kampfe gegen die »Mönchlein ohne Kapp' und Kutt'«. Auf seiner neuen Hedschra brauchte er sich physisch nicht weit von der Stelle zu rühren, wie auf der ersten nach Italien. Damals flog er nach einer Richtung, diesmal in alle Dimensionen. In seiner eigenen Verjüngung tauchte die Welt verjüngt auf. Sie ist zu voll und schwer und vielgestaltig, um am leidenschaftlich beflügelten Worte Genüge zu haben. Genießt sie sich selbst in ihrer Erfrischung, eine stille ungestörte Schöpfung, so fühlt der Dichter gleichwohl »Frühlingshauch und Sommerbrand«. Seine bittere Ungeduld gegen das Verkehrte und Abstruse schweigt nur. Sie vernachlässigt es, indem sie sich ins Positive der Gestalt wendet. Mit Lächeln und Güte geht er hier an dem vorüber, was er auch mit unheimlicher Richterstimme treffen konnte. Als Greis weist er vor Eckermann zornig die Zumutung zurück, daß er glauben solle, eins sei drei und drei sei eins. Im Divan schilt er das Kreuz am Halse der Geliebten zwar eine »modische Narrheit« und sagt: »Mir willst du zum Gotte machen/Solch ein Jammerbild am Holze«, gibt aber auch ruhig seine Wahrheit:

»Jesus fühlte rein und dachte / Nur den Einen Gott im Stillen; / Wer ihn selbst zum Gotte machte, / Kränkte seinen heil'gen Willen.« Als Greis 1829 erklärt er hart dem Kanzler v. Müller: »Ich bin nicht so alt geworden, um mich um die Weltgeschichte zu bekümmern, die das Absurdeste ist, was es gibt; ob dieser oder jener stirbt, dieses oder jenes Volk untergeht, ist mir einerlei; ich wäre ein Tor, mich darum zu bekümmern.« Sein Amt ist, sich um das Leben zu bekümmern. Seine Politik kehrt sich vom Abnormen und Extremen. Er bedarf nicht des Weltenspiegels Alexanders, der nur ein paar stille Völker zeigt, die Alexander mit anderen rütteln möchte; sein Weltenspiegel zeigt, was er sich eigen sang. Die explosiven Neuerer sind ihm meist zuwider, und sogar gegen den Freiherrn vom Stein zeigt er sich während der Divanzeit reizbar. Erst die innere Befreiung kann wahre Freiheit bringen. Ist ein Volk dumpf, so werden seine lichteren Führer ihm nicht nützen. »Wenn man auch nach Mekka triebe / Christus' Esel, würd' er nicht / Dadurch besser abgericht, / Sondern stets ein Esel bliebe.« Überall vertreibt er die Verdüsterung und Verqualmung, überall, wo eine Flamme ist, wartet er ab, bis sie sich vom Rauche reinigt. Die Flamme ist ihm immer ein Abbild göttlichen Lichtes, als Feuer, Begeisterung, Rausch, Liebe, — die Flamme, nicht der Sturm, der brandstiftende, auslöschende. Er lebte in einer »schaureichen« Epoche. Wo so viel zu gleicher Zeit lebendig war, konnte ihm das Daherbrausen nichts frommen, sondern nur das Erglänzen. Wie leidenschaftlich sich das westöstliche Weltgebäude in ihm erleuchtete, das ermessen wir vielleicht an der Mitteilung Mariannes, daß ihm beim Lesen seiner Gedichte nicht selten die Tränen in die Augen traten.

Was in den Gedichten steht, drückt sich für alle mögliche Wiederkehr gleichmäßig gültig aus. Im engen Bezirk scheint es zuweilen nur flüchtige Aufbewahrung eines Einfalls oder einer Anregung zu sein, im weiteren zeigt es sich allseitig durch tiefsinnige Beziehungen verknüpft. Goethe übertreibt nicht und überrascht selten. Er braucht sich nicht zu erregen, wenn er in einer neuen Erfindung eben ans Ziel

langer innerer und äußerer Wege gekommen ist. Die Erfindung ist nicht erfunden, sie bedeutet sich nur selbst, eins und alles, nicht bloß ein Zweifaches oder Mehrfaches. Das Einzelne darf ruhiger sein als in Goethes Jugend, denn es hat jetzt mehr Welt um sich als vormals. Aber wie groß ist das Alter des Dichters nun, da das Vielhundertjährige und das ewig Jugendliche in ihm beisammen haust? Aus dem Geiste, der die Fülle hat, besitzt er alle Lebensalter zugleich. Im Schenkenbuche, dramatisch geteilt, scheint er sowohl älter wie jünger, als er ist. In den Betrachtungsbüchern hat er, nach den dort niedergelegten Proben zu schließen, mehr Maximen hinter sich gebracht, als eine reale Lebenserfahrung zuläßt, und so darf er in die Verklärung des Paradiesbuches eintreten. In den Liebesbüchern ist sein Alter geringer, als die Wirklichkeit es will. Und nur im Buche des Sängers, dem Reisebuche, besteht volle Übereinstimmung zwischen dem fahrenden Kaufmann aus Morgenland und dem fahrenden Dichter Goethe. Die Stunden und Augenblicke der Dichtung zielen nicht in das private Leben zurück, aus denen sie ihren Stoff nahmen, sondern sie verweben sich dem kunstgewordenen Leben des Werkes.
Dieses hebt den Gewinn aus den langsamen Zeiten in eine gemeinsame Zeit. Sie zählt nicht nach Sekunden, sondern nach Pulsen. Dasein ist der geographischen Herkunft übergeordnet, Wirklichkeit der chronologischen. Darum verwirrt das Vielerlei nicht. Das Westöstliche ist ein unzerteilbarer Begriff geworden. Außer vielen Namen des Morgenlandes sind Aurora, Helios, Hesperus, Iris erwähnt, das Schweißtuch der heiligen Veronika, aber hinter den Namen stehen Dinge, Menschen, Helden und Götter von heute und immer. Mit dem kalten Geschmacke geprüft, mag die Nennung der Wesen mit so vielsprachigen Namen bisweilen stillos wirken. Aber der Name ist Schall und Rauch: »Gegraben steht das Wort, du denkst es kaum.« Es ist schwer, die bildnerische und gefühlsmäßige Einheit eines Gedichtes wie: ›Laßt mich weinen! umschränkt von Nacht,/In unendlicher Wüste‹ zu verlassen, um festzustellen, daß seine Vorstellungen aus verschiedenen Richtungen zusammenstoßen:

Wüste, Kamele, Treiber, Armenier, Staub die eine Gruppe, Achill, Brisëis, Xerxes, Alexander die andere. Alles war einmal und ist wieder mit dem gleichen Verantwortungsgefühl von dem Dichter umfaßt worden, — das eint es. Die Betrachtung jedes Dinges hat alle Grade von der Nüchternheit bis zum Überschwang durchlaufen, so wurde es durch und durch zum Eigentum dieser Betrachtung. Goethe unterscheidet nicht Gegenstände und Ideen zum lässigen Hausgebrauch, zur festlichen Repräsentation und zum poetischen Traum. Sind sie nicht in dem einen Bezirke gerecht, so auch nicht in dem anderen. Seine Einbildungskraft verläßt niemals die Grenzen der Erfahrung, sie schleppt in der Tat immer die Weltkugel mit sich. Wenn er dichtend des alten Meeres Muscheln im Stein suchte, so tat er es in denselben Wochen als Geolog wirklich. Wenn er von der grünen und augerquicklichen Farbe des Smaragds redet, so liegt sein Wissen darum zugrunde, daß der Smaragd nach alter Überlieferung Heilkraft für die Augen besitzt (was er auch anderweitig erwähnt). Der Liebesbote Hudhud, der Wiedehopf, beruht auf dem Vorgange des Hafis. So ist es überall. Man müßte sein Verfahren übervorsichtig und prosaisch nennen, wenn das Wunder des Geistes ausbliebe. Es geschieht; und der Bogen zwischen der praktischen Realität und der platonischen Idee hat nun die weiteste Spannung, die denkbar ist, und ruht auf den beiden sichersten Pfeilern. So zitiert er seinen Hafis und andere Vorbilder oft nahezu wörtlich nach den schlechten ihm handgerechten Übersetzungen, und wenn zwei Dolmetscher sich um die Richtigkeit streiten, so zitiert er einmal gar beide. »Wer kann gebieten den Vögeln / Still zu sein auf der Flur?« Das war einmal Hafis, dann wurde es Hammer, und nun ist es auch Goethe, ohne daß den andern ihr Eigentum geraubt wurde. Mehr noch: Marianne von Willemers schöne Beiträge im Divan sind ganz ihr geistiger Besitz, aber sie sind auch eine Emanation Goethes. Seine geistige Aura hatte sie, die vorher nur Gelegenheitsreime gemacht hatte, in sich gerissen, sie war gleichsam magisch geschlagen und mußte zur Antwortdichterin in seinem westöstlichen Tone werden.

In die magische Welt des Divanbuches wird der Leser durch keinerlei künstlichen Aufwand gezogen. Das Klima der sprachlichen Form durchläuft alle Jahreszeiten, und aus der Vollständigkeit ergibt sich eine wunderbare und so geräumige Einfalt, daß die ungeheuren Weltschichten darin einwachsen und ruhen. Goethe wollte sich nirgends einspinnen. Er bliebe immer bereit, einen artistischen Scheinkosmos, der nur Stil wäre, zu zerbrechen, wenn er überhaupt in eine solche Gefahr käme. Es liegt ihm auch nichts daran, andere einzuspinnen mit einem der Netze, in denen sich das Gemüt des Zuhörers so gern und leicht fortziehen läßt, sei es dem der Ironie, der Sentimentalität oder des genialischen Haudegentums. Die Magie atmet aus dem Ganzen her, und nur, wer des Ganzen gewärtig bleibt, wird vom vollen Atem des Einzelnen bestrichen. Es mehren sich die Gedichte, die den Hochmütigen durch eine ihm nicht genehme Schlichtheit und Simplizität vexieren, und es mehren sich die Gedichte, die durch einmaliges Lesen und Hören nicht zu fassen sind, ohne daß es die Schuld des Autors wäre; sind sie dann jedoch erfaßt, so leben sie als der einfachste Ausdruck ihrer selbst weiter, ›Selige Sehnsucht‹, ›Wiederfinden‹ und ähnliche. Prosaische, kalte Wörter vervollständigen auch in seiner Sprache den Bestand an Wirklichkeit. Sie sind nicht von ihrem Orte zu pflücken und nach ihrem Lexikonwerte zu wägen. Aus den Wörtern als Wörtern soll gar nicht Gefühl rinnen, sondern Empfindung von Zeiten und Räumen, Farbabständen, Festigkeitsunterschieden. Dabei geschieht es wohl, daß die Sprache sich aller Rücksicht auf das Normale entäußert. Sie ist manchmal gepreßt, manchmal gelassen, alt und jung, wie der Autor und seine Welt, nicht nachlässig, aber schöpferisch zulässig. Sie ist unschuldig, weder asketisch-fanatisch noch übermütig. Goethe übersetzt nicht aus dem Persischen und nicht ins Schriftdeutsche, sondern er spricht, wie aus vielen Reimen erkennbar wird, sich selbst: den süddeutschen Frankfurter. Dergleichen Reime sind in dem über den Dialekten schwebenden Normaldeutsch unrein, süddeutsch gehört jedoch rein. Am Klargefühl der Persönlichkeit nimmt alles teil.

Unsere Empfindung der formalen Geschlossenheit ist so groß, daß wir sie nur mit Anstrengung uns gesprengt vorstellen können. Wir tun es einen Augenblick lang, um ihre mannigfaltigen Elemente gewahr zu werden. Was drängt sich dann alles nebeneinander! Wir finden Fremdwörter wie: Insulte, Grammatik, rhetorisch, deklinieren, konversieren; wir finden ein dem Englischen des Shakespeare nachgebildetes Wort »bewhelmen«, das etwa »überwölbend bedecken« ausdrückt, oder ein anderes anglisierend nachmalendes Wort »Kriegesthunder«. Wir sehen Goethe in ältere Zeiten, in entlegene Landschaften der Sprache zurückschweifen. Er sagt »kütten« für »kitten«, er spricht von der »Sehe« des Auges, er braucht die mittelhochdeutsche Form »betriegen« für »betrügen«, die freilich bis zum Ende des vorigen Jahrhunderts vielfach verwandt wurde. Sodann bringt er Neubildungen wie »Schlechtnis« und »liebeviel«. Fachausdrücke aus Sondergebieten des Lebens siedelt er in seiner Dichtung an, wenn sie ihm Farbe, Kürze, Schärfe zu bieten haben. Statt »o du mein Lichtsbringer!« sagt er »o du mein Phosphor!«, der Kartenspielerausdruck »passen« kommt ihm einmal für »verzichten« gelegen. Der durch und durch schauende Gestalter, vor dem der Keim des Wortes offen zutage liegt, so daß es vor ihm noch einmal alle Stadien durchläuft bis zur Gegenwart, einer Gegenwart in sinnlicher Jugend und Frische, zeigt sich in Bildungen wie »umgelost«, »händeln« für Händel haben und ausfechten, »bedünkeln« für Dünkel, »musterhaft« in der Bedeutung von »beispielhaft«. Er streift die abstrahierende Selbstvergeßlichkeit der Sprache ab, wenn er statt Geruch und Geschmack »Ruch« und »Schmack« setzt. Umgekehrt läßt er das Lautbild sich nicht nur von innen beschauen, sondern auch nach außen treiben und quellen: die Geliebte wird angeredet »Allschöngewachsne, Allschmeichelhafte, Allspielende, Allmannigfaltige«. Doch die ungewaltsame Naturgewalt der Rede offenbart sich erst dann, wenn man sie nicht einsiedlerisch — und dann vielleicht zuweilen wunderlich, selbstbewahrend, artistenstolz — der Pflege des Einzelnen zugekehrt denkt, sondern wenn man sie als Rede nimmt.

Dann öffnet sie alle Dimensionen des Geistes im farbigen Abglanz der Sinne. Fern davon, bloß Gedanken, Gefühle, Bewegungen mitzuteilen, gibt sie dem Auge, dem Ohre, im raschen prägnanten Zugriff dem Getast und auch den schwerer vom Bewußtsein zu kontrollierenden, willkürlicher reagierenden Sinnen ihr Fest. Darf man die Ausdrucksweise vieler anderer Dichter, nach einer Grundformel suchend, als die Weise von Geistes- oder Augenoder Ohrenmenschen bezeichnen, so ist das bei Goethe und sonderlich bei dem Goethe des West-östlichen Divans nicht möglich. Seine Rede spiegelt die Form seiner Persönlichkeit und zugleich die Form einer dreitausendjährigen Welt. Während er spricht, sprechen alte Kulturen mit ihm, wie sie ihn gebildet, sich in ihm gemischt und geklärt haben. Natürlich ist hier das Gegenteil eines Vermittelns von Kulturinhalten gemeint: sonst würde ja nach ihrem Maße das durchaus Selbständige und Einmalige der Persönlichkeit verdrängt und aufgehoben sein. Auch sprachlich genommen, ist ein Griechenland, ein Morgenland, ein Welschland und Deutschland, das es nicht gab und gibt, durch Goethe dennoch da. Zu Sulpiz Boisserée äußerte er am 3. August 1815: »Alles ist Metamorphose im Leben, bei den Pflanzen und bei den Tieren, bis zum Menschen, und bei diesem auch.« Ein anderes Mal bekennt er, aus den Formeln, die seit Jahrtausenden das Tiefste in den Menschengeschlechtern sind und Zauberkraft über Kulturen und Einzelne ausgeübt haben, könne man eine Art Alphabet des Weltgeistes zusammensetzen. Mit diesem Alphabet schreibt er. Seine Buchstaben sind das, was die Metamorphose bewirkt. Aber damit nun das Gedicht nicht »für lauter rationellem und spirituellem Gas« wie ein Luftballon in die Lüfte gehe, ist es seiner Sprache erlaubt und erwünscht, zufällige Realitäten der östlichen oder westlichen Überlieferung oder des eigenen privaten Erlebnisses zu benutzen, und sie muß deshalb trotzdem nicht aufhören, Idiom des Weltgeistes zu bleiben, — auch im Technischen der Verse, im Syntaktischen der Sätze. Ganz individuelle Schroffheiten des alternden Goethe prägen seine Statur und sind zugleich vielleicht auch eine typische Denkbewegung toter fremder Völker. Es ist nicht bloß eine lässige Manier, wenn er des öfteren das Ich und das Du ausläßt — »bin erbötig«, »wenn bewunderst«. Ebensowenig ist es Absicht oder gar Tiefsinn. »Die Seel zur Seele fliehend«, — das ist ein fertiger Satz; »Dem ihr sonst Schlafendem vorüberzogt«, — »Jetzo glänz' ich meiner Stelle« — es findet sich ein, es wurde nur als Geist gerufen, aber auch nicht, als es im Wort erschien, erschrocken abgewiesen. Dergleichen Schroffes rüttelt uns, macht uns aufmerksam und läßt uns fragen: von wannen kam es? Doch auch das Liebliche und Stille zwingt gewiß oft genug geheimnisvoll und unnachweisbar viele typische Formen menschlichen Anschauens zum Klang, während es nur höchst persönliches Glück, höchst persönliche Not scheint. Manches ist leicht zu fassen in seinem doppelten, dreifachen oder vierfachen Hall. »Wenn der Hörer ein Schiefohr ist« — das ist orientalische Prägung, zeitgenössische Polemik, Goethes freundliche Wärme vor jeder Erscheinung: etwas Salziges, Bitteres und Süßes ist in der Zeile gleichsam zur Einheit geworden. Reiche Reimklänge wie »überall an — Schall an, Lauf stört — aufhört, — Erzklang — Herz bang« oder »Kaum daß ich dich wieder habe, / Dich mit Kuß und Liedern labe« sind mindestens eine Vierheit: morgenländischer Geist, morgenländischer Klang, deutscher Geist, deutscher Klang. Bei den dichterischen Nachfolgern Goethes wurde das dann als Nachahmung gewöhnlich einfach: Kenntnis und Verwertung der Kenntnis; Rückert, Platen, im Witzigen viele. In Goethe tun sich die Kulturen auf, ohne daß man ihn Hand anlegen sieht, sie bleiben Gesicht, Gehör, Eigenenergie. Bei den anderen ist das Handanlegen das erste, ein kritisches Auge fällt auf sie, ein fremdes Ohr verhört sie. Sie können dabei richtiger und spezieller gepackt werden, denn sie sind geistige Provinzen nur in einem Menschen, nicht mehr in einem Kosmos. Uns überläuft oft ein Schauer, wenn wir Verse Goethes nach ihren verschiedenen Heimatländern antwortlos befragen: »Ein Ast der schaukelnd wallet« — »Die Perlen (der Tränen) wollen sich gestalten, / Denn jede nahm sein Bildnis auf«, — »Fingerab in Wasser-klüfte«, — »Wenn nun Bassora noch das Letzte,/Gewürz und Weihrauch, beigetan« —. Es soll kein Versuch unter-nommen werden, hellenische Klarheit, patriarchalische Stärke und mystische Ruhe der Ebräer, Araber, Perser, romantischen Drang der Westvölker in dergleichen Ak-korden aufzuspüren, denn die dem allem wahlverwandte Natur Goethes wirkt ja gerade aus ihrer eigenen Mitte heraus. Nur darauf sei wieder und wieder hingewiesen, daß seine Phantasie viel breiter und tiefer in die Wirklichkeit reicht und sich aus Wirklichkeiten regt, als aus seinen Worten zu entnehmen nötig und ratsam ist. Wer, selber wirklichkeitsarm und der Lebenstyrannei eines nur geist-reichen Willens unterstellt, dies vergißt, stutzt vor Dunkel-heiten und Kompliziertheiten im Werk Goethes, die in Wahrheit meist nicht dichter und verfänglicher an den ver-rufenen Stellen sind als an den lichten und gangbaren. »Dort, im Reinen und im Rechten, / Will ich menschlichen Geschlechten / In des Ursprungs Tiefe dringen, / Wo sie noch von Gott empfingen / Himmelslehr in Erdesprachen / Und sich nicht den Kopf zerbrachen.«

KARL KROLOW
DIE LEICHTIGKEIT DES ›DIVAN‹

Von dem vielen, das über den ›West-östlichen Divan‹ gesagt und geschrieben worden ist, bleibt mir eine Äußerung Heinrich Heines in besonderem Gedächtnis: »Die Verse des Divan sind so leicht, so glücklich, so hingehaucht, so ätherisch, daß man sich wundert, wie dergleichen in deutscher Sprache möglich war.« Tatsächlich ist es dieses Leichte, Behende, dieses selbstverständliche Verfügen über eine unablässig in Bewegung gehaltene und darum bewegliche, zugleich höchst flüchtige und wie vorüberhuschende und höchst feste, geradezu ding-feste Sprache, das als erstes beim Lesen der Divan-Gedichte auffällt. Das gilt für den einzelnen Gedichttext wie für die gesamte Organisation der einzelnen Bücher und Zyklen, für den geheimen und souveränen Zusammenhang und Zusammenhalt. Denn zum ›Glück‹ dieses Buches später Goethescher Lyrik gehört, daß Leichtigkeit sich nicht auflöst in eine Flucht durch künstlerische Ausdrucksmöglichkeiten und sich hinter der erstaunlichen Variabilität, der Fülle des Verschiedenartigen nicht versteckt. Gewiß wird derartige Fülle als Tarnung genutzt, auch, um Distanz zu gewinnen, um Entfernung zu bekommen.
Darum ist das, was Heine als leicht erkannte und was Goethe selber so gern »Heiterkeit« benannte, nicht lediglich impressionabel, nicht virtuoses Kunststück. Dafür sorgt die fast ständige Anwesenheit anderer Elemente und Wesenszüge: die Nüchternheit, die Konturen-Festigkeit, die Klarheit, die bis zum Derben geht, bis zur Treuherzigkeit des Knittelverses, bis zum Holzschnitt-Charakter, bis zum Unmut und bis zur Abwehr des möglicherweise zu Erwartenden. Es ist die Leichtigkeit, die ständig Erfahrung einbezieht: literarische und Lebenserfahrung und die Ernüchterung durch Erfahrung, das Überprüfen von Reiz, auch des Reizes der Fülle, der doch so offenkundig wird im dauernden Verfügen über die Tonart.

Was von Goethe als »derb und tüchtig« bezeichnet ist, verhindert das bloß virtuose Durchspielen der poetischen Erfahrung und gibt ihm jene Freiheit und Überlegenheit, die noch im Übermut beherrscht erscheint, die die poetische Kontrolle mit der poetischen Zartheit in immer anderen Verbindungen hervorbringt:

> Dichten ist ein Übermut!
> Treib' es gern allein.

Ein derartiges »Treiben« durchzieht die Divan-Gedichte, intoniert sie jeweils in den Büchern neu: liedhaft und leicht und epigrammatisch gedrungen, nüchtern, scharf, unmutig und keineswegs immer »liebevoll bereit, / Zeugen allerschönster Zeit« zu sein, dafür unüberhörbar so, wie es die vier Zeilen ausdrücken:

> Dann zuletzt ist unerläßlich,
> Daß der Dichter manches hasse;
> Was unleidlich ist und häßlich
> Nicht wie Schönes leben lasse.

Es ist die ironische Distanzierung, die aufkommt und nur verschwindet, um in veränderter Gestalt wieder sich auszudrücken:

> Deiner Phrasen leeres Was
> Treibet mich davon,
> Abgeschliffen hab' ich das
> An den Sohlen schon.

oder etwa — am Ende des ›Buches der Sprüche‹ — ein mißmutig ironisches Fazit, das immer noch und jedenfalls akut für die augenblickliche Mißhandlung des Literarischen Geltung hat:

> Wisse, daß mir sehr mißfällt,
> Wenn so viele singen und reden!
> Wer treibt die Dichtkunst aus der Welt?
> — Die Poeten.

Daß solche Äußerung nicht grämlich klingt, verhindert jener nüchterne Sinn, der im Divan noch im Nebenbei wirksam bleibt und der auch zum Charakter des Leichten gehört, der dem Erfahrungsschatz abgewonnen wurde:

Wie etwas sei leicht,
Weiß, der es erfunden und der es erreicht.

Das Erreichen und Gelingen durch Erreichen, von dem der
Divan Beispiel um Beispiel gibt, bis hin zu einer Lässigkeit
des Aussprechens, die beinahe schon wieder dem Abwinken
des Erreichten gleicht, macht diese Gedichte aus dem
siebten Lebensjahrzehnt so erstaunlich überlegen und in
ihrer Überlegenheit erfrischend, zuweilen übermütig hin
und wider schwankend zwischen Alter und Jugend, zwischen den Jahren und Zeiten, wie zwischen den Ländern,
den Kulturen, dem Abend- und dem Morgenland, dem
Main wie dem Tigris oder Euphrat. Das reicht bis zur literarischen Improvisation, die zugleich das Zufällige am Im-
provisieren verbannt und in jene Ordnung, diesen Zusammenhang bindet, der schließlich noch — gelehrt und doch
auch wieder fast lässig im Erfahrungston ergänzend — in
den ›Noten und Abhandlungen zu besserem Verständnis
des West-östlichen Divans‹ zur Darstellung kommt, ganz
selbstverständlich die Voraussetzung für derartiges besseres
Verständnis festsetzend:

Wer das Dichten will verstehen,
Muß ins Land der Dichtung gehen;
Wer den Dichter will verstehen,
Muß in Dichters Lande gehen.

Der leichte Sprechton, das Unbefangene zeigt doch diesen
Anspruch auf Zusammenhalt, in der ökonomisch-poeti-
schen wie in der ›ätherischen‹ Diktion, die hier zur Anwendung kommt. Ein Gelände bleibt abgesteckt: es heißt
»Land der Dichtung«, was hier durchaus ein Gelände der
Proportion, der Verhältnismäßigkeit wie der Phantasie bedeutet. Es ist ein Vorgang, bei dem sich gewissermaßen das
eine in das andere schickt, das eine auf das andere ange-
wiesen sein will, wie das einzelne Gedicht dem gesamten
›Entwurf‹, der gesamten Anlage und Durchführung zugeordnet bleibt. Goethe hat an Zelter im Mai 1820 hierzu
gesagt: »Jedes einzelne Glied ist so durchdrungen von dem
Sinn des Ganzen ... und muß von einem vorhergehenden

Gedicht erst exponiert sein, wenn es auf Einbildungskraft und Gemüt wirken soll.«

Das Staunenswerte an dieser geistigen Organisation, an dieser Zusammenfassung eines differenzierten Vermögens im ›Divan‹, ist die fast bequem erscheinende Verfügbarkeit des Sprachmaterials, wie es Goethe wiederum und nochmals zu Gebote steht, in zuweilen kühler Diktion, im Kalkül, im ruhigen Proporz und in jäher Leidenschaftlichkeit, in liedhafter Süßigkeit, im Hingehauchten, wie es Heine empfand und aussprach. Am Eingang des ›Buches des Unmuts‹ stehen die weisenden Zeilen:

Wo hast du das genommen?
Wie konnt' es zu dir kommen?
Wie aus dem Lebensplunder
Erwarbst du diesen Zunder,
Der Funken letzte Gluten
Von frischem zu ermuten?

Euch mög' es nicht bedünkeln,
Es sei gemeines Fünkeln,
Auf ungemeßner Ferne,
Im Ozean der Sterne,
Mich hatt' ich nicht verloren,
Ich war wie neu geboren.

In derartigen Zeilen ist — gleichsam programmatisch und in Rede und Widerrede, genauer: in Fragen und leidenschaftlich bewegten Antworten — die geistige Bewegung ausgesprochen, die die Divan-Gedichte in Gang gebracht und in Gang gehalten hat. Man betritt den Geisterraum und den Raum der Goethischen Individualität mit ihrer staunenswerten Fähigkeit zur Regeneration, zur Rekreation, die nicht gleich mit strebendem Bemühen in Beziehung gebracht werden sollte. Die Leichtigkeit, die über dem ›Divan‹ liegt, widerspricht jeder Bemühung, jedem poetischen Fleiß und jeder Vorstellung von Bewältigung. Diese Altersgedichte, die den biologisch-geistigen Prozeß wie spielend in ihrer Differenzierung nicht nur bewältigen, sondern produktiv nutzen als Erfahrungsgrund und als einen

Schatz an Wirklichkeit, an literarischer Realität, die sich nicht mitspielen läßt, können auf diese Art und Weise zu jenem ›Weltbrevier‹ werden, das kühle Suggestion hat. — Möglich, daß Karl Immermann diese Suggestion meinte, wenn er spöttisch formulierte:

Alter Dichter, du gemahnst mich als wie Hamelns
　　　　　　　　　　　　　　　　Rattenfänger,
Pfeifst nach Morgen, und es folgen all die lieben
　　　　　　　　　　　　　　　　kleiner Sänger.

Altersgedichte als Gedichte einer bestimmten Erfahrung, aber auch einer bestimmten Abwehr und Notwehr, rechnen, indem sie sich eröffnen, indem sie geschrieben werden, von vornherein mit solcher Situation. Der ›Übermut‹ ist nicht spontan. Er wird abverlangt. Der Vorgang ist kompliziert. Die ›Frische‹ hat insgeheim auch etwas Schrilles, etwas Schwieriges, etwas Isoliertes. Das Schweifen, die Bewegung, die Souveränität, die das alles parat hält, zeigt doch auch ein »ernst Gesichte«, wie es ein Dank Goethes aus dem Jahre 1819 an Marianne von Willemer bei Rückgabe einer leeren Schachtel, in der Mirabellen gewesen waren, recht deutlich erkennen läßt, wenn in vier Zeilen gesagt ist, was solche Schachtel nicht enthalten kann, dafür ahnen läßt:

Bringet keine süßen Früchte
Bringt vielmehr ein ernst Gesichte
Das im Weiten und im Fernen
Nimmer will Entbehrung lernen.

Das gelegentlich Sperrige, Hölzerne, Verquere und Merkwürdige, das poetisch Entlegene und das Schrullige, die plötzlich abstrus erscheinende Wortwahl, das Archaisieren, der Rückgriff auf abgestorbene oder auf absterbende Sprache, jedenfalls auf das aus dem Sprech- und Schreibverkehr gekommene Wort, auf die ältliche Wendung: dies alles verrät im ›Divan‹ den Abwehr-Charakter. Was zustande kommt: ein gemessener Weisheits-Ton, hat im Hintergrund auch etwas Klagendes und Anklagendes. Die Fluchtbewegung, die über vielen Gedichten des ›Divans‹ liegt, die spürbare Unruhe, das Ausweichen und Sich-Entfernen, das Bedürfnis, wenn schon nicht zur Maskerade, aber doch zum Kostüm oder zur Tarnung, zum Sich-Verbergen, um sich zu bewahren: solche erkennbaren Vorgänge haben insgeheim auch etwas Mühsames. Hinter poetischen Disziplinierungs-Vorgängen lauert ihr Gegenteil: offene Emphase, ein plötzlicher Zufluß von Bildhaftigkeit, die wuchernd wirkt und eher einen Labilitätsprozeß andeutet als exotisches, orientalisches Gewand vermuten läßt:

> Laß mich nicht so der Nacht, dem Schmerze,
> Du Allerliebstes, du mein Mondgesicht,
> O du mein Phosphor, meine Kerze,
> Du meine Sonne, du mein Licht!

Jähe Exaltation ist die Kehrseite der überlegenen literarischen Alters-Übung. Wenn die Kontrolle gelockert ist, brennt Emotion wie Zunder, geht in plötzlichem Gefühl auf. Die Metaphorik, in ihrer in dieser Intensität doch wohl nur halb beabsichtigten Wirkung, erscheint wie eine besondere Verwundung und wie ein Schwächeanfall im sonst ungeschwächten Artikulieren. Die Schwäche-Erscheinungen im ›Divan‹ bewegen sich in mehrfacher Richtung: als Schrulle oder als fliegende Hitze, in plötzlicher bildhafter Rage. Sie werden durch Trockenheit gekennzeichnet und durch poetische List, die sich des Kernspruchs und der »mystischen Zunge« des Hafis bedient:

> Denn daß ein Wort nicht einfach gelte,
> Das müßte sich wohl von selbst verstehn.
> Das Wort ist ein Fächer! . . .

Die merkwürdig in sich verschränkte Verbalität mancher ›Divan‹-Texte ist auf diese Weise zu erklären. Solche Verschränkung ruft die unerwartete Übertreibung, aber auch das Aride hervor, das Rollenhafte und das ›Chinesische‹ der poetischen List und poetischen Höflichkeit, das Erkältende und das für die Zeitgenossen von 1820 Aufreizende und Abgetane, das Listige schließlich eines Konservativismus, hinter dem Weltliteratur nicht gleich zum Vorschein kam. Die »Patriarchenluft« der Goetheschen Alterslyrik war und blieb schwer zu »kosten«, denn der

Genuß solcher Dichtung vollzog sich durchaus auf Kosten des inzwischen im deutschen Gedicht gewohnt Gewordenen und Erwünschten, das doch einmal vom jungen Goethe heraufgeführt worden war.

Die Leichtigkeit, das Heitere der ›Divan‹-Gedichte ist schließlich in die Verschränkung einzubeziehen, in diese frühe Spielart von Chiffrierung des Lyrischen, das noch im Scherzen etwas vom Geheimnis- und Geisterwesen bewahrt. Die andere Seite der ›Divan‹-Leichtigkeit ist Erstarrung in der leichten, bequemen oder lässigen Wort›figur‹, die dem ›ätherischen‹ Klima wieder Leben entzieht. Jedenfalls ist die Leichtigkeit wie der Übermut solcher Leichtigkeit von einem gewissen Moment an durch jene gefährliche Leblosigkeit erkauft, die den mißverstehenden jungen Leuten der Literatur bei uns damals (und später) ein Greuel war.

Aber es gehört zum leichten Triumph dieser ihrer Fähigkeiten so vollkommen versicherten Alterslyrik, daß sie gegenüber solchen Reaktionen wie den zu gewärtigenden Mißverständnissen — sie erkennend — überlegen bleibt:

> Sie lassen mich alle grüßen
> Und hassen mich bis in Tod,

wie es im ›Nachlaß‹gedicht formuliert wird, und gleich danach:

> Mich nach- und umzubilden, mißzubilden
> Versuchten sie seit vollen fünfzig Jahren.

Das Mißverständnis ist wohl bis zum heutigen Tage geblieben. Es ist dies vielleicht um so mehr geblieben, je weniger in den Gedichten des ›West-östlichen Divan‹ Altern als ›Problem‹ zugelassen ist. Ich finde es jedenfalls erstaunlich, wie sehr künstlerisches Altern umgangen und überspielt ist, wie viele Schutzmaßnahmen gegen den Vorgang getroffen sind, auf welche Weise sich dem Prozeß gestellt wird, wie vieles dabei ermittelt ist, wie vieles bedacht ist, im Sinne der Verszeilen:

> Reim auf Reim will was bedeuten,
> Besser ist es viel zu denken.

So verstanden, ist der ›Divan‹ ein Werk des leichten

Denkens, einer ganz bestimmten heiteren Intelligenz, die sich nicht verschrecken läßt und sich am eigenen Naturell kräftigt und erhält, sich erleichtert, möchte ich sagen, in der Vielfalt von Versformen bis zum Knittelvers, bis zum saloppen Reim, der sich im neunzehnten Jahrhundert unter anderen dann bei Heine fortsetzen wird. Die Gedichte haben alles Zeremonielle hinter sich gelassen. Sie sind alles andere als unnahbar. Sie nähern sich uns vielmehr unablässig auf immer andere, zuweilen wohl vexierende Weise. Aber sie verstehen sich jedenfalls auf solche Annäherung, bei aller scheinbaren Entfernung von Zeit und Gegenwart. Sie fordern nirgends Ergriffenheit. Sie wollen vielmehr — noch in der Verhüllung — begreiflich sein. Sie haben damit mindestens so sehr sinnliche wie spirituelle Qualität. Oder — wie es in den ›Talismanen‹ zu lesen steht:

So wunderbar ist das Leben gemischt.

Die Worte von *Hugo von Hofmannsthal* (1874–1929) sind zuerst 1913 gedruckt worden, in der Neuen Freien Presse, Wien, vom 25. Dezember. Entnommen wurden sie den *Gesammelten Werken in Einzelausgaben*. Prosa III. S. Fischer Verlag, Frankfurt am Main 1964.
Oskar Loerke (1884–1941) hat seinen Essay der Pantheon-Ausgabe des Divans beigegeben, die er 1925 für den Verlag S. Fischer, Berlin, besorgte. Entnommen wurde er den *Schriften*. Gedichte und Prosa II. © Suhrkamp Verlag Frankfurt am Main 1958.
Der Beitrag von *Karl Krolow* (1915–1999) ist für die gegenwärtige Ausgabe geschrieben worden.

Vor Seite 9: Goethes Reinschrift des Gedichtes ›Erschaffen und Beleben‹ (Buch des Sängers); noch unbetitelt, mit einer Überschrift, die sich auf den Divan des Hafis bezieht. Die Handschrift – im Original Folio-Format – ist die früheste datierte, die sich von einem Divan-Gedicht erhalten hat; sie befindet sich im Besitz der Familie Martin Bodmer, Cologny bei Genf, der wir die freundliche Erlaubnis zur Wiedergabe verdanken.

Die übrigen Abbildungen, auch die auf der Titelseite, stammen aus Folianten, die Goethe oft gelesen und betrachtet hat:
das Portrait der Maani *(nach Seite 236)* aus dem Reise-Werk ihres Gatten Pietro della Valle, Ausgabe von 1674; Aufnahme nach dem Exemplar der Zentralbibliothek Zürich;
die drei anderen aus der ›Persianischen Reise Beschreibung‹ des Adam Olearius, nach der Ausgabe von 1696:
nach Seite 138: ›Kebbern [Guebern-, Parsen-] Begräbniß‹, vgl. S. 138 und Erläuterungen; ›Die Stadt Saba‹, »zur Rechten das Gebirge Elwend«;
nach Seite 206: Vorsaal mit Brunnen in einem reichen Hause; Umzug zum Gedenken des Kalifen Ali, dessen Todestag am 21. Ramesan die Perser, als Schiiten, feierlich begehen; unter dem Teppichdach auch europäische Besucher;
nach Seite 244: Illustration zum Kapitel ›Von Kleidung der Perser‹; ›Indianischer Tantz‹ vor europäischen Gästen. –
Nach Seite 236: Mirza Abul Hassan Khan (1776–18. .). – Lithographie (um 1817) von Eugène Delacroix (1798–1863), vermutlich

auf Grund »einer der zeitgenössischen Illustrationen, die 1809 in
Paris anläßlich des Besuchs der Persischen Gesandtschaft ange-
fertigt wurden«. – Originalgröße 28 x 19 cm. Nach dem Exemplar
der Kunsthalle Bremen, abgebildet im Katalog der Städtischen
Galerie im Städelschen Kunstinstitut Frankfurt am Main zur
Ausstellung ›Eugène Delacroix‹ 1987/88.

Auf der *Titelseite* abgebildet ist in starker Verkleinerung der Stein
(besser: Stempel), »welchen sie [die Perser] im Beten zuweilen an
die Stirn halten/auch an der Erde das Haupt darauff schlagen. –
Dieser Stein ist von grawer Erde gemacht/so bey Netzeff vnd
Kufa/wo Hossein sein Blut vergossen vnd mit Aaly begraben
liegt/gegraben wird (sonst hätte der Stein solche Krafft nicht.)«
Die Worte des Olearius hat auf unsere Bitte Herr Dr. Schafiyha,
Frankfurt a. M., liebenswürdigerweise ergänzt: »Diese Erde ist
mit Rosenwasser versetzt. Meist steht die Anrufung des Namens
Allah in der Mitte des Stempels, am Rand die Namen der 12
Imame (des Ali, seiner Gattin Fatima und seiner Nachkommen).
Während die übrigen Moslem beim Beten mit der Stirn den
nackten Boden berühren, muß der Schiit die Stirn auf den Stempel drücken. Jeder gläubige Perser trägt einen solchen Stempel
in einem Tuch eingebunden bei sich.«

INHALT

WEST-ÖSTLICHER DIVAN

MOGANNI NAMEH. BUCH DES SÄNGERS

Zwanzig Jahre ließ ich gehn 9
Hegire 9
Segenspfänder 10
Freisinn 11
    Laßt mich nur auf meinem Sattel gelten 11
    Er hat euch die Gestirne gesetzt 11
Talismane 12
    Gottes ist der Orient 12
    Er, der einzige Gerechte 12
    Mich verwirren will das Irren 12
    Ob ich Irdsches denk und sinne 12
    Im Athemholen sind zweierlei Gnaden 12
Vier Gnaden 12
Geständnis 13
Elemente 14
Erschaffen und Beleben 14
Phänomen 15
Liebliches 16
Zwiespalt 16
Im Gegenwärtigen Vergangnes 17
Lied und Gebilde 18
Dreistigkeit 18
Derb und Tüchtig 19
All-Leben 20
Selige Sehnsucht 21
Tut ein Schilf sich doch hervor 21

HAFIS NAMEH. BUCH HAFIS

Sei das Wort die Braut genannt 22
Beiname 22
Anklage 23

Fetwa. Hafis' Dichterzüge sie bezeichnen 23
Der Deutsche dankt 24
Fetwa. Der Mufti las des Misri Gedichte 24
Unbegrenzt 25
Nachbildung 25
  In deine Reimart hoff ich mich zu finden 25
  Zugemeßne Rhythmen reizen freilich 26
Offenbar Geheimnis 26
Wink 26
An Hafis 27

USCHK NAMEH. BUCH DER LIEBE

Sage mir 29
Musterbilder 29
Noch ein Paar 29
Lesebuch 30
Ja! die Augen warens, ja! der Mund 30
Gewarnt 30
Versunken 31
Bedenklich 31
Liebchen, ach! im starren Bande 32
Schlechter Trost 32
Genügsam 32
Gruß 33
Ergebung 33
  Du vergehst und bist so freundlich 33
  Eine Stelle suchte der Liebe Schmerz 34
Unvermeidlich 34
Geheimes 34
Geheimstes 35

TEFKIR NAMEH. BUCH DER BETRACHTUNGEN

Höre den Rat den die Leier tönt 37
Fünf Dinge 37
Fünf andere 37
Lieblich ist des Mädchens Blick der winket 38
Und was im Pend-Nameh steht 38

Reitest du bei einem Schmied vorbei 38
Den Gruß des Unbekannten ehre ja 38
Haben sie von deinen Fehlen 39
Märkte reizen dich zum Kauf 39
Wie ich so ehrlich war 40
Frage nicht durch welche Pforte 40
Woher ich kam? Es ist noch eine Frage 41
Es geht eins nach dem andern hin 41
Behandelt die Frauen mit Nachsicht 41
Das Leben ist ein schlechter Spaß 41
Das Leben ist ein Gänsespiel 42
Die Jahre nahmen dir, du sagst, so vieles 42
Vor den Wissenden sich stellen 42
Freigebiger wird betrogen 43
Wer befehlen kann wird loben 43
An Schach Sedschan und Seinesgleichen 43
Höchste Gunst 44
Ferdusi spricht 44
   O Welt! wie schamlos und boshaft du bist 44
   Was heißt denn Reichtum? Eine wärmende Sonne 44
Dschelâl-eddîn Rumi spricht 44
Suleika spricht 45

RENDSCH NAMEH. BUCH DES UNMUTS

Wo hast du das genommen 46
Keinen Reimer wird man finden 47
Befindet sich einer heiter und gut 47
Übermacht, ihr könnt es spüren 48
Wenn du auf dem Guten ruhst 49
Als wenn das auf Namen ruhte 50
Medschnun heißt — ich will nicht sagen 51
Hab' ich euch denn je geraten 51
Wanderers Gemütsruhe 52
Wer wird von der Welt verlangen 52
Sich selbst zu loben ist ein Fehler 52
Glaubst du denn von Mund zu Ohr 53
Und wer franzet oder britet 53

Sonst wenn man den heiligen Koran zitierte 53
Der Prophet spricht 54
Timur spricht 54

HIKMET NAMEH. BUCH DER SPRÜCHE

Talismane werd' ich in dem Buch zerstreuen 55
Vom heutgen Tag, von heutger Nacht 55
Wer geboren in bös'sten Tagen 55
Wie etwas sei leicht 55
Das Meer flutet immer 55
Was wird mir jede Stunde so bang 55
Prüft das Geschick dich, weiß es wohl warum . . . 55
Noch ist es Tag, da rühre sich der Mann 56
Was machst du an der Welt, sie ist schon gemacht . . 56
Wenn der schwer Gedrückte klagt 56
Wie ungeschickt habt ihr euch benommen 56
Mein Erbteil wie herrlich, weit und breit 56
Gutes tu rein aus des Guten Liebe 56
Enweri sagts, ein herrlichster der Männer 56
Was klagst du über Feinde 56
Dümmer ist nichts zu ertragen 57
Wenn Gott so schlechter Nachbar wäre 57
Gestehts! die Dichter des Orients 57
Überall will jeder obenauf sein 57
Verschon uns, Gott, mit deinem Grimme 57
Will der Neid sich doch zerreißen 57
Sich im Respekt zu erhalten 57
Was hilfts dem Pfaffen-Orden 57
Einen Helden mit Lust preisen und nennen 57
Gutes tu rein aus des Guten Liebe 58
Soll man dich nicht aufs schmählichste berauben . . 58
Wie kommts daß man an jedem Orte 58
Laß dich nur in keiner Zeit 58
Warum ist Wahrheit fern und weit 58
Was willst du untersuchen 58
Als ich einmal eine Spinne erschlagen 58
Dunkel ist die Nacht, bei Gott ist Licht 59

Welch eine bunte Gemeinde 59
Ihr nennt mich einen kargen Mann 59
Soll ich dir die Gegend zeigen 59
Wer schweigt hat wenig zu sorgen 59
Ein Herre mit zwei Gesind 59
Ihr lieben Leute, bleibt dabei 59
Wofür ich Allah höchlich danke 59
Närrisch, daß jeder in seinem Falle 59
Wer auf die Welt kommt baut ein neues Haus . . . 60
Wer in mein Haus tritt der kann schelten 60
Herr! laß dir gefallen 60
Du bist auf immer geborgen 60
Was brachte Lokman nicht hervor 60
Herrlich ist der Orient 60
Was schmückst du die eine Hand denn nun 60
Wenn man auch nach Mekka triebe 61
Getretner Quark 61
Betrübt euch nicht, ihr guten Seelen 61
Du hast gar vielen nicht gedankt 61
Guten Ruf mußt du dir machen 61
Die Flut der Leidenschaft sie stürmt vergebens . . . 61
Du hast so manche Bitte gewährt 61
Schlimm ist es, wie doch wohl geschieht 62
Wisse daß mir sehr mißfällt 62

TIMUR NAMEH. BUCH DES TIMUR

Der Winter und Timur 63
An Suleika 64

SULEIKA NAMEH. BUCH SULEIKA

Ich gedachte in der Nacht 65
Einladung 65
Daß Suleika von Jussuph entzückt war 65
Da du nun Suleika heißest 65
Hatem. Nicht Gelegenheit macht Diebe 66
Suleika. Hochbeglückt in deiner Liebe (Von Marianne?) 66
Der Liebende wird nicht irre gehn 67

Ists möglich daß ich Liebchen dich kose 67
Suleika. Als ich auf dem Euphrat schiffte 67
Hatem. Dies zu deuten bin erbötig 68
Kenne wohl der Männer Blicke 68
Gingo biloba 69
Sag' du hast wohl viel gedichtet 69
Die Sonne kommt! Ein Prachterscheinen 70
Komm, Liebchen, komm! umwinde mir die Mütze . 70
Nur wenig ists was ich verlange 71
Hätt ich irgend wohl Bedenken 72
Die schön geschriebenen 73
Lieb' um Liebe, Stund' um Stunde 74
Volk und Knecht und Überwinder 74
Wie des Goldschmieds Bazarlädchen 75
Hatem. Locken! haltet mich gefangen 77
Suleika. Nimmer will ich dich verlieren (Von
    Marianne?) 78
Laß deinen süßen Rubinenmund 78
Bist du von deiner Geliebten getrennt 78
Mag sie sich immer ergänzen 78
O! daß der Sinnen doch so viele sind 78
Auch in der Ferne dir so nah 79
Wie sollt' ich heiter bleiben 79
Wenn ich dein gedenke 79
Buch Suleika 80
An vollen Büschelzweigen 80
An des lustgen Brunnens Rand 80
Kaum daß ich dich wieder habe 81
Behramgur, sagt man, hat den Reim erfunden . . . 82
Deinem Blick mich zu bequemen 83
Suleika. Was bedeutet die Bewegung (Von Marianne) 83
Hochbild 84
Nachklang 85
Suleika. Ach! um deine feuchten Schwingen (Von
    Marianne) 85
Wiederfinden 86
Vollmondnacht 87
Geheimschrift 88

Abglanz 89
Suleika. Wie mit innigstem Behagen (Strophen 1, 2, 4
    von Marianne) 90
Laß den Weltenspiegel Alexandern 90
Die Welt durchaus ist lieblich anzuschauen 91
In tausend Formen magst du dich verstecken 91

SAKI NAMEH. DAS SCHENKENBUCH

Ja, in der Schenke hab' ich auch gesessen 92
Sitz ich allein 92
So weit bracht es Muley, der Dieb 92
Ob der Koran von Ewigkeit sei 92
Trunken müssen wir alle sein 93
Da wird nicht mehr nachgefragt 93
Solang man nüchtern ist 93
Warum du nur oft so unhold bist 94
Wenn der Körper ein Kerker ist 94
Setze mir nicht, du Grobian 94
Schenke spricht 94
Sie haben wegen der Trunkenheit 95
Du kleiner Schelm du 95
Was in der Schenke waren heute 96
Welch ein Zustand! Herr, so späte 96
Jene garstige Vettel 97
Schenke. Heute hast du gut gegessen 97
Schenke. Nennen dich den großen Dichter 98
Schenke, komm! noch einen Becher 98
Denk, o Herr! wenn du getrunken 99
Sommernacht 100
So hab' ich endlich von dir erharrt 102

MATHAL NAMEH. BUCH DER PARABELN

Vom Himmel sank in wilder Meere Schauer 103
Bulbuls Nachtlied, durch die Schauer 103
Wunderglaube 103
Die Perle die der Muschel entrann 103
Ich sah, mit Staunen und Vergnügen 104

Ein Kaiser hatte zwei Kassiere 104
Zum Kessel sprach der neue Topf 105
Alle Menschen groß und klein 105
Vom Himmel steigend Jesus bracht 105
Es ist gut 105

PARSI NAMEH. BUCH DES PARSEN

Vermächtnis altpersischen Glaubens 107
Wenn der Mensch die Erde schätzet 109

CHULD NAMEH. BUCH DES PARADIESES

Vorschmack 110
Berechtigte Männer 110
Auserwählte Frauen 112
Einlaß 113
Anklang 114
Deine Liebe, dein Kuß mich entzückt 115
Wieder einen Finger schlägst du mir ein 118
Begünstigte Tiere 118
Höheres und Höchstes 119
Siebenschläfer 121
Gute Nacht 124

NOTEN UND ABHANDLUNGEN
ZU BESSEREM VERSTÄNDNIS DES
WEST-ÖSTLICHEN DIVANS

Wer das Dichten will verstehen 127
Einleitung 127
Hebräer 129
Araber 130
Unter dem Felsen am Wege 131
Übergang 136
Ältere Perser 136
Regiment 140
Geschichte 141
Mahomet 144

Kalifen 148
Fortleitende Bemerkung 149
Mahmud von Gasna 150
Dichterkönige 153
Überlieferungen 153
Ferdusi 155
Enweri 156
Nisami 157
Dschelâl-eddîn Rumi 158
Saadi 159
Hafis 160
Dschami 162
Übersicht 162
Allgemeines 165
   Herr Jesus, der die Welt durchwandert 166
Allgemeinstes 168
Neuere, Neueste 169
Zweifel 172
Despotie 172
Einrede 174
Nachtrag 177
Gegenwirkung 178
Eingeschaltetes 181
Orientalischer Poesie Ur-Elemente 182
Übergang von Tropen zu Gleichnissen 183
Warnung 185
Vergleichung 187
Verwahrung 189
Dichtarten 190
Naturformen der Dichtung 191
Nachtrag 192
Buch-Orakel 193
Blumen- und Zeichenwechsel 193
   Die Wächter sind gebändiget 194
Chiffer 197
   Dir zu eröffnen 198
Künftiger Divan 199
   Buch des Dichters 199

Das Buch Hafis 200
Buch der Liebe 200
Buch der Betrachtungen 201
Buch des Unmuts 201
Buch der Sprüche 204
Buch des Timur 204
Buch Suleika 205
Das Schenken-Buch 206
Buch der Parabeln 209
Buch des Parsen 210
Buch des Paradieses 210
Alt-Testamentliches 211
Israel in der Wüste 211
Nähere Hülfsmittel 230
Wallfahrten und Kreuzzüge 231
Marco Polo 231
Johannes von Montevilla 233
Pietro della Valle 233
Entschuldigung 247
    Wer den Dichter will verstehen 248
Olearius 248
Tavernier und Chardin 249
Neuere und neuste Reisende 249
Lehrer 250
    Jones 251
    Eichhorn 252
    Lorsbach 252
von Diez 253
    Wie man mit Vorsicht auf der Erde wandelt . . . 253
von Hammer 258
Übersetzungen 260
Endlicher Abschluß 264
    Auf die Fahne 266
    Auf das Ordensband 267
Revision 270
Register 272
Silvestre de Sacy 275
Wir haben nun den guten Rat gesprochen 276

GEDICHTE AUS DEM NACHLASS

[BUCH DES SÄNGERS]
So der Westen wie der Osten 279
Wer sich selbst und andre kennt 279
Sinnig zwischen beiden Welten 279
Sollt einmal durch Erfurt fahren 279
Sollt' ich nicht ein Gleichnis brauchen 280
[BUCH HAFIS]
Hör ich doch in deinen Liedern 280
Hafis, dir sich gleich zu stellen 280
[BUCH DER LIEBE]
Schwarzer Schatten ist über dem Staub der Geliebten
  Gefährte   281
Hudhud sprach: mit Einem Blicke 281
[BUCH DER BETRACHTUNGEN]
Gar viele Länder hab' ich bereist 281
[BUCH DES UNMUTS]
Zu genießen weiß im Prachern 281
Mit der Teutschen Freundschaft 281
Mich nach- und umzubilden, mißzubilden 282
[BUCH DER SPRÜCHE]
So traurig daß in Kriegestagen 282
[BUCH SULEIKA]
Süßes Kind, die Perlenreihen 282
Herrlich bist du wie Moschus 284
Sprich! unter welchem Himmelszeichen 284
Laßt mich weinen! umschränkt von Nacht 284
Schreibt er in Neski 285
Und warum sendet 285
Nicht mehr auf Seidenblatt 286
[DAS SCHENKENBUCH]
Wißt ihr denn was Liebchen heiße 286
Wein er kann dir nicht behagen 286
Wo man mir Guts erzeigt überall (erste Fassung) . . . 287
Wo man mir Guts erzeigt überall (zweite Fassung) . . 289
In welchem Weine 290

[BUCH DER PARABELN]

Wo kluge Leute zusammenkommen 290
ERLÄUTERUNGEN 293

ÜBER DEN ›WEST-ÖSTLICHEN DIVAN‹

Hugo von Hofmannsthal, Goethes ›West-östlicher
    Divan‹ 359
Oskar Loerke, Der Goethe des ›West-östlichen
    Divans‹ 364
Karl Krolow, Die Leichtigkeit des ›Divan‹ 379

Zu den Aufsätzen 388
Zu den Abbildungen 388